山影奔腾

2023
中国年度散文

王剑冰 ◼ 选编

SHAN YING BEN TENG

漓江出版社
·桂林·

目 录
contents

辑 一

辑 二

辑 一

搭　车

梁　衡

大约在自己无车，而又不得不出行时，才求人搭车，这实在是一种无奈之举、尴尬之事。而搭车又分两种，一是搭熟人的车，有友情垫底；二是在路边拦车，一厢情愿，两不相识，一个敢坐，一个敢拉，最能见出世风的淳朴与人情的厚道。

一

我第一次搭车是搭的马车，当时我们七八个大学生在内蒙古河套农村劳动锻炼，房前正守着一条沙土公路。路上汽车很少，多是马车。一到秋天满是送公粮的车队（现在免了农业税，农民已经不交公粮了），还有用红柳笆子围得老高的甜菜，送往糖厂去榨糖。可谓车辚辚，马萧萧，粮糖不绝驰于道。我们的驻地离公社、医院、供销社等行政中心大约有五里地，常有些小事要去办。最方便的出行方式就是在路边搭车，只要一招手就能跳上一辆，好像这就是我们的专车。

时间长了我们也摸出一点规律。车倌有年轻一点的，有老一点的，一般来讲老一点的好说话。在他们眼里大学生是稀罕动物，奇怪这些洋学生怎么一下子就掉到这个沙窝子里。至少我们当时所在的公社还从来没有出过一个大学生。

车又分空车、实车，空车好搭。实车装满货很难再坐人，但在车辕头再捎一个人也是可以的。俗话说人一出门小一辈儿，对车倌我们一律喊大叔或大爷，先喊得对方心软。还有一个窍门是女生好搭车，鲜有被拒绝的，男生就可能让人家找个借口给怼回来。异性相吸，同性相斥，这个中学物理课上就学过的定律也同样适用于人类。如遇有急事就让女同学出面去拦车（如那一年党的"九大"召开，要忙着进城去打听精神，这事关我们的分配和前程），我们就躲在屋里趴在窗户上看，等到车把式"吁——"的一声勒住马，刹住车，我们就立马冲出来喊道："还有一个，捎上我。"而且一上车就掏出进城带的干粮说，大爷尝尝我们烙的发面饼。车把式就不好意思说什么。但这种"美女招手法"很少用，有损女生的尊严。

因为这是一条固定的路线，时间长了与车倌也混熟了，话也多了。他们总爱向我们打听城里的稀罕事儿。我也常能从他们嘴里听到在城里听不到的故事。一般车倌都年纪偏大，有的是儿子娶了媳妇忘了爹和娘，他不愿意在家里看儿媳妇的白眼，就出来赶车，多挣工分还落得个逍遥。他们绘声绘色地讲起儿媳妇摔盆骂狗，我们听了都伤心。也有家庭和睦的，会给你展示刚从城里出车回来给小孙子买的玩具。有的光棍车倌还会悄悄地告诉你，这条线上的车马店里有他相好的老板娘。当时一到秋天，公路两边的房主就会腾出些房子来烧个大炕，接待过夜的车马，一般是赶车人自带粮食和马料，房主收一点柴火钱。也有人吃马喂，吃住全包的，类似现在的民宿。一时，车马店里人声喧哗，骡嘶马叫，人们套车卸车，大声地互相招呼。土炕上弥漫着旱烟味，有时还有一点酒香。还有一件最让孩子们高兴的事，就是可以到甜菜车上去抽一个糖萝卜，生吃或切片蒸熟，堪比现在的口香糖。总之，一到秋天，这条路上就鞭声不绝兮尘飞扬，马铃儿响来人四方。搭车成了一种文化，我们很怀念那些不期而遇的人，和那一条永远流动着故事的路。

二

　　劳动锻炼结束后我到县里工作。当时县与县之间有老旧的柏油路相通，每天只有一趟班车。无论公私，出门办事也少不了到路边去拦车搭车，这好像已经成了一种共享的社会福利。

　　杭锦后旗（简称杭后）离临河县四十公里。这里曾经是傅作义晋绥军的根据地，留下不少旧的房屋街道和文化遗存。内蒙古巴盟机关先是设在磴口县（就是我从北京毕业千里迢迢去报到的地方），后又搬到临河，因房产不够，许多活动就到杭后去举办。一次我在那里住党校，学员都是当地的公社干部，每人一辆自行车，一到周末即"飞鸽"（当时的名牌自行车）而去。我因有事，昨天没有走成，原打算这一周不回家了，不想早晨一觉醒来，面对一个空荡荡的院落，不觉又动了归心，便去城边的路口等班车。这条大路直通四十公里外临河县委的大门。当时我新婚不久，家安在县委大院里的一间办公平房里。老婆刚从外地调来，还没有安排工作，人生地不熟，举目无亲。我在路之头，她在路之尾，也许这时她正在大门外的路口遥望班车，"误几回，天际识归舟"。我这边左等右等班车不来，却过来一辆油罐车，我一挥手司机居然慢慢地停了下来。车上是一个光溜溜的椭圆形大油罐，罐的两侧各有一条一尺高的铁护栏，这是唯一的抓手。我喊了一声："师傅好，我是临河县委的，搭个车行吗？"他从车窗里探出头来，用嘴巴指向车上的油罐说："咋的？敢上去不？"没有想到幸福来得这么容易，我连说："敢！"话音未落，便翻身上车，坐在罐侧，以双脚顶住护栏，双手左右托住油罐，找好平衡。司机一踩油门，就像大象背上吸了一只蜗牛狂奔而去。以现在的交通规则论，这绝对是要重罚重处的。但那时天高皇帝远，地僻无王法，又年少轻狂，无知无畏。这竟成就了我搭车史上最具传奇的一笔，现在想来还后怕中夹杂着自豪。

还有一种搭车是半搭半挂。一九七二年八月，我调往内蒙古日报驻巴盟记者站，从此开始了一生的新闻职业。记者站唯一的交通工具是一辆自行车。好在人还年轻，有的是力气。河套是个大平原，除北部靠近国境线的几个县之外，套内数百里之内都可以蹬车前往。只要任务不急，或走或停，很有点类似现在的驴友骑行。那时国内还没有流行头盔、护膝之类，否则一定很潇洒。我一个旧黄布书包拴在车把上，迎风赶路，天黑宿店，蓬头垢面。这就是当时中国西部一个最基层记者的形象。因为再低一级就是县委报道组的通讯员了，这只能算是新闻外围人员，我也曾干过两年。

这种搭车没有预先的计划，也不必与司机打招呼征得同意。一般是在夏秋季节，风和日丽，你骑行在路上，如果觉得累了，就物色一辆挂有拖斗的卡车，这种车子车速比较慢，或者选一辆拖拉机也行，就是噪声大一点，也颠簸一些。你把骑行位置调整到拖车的右前方，等它从左边追上你，两车平行时，你让过车头，右手扶定车把，腾出左手一把拉住拖车后马槽上的插销把，那粗细长短与弧度简直就像是为搭车人量身定做的。这时你就可以挺起身子，扬眉吐气，一展酸困的腰背，单手扶把保持平衡，任由拖车带着你长驱急奔。这样子极像海上的冲浪运动，快艇后面用绳子拖着一个脚踏冲浪板手系牵绳的人。这时我会解开衣扣，任风鼓荡着衣裳，想象自己是一只正在被牵引的风筝，就要升上天空，大有李清照词"九万里风鹏正举。风休住，蓬舟吹取三山去"的味道。这样的搭行十里二十里不在话下，累时可以脱开手慢行片刻，反正路上有的是车，一会儿就可顺手牵羊，再抓一辆继续滑行。

这种搭车是旁门左道，但是"盗亦有道"，你可以慢慢领悟规律，熟能生巧，渐至完美。一是要找对位置，你必须跟在拖车的右外侧，若在左内侧，则有与对面来车相撞的危险。二是虽然省力却不可省脑，要随时紧盯前方数百米的路况，一旦发现有路面不平或对面有车来时要立即松手，以免司机猛刹车造成你连人带车的追尾。由于胆大心细，我这样搭行两年，行程数百公里，还从来没有出现过意外。驾驶室（他们叫车楼子）里的司机师傅也从没有苛责过我不许蹭挂，倒是遇有错车或路况不好时，还会主动减速鸣笛提醒后面，人性之憨厚善良可见一斑。

<h1 style="text-align:center">三</h1>

我最不能忘记的是一次长途搭车。那次到包头附近的营盘湾煤矿采访，矿上还有一个瓷窑。当时我的小家庭刚刚组建，正缺东少西。我先打听好有一辆回临河的顺车，便买了一吨煤和一个小水缸，还有些锅碗瓢盆之类的小杂物。司机是一个姓胡的四十多岁的汉子，正和他的姓氏一样，一脸大络腮胡子。助手倒是一个白净的小伙子，姓张。上午吃过早饭后，我们收拾停当，打马上路。胡子和小张坐在前面的车楼子里。我躺在后车厢的煤堆上，护着我的那些家当。

车子发动起来以后，胡子突然推开车门，从车楼子里甩给我一件老羊皮袄。我平躺在煤堆上，身下垫上皮袄，如在沙发。老羊皮袄是用隔年的老羊宰后剥下的皮制作而成，毛长皮厚，一把握不透，堪比一块厚毛毯或一床棉被。当地习惯将这种老羊皮熟制后直接缝制成袄，并不需要再罩一层布面。这是车倌、货车司机、守夜人、野外作业者无论冬夏必备的行头。当然也能为雪夜冰天中热恋着的男女抵御风寒，留下难忘的温暖。它正穿时皮板在外，可挡风寒；反穿时长毛在外不怕雨淋；如在野外，穿则为衣，卧则为褥，盖则为被，不怕揉搓，不避沙石。待穿过两三年后，皮子经千揉万搓已经软得如一块海绵。这时再拿去清洗，配上布面（行话叫挂个面子）。几年的塞外生活，我太熟悉这种万能皮袄了，甚至已闻惯了它散发出来的膻腥味儿。当时我把这光板老羊皮袄垫在身下如在热炕，从心里感到这位胡子大哥的热心肠。

车子顺着沿山公路缓缓而行，右山左滩，好个空阔的田野。我仰面朝天看着深远的蓝天。小学地理课上就学过内蒙古高原这个词，其实没有在这里生活过的人，恐怕一生也不知道这几个字的含义。现在形容一个有身份的人叫作

"高、大、上"。如果让我在中国大地的各种地貌中选一个"高、大、上"者，那就是内蒙古高原。单说"高"，珠峰够高了吧，但是脚下群峰犬牙交错，无平坦之感。单说"大"，华北平原、长江平原、成都平原都够大了吧？但阡陌纵横，市镇毗连，让人不能心静，没有居高临下之感。关键是这个"上"字，在人为高贵，在地为高原，有包容万物之心、宁静安详之态，不张不扬，十分低调。唯有这内蒙古高原高、大、上俱全，仰望有日月之可触，俯瞰无群峰之碍眼。亦高亦阔，如川之平，如秋之爽。

我躺在车上，伸手就能摸到蓝天；放眼前方，是一条永远到达不了的天际线。这时候你才真切地感到地球是圆的，假如对面的远处出现了一辆车，就像在大海上看见船的桅杆一样。这种感觉你要是能到内蒙古中部的锡林郭勒或东部呼伦贝尔草原跑车会更加明显。我们的车在地球的表面飞奔、撒欢儿，又好像要离地而去。可以伸手撕下一片白云，缠绕在脖子上或者贴在胸前，然后再一松手，又放它飘去。

车子从营盘湾山里出来后，渐渐进入平坦的套区，除了前面的路、无尽的天际线，四周没有任何参照物。两个多小时之后越过沙地草滩进入农耕区，时当八月，序属仲夏，正是八百里河套小麦的收割期。放眼望去，遍地黄金。麦浪就拍打着车帮，卡车就像是漂在海上的一条船。我的家乡也是产麦区，但那里是丘岭、梯田，麦熟季节的风景是沿着山梁一层一层、一圈一圈的金黄。我还从未见过这一马平川，八百里的麦浪，金波滚滚，浩浩荡荡。坐在行进中的敞篷车上，有一种检阅夏季的庄严感，一边看一边在心里酝酿着诗篇，后来还真的写成了一首六百行的长诗。但"文革"期间所有的文艺期刊都已经停办，万马齐喑，无处发表，枉自少年轻狂。不过十多年后，这首胎死腹中的长诗被浓缩成一篇六百多字的短文《夏感》，收入小学语文课本一直使用到今，这还要感谢那次搭车捡来的灵感。

我抓着车帮，看累了就四肢放平躺在老羊皮袄上继续做着天上的遐想。天蓝得让你看不透它的深远，我又觉得它是一汪大海，车子就是穿行在波浪中的船。我奇怪，空气是透明的，水是透明的，为什么无数个透明的叠加就成了蓝色，如天空，如海洋，愈深愈蓝。这恐怕是物理学家该去思考的问题，就像当年牛顿终于从太阳的白光里分出了七色光。我们总有一天会从这个"蓝色"中抓到点什么。这么想着，我就伸手去抓到一朵云，然后一松手，又放它归去。这时才突然理解了神话题材的名著：阿拉伯会飞的神毯和中国吴承恩的《西游记》、屈原的《天问》、李白的《梦游天姥吟留别》，等等。我这哪里是搭车，是搭了一架飞机或者是一支射向宇宙的火箭。在还没有乘过飞机之前，这是我距离白云最近的一次旅行。

正当我这样"目既往还，心亦吐纳"，做着天上的遐想时，突然车子摇晃了一下，软塌塌的，像是撞在棉花堆上，又挣扎了两下哼了一声就不动了。我翻身跳下，这时胡子和助手小张也早从车楼子里出来，正蹲下身子四只眼睛瞄着车底。胡子爬到车盘底下摸了半天，出来时满脸沙土，摊开油污的双手说："这可拉下疙蛋了（遇到麻烦了），传动轴断了。"我的脑子嗡的一下炸了。虽不懂车，但也知道车轴的重要性，有如人之脊柱、房之大梁。在这四处不着边的旷野上，断轴之祸，无异于灭顶之灾。小张那张白脸唰的一下更白了。胡子只说了两个字："皮袄！"小张爬上车帮，嗖的一下抽出刚才还垫在我身下的那张万能老羊皮袄，麻利地铺到车底下去。他们两个搬出工具箱，捡了些家伙就仰躺在皮袄上叮叮当当地干了起来。我无事可做便绕着车查看地形，这时才发现我们前进方向的右手正对着一个山口，一条干河正蜿蜒而下。枯水季节，河床上积满一层绵软的细沙。河床并不宽也不深，而且又平，一般不会有司机特别注意到它。谁知我们这个钢铁怪物吃硬不吃软，刚一下河就一头杵在沙被窝里。就像旧小说上说的有那骄傲的武士打出一拳，却被对方的软肚皮吸住，拳头再也拔不出来。我们的车遇到的正是这种尴尬，咔嚓一声，轴断车停，进退不得，幸亏还没有翻车。

他们在车底鼓捣了半天，最后抽出一根车轴。胡子毕竟是个跑车的老江湖，扛着车轴就如关云长依着一把大刀，贼亮的眼睛把周围四方扫视了一遍，说：

"这个地方没有人家也很少过车，再说就算有车来也拖不动咱们，只有自己想办法了。"他用手指着右手北方那个隐隐约约的山口说："估计公社在那个方向，一般公社里都会有个农机修理点，我们去碰一碰运气。"然后突然转向我温和地说："小记者，你敢一个人在这里看车吗？"本来是我搭他的车，好像倒成了他求我。同在危船，有难共担，我这个搭车的闲人，好不容易有了一个立功表现的机会，连忙大声说："敢！"心想这里不用说有坏人，就连个活人影儿也没有，这片麦子地又吃不了我。说着胡子把我安顿在车楼子里，给我留了一个军用水壶，还有一把大铁扳子壮胆，嘱咐我不管遇到什么事儿，不要开车门儿。然后他们两个背了一个水壶，扛起车轴，顺着河沟一步一弯腰地向那个远处的山口走去。我拉紧车门，顿时一股莫名的孤寂袭上心头，刚才那美丽壮阔的麦浪，霎时成了淹没我这个孤儿的大海，而蓝色的天穹也成了吸我而去的黑洞。

一个人在车里无聊，就打开随身的小黄书包。掏出一本书翻两页，看不进去；又掏出采访本，想将一下这两天的采访记录，也看不在心上。顿觉心随事走，人生起落在瞬间。刚才还飞车高原，蓝天白云，心花怒放，这时孤身一人缩在车内，北风打门，几多凄凉。胡子他们扛着沉重的车轴远去的身影，一步一踩留在沙地上的脚印，总浮现在我的眼前。此去有希望吗？那个地方有个农机站吗？全靠运气了。我这样一个人胡思乱想着，不觉天色慢慢暗了下来，我低头看一下手表已经下午七点，心如落日，暮云沉沉。当我再抬起头时，车窗玻璃上却贴着一张人脸，鼻子都压扁平了。我霎时惊出一身冷汗，这里四面旷野，从哪里跑出一个人来？我都能听到自己心脏的狂跳，努力让它静下来，才看清是一个当地老乡，满脸皱纹，大概有六十岁。我还是想不明白他是怎么出现的，就像唐僧在去西天的路上，突然路边就会出现一个人还是妖。当我确信他就是一当地老乡后就把车窗摇下一条细缝。老汉一口当地话："后生，车子焊（陷）住了吧？我下午三点就瞭见（看见）这辆车过去了，怎么现在还在这瘩？"我已完全松弛下来，打开车门说："大爷，沙子焊住车了，轴断了，师傅到北山根去寻个农机修理站。"老汉一听马上露出一脸的同情："天都擦黑了，肚子饿了吧，到我的道班里去吃点儿东西。"原来老人是个当地的养路工。

河套平原处，县与县之间的正规公路是沥青路面，而乡村之间全是沙土路，每隔十里左右就设一养路站，俗称"道班"。一般配三四个人，一辆毛驴车，遇有雨水冲塌，或者大车轧毁路面，随时拉土修垫。民工都从生产队里抽，在队里记工分，是一种民间养路制度。白天干活晚上各回各家，留一个人看守道班。我随老人来到他的道班，这是路边一个高坡上圈出的一个简易小院，只有一间房子、一盘土炕和灶台。刚才我们飞车过道班，正"两岸猿声啼不住"，放眼高原喜欲狂，哪能顾及这个小院？而老人却一眼记住了这挂倏忽而过的车辆。老人一进院子就顺手在门口抽了一捆柴火，进门后就要挽起袖子做饭。河套农村做饭，无论蒸、煮、炒、烙，都是固定在灶头上的一口三尺大锅，就是喝一口水也得用它来烧。我怪不好意思，说："不饿不饿，喝口水就走。"他说："你们的人一时半会儿回不来，我就是那个村里的，离这里七八里地呢。那里还没有通电，每天要等到晚上天黑了才用柴油发电供照明几个小时，他们要焊车轴也得等到来电才行。"我这才明白，为什么胡子走了这么长时间没消息。况且肚子也真的饿了，一天也没有正经吃口东西，就赶紧帮着老人涮锅、烧火，这些我在农村劳动一年，早学得麻溜麻溜的了，一边又与他聊天。老人有儿有女，都已成家，他在村里没多少事儿就出来看道班，一天记一个工，去年队里分红每个工五角钱。说着他已经把面和好，擀成一张大饼，摊到锅底上。河套是产麦区，当地常做这种发面饼，做时里面放一点苏打，用麦秆之类的软柴火烧灶，饼子蓬松酥脆，类似西北的锅盔或新疆的馕，属于面食中的饼类一族。

这时天已经完全黑了下来，我心里老是挂记着胡子他们找到农机站没有，趁着大饼还在锅底等熟，就跑到外面踩着梯子上到房顶向正北方向瞭望。果然天边有电焊光一闪一闪，稍微放了点心。我回到屋里把饼子收拾进书包里，加满一壶热水，给老人留下半斤粮票、五角钱，就向停车处返去。路上掰了一小块饼子，胡乱塞到嘴里压一压饿火。回到车前我先围着汽车转了一圈儿，看有什么动静，又检查了车楼子里有没有什么变化。再翻到车顶上继续瞭望北边方向，电焊火花已经熄灭，说明他们已经完工。我就呆呆地透过黑暗一直盯着山口方向。后半夜开始起风了，麦田一浪滚过一浪，我好像置身在一个孤岛之上。为了打发时间，我开始找天上我认识的星座，数星星。这样也不知道过了多久，前面出现了两个晃动的手电光。我兴奋地大喊一声："胡师傅——"声音划破黑暗在寂静的原野上飘荡，倒把我自己吓了一跳，心里一阵震颤，眼圈都发热了。他们听见了我的声音，就高举起手电在空中画了几个圆圈。我跳下车向他们迎了上去。还没有等走到跟前，就听见黑暗中胡子喊道："小记者，饿坏了吧?"我连忙喊："不饿不饿，我们有好吃的了。"他们来到车前放下沉重的车轴，先不说修车的事儿。胡子从怀里摸出一个油纸包，原来是一包酱牛肉。他说："没事了，总算把车轴焊好了。那个穷公社，想吃口饭，晚上连个鬼也找不见。好歹临走时在伙房里摸见两块酱牛肉。"我也赶快从书包里掏出大饼，又说了上道班的事儿。三个人先坐在车旁的沙地上，掏出一把电工刀，把肉剁一剁，顶着满天星光，掰一块饼就着吃一口肉，再举起水壶喝一口水。今天不但搭车，还搭了一顿伙。这是我记忆中最香的一顿野餐。我的家乡出产一种老字号的平遥牛肉，香彻百年，闻名全国。我自己下乡一年也不知道吃过多少次柴锅大饼，但唯有今晚这顿野地里、星光下、卡车旁的牛肉加大饼，肉香、面香，还有田野里晚风送来的麦香，让我终生难忘。

我们吃饱喝足后开始干活。他们两个钻到车底下去换轴，我在外面打手电，等到轴换好了又用铁锹去清理车轮前面的沙子，为的是让车启动时轮胎能够抓住河床的硬石面。车轴换好了，胡子用沙子搓搓两手的油腻，跳进车楼子里发动车子，我们两个在外面心都提到嗓子眼上，胜败在此一举，生怕再听到那一声不吉利的"咔嚓"，如果车轴再断一次，今天晚上真要在这里喂狼了。马达嗡嗡地轰鸣着，车身抖动一下，我和小张在后面用力推车，明知道这点力气对一辆卡车来说就像蚊子推大象，但还是使出吃奶的力气自求安慰。终于"咔"一声，车轮咬住了河床，往上轻轻弹了一下，缓缓转动了，我们三个人的心都一下落了地。胡子喊了一声："上车!"小张从车底抽起那张老羊皮袄，一把甩到车后的煤堆上，推了我一把："快上！"我不知道哪来的灵活劲，像猴子一样跳起，手抓马槽脚踩车轮胎一跃就翻上车顶。

这么一折腾已经是后半夜了，将近黎明时分。我躺在老羊皮袄上看着天边的月牙，晚风送凉，满天星斗，万籁俱静，感慨万端。我只是偶然搭了一次车，就摊上这么大一件事儿。苏东坡说"人生如逆旅，我亦是行人"，李白说"夫天地者，万物之逆旅也；光阴者，百代之过客也"。逆者，不顺也，有迎上、插入之意。社会就是一辆行走的快车，每个人告别父母、离开学校，都要来逆搭这辆车，但却不知道会搭上哪一节车厢，而且还要换多少次车。这么想着，东方渐渐泛出鱼肚白色，不一会儿就跳出一轮红日，霞光照耀八百里河套，连麦浪也被染成了粉红色。

塞上六年，马车、拖拉机、汽车，甚至领导的专车，也数不清搭了多少次车。现在想来，那六年的搭车生活真是一种享受。当我坐在慢悠悠的马车上，听车倌聊天，看着两边的青纱帐、麦田、羊群时，就像是在听一首古老的歌谣或者喝一壶老酒。而当仰面躺在载货的卡车上，则是一种追逐在云端的旅行。自从离开河套之后再也没有搭过一次车了。一是因为进了城，交通方便；二是人情变化，搭车之事鲜有所闻，而碰瓷行骗的事例倒是不少。所以就常常想起当年那些搭车的故事，怀念那种萍水相逢、两不相识、一见交心的淳厚民风。我生也有幸，一入社会就在《诗经》式的古风中熏陶了六年整，度过了一个社会人的童年。

刊于《北京文学》（精彩阅读）2022年第10期

在图书馆里成长、变老

阎晶明

人到了一定年龄必然会忆旧。我一向克制自己这样做，因为在我看来，忆旧就是意味着老去。可我现在却又越来越觉得，人之所以忆旧，未必是想总结，想倾诉，想告诉别人点什么道理，而是因为，他越来越相信经验的判断，越来越愿意从自己的经历，而不是从剧情中和听来的故事里得出人生道理。这种"经验之谈"，不但更让他踏实、放心，而且更有自我针对性，也有一种重新发现和反复思考的快意。

于是，当我也必须承认自己年过花甲之时，也一样愿意回忆那可称漫长的岁月，回味那些值得回味的线索、片段、细节。今天，我就想列数一下，在长达半个世纪的时光里，图书馆对我的影响。这一"主题"性的回忆，让我产生一种莫名的兴奋，一种独特的欣慰。

我从小生长在晋西北偏关县城里。因为环境和时代的制约，完全不知道外面的世界有多大，也从来不觉得自己生活的地方有多小。我在10岁左右时，父母和我们姐弟住在一座平房里，现在都不记得那房子有多大了，肯定不宽敞，但也一样没有拥挤的印象。回味起来，这种没有比较、没有高下感的日子还很有放松的一面。不像今天的孩子，未及懂事，就能敏感地判断到、比较出尊卑和贫富。我们那个平房院是前后院各两户且独立出入的组合。年龄相仿的孩子比年纪相近的家长还要多。因为正处在一个既不要求应试教育，也没有素质教育概念的特殊年代，孩子们都处于放羊式的三不管状态，成天闹哄哄地自由出入，完全没有秩序可言。家长们共同意识到其中有潜在的危险，比如过分的躁动以及安全问题，等等。总之，他们合谋让孩子们尽可能安静下来。于是，就找来没完没了的书让我们阅读。那时候，虽然教科书也没有什么神圣可言，但小说之类的书统称为"闲书"。住在我们前院的张姨是县图书馆的管理员，有很方便的条件可以把书带回来让孩子们阅读，然后再送回去，不定期置换。于是，十岁的我知道了图书馆这么一个神奇的地方。我现在完全不记得自己当时是否进入过图书馆，但一包包带回来的新书却给贪玩的生活带来了新意。那都是些小说类的书，因为是图书馆里来的，所以没有深浅之分，拿到哪一本翻看完全是偶然的。我现在还能记得曾经读过一本越南小说，很新奇，但只留下故事枯燥的印象。因为有了这样的阅读，跟周围也有看"闲书"爱好的同学就有了交换书看的机会和热情。可是那时候的我们，只知道这些书是"闲书"，完全没有什么功用的要求。

如果说我的童年和少年时代还有什么值得在功劳簿上记一笔的，可能就是这些看"闲书"的经历吧。我上的学，从小学到高中总共不过九年。1977年，我才刚16岁就高中毕业了。那正是历史转型时期，一切都不确定。以我瘦小的身体，父母很难做出找工作的想法和努力。正好是恢复高考的第一年刚过，县中学及时成立了高考补习班。父母认为，既然没有能力工作，不如就送到补习班里待上半年再说。至于说参加高考甚至上大学，他们想都没有想过。因为数理化完全不行，自然就进入了文科班。就像后来的孩子文科也不行，就想办法参加艺考一样。第一年，也就是1978年，高考成绩就要出来了，我记得我一个好友、同学先知道了自己的总分，五门功课总共500分的考试，他得到了200分多一点的结果。他已是很有志向要考上大学的一个了。我认为自己离这个成绩也不会太远，而我的父亲却认为，以我完全没有学习积累和自主要求的情形，达到200分也不过奢望而已。很快我就知道了同样是200多分的成绩，这让我的父亲大喜过望。五门功课里，除了数学连10分都没有达到，其他的文科成绩，居然都达到了50分以上，语文和地理竟然还取得了60分以上的及格分数。

我父亲认为，只要我把数学迅速补上来，考个学校是完全有机会的。于是从那个夏天开始，我就疯狂地自学数学。高考时我只做对了一道因式分解题，可知数学的基础几近于零。我还记得上海教育出版社出版有一套"数学自学丛书"，我就从第一本开始自己阅读、练习。那套书也是父母从县图书馆里借来的。当时我们家已搬到另外一个更大的院子里，紧邻我们家的一位叔叔，是县通讯组的干部，擅写材料，岂不知他本人是大学数学系毕业，尽管多年弃学，但辅导一个我这样的零基础的学生还是绰绰有余的。

就在这样的合力之下，我用十个月的时间恶补数学，兼学其他。次年再考，居然一跃而上榜，成为一名大学生。现在想来，我的那点文科知识，就是图书馆的丰沛资源带来的潜移默化的影响，所有的人连同我自己，都没有想过，有一天，它们能转化为一种素养和知识积累，一点阅读联想力和理解力，一点写作的基础。没有图书馆，我也可能就得不到那套"数学自学丛书"，也就不可能突飞猛进地把最短板恶补上来，就不可能有后来，以及后来的后来。

一座小小的图书馆，就是成就我人生的第一个起点。我始终这么认为。

我在山西大学学习四年，现在回想起来，获益最多的来处，仍然是图书馆。不知道为什么，那个时候的我，已经有了这样一种认识。中文系的课程，文学的学业，不应该在教材里，而应该在广泛的阅读里。体现学习能力和成绩的，不应该是考试成绩，而应该是博览群书。必须坦率地说，四年期间，授业的老师对我的印象普遍淡漠，我的成绩总体也不突出。1983年要参加考研，当时学校对考研报名还是有要求的，入校后的成绩平均分必须达到85分以上方可报名，而我似乎还略差一点。后来还是通过专门申请，才获得批准。但我十分感谢大学四年的巨大影响，尤其是学校图书馆给予的丰厚滋养。学校的图书馆分南北两处。北馆以图书为主。除了去借阅图书，我去得最多的地方是文科阅览室。那是一个让人沉醉的地方。我真正的、有目标的、饥饿般的文学阅读是从那里开始的。不上课的时候，甚至课堂无趣的时候，我大都会跑到阅览室里去借阅各种书来读。中文系最著名的教授是姚奠中，古典文学专家、书法家，也就是堪比大楼重要的大师了。对我们这些本科生来说，只闻其名，难得有机会受教。不过，姚先生的夫人李老师，倒正是文科阅览室的管理员，她态度和蔼，十分和善。我从来没有过攀谈的尝试，但经常出入，自然会留下印象吧。借阅图书需要押学生证，所以这位李老师对我不但有印象，而且也记住了名字。也是毕业后已经到了另外的城市、另外的大学，我听说李老师还向人打听我的去向。对此，我还是感到些许欣慰和感激的。南馆是以报刊阅览室为主。那个年代，思想活跃，人们求知若渴，仿佛每天都有新信息、新思想出笼，所以浏览报刊文章，也成为习惯。我后来走上当代文学评论道路，与这时候的积累是分不开的。

大学的图书馆让我走上了广泛阅读、自主阅读的道路。我在那里开始读鲁迅，感受他那强大的、深邃的、精妙的思想和艺术魅力。也是在那里读出五四那风起云涌的时代，一代知识分子是如何充满热情、带着真情，为国家、为民族而悲喜，而呐喊。我读到郁达夫的《迟桂花》，并确信是他写得最好的小说。读到了闻一多、徐志摩、朱自清。也是在那里，我确立了以鲁迅和中国现代文学作为自己继续学业的方向和目标。

1983年，我来到西安，成为陕西师范大学的一名研究生。回忆起来，偌大一座校园里，当时就让我产生强烈的美好印象的建筑，正是学校的图书馆。那是一座古典式的建筑，整个建筑的墙面上都爬满了绿色的植物。图书馆的门前是一条悠长的道路，两侧是郁郁葱葱的树木花草。穿过丁香花园式的小路进入图书馆，又闻到熟悉的、亲切的书香。三年学业，我从这座图书馆里受益很多。由于对阅读的痴迷，我甚至对必须完成的学位论文都思考甚少，引得我的导师黎风先生颇为焦急。如今我离开学校已经30多年了，学校的主体已搬迁至新的校址。这或许是大学要发展的必然要求，也是"大学城"规划、建设的必要之举吧。但每进新校园，我最怀念的还是老校园的那座图书馆。那种环境、氛围、美感，可能是无法带出来也无法替代的。

毕业后我一直在作家协会系统内工作，无论是在省作协还是在中国作协，无论是做编辑、专业研究人员还是行政工作，都是围绕着文学活动，都离不开阅读和写作。作协机关没有成规模的图书馆，但也有像模像样的资料室。资料室有点像图书馆的报刊阅览室，可以读到比自己订阅的更大量的报刊，也会有一些经典的文学名著放置在书柜里。虽然个人的利用率和依赖程度明显降低了，但仍然是一个想来还十分具有亲切感的地方。

在我的学习、成长经历中，图书馆就这样成为最能够徜徉其间，呼吸、吮吸着新鲜气息，如饥似渴地享用着丰富营养的地方。没有它们，我所经历的人生就必定会是另外一副面貌。人生没有或许，也不能想象式比较，但我能肯定的是，没有图书馆的滋养，自己所度过的肯定是完全的庸常人生。

四年前我搬到了新居居住。如果让我对居住环境打分的话，得分最高的一项必然是，我的住处离我心目中的神圣之地国家图书馆距离很近，也就相隔一条马路一座规模不大的公园。这简直是最大的利好，尤其在我的人生接近可以自由支配时间的阶段，能够住在中国最大的图书馆附近，有一种说不出的幸福感。我也的确尝试着享用这种得天独厚的条件。去年以来，有那么一段时间，每天早晨八点半出门，带着笔记本电脑、国图的读者卡，准备要用的资料和一两本书，到了小区门口，扫码打开一辆绿色自行车，随着上班的人流车流，向北，向东，再向北，骑行不过一刻钟，再随着老的、少的读者凭证进入。无论是到北馆查找报刊资料，还是到南馆阅览室写作，那都是时间过得飞快，也非常充实的时刻。阅读的效果、写作的效率也奇特地高。这更让我深信不疑：图书馆就是最适宜生存的地方，我庆幸自己在这里成长，也愿意并且渴望在这里慢慢变老。去年以来，好几篇规模大一点的文章，都是在国图的阅览室里完成的。有一次我的文末特别注明了是"完稿于国图"，还引来朋友浏览后的一声感叹，感叹文章居然是在图书馆里完成的。

在图书馆阅览室里读书和写作，有许多特殊的体会。比如，如果你在自己家里或单位办公室里写作，难免会觉得，天下人都在吃喝玩乐，而自己却在付出辛苦和劳动，尽管也一样乐在其中。但在图书馆你就不会，因为这里只要开门，就永远有读者，抬眼望去，阅览室里总是坐得满满的。怎么这么多人废寝忘食？自己离真正的求知者还差得很远呢。就是这么想的。即使午后一点钟离开，仍然有一种毅力不够，早早收兵的自责。其次，在图书馆里写作，不但身心能够沉静下来，专注度极高，写作的灵感也会迅速到来。我常跟朋友说，一个人写作，说是忙了一上午，其实有效的写作时间可能还不到一小时。因为大部分时间里，你在泡茶、吃零食、接打电话、看朋友圈，摸索一下这个，摆布一下那个，真正投入写作的时间并不多。但图书馆可以简化和斩断很多俗务与分心处。而且，如果有什么需要查阅的书籍和资料，可以尽快通过借阅获得。如果在别的地方，就很可能缺少这些条件，不得不通过百度来查找。这不但使资料信息不准确，而且通常还会"走神"，以查阅资料之名游走于手机翻看当中。时间不知不觉就浪费式地流逝了。再者，在图书馆写作，看着周围琳琅满目的图书，还会有一种天然的被感染的冲动。我记得自己有一天就写下这样一句感言——在图书馆写作的好处是，你会对自己提出这样一种愿望：为了把自己的作品放到图书馆里而努力写作。尽管这种想法是临时的，也是虚幻的，它不可能是一个现实目标，但就对写作当下来说，却起到了应有的激励和鼓舞作用。并非完全虚幻。只可惜，生活里不仅只有读书和写作，生活的场域也不仅只有图书馆，我也不能和没有做到天天出入图书馆。但这个愿望和信念仍在，我就相信自己，还一定会再次拎包出门，扫码骑车，奔赴国图，过一种有意义的生活。

人们总爱引用博尔赫斯那句名言：天堂就应该是图书馆的模样。我不知道这句话出自博尔赫斯的哪部作品，但我觉得这句话真的十分受用和贴切。很多人在引用这句话后，展示世界各国最美图书馆的景观图片。它们看上去的确十分动人，也很印合那句话。我想，如果自己的人生从成长到变老，都能在图书馆的屋檐下、氛围里一天接着一天地度过，那无疑可以说是度过了特殊的幸福人生。

愿天下最美的建筑、最好的城市地标都是图书馆，愿书的芳香能充溢着我们的生命旅程。

刊于《芙蓉》2023年第4期

山影奔腾

张锐锋

　　巨大的山鹰从地上起飞，它有不可阻挡的力量，翅膀张开，尖利的鹰喙撕开了夜空，它的影子的轮廓线被银辉包围，银辉好像来自它自身，实际上来自另一面大海的反光。一颗佛头露出了群山，他从高处俯瞰人世，却看不见他的面孔。他不是来自遥远的佛国，而是来自人间，来自巨石的阴影。同样是大海的反光，雕刻着他的形象，让他的暗影边沿镶嵌了一圈光晕。这里的每一座山都有着自己独特的样貌，都有着对人间事物的暗指，有着大自然深邃的寓意。它们在夜晚的星空下排列，似乎呈现各自的灵魂。这些山峰奇特、奇异、奇绝，我们从它们的身边走过，石头铺筑的走道不断提醒人们要抬头仰望，仰望身边不断出现的山的奇迹。

　　是的，它们一直保持着沉默，却用另一种声音发声，用另一种眼光审视世界。它们有着各种树木的喧哗，有着草木的沙沙沙的波动，有着星光下的晦暗不明的深沉，有着一种用巨大的形象组合起来的无边力量。天空被连峰分割，似乎群山不安于地上的生活，要用这样幻象般的姿态从夜晚飞向白日。白日是灿烂的、明亮的，充满了斑斓的色彩，但现在的夜晚用深情挽留它们，用手牢牢地抓住了它们的脚踝，并用鲜花的香气诱惑它们，让这里的一座座山峰在这暗夜的香气中翩翩起舞。仔细观看它们的每一个舞姿，都带着地上的欢欣或忧伤，带着几千万年、几亿年前的痛苦的孕育中的彷徨，也带着最原始的大自然的巫术一样的有力扭动和自我祝愿。一切都在变化中生成，又在变化中成长。

山峰连着山峰，它们都不是笔直的，而是微微倾斜，这在夜色中尤其明显。这样的倾斜赋予了山峰运动的姿态，它们都是奔跑者，从一个基座上向着自己的方向奔跑，而山脊线上的辉光将这样的动感进一步推向极致。它们有着同样的幽暗服饰，却有着完全不同的身姿。它们自动形成了一定的间隔，好像为了同行而彼此靠拢，甚至在很多时候几座山峰的身影叠加在一起，我们只有从身影的浓淡中分辨它们的层次，确认它们不是同一座山峰。山峰之间的间隙被夜空填充，它们共同构建了一个有界而无限的宇宙，类似于物理学家对宇宙的理解。因为山峰的形象，广袤的夜空也有了自己的形象，它不仅点燃无数的亮星，也用一弯残月装饰着黑暗，这样，一个完满辉煌的天穹完成了与大地山影的拼合对接。

　　它们完全是梦幻组合，奇特的夜景在可能与不可能之间，就像一幅构思精妙的木版画，没有豪华的彩色，却能够引发观赏者无限的遐思。它似乎违反我们的日常经验，颠覆了我们对山的认知，却在真实和虚幻之间建立起不朽的连接。它的层次错落和高峻挺拔，它的变化莫测和惊险陡峭，它的穹崖巨壑和奇峰飞扬，它的超绝大气和平地惊雷般的撼人心魄，它的高低比例中蕴含的视觉风暴和美学合理性，乃是出于大自然的精心缔造。它的非凡的哲学暗示和丰富寓意，它的对人世的俯瞰身姿，它的层层构筑的边沿光感，乃是人间圣者光辉的显耀。它的一切一切，消解了我们内心所有的主观判断和雄浑主题，却将所有可能的判断和宏巨的或微小的主题尽收其中。

　　这是古代书法家怀素曾来过的雁荡山，他是不是发现了自己的狂草原型？山势蜿蜒、山峰飞动、连峰奔呼、草木飞扬、飞瀑流畅而雄奇、流水日夜喧哗、奇石旁逸迭出，这不是他所追求的自由吗？这不是他所向往的狂放不羁吗？这是旅行家沈括曾来过的雁荡山，他发现了深藏不露的奇峰，发现了飞奔的河流，发现了万山回应自己的声音——雁荡经行云漠漠，龙湫宴坐雨蒙蒙，瞭望大海而背靠大地，山巅雁湖芦苇丛生。诗人谢灵运不曾见过的奇山奇景，沈括看见了。谷中大水冲激而沙土尽去，唯有巨石峭然挺立，他的目光里，无论是大小龙湫，还是水帘初月，无论是水凿之穴还是高岩峭壁，都被深谷林莽遮蔽，古人不曾看见的，他看见了。他是一个真正的观赏大自然的美学家，是一个用双眼扫视大自然的伟大旅行家，一个在大自然中独享自由的人。有大自然的美景相伴，还有什么寂寞和孤独？还有什么惆怅和虚无感？

这是清代思想家黄宗羲曾来过的雁荡山。他思考土地和税赋，思考朝代的兴衰，思考经史和地理，思考圣人之说和人民的权利，也思考天文历算和教育，却在这里找到了置身于世外桃源的人生审美理想。盈天地皆心也，他也意识到大自然和人的心性之间的联系。他写道：千峰瀑底挂残灯，雾障云封不计层。咒赞模糊昏课毕，乱敲铜钵迎归僧。他看着瀑布和残灯，云雾挡住了远眺的视线，晚间的佛课已经完毕，归去的僧众敲打着铜钵，这是一种怎样超然的生活！然而这样的生活不能代替世间的生活，真正的生活仍需要思考。但是在这样的环境中，人间的一切似乎变得遥远和渺茫，而大自然给予的启示录却将转化为人间的智慧和思想的源泉。

这是无数人来过的雁荡山。它意味着地球演化和漫长历史的在场。它包含着过去、现在和未来。中国近代文学家和翻译家林纾精于文辞，以文言文意译域外小说著称于世。他还是一位山水画家，其画作精细灵秀而美趣淋漓。他在《记雁宕三绝》中以一个画家的细腻观察记录了他眼中的雁荡山。他用自己熟悉的古色古香的文辞写下了雁荡山的惊险和雄浑，他笔下的雁荡山乃是绝壁四合、天地纯绿的雁荡山，是空立而隆、危云积雨、行客惊骇、万竹梗道而不知所穷的雁荡山，是连云叠嶂、龙湫云横泉直、涧水寒碧、石亭久圮的雁荡山。而同样的景观在著名思想家和政治家康有为看来，则有另一番趣味。他毕竟有着更大的视野架构，先历数自己所见的印度的须弥山、美国的洛基山以及欧洲的比利牛斯山和阿尔卑斯山等山岳，然后将雁荡山放到了世界山景的坐标系中，以做比较认定。他的结论是——上则群峰峭壁，与青天白云相摩。耳不绝于奔泉之声，目相接于奇石之色，丘壑之美，以吾足迹所到，全球无比，奚独中国也。而另一位著名学者、教育家蔡元培也得出了同样的结论——域中山岳之至奇者，尽于此矣！

1934年4月，教育家黄炎培从天台经临海到海门，坐长途汽车行半小时到黄岩的路桥，又乘坐汽船经过两个多小时的行程抵达温岭的大溪，还要坐轿三个小时到乐清的大荆。他夜宿大荆，第二天经灵峰到灵岩寺，接着经马鞍岭观看大龙湫……他写下了一副对联：未必道可道，来寻山外山。这一对联说出了山与道的联系，也许没有道可以说出，但却可以找到山外山。因为山外有山的景象说出了变化和无穷，那么真正的道也在这变化和无穷之中。许多山看起来是相似的，但却有着各种差别。没有完全一样的山，就像没有两片相同的树叶，甚至没有完全相同的两片雪花——有一本书中统计了两千四百多种雪花，但这也仅仅是一个更大数字中微不足道的一部分。当黄炎培用对联说出自己的感悟时，就已经告诉我们，宇宙的道也许就在我们眼前的山影中，尤其是雁荡山梦幻般的变化和静止、蜿蜒和精微、沉重与飘逸、风轻云淡和草木浩荡、单一和无穷、危石悬空和巧妙的平衡稳定，已经是道的显形。老子说水接近于道，而山又何其不是道的化身？

对才华横溢的现代作家郁达夫来说，印象最深的乃是雁荡山的秋月："海水似的月光，月光下又只是同神话中的巨人似的石壁，天色苍苍，只余一线，四围岑寂，远远地也听得见些断续的人声。奇异，神秘，幽寂，诡怪，当时的那一种感觉，我真不知道要用些什么字来才形容得出！起初我以为还在连续着做梦，这些月光，这些山影，仍旧是梦里的畸形；但摸摸石栏，看看那枝谁也要被它威胁压倒的天柱石峰与峰头的一片残月，觉得又太明晰，太正确，绝不似梦里的神情……"是的，郁达夫如痴如醉地望着雁荡山的秋月，"竟像疯子一样一个人在后面楼外的露台上呆对着月光峰影，坐到了天明，坐到了日出"。这一切，符合他的性格和气质，符合他的柔弱和刚强，符合他的忧郁和惆怅，也符合他面对大自然的心境。那么漫长的夜晚，那么寂寞的月光，他究竟对自己说什么呢？是失落的爱，是残月暧昧的暗示和意味深长的温柔和冷漠，是人世的虚无和命运的不测，还是融化于神奇诡异的异梦里的幸福、愉悦和哀伤？这是内心充满了矛盾冲突的、剧情复杂的戏剧，是一个人独自与世界的对话，是自我的发现和重新理解，是被月光的一次完全的洗涤，是一次与熟悉的月亮和陌生的月亮的邂逅与重逢，也是一次与自我相约的会聚。平原上的秋月和山间的秋月是不同的，河边的秋月和乡村的秋月也不相同，林中的秋月和荒沙中的秋月有着更大的差异，同一轮秋月，在我们的眼里望去，将有完全不同的诗意和寓意。而当时的雁荡山的秋月，乃是郁达夫的秋月，他心中的秋月和雁荡山的秋月完全重合了。

他在白天看见的，是大龙湫的壮丽："一幅真珠帘，自上至地，有三四千丈高，百余尺阔……立在与日光斜射之处，无论何时，都看得出一条虹影。凉风的飒爽，潭水的清澄，和四围山岭的重叠，是当然的事情了。"更重要的是，他看见了瀑布近旁的摩崖石刻，但没有一幅刻字题铭可以写出大龙湫的真景。是的，这样的瑰丽和生动，这样的雄浑和壮观，这样的变幻和震慑，什么样的诗句和语词可以概括和表达呢？但这些摩崖石刻，毕竟代表了前人的观感，毕竟代表了一段消失了的时光，毕竟在追寻前人内心不朽的渴念。这是历史光阴的雕刻，是文人面孔的镶嵌，是诗情突然爆发中显现的灵感，然而这又怎能替代高山流水的真景？这时，他也和这瀑布所伴随的幽深的历史场景融为一体，和这瀑布旁边的铭刻融为一体，和高处落下的流水融为一体，感受到了瞬间的永恒。

文学家看到了远古以来的明月的忧愁和孤独，科学家看到了群山的巨大体量和山石的纹理精微，并试图从中发掘事物的原理，而在画家眼中，雁荡山乃是美的化身，它不仅是它自身，还是均衡、稳定、奇异、偏离、惊危，充满了变化的非凡、似梦非梦的真实、天然的严谨布局和线条隐含的力量以及不可能的可能，面对一座座高低参差的排列组合，面对四季变化的色彩，面对山顶的劲松和飞渡的烟云，也面对万涧激荡的奇景，胸中的波澜汹涌而起，大自然的笔墨远甚于宣纸上的人工画痕。近现代画家黄宾虹曾居住在灵岩寺，他经常凝视眼前的大山。天柱峰、双鸾峰、展旗峰等众峰耸立，各呈姿态，又互相照拂，彼此辉映，他渐渐发现了静止中的运动，发现了山峰的变化之中含有生龙活虎的跳跃。他对别人说，我懂得了什么叫万壑奔腾。

雁荡山的静中之动启发了他笔墨的变化。他在《雁荡仰天窝图卷》中充分展示了自然变化的精髓，让笔墨酣畅淋漓地行走于构图之中，草木与农舍、奇石与山势的绝妙配置，远山的淡影和空白对距离的暗示，笔锋与浓墨的变化莫测和自由舒展，给我们呈现出画家激情四溢、难以抑制的感受以及中国画飞扬跋扈的精神延展于无限的审美盛景。而他的《雁荡山色图》同样用极少的笔墨展示了雁荡山的神奇。山岩的变化乃是在树影的变化之中，墨色的运作展示了奔放不羁的才华和造化的奇迹，这种静止中的飞动是对雁荡山神韵的非凡领悟。在画家看来，一切灵感和技巧都深藏于这些神奇的山影里，画家仅仅是用一支画笔将其从空白处挖掘出来。

黄宾虹在雁荡山居留期间，曾冒雨翻过谢公岭以观赏东外谷的老僧岩。明代诗人王守仁曾在老僧岩写下自己的感受：老僧岩下屋，绕屋皆松竹。朝闻春鸟啼，夜伴岩虎宿。这样的诗歌是朴素的，却说出了老僧岩野性的环境和置身自然中的惊险体验。可是对于画家来说，这正是寻求视觉冲击的好地方，只有这样原始的野性之中才有着能够捕捉绝世画稿的可能。为了能够找到孤绝的自然摹本，他浑身被雨淋湿，却因看见了雨中的奇峰怪石而获得了内心超凡脱俗的欣悦。这是一次难得的观赏，他对大自然的虔敬之心，获得了山川神的入住，并不断得到提升画境的秘诀。雁荡山让他痴迷，让他沉醉其中。一天夜里，黄宾虹独自走出寺院，很晚没有回来，寺院的僧人生怕在这深山出现意外，就去找寻他，结果看见他在夜路上一个人入迷地观看暗夜中的山影。

在这里，一个画家可以从千姿百态的山峰启示中看见绘画的局限。大自然的神工鬼斧和精微设计远胜于人在纸质平面上展现的笨拙的细腻和精工描画。可是人必须从自己的精神世界中获取属于自己的自然景象，也必须从一个二维世界里找到传导三维世界真实感的经验力量，这必定和一个真实的立体世界有着难以克服的差距，这就需要一个优秀的国画家运用充分的笔墨和色彩营造一种非凡的视错觉效果，以便让阅读绘画的人从这样的视觉差中重建内心的真实。

这一点，没有比在夜幕中感受的山影变化更接近我们的内心真实了。这些山影的模糊性增强了阅读的歧义，也触发了我们展开想象的逻辑枢纽。这些山影让我们看见了人间万象。一个个或远或近的影子里既有稳重厚实的性格力量，也有飞扬的、跃动的、喧哗的青春气息。既有危险的倾斜，也有几座山峰之间的吸引和靠拢。既有双手合掌的祈祷，也有抬头仰望的形象。既有万物狂奔的山巅幻象的奇迹，也有绝对的宁静和孤寂。总之，这些变化无穷的山影，处处充满了暗示，每一个形象都意味着一个寓言、一个故事，都和人世的一切相关。人们通过这些自然形象看见了自己，看见了自己的内心世界，看见了自己的追求、自己的审美理想和哲学思想，看见了自己已有的文化精神以及对自我的种种理解，并试图将这一切放在自己的绘画之中。这样的绘画之中，外貌的相似已经不是十分重要，重要的是精神意义上的描摹，是移步换景、昼夜交变、奇峰环拱和雕镂迷离的物象和自我的吻合，因为万物之貌中含有的乃是元气淋漓的自然之性和内涵之神，画家对自我灵魂的认知要从其中汲取。

一张三十年代以雁荡山为背景的老照片中，一排八人的游客中就有著名画家张大千先生。这是一群画家，他们都被奇诡的雁荡山峰迷醉，合掌峰、天柱峰、展旗峰拔地而起，直耸云霄，天然浑成的观音洞以及水铺珠帘、飞流直泻的大小龙湫，让画家们目光迷离、神魂颠倒。张大千凝视铁城嶂深褐色的横波水纹，对同行者说，他断定雁荡山在几千万年至一亿多年前原是火山地带，后来沉没海中，岩石受到海水的侵蚀，再后来逐渐露出海面，再再后来又遇到冰河期，遭到冰川洪水的侵袭，岩石又进一步崩解和剥蚀，形成了现在怪异巍峨的绮丽山貌。张大千不仅对雁荡山峰的形成做了科学的猜测，也在这瑰丽奇特的山景中沉醉，饥渴般地将这纷繁复杂的山貌纳入记忆。这一次游山的成果之一，是同行者一起合作了一幅流彩飞逸、泼墨成影、丘壑跃动的雁荡山色图。其中一人方介堪飞刀刻章一方："东西南北人"，对同行者的来历做了高度概括。这是一个优雅的赏山画山现代典故，一段绝美的雁荡山文人佳话，一个和雁荡奇峰相匹配的人间趣事。多少年后，方介堪根据记忆创作了一幅雁荡山色画，好友谢稚柳忆起当年同行共画雁荡的情形，题诗一首：曾揽浓光雁荡春，萍浮暂聚旧交亲。画图犹认当年展，已散东西南北人。

民国名媛陆小曼的老师贺天健曾说，世界上有三个山水境地：一是人世间的山水实境，一是唐宋历代诗里的山水境地，一是画里边的山水境地。在中国文化中，这三个境地何曾有过分割？实境乃是存在于虚境，虚境乃是实境的幻化，实境和虚境的叠加乃是山水诗的灵魂，山水诗的灵魂又在山水画中显现。著名画家潘天寿在五十年代前往雁荡山写生，他试图将更多的民族性灌注到自己的山水画中，从而完成诗境到画境的转化和重生。雁荡山的景观和中国画的形式是多么契合。他的雁荡写生图将水墨晕染和轮廓勾勒进行了优雅的、有力的融合，在山水实境、诗境和画境之间完成了互相转换、彼此组合和互生，工笔与写意结合呼应，设色明媚而层次分明，景致清雅而浓淡相宜，传统笔墨的丰富性和真实景物之间的巨大张力，以及线条走势、苔草皴擦和前后景布设的气势神韵，在一气呵成之间再现了佛意山水浑然一体的古刹钟声、落花流水的自然禅意。

正如张大千的推断，雁荡山起源于亿年前的地质变迁。那时，洪荒时代的巨变在恐怖的意象中呼啸，海潮推起了一个个巨浪，雷霆在咆哮，闪电一次次从高不可攀的天穹贯穿了乌云，地火从岩层下突然升起，浓烟和火焰笼罩了大地，暴雨和飓风交相摩擦，漫长的时间沉浸于暗夜，星月晦暗。大地在翻天覆地的痛苦中叫喊。冰川在凝结，在消融，在运动，在漂移。河流在溶蚀，在冲刷，在奔腾。火焰在冷却，在冷凝，在重新提炼形象。岩石在形成，在崩解，在重新组合，在锻造诡异和奇景。一场颠覆乾坤的、伴随着阵痛的孕育和自我改造，席卷了世界。这一切，都是为了亿年后诞生的人类，都是为了拥有灵魂的人类预备浩渺纷繁、山影变幻和奇峰迭起的视觉盛宴。而尚未出现的诗人、画家、旅行家、游客、农夫、樵夫和所有的对雁荡山的渴望者，在遥远时光的另一端，耐心地等待。

刊于《人民日报》（海外版）2023年5月6日

八千公里路的美丽相逢

—— 勺嘴鹬写给人类的一封信

李 舫

亲爱的人类朋友:

你们好!

见字如面,念念为安。

我的大名叫作勺嘴鹬,小名叫作"盐小勺"。我是一个天生的旅行家。一年时间里,我的很多时间都花费在迁徙的道路上。或许,你们不太熟悉我,但我相信你们会越来越喜欢我。

我的故乡在俄罗斯西伯利亚东北部楚科奇半岛。勺嘴鹬是一种长距离迁徙的候鸟,每年都会从俄罗斯飞往泰国、印度、中南半岛、新加坡和马来半岛等东南亚地区越冬。当你们读到这封信的时候,我和我的小伙伴们正在俄罗斯楚科奇半岛至堪察加半岛一带繁殖后代。西伯利亚东北部海岸冻原地带是我和伙伴的重要繁殖地,这里近海,有湖泊、水塘、溪流、苔原、草甸和冻原沼泽,气候很适合我们生育。

冬天将近,我就离开我的出生地,开始漫长的迁徙之旅,沿东亚 — 澳大利西亚迁徙线路,跨越北冰洋、大西洋和太平洋,前往东亚和东南亚地区过冬。别看我的身体小小的,个头不大,但是我的能量却十分巨大,是个超级厉害的"跨时区旅行家",我这次迁徙的全程大概有8000公里。在这漫长的旅程中,我会选择在中国东海岸滩涂地带停留,休憩觅食,补充能量,然后飞往东南亚地区海滨越冬。所以你们人类在记录我们的分布时，这样写道：勺嘴鹬分布的地区比较窄，原来只存在于孟加拉国、中国、印度、日本、朝鲜、韩国、马来西亚、缅甸、俄罗斯、斯里兰卡、泰国、越南，迁徙于加拿大、菲律宾、新加坡、美国。在中国，主要见于江苏、浙江、上海、福建、广东、海南、香港和台湾。

我最喜欢的栖息地是条子泥湿地，这里是我们的新家。条子泥，位于江苏盐城东台沿海经济区东首，这里有着绵长的海岸线，是黄海生态区的重要一站，因其地形呈条状而得名。在这里，一片片耐盐耐碱的刺槐、杨树、柽柳枝繁叶茂；短耳鸮、丹顶鹤、鸳鸯、河麂、雀鹰们在林间湿地自得其乐；红火的碱蓬，白头的芦花，绵延不绝的红树、红茄冬、海漆树妙趣横生。条子泥湿地就像一张众鸟云集的大餐桌，每年春秋时节，不同批次的勺嘴鹬都相继抵达。与此同时，滩涂湿地上的其他各种鸻鹬也是纷繁复杂。勺嘴鹬这小小的身影，往往会淹没在众鸟飞翔的"鸟云"里。

"潮涨一片汪洋，潮落一马平川"，说的就是条子泥的独特景观。你们看，这里碧波荡漾，水天一色，万鸟齐飞，相映成趣。每一处景色都让我们流连忘返。鸟儿们都愿意来条子泥，因为这里补给多，是候鸟的护航站、加油站，是万千野生动物的天堂驿站。我们用小脚丫"投票"，以最真实的数据展示出条子泥湿地人与自然和谐共生的景象。凭借独特的地理位置和良好的湿地生态，每年都有数百万候鸟同我一样来到条子泥，在这里停歇、换羽、越冬。谁能想到，几百年前我的祖先飞过这里的时候，视野里还是一片汪洋，后来随着潮涨潮落、沙积泥淤、滩涂增高，海岸线逐年向东扩移，终于形成了露出海面的沙屿，这片湿地成为东亚—澳大利西亚这条鸟类迁徙路线上的重要中转站。据人类统计，目前条子泥湿地鸟类种数已达四百多种，涉禽种类已经创造世界之最。广袤的湿地为我们这些湖荡精灵们提供了良好的栖息环境。数不清的自然精灵们，与人类在同一片天地间自由生长，好不悠哉。

尽管我每年在盐城停留的时间只有三四个月，但盐城人非常喜欢我，将我当作这个城市的象征，还给我起了个中文名字"盐小勺"，昵称我为小勺子。你们人类还用我的形象开发了整套 IP，创作了小勺广播体操、跳舞的小勺等一系列呆萌可爱的形象及"自带饭勺的盐小勺""不是菜鸟的盐小勺"等一系列文创，体现我小巧憨态的身体里隐藏着坚韧可爱的性格。

你们知道吗？全世界一共有 9 条候鸟迁徙通道，经过中国境内的有 4 条：西太平洋迁徙通道、东亚—澳大利西亚迁徙通道、中亚迁徙通道和西亚—东非迁徙通道。东亚—澳大利西亚迁徙通道北起俄罗斯远东和美国阿拉斯加地区，南到澳大利亚和新西兰，是 9 条鸟类迁徙通道中拥有候鸟种类和数量最多，也是最拥挤的一条迁徙通道。在这条通道上，水鸟占迁徙鸟种的比率比其他通道都要高，多达 5000 万只，飞翔在这条线路上的有白鹳、天鹅、黑鹳，猛禽有老鹰、猫头鹰，雀科类有相思、画眉……别忘了，还有我——勺嘴鹬！

盐城，正是这条通道的一个重要驿站。盐城，有太平洋西岸和亚洲大陆边缘面积最大、生态保护最好的 77 万公顷海岸型湿地。这里拥有世界上面积最大的潮间带湿地和规模最大的辐射沙脊群，是全球最重要的滨海湿地生态系统之一，也是东亚—澳大利西亚候鸟迁徙路线上的中心节点和关键区域。每年有数百万只鸟选择在这里停歇、繁殖或越冬，其中有三十多种鸟类被列入世界自然保护联盟的濒危物种红色名录。盐城是全球最大的丹顶鹤越冬地，拥有世界上最大的麋鹿野生种群和最完整的麋鹿基因库。盐城受保护湿地面积达 41.6 万公顷，湿地保护率达 54%，自然湿地保护率 62%，初步构建了完善的湿地保护体系。

说到湖荡精灵，怎么能少得了我勺嘴鹬。

一说到勺嘴鹬，你们肯定会笑，怎么会有叫这种名字的鸟！其实，勺嘴鹬的名字，缘于我像勺子一样的嘴巴。勺嘴鹬是鹬科勺嘴鹬属的小型涉禽，体型小巧轻盈，只有十几厘米那么长，大概就像人类的拳头那么大。我有一双纤长灵活的双腿，可以在湿地里轻松行走；我的羽毛颜色很特别，会随季节而变化。夏季，我的上体是黑色，背部是棕红色羽缘；冬季，我的羽毛背面会变成灰褐色，有着黑褐色羽轴花纹。

最奇特的就是我的嘴巴了！我的嘴巴是黑色的，嘴巴末端呈铲形，就像一把袖珍的小勺子。我和同伴常单独活动于水边浅水处和松软的烂泥地上，行走时常低垂着头，寻找食物的时候，会把像勺子一样的嘴巴探入泥水里，然后左右摇晃着脑袋，蹀步前行，边走边从水里过滤出小鱼、小虾、沙蚕等软体动物和甲壳动物来充饥。喜欢拍摄我的摄影家，常常一边拍摄，一边捧腹大笑，这就是你们人类所说的"忍俊不禁"吧？所以你们人类戏谑地说我是自带"饭勺"的小萌物。

其实，比我的嘴巴更奇特的是我的舌头，宽宽的舌头的尖部分布着密集的赫布斯特小体，那是一种有助于我们在潮湿的土壤下感知猎物的神经末梢，所以你们知道为什么我能够不用眼睛，就检测到藏在软泥里的猎物了吧？

我不仅外貌引人注意，目前的种群数量情况更令人关注。由于洪水泛滥、各种天敌动物的捕食及食物短缺，勺嘴鹬的繁殖成功率并不高，每窝产卵3—4枚，仅20%—30%的卵能够孵化成功并最终成活下来。苛刻的繁殖地选择、狭窄的繁殖区域及较低的繁殖成功率是勺嘴鹬自然种群数量较少的重要原因。再加上越冬地的栖息地丧失，以及栖息地受到干扰、污染、狩猎和气候变化的影响，导致幼鸟出生孵化成功率更低，同时也影响成鸟，使得整个种群濒临灭绝。

是的，勺嘴鹬是世界濒危物种。因为人类活动、环境污染等导致的栖息地退化及丧失，以及受非法捕猎等因素的影响，勺嘴鹬的生存环境面临极为严峻的考验。从近几年的数据来看，勺嘴鹬的种群数量还在以每年8%的速度减少。

在中国，勺嘴鹬是一级保护动物，被称为"鸟中大熊猫"，数量却远少于大熊猫，那是因为，我对于生存环境非常挑剔，迁徙途中遭遇恶劣天气、天敌的捕猎，都会让我面临绝境。你们人类统计，1970年，勺嘴鹬种群数量有2000到2800对；2000年下降到1000对，2005年仅剩400对左右，而且这一数字还在不断减少……这些年，随着长三角区域生态环境标准一体化建设不断推进，加之鸟类学家将我列入世界自然保护联盟濒危物种红色名录极度濒危物种，一再紧急呼吁警惕勺嘴鹬深陷濒临灭绝的困境，我的生存环境正在发生翻天覆地的变化。

目前，我们种群的数量正在慢慢得到恢复，全球勺嘴鹬数量已经恢复到600多只，我和我的小伙伴们也越发活跃起来，每年3至5月和8至10月，我们种群总量的40%到60%会在盐城停歇。我真诚地希望和人类成为永远的好朋友，与你们世世代代和谐共生、友好相处。

坐标北纬32°，东经120°——

飞越8000公里，只为同你相见。期待这个金秋我们相会在美丽的条子泥！

爱你们的勺嘴鹬

2023年6月

刊于《人民日报》（海外版）2023年6月27日

向上攀登的树

刘建东

　　长白山主峰，海拔1800米之上，一年之中大多数的时间，被肆虐的风、漫天飞舞的雪、任性的寒冷所占据着，残酷的环境，令众多的树种望而却步，被迫慢下来，停下了继续前行的步伐。只有一种树，跨过命运划定的界线，沿着越来越陡峭的山脊，在越来越贫瘠的土壤上尽可能深地扎下根，迎着风霜，顶着暴雪，勇敢地向更高的高度挺进。

　　这就是岳桦，是我在通往长白山天池的路途中，与之邂逅的一种树。

　　于我而言，这种高山乔木是陌生的，它的外表并不引人注目，丝毫不出众。它没有长白松那么高大伟岸，英俊高冷；也没有白桦树那么秀媚端庄，亭亭玉立。它极其普通，甚至，有些丑陋。但它是天生的冒险家，拥有无所畏惧的气魄与不惧危险的素质。

　　海拔的高度，对于每一个树种，既孕育着梦想，也意味着绝望。慈祥而广袤的湛蓝苍穹之下，长白山主峰高耸入云，威严而又令人敬畏，高不可攀的山巅未可预知的风景，是所有树种希望企及的梦想。无数个白昼与夜晚，无边的欲望，随风吹遍了整个山林，到山顶去，到那与云朵最接近的地方去，这个想法炙烤着每一个树种的神经末梢，令它们想入非非，跃跃欲试。而只有少数的树，敢于尝试，敢于脱离自己的舒适区域，踏上险境，走向不归路。在悠长而枯燥乏味的时间征途中，或许是某个风雪交加的夜晚，或许是某个安宁诗意的清晨，毫不起眼的岳桦，迈出了有关生死存亡的第一步。在翻越生命禁区的红线之后，最初的10米，20米，30米……它们一步步，一寸寸，在付出了不计其数的牺牲与失败之后，脚下的土地才显露出不耐烦和不得已，渐渐地勉强接纳了它们。海拔相对较低的地带，风会相对温和一些，严寒会稍稍收敛一些，它们还可以尽情地舒展自己的筋骨，放飞自己的心怀。在属于它们的地盘里，生长得爽性洒脱，无拘无束。所以，在这个地带内，我看到的岳桦树是这样的：它们看似有些随意，甚至有些懒散，不像其他的树种那样整齐划一。在背风的山坳，在相对平缓的山坡上，在山谷之间，在绿茵茵的湖水四周，在流动着的冰凉的河水两侧，它们依着地形，借着山势，轻松地舒展着身躯，东倒西歪，七零八落，有的把身躯伸向天空，有的将枝节无所顾忌地向各个方向延展，不追求笔直，不追求方向，也不追求美观。它们像是孩子般尽情挥洒着自己旺盛的生命。有的，干脆在冒险的路途中，舍去了生命，也要留下刚硬而悲壮的树干，在风中呜咽。因为环境的恶劣，它们并不高大，但是它们还是庆幸看到了不一样的风景，从山岭的最高处，悬挂而下的那一条急迫而清澈的瀑布，闪着明亮耀眼的光芒，从空中快速地降落，它像是一条绳索，把寂寞的天空拉到了它们的近前。它也像是一条来自山巅的消息，让它们对未知的高度更加向往，更加渴望，也更有想象力。

得到短暂休整的岳桦树，并没有让这种相对的平静，这种温和的亲近，这种仁慈的爱抚，泛滥成灾，冲昏了头脑，消磨了意志。它选择了继续向上，它的命运在永不止息的攀登途中，而不在停留的自得之中，它宁愿去做一棵孤傲的树，宁愿，用牺牲为它们不屈的生命，献上荣光的祭奠。似乎没有什么，能阻止，它向上的脚步。它们中的一部分，很快地开始了又一次无比困苦和单调的跋涉。在上升的过程中，越接近顶峰，恶劣环境的考验越猛烈，它们不得不低下高傲的头，不得用自己并不强壮的身体，向狂风妥协，与暴雪和解，和严寒交好。所以，为了适应环境，我看到了它的身体，奇妙地发生着变化。它们像是经过长期训练的战士，变得团结而有纪律，井然有序，它们互相勉励着，一律朝着一个方向，背风的方向，弯下了腰，甚至匍匐着，像是在与山脊低语。

它们不得不弯曲，可是并不胆怯；它们不得不变得矮小，可是并不委琐。它们保持着自己的尊严，即使弯曲，枝干也坚硬挺拔，如同刺向风暴的剑和枪，以战斗的姿态，抵御着风雪的扫荡、酷寒的蹂躏。这一次，危险随时存在，牺牲成了常态，可是它们弯曲的身体里，充盈着顽强。时间对于岳桦来说，似乎停留在某个高度上，是凝固的片刻，也是希望的永久。暂时的停留，弥足珍贵。当它们终于在越来越贫瘠的山坡上扎下了根，喘匀了气，安抚住不安的情绪，它们就可以放眼四周，独享风景。

此时，阳光晴好，为它布置了天然的背景，它看到了从幽深的谷底缓缓升腾起来的白云。白云飘逸、轻盈，柔软得令人心碎，轻抚着它满是疮痍的身体。它看得更远了，一览众树矮，那些曾经与它为伍的高大树种，竟然变得那么渺小。它陡然发现，时间不知已经过去了多少个世纪，它已经做了太多不可能完成的任务，翻越了太多不可逾越的海拔高度。目光似乎有了重量，直抵山的尽头。它可以看得更远，相对清晰的针叶林带，隐约可见的针阔叶混交林和阔叶林带，它们互相簇拥着，互相依偎着，紧紧地拥抱在一起。它几乎看不到山的形状，山被巨大的森林严严实实地包裹住了。风越过了岳桦，在丛林中制造了巨大的合唱的乐声，丛林快乐地享受着属于自己的幸福，或许，是在嘲笑那个脱离了大家，不顾及后果，一味蛮干，顶风冒雪，傻瓜一样踽踽前行的岳桦。丛林一直在观看着它，孤独而倔强的背影，丛林也只能看到它的背影。它停止了回望。只在北风呼号和寒风凛冽的夜梦中，看到曾经混迹于其中的自己，它也看到了，一路向上攀登的自己的身影。它被自己感动了。

海拔已经接近2100米，山巅触手可得。但是再前进一步都变得异常艰辛。刮过一阵风，它们迎接着，把力气本能地用在树的弯曲处，俯下身子，感到了寒冷和孤寂，也感到了寂寥与惆怅，这是孤独旅程的并发症。但是山巅仍然在上方，仍然在迷人地召唤着它。当我借助汽车，借助人为修建的道路，借助厚厚的衣物，把它远远地抛到身后时，我不禁回头观察，我发现，它的身体更加低矮，更加贴近山体，就像是人类站在跑道的起跑线上，蹲下身子，保持着蓄势待发的姿势，随时等候着来自内心深处的发令枪声。

我很快就忘记了岳桦，因为此行的目的并不是为它。我也有更高的目标。从汽车里出来，终于踏上了通往山巅的最后阶梯，我克服了因为氧气稀薄、头晕、身体发虚的困难，穿过荒芜的高山苔原地带，一步步接近顶峰。

我是幸运的。因为上来之前，他们说，今天能够看到长白山天池的概率是百分之四十。我替岳桦树看到了最高处的风景。宽阔的火山口四周，被风化的赤褐色山体，萧索荒凉，植物的踪迹难寻。我与那些仰慕长白山天池的众多游人挤在一起，在众人此起彼伏的惊叹声中，看到了朵朵白云抚慰下，那一池碧蓝色的湖水。这是白云的故乡，它悠闲甚至有些懒散地悬浮着，把巨大的暗影投射到绸缎一样的湖面上。湖水寂静无声，对世人的喧嚣之声充耳不闻，仿佛沉醉在永恒而美好的睡梦之中。美丽端庄的天池，可能永远不会知道，有一种叫作岳桦的树，在几百米之下的山脊上，还在幸福地拥有一个梦想，仍然怀揣不安分的雄心壮志，梦想登上最高峰，看到这美好一幕的瞬间。也许，这一时刻，还要等几百年、几千年，甚至几亿年；也许，它的努力永远都是徒劳，山巅的风景永远只能出现在无止境的梦中。但是对于不知疲倦的攀登者来说，这又有什么呢？因为在攀登的过程中，它已经领略了太多精彩纷呈的风景。所谓最后的风景，其实一直在永不停歇的路途中等待着，相伴着。

刊于《人民日报》2023年10月2日

最美乡村看尼汝

譚　谈

那里，号称"世界第一村"。第一次听人这么说，总觉得这牛皮吹得有点大。不是全省第一、全国第一，而是全世界第一呀！于是将信将疑。

这天，女婿对我说，他和他的同事们，准备去那里看看，问我们去不去。来到大理，在旅居的小院已住了一些日子了，也真想出去走走了，何况是去一个天下第一的地方呢？于是一口应允。

次日一早，我们就出发了。七八月，正是大理的雨季。雨，喊来就来了。似乎天天有雨，一天几场雨。只要有乌云飘来，雨就来了。我们迎着风雨，上路了。

那个村，属香格里拉市，是藏族居住区。从大理去香格里拉，通了高速公路，便当多了，三个多小时就到了。因为此行的多数人，以前都到香格里拉来玩过，香格里拉的景点我们就省略了，只顺路在车上看了看这里的纳帕海。

于是，就直奔那个号称世界第一的藏家山村而去。

从香格里拉到尼汝村，只有75公里路程，而导航上却标示，需要三个半小时，可见其是什么路况。说它路况不好，也冤枉了。全程都是硬化水泥路面。那么，为什么这么耗时呢？因为全程都是在大山上爬行。坡陡，弯多。加上雨季，不时有山体塌方，有碎石掉落。一路上小心翼翼。

尽管这样提心吊胆地前行，我们的车，还是出事了。在通过一处碎石落下的路面时，右前胎被扎破了。只见车子发出警报声，紧接着轮胎就扁了。还算好，此时正好经过一个路边饮食店，有一个停车的小坪。

停下车来，女婿下车，向路边小店的人打听：附近有没有汽车维修的店子？也巧，下一个坡，就有一家修理店。车子是不能开了，女婿徒步前往。不一会儿，一个壮实汉子开着一辆双排座的小卡车来了。

经过一番查看，维修师傅说，胎被碎石扎破侧面，无法补，只能换新胎。而他们店子，没有这种型号的轮胎，要外调，至少要两天时间。幸好我们带了备用胎。但备用胎比正常胎略小一点，师傅说，备用胎不能长用，只能应急，开行最好不要超过60公里。

这里，离尼汝村还有20多公里，只能换上备用胎前行了。

此番教训，使我们开车更加小心翼翼了。一见前方路面上有碎石，就停车，清除以后再走。没有"求助机会"了，如果再扎破一个胎，就无法前行了。

进入尼汝村的村道，坡更陡，弯更多，撒落碎石的路段也更多。然而，路边的景色，却诱惑着你，引诱你忍不住地往前走去。云在山头表演，雾在山谷作画。有时，两边壮阔的山坡上，云像一朵一朵耀眼的白花，开满整面山坡。有时，雾像巨大的白帐，遮住整个山头。偶尔松开一点，露出一点山体，亮出几棵树来，一下又飘过来一片白雾，将山体蒙住了。愈是这样，就愈显得这山秘不可测，神秘无比。近处，路边的树，在雾的配合下，更显挺拔、威武，有一种刺破高天的气势。有时明显地感到，不远的山脚下，有河流，却看不到河流的面貌，只听到哗哗的流水声传来……此时此景里，山神秘，水神秘，树神秘，村庄神秘！

老天，总是把最美的地方，保护得最严，收藏得最深。你想见见它，就得付出！好在现代文明，已覆盖华夏大地的每一个角落。这样的深山老林，也被网络网进来了。昨天出发前，女婿就从网上预订了这个村的民宿。

从香格里拉市区出来，已经驱车四个多小时了。前方，看到一个山坡上，立有一块广告牌，上书：战友情客栈。这就是我们从网上预订的、今晚落宿的地方。

这是一处藏家民宿，坐落在一个依山傍河的地方。两边，高山耸立，房屋，绿树环抱。云雾，在山间、水边飘动。整座民居，在一幅画里。

一棵挂满果实的苹果树，就立在我们住舍的露台边，伸手就可摘到果子。开这个民宿的是一对藏族夫妻。丈夫是一位复员军人，故将自己开的民宿，取名为战友情客栈。夫妇俩都十分慷慨地对我们说，树上的果子，你们想尝尝，就尽管摘。

此时，已是傍晚六七点钟了。奔波了一天，累了。匆匆吃过晚饭，就歇息了。这里离村部还有十里地，明天再走。

次日一早，我们就出发了。进村这十里地，比昨天似乎更难。虽然也全程是水泥硬化路面，但走不了几分钟就有塌方或落石，或者被雨水冲倒的树木挡道，需要下车清道。然而，越往里走，景色越美。

爬上一个高坡，前面的车子就停下了。一个个从车里钻了出来，发出一片"呵呵"的惊叹声。

我们也停车了。走下车来，只见一幅绝妙无比的大画，呈现在自己面前。这是大自然的杰作，站在这天地合作的大画前，人间任何丹青高手也只能望洋兴叹，望尘莫及了。这时候，老天也眷顾我们，开恩地放出一片阳光，洒落在山下那个大坝子上。一片风格独具的藏家民居，整齐有致地出现在阳光下。四面雄峻而广阔的山峰，是一个硕大的云雾表演的舞台。有些白雾，如一群群活泼的绵羊，在山间奔跑；有些轻雾，如一缕缕炊烟，演绎着人间烟火。似乎"白云生处有人家"。云雾占据了整个山峰。在这里，弄不清哪是山上的雾，哪是天上的云。天和地，在这里无缝对接了。站在这里，我顿时浪漫地想：如果当年董永和七仙女是在这里离别，董永完全可以从这天地连接的地方上到天庭，去追寻他的心上人……

再看村舍前面，一条小河流过，傍河铺开一片广阔的田园。这里地势高，气温低。已是七八月，油菜花还开着。各种各样的野花，开满在山头，装点着这个藏家小村。在这个村里，你无论往哪个方向看，面前都是一幅画，一幅藏家风情画。

看到这些，女儿忍不住感叹地说："太美了！这里的人，每天都生活在画境里，多么幸福啊！"

尼汝村，属迪庆藏族自治州香格里拉市洛吉乡，在"三江（怒江、澜沧江、金沙江）并流"世界自然遗产景观区内。一个村，有446平方公里的广阔地域，却只有108户650人，全是藏族同胞。村名尼汝，系藏语。尼，意为太阳。汝，意为照耀。就是说，这里是一个太阳照耀的好地方。村里有最原始的生态美景，被世人称为"秘境中的秘境""真正的世外桃源"。

我们进入村口，停下车后，就看到一块标示牌上，有这样几行文字：2002年10月，联合国世界遗产中心委派的高级官员和权威人士吉姆·桑塞尔博士、莱斯·莫洛伊博士对"三江并流"列入《世界自然遗产名录》实地考察时，将尼汝村誉为"世界第一生态村"。尼汝村是"三江并流"世界自然遗产自然奇观标志性提名地之一。

你看看，这还不是吹牛，而是真的！这次来到了现场，见了实景，看了世界权威人士的评价，我算彻底地服了。

走过祖国的名山胜水，看过不少的美丽乡村，最美在尼汝啊！

刊于《湖南日报》2023年8月25日

麦子，无心事

刘亚荣

一

植物园街南侧，遥遥相望的赭红色楼房之间，有一大块平展展的麦田。迎着夕阳远眺麦浪翻滚的天边，镶上了金边的太行山，让天边显得更加华丽。盛大的场景由远及近，浩浩荡荡，连麦田也多出了金色所致的绚丽元素。我想我对麦子的遗恨，就是在这时得到了彻底修正。

住在城市，能亲近原野上的麦子，是一种奢侈。

我曾经厌恶过麦田。那年，初中毕业没考上高中，在不知所措的日子里，我和麦茬战斗过。麦收的当口，母亲病了，从北京看病回来，她和药丸较上了劲儿，我无可选择地替代母亲，和麦茬较上了劲儿。麦茬的帮凶是坚硬的土地，我的兵器是一杆锄，硬邦邦的锄杠显然是麦茬的内应，柔软的手以红肿起泡的姿态，与帮凶和内应进行着持久战。铲麦茬的时候，我胳膊上满是麦芒留下的伤痕，见证了我割麦子的艰辛。

麦收后的日头，是麦秸烧起来的，带着独有的炽热，风也是焦躁的。一个每月有五天腹痛史的姑娘，忍着坠痛，弯着腰吭哧吭哧铲麦茬，耸立的麦茬像针，更像箭镞，刺得眼泪汪汪的，腰与大地的角度小于90度。我憋着劲儿，一锄一锄铲下去，有的棒子苗被铲掉。这样的记忆，可以写一本书。

麦茬像平行的直线，伸向望不到头的地方。我的绝望随之蔓延，没有人能拯救我。母亲心疼，却没法分担。暑天里最可口的冷汤也没了吸引力，只有睡觉才能缓解腰疼。手掌火辣辣的，水泡破了，积液渗出来，疼更加重了几分。我咬着牙，不知道该恨谁，我突然想去上学。

三年初中，从一个古村落到另一个古村落，从鲍墟大堤道口到学校，麦田里踩出了一条弯曲的小路，麦田的主人，屡次用酸枣枝挡在路口，也挡不住我们抄近路的脚步。冬天的麦田，是空旷的，麦苗带着霜，浓雾里包裹着我们也包裹着远处的麦田，远远地，能听到羊的咩咩声，地上有羊粪蛋，偶尔能看到冻得硬邦邦的大雁粪。

麦田里的小路足足有两里地长，亮闪闪的，像夏日天空的闪电撕裂了一块碧绿的毯子。有农人跳着脚骂人，成队的学生默不作声绕过去，看着那个手舞足蹈的人。

这条小路毁掉了多少棵麦子？是多年后我经常琢磨的问题。

二

麦子伴着我成长，储存着我的欢乐和悲伤。

周岁那天，母亲想验证我的农民身份将来有没有奇迹发生，让我抓周。在书、钢笔、秤杆、针线和馒头之间，我一下子就把馒头揽在怀里。这个馒头也和其他物品一样，被鲜艳的红布隐瞒着真相，我能一下子分辨出来，自然是馒头的香味诱导了我。母亲有些不甘心，她更希望我能抓一支笔一本书，能识文断字，不再面朝黄土背朝天地做一个农妇。随即，母亲笑了，一辈子有白面馒头吃也不错。这是母亲对我的祈愿，也是她们那代人的梦想。这个简单的近似于游戏的仪式，并不能明确预示未来。母亲不知道，她的女儿如今与书相伴，甚至有作品不断发表。

母亲健在时，逢家人生日，她都会做手擀面、蒸馒头。这是一个农家母亲的所有。我爱人走进我家，也享受着同样的待遇。

关于麦子的记忆，是两个方向。

从秋分开始整饬土地，麦子讲究，地不平，浇水难。耩麦子，要拉耧（耩麦子的工具），只要有把力气的孩子，就会被大人拉到耧前。赤脚蹬在松软的地里，腿肚子都是酸的。麦收更像是噩梦，一些文学作品或者歌颂丰收的喜悦，或者结构劳作的苦楚，我不想再重温超负荷的劳作。

生活中的所有苦累，在麦面食物前俯首称臣。

一角散发着面香的白面饼，可以战胜半日的劳累。一顿带着醋蒜香的冷汤，就可让一个燥热的夏夜安适如春。

母亲和她做的冷汤，已成绝响，再没有人在我生日的时候，亲手擀一碗面。有人说，食物是乡愁的来源，我的认知也如此，却不限于此。如果可以选择，面食我肯定不离不弃。麦子早在我周岁的时候，成为我生命的一部分。

上卫校时，每周都要啃两天窝头。与白面相比，棒子面本就低一筹，更遑论有点霉苦味的。十八岁的身体扛不住饥饿，或者说难以抵御白面馒头的诱惑，用五分钱二两粮票到国营食堂买一个饧面大馒头，坐在通铺的苇席上，吃到半夜，哪舍得一下子吃完。这样的记忆，被链接在食谱里难以删减，对麦子的好感陡增了几分。

三

新冠肺炎疫情期间，囿于家中，我学着蒸花馎馍，一只只雪白的胖乎乎的刺猬，参着刺，瞪着黑黝黝的圆眼睛。我特意在刺猬的嘴上安了一个小红枣。不善言谈的爱人，拿起刺猬左右端详，说："都舍不得下嘴了。"

吃花馎馍于我是很遥远的事了。

小时候的年节还是有味道的，单是那花糕，就值得孩子们雀跃。平日里粗粮瓜菜省吃俭用，母亲总积攒着一些麦子过年吃。麦子的金贵我深有体会，与其说我厌恶麦田，不如说是想逃避劳动。三百六十五天，粗粮喂养的我瘦弱得像一根莲秆（高粱秫秸与高粱穗连接的秆）。对白面馒头的渴望，是年轻人无法理解的。

正月二十五，家乡有打囤的习俗。外地多称祭仓神。父亲在院子里用草木灰撒出五个当瓮的大圆圈，中间虔诚地放上五谷。放麦子的时候，四五岁的弟弟央求父亲多放，小小年纪的他，也知道麦子稀罕。

我曾写过《孟尝村的花馍馍》，以及家乡祈雨的场景。久旱无雨，叫天不应，庄稼快成枯草，村里的执事人会找十二个寡妇扫坑（孟尝村中有一个"官坑"），表情凝重的男人们则抬着花馍馍跪拜，孩子们青蛙一样唱歌："老天爷快下雨，收了麦子供享你，你吃瓢我吃皮，剩下麸子喂小驴儿……"为了麦子，全村老老少少出动，虔诚地祈求，也许会来一场及时雨。这个场景，是父辈人生命长河里永不消散的画面，也刻在我心里，如同亲历。官坑的水几近干涸，坑底皲裂，翘角的瓦片一样，黝黑的泥变成土灰色，坑中心残存着炕席大小一片水，浑浊得几近于泥浆，几个雪白的花馍馍漂在水上。由花馍馍为主角的祈雨仪式，系着全村人的温饱。

潴龙河畔贫瘠的土地，塑造了当地的风俗。年节上供，以麦面花糕和饺子为主，所谓三牲属于王侯，鸡鸭鱼则是富裕人家才有的奢侈品。

唐代的看席，可以吃，但主要供看。唐中宗时有"烧尾宴"，看席上有七十个面制食品组成的乐舞场面，称"素蒸音声部"，内有惟妙惟肖的弹琴鼓瑟的乐工和翩翩起舞的歌伎。王学泰先生在《华夏饮食文化》中说，"人多爱玩，不忍食"。

无论贵族饮食还是市井饮食，麦面食品无可替代。主食有饼、馒头、饺子、面条、包子等，小吃类更是数不胜数，诸如麻花、馓子、烧卖、锅贴、咸食……我更钟爱花馍馍，可赏可食，还能馈赠亲朋。

小姑姑结婚的时候，奶奶倾其所有，倒腾出麦子，淘洗，磨面，请来村里手巧的人蒸花饽饽、炸花，隆重地把小姑姑嫁出去。小姑姑给婆家带去的炸花，惊艳了乡邻。这是麦子的盛宴。拖着长尾巴的凤凰、甩着尾巴的金鱼、各种展翅的鸟雀、多刺的刺猬、露籽的石榴，活生生的，涂着胭脂和绿颜色，装满一个一个食盒。时间深处，深红色的食盒，雪白的、点着胭脂的花饽饽和炸花，交错着，成为我对麦子深情遥望的载体。

在华北平原我的家乡，有给孩子做十二晌或者满月的习俗。那带着麦香的大百岁，足足有一斤重，一笸箩一笸箩的百岁，列着队，是长辈们对一个孩子最隆重的祝愿。

藜藿人家，麦子是衣食父母，是通天地敬祖宗的法宝。

这个世上，除了麦子，还有谁能更好地担此重任呢？

四

过去村里人说谁家富裕，会说趁几囤麦子。

对于现代人来讲，馒头是日常。铁扬先生写过《富翁的破产》，他所谓的富，是趁可以买二十个馒头的一块钱边币。那个兵荒马乱的年代，殷实人家过年也吃不上几次白面馒头。铁扬老师的家乡赵县，与我的家乡都在华北大平原上，都是麦子的主产区。

新婚房的堂屋，靠东北角有一个砖垒洋灰抹的池子，足足占据房间的五分之一。婆婆告诉我，里面是五年前的麦子。神情颇有些骄傲，余粮就是财富。夏天，我发现地面和墙上有"牛子"（一种小甲壳动物，吃麦子棒子）爬来爬去。竟然是麦子生了虫，满满一池麦子足足塌下去一尺。晾晒后，公公赶紧枭出去。被牛子咬过的麦子，几乎成了一个几近透明的皮。我没有关心这些麦子的去处。有一天晚饭，发现婆婆在吃一种灰乎乎的饼，颜色像扒糕。得知是被虫咬过的麦子做的，尽管我很想尽孝道，却一口也吃不下去。

在自然界，人与虫子的较量此起彼伏，或者说，互生互长，乡谚云"井里的蛤蟆，酱里的蛆"。这不是妥协，而是万物的共生，是农民的生存逻辑和哲学。

麦子是生活的记录者，诸多细节在它摇曳的秸秆里。

新麦下来时，有一件可以改变我身份的事需要交一笔钱，数目不小。我想到了公公，婆婆曾说需要钱的时候，家里给你们一些。我刚做过人工流产，带着一岁多的女儿骑行十多里地，热切切地来了。以为公公会支持一些，没想到碰了一鼻子灰。我也理解老人，小叔子要结婚，家里需要钱的地方太多。

几天后，公公让人送来了钱。我的事情已经办妥，就婉拒了，也是为了不给老人增加负担。

没想到大约一周后，公公突然去世。

他倒下的地方，紧靠着柔软的麦秸垛，公公身下有很多榆树枝划出来的算式。那些算式，就是当年麦子的价格和产量。他的褥子底下，压着一沓五颜六色的钱——用新麦子换来的钱。

尽管人们把公公的去世归结为寿数和命运，于我却是无法救赎的遗憾。公公的坟在麦田里，被麦子簇拥着。更多荒冢，和麦子为伴。麦子被风压成扇形，随即又站起来，海浪般起伏。旋即，从碧绿变成黄色，轻盈的舞姿，给人沉重的感觉。

我突然有种宿命感，这也许不是麦子的本意。

五

五月的麦田，充满生机。而我的镜头停留在一个画面，在潴龙河道一片凹下去的麦田里，几个牧羊人甩出悠长的鞭哨。几十头羊，上百头羊，以群体的规模，啃食着将要秀穗的麦子。有的牧羊人，挥舞镰刀，飞快地割麦苗，身后的编织袋很快膨胀起来，牧羊人喜悦着。这些将要成熟的麦子，多像将要建功立业却突然夭折的人。

碧青的麦田，雪白的羊群，背景是五月的天空和潴龙河大堤，具有北方大地苍凉豪迈的气质。这帧照片，确实具有一定的美学意义。实质的代价是半年的收成化为乌有。事件的缘由村里人都知道，干涸的潴龙河已成为下游补水的通道。这地，是村里的乡亲捡来的荒地。我想，在撒下麦种的时候，就具有赌博的性质。高坡上的麦子葱茏着，随风摇曳。麦子的生命从一个端点出发，走入两极的境地。

我家和婆家两村之间，是好庄稼地。冬春是麦田，夏秋是棒子。最喜春夏之交，爱人用那辆二八轻便自行车驮着我，穿过麦田中央的机耕道，拐上301国道，北京杨哗啦啦的，麦田像舞动的丝绸。

爱人考上中专，大哥带着新收的麦子到粮站倒粮票。那个瘦瘦的、黑黑的大男孩，成为麦田的背叛者，怀揣着麦子换来的钱和粮票，登上开往西安的列车。从一处麦田迁徙到另一处"麦田"。

弟弟家院墙外，顺墙根种着一畦小葱和一畦大蒜，外侧葱畦背上，长了一株麦子。谷雨时节，这株麦子秀出了七八个麦穗，眼看就要成熟。我思忖着这株麦子的去向，没有谁会把它收到麦堆里，更多的麦子从收割机里跳出来就被人买走，它很可能被弟妹掐下来喂鸡。

麦子的命运在新时代也有了质变。

如今，我家的麦田栽上了杨树苗，弟弟家和我一样买面吃。站在弟弟家门口，朔黄铁路截断了一部分视线，一望无际的麦田不见了。铁路以北的麦田，被塑料膜覆盖的豆角地和麻山药地切割成一片一片的。门前是几趟杨树，紧靠杨树是金灿灿的向日葵，麦子已不是唯一。

如果摒弃割麦子的苦，那麦田是大可以讴歌赞颂的。诗意里的麦田就在眼前，潴龙河两岸皆是黄灿灿的麦田，路边的柳树，像黄翡上的飘花。一垄，一畦，千万棵，亿万棵，数不清的麦子在阳光下跳跃着。

六

浮小麦甘、凉，归心经。

我生命中另一味麦子，不是药房里的浮小麦。她的墓碑在西夏王陵旁。

初上网，闯到了"麦子无心事"的空间。麦子的文章里，有我日夜难忘的潴龙河，有我也眷恋的亲情乡情，有家乡的麦田。她从潴龙河畔走到古西夏王国，并以优异成绩就读研究生。没见面，我就喜欢上了她，我喊她"麦子"。

麦子回老家，专程来看我，我们叽叽喳喳，久不见面的亲人一样。麦子比照片更漂亮，圆脸庞，大眼睛，戴眼镜很文静的样子。我递给麦子一杯滚烫的茶水，麦子透过氤氲的热气，亲切地看着我："姐，我好喜欢你。"

正是元宵节时，麦苗还没有完全醒过来，畦背的阴面还有一点点残雪。麦子的家就在邻村，斜插过麦田十分钟的路程，我目送麦子迈过一个个畦背，她大红的羽绒服那么鲜艳。

没想到第一面也是最后一面。

可怜的麦子被人杀死在家中。

凶手是她丈夫。

麦子离世后，我常常处在恍惚中：一望无际的金色麦田，映红了潴龙河畔的天空，柳树下的麦子一脸笑意向我跑来，我伸出手去拥抱她，她却突然停步，一句话也不说，只是透过泪眼看着我……实质上，所有的梦境都是黑白的。我不知道为什么保留着这样一幅画面。

麦子有一张站在成熟的麦田中的照片，她的手摆成心形，脸上洋溢着笑意。她喜欢做一株没有心事的麦子。

前年冬天，我曾走进甘肃，在祁连山北麓古长城旁边，有着大片大片麦田。在古浪的沙漠边缘，我吃到了今生唯一一次靠天生长的、带着纯麦香的面条。

金针木耳土豆肉丁做的臊子，面条是手擀面，有嚼头。黄花滩游艺场的老板姓米，四十多岁，顶着一头雪白的发。他话语不多，却着重介绍了面条。他说，这面条是宝贝，是祁连山土生土长的红秃秃麦子做的，这麦子不施化肥，不浇水，一亩地仅产两百来斤，原来当地人都吃这种麦面，现在封山育林，山民都迁到了平原上，以后再也吃不到了。话语里，有着没法言说的惋惜。

红秃秃麦子是古老的品种，足有一米多高，没有麦芒，很好吃。但产量低，没人愿意种了。

甘肃行，品尝了红秃秃麦子的绝唱，是幸运还是不幸？

银川的"麦子"和红秃秃，是我麦子记忆曲线中最高的隆起，与麦香交叉却是逆行的方向。

关于麦子，尚存几个碎片。画面一：烧麦根做饭的时候，不管老幼，都会把藏在麦秸上的麦穗拣出来；画面二：碾完场，再累也要把麦秸翻一遍，哪怕只有半簸箕麦子；画面三：麦收过了，姥爷戴着斗笠，提着罐头瓶，捡拾脱粒时溅到场院边缘的麦粒。姥爷一生都在与粮食打交道，麦子是他的图腾。其间，诸多细节被忽略。很有意思，这篇文章起笔时是小满，收笔恰逢芒种，姥爷心中的麦子图腾，已经潜移默化到了我心里。

刊于《文艺报》2023 年 4 月 12 日

骟马的汉子走在草原上

王樵夫

一

马和牛羊能够到达的地方，一定会有一个家，蒙古人的家。

蒙古人的家，都有一个习俗——每年夏历四月，都要给牛马羊举行隆重的去势仪式。

苏和还没有起床，蒙古包外响起狗吠的声音。妻子走出去，狗吠声马上停了下来。

蒙古包的门从外面打开了。苏和睁开眼睛，在一道刺眼的太阳光线中，膀大腰圆的斯日古楞走了进来。

斯日古楞来找苏和帮忙去骟马。骟马就是给马去势。

兽医用语中，以手术的方式，割去马的生殖系统，使其丧失性功能，称为去势。

去势，说白了就是阉割睾丸，除了择优留下的种公畜，牧区的公畜一律做绝育手术，一刀割断是非，了却它们在未来岁月里对异性的非分之想。去势，"势"其实就是指雄性的睾丸。

不同的牲畜，选择去势的年龄也不同，羊当年，牛二岁，马四岁，驼五岁，这个时候，它们的生殖器官没有发育成熟，尚不能完成一次完整而有效的性事。

斯日古楞，达里诺尔嘎查的牧民，贡格尔草原上的养马大户。他和苏和一样，从小在马背上长大，喜欢马，所以现在二人合伙儿成立了养马协会。

蒙古族在数百年的游牧生活中，形成了一套独特的养马方法。马生下来，两年之内，让马在草原上饱食青草，膘肥体壮。同时精心进行骑乘训练。马长出四岁就得去势，包括那些发育快的三岁仔马。蒙古族称去势之马为"阿塔思"。

骟马时需要把马套住。套马，不容易，需要多人合作，通常是几户牧民相约，骟马、打马鬃、烙火印同时进行。

每当这个时节，苏和总是被附近的牧民们请来请去。羊羔的去势比较简单，一般的牧民都会操作。马、牛、骆驼等大牲口的去势就非常复杂，要求技术含量，术者手轻、利索、技术娴熟。在牧民的心里，经苏和的手骟出来的马才会"走"，"走"得好，跑得快，体力好，健壮有力。所以在牧区，去势成了有技术含量的"专门"职业，颇受牧民们的欢迎。一个苏木，像苏和这样擅长此术的牧民，不过几人而已。

草原上的牧民，对养牧牲畜最为擅长，他们世世代代在高天大地上游牧，与牲畜朝夕相处，对放牧、饲养、管理、疾病防治和草场、气候的观察利用，都积累了丰富的经验。春末夏初是最适合给牲畜去势的时节。这时候大地刚从冰天雪地中苏醒过来，天暖草萌，牲畜阉割后的创口不会冻伤，而且此时没有蚊蝇传染病菌，比较容易愈合。

去势的马丧失了性功能，有利于马群的良性繁殖，促进个体发育，使之矫健勇壮，长肉快，肉质好，没有膻味，而且性情温顺，不会咬人、踢人，同时耐寒冷气候，便于驾驭和管理。骟马的步法也理想，骑在马背上，稳当，不颠簸。下马后回到家，不用拴，骟马也不会离开走远。去了势的马儿聚成群，也很少嘶叫。如果不骟，一切则反之。试想，当年成吉思汗率领的蒙古大军，如果万马齐嘶，那还能悄然发动突袭吗？

二

奶香、酒香、肉香，搅在一起，在蒙古包外氤氲、升腾。

斯日古楞杀了两只羊，摆上青稞酒，熬好了奶茶，盛情款待相约而来的亲戚朋友们。

在草原上，骟马不仅是一项生产劳动，也是一种文化娱乐活动，来的人穿着崭新的蒙古袍，那种热闹像过年过节，像那达慕，盛装的人们齐聚一堂。

火已经点了起来，各种火印烧得通红；打马鬃的剪子、骟蛋的刀子也已准备齐全，一溜儿躺在打开的包布上。

苏和从蒙古包里钻出来，他瞭了一眼远方，绿色的草原上移动着一片片白云，那是吃草的羊群。

苏和把袖子挽起来，在草原上走着，在天地间，走成高大威武的风景。

"这蓝天，这草，这宽阔的腰板，真壮啊！"当年，那个漂亮的蒙古族姑娘从后面瞅见了苏和的背影，心就不自主地乱跳个不停，她立即决定把自己嫁了。

苏和家的马，圈在蒙古包前宽阔平整的草原上，圈马群的人在外面骑着马，拖着长杆，不时发出"嗨嗨"的喊声，防止马群乘机溜掉。

帮忙的人们根据自己的擅长和体力，自动分为骟马者、打印者、运送火印者、套马者、戴笼头者、揪尾巴者、剪鬃者、压按马者。

尽管马的生命力很强，但每年骟马时仍会造成马的死亡。苏和听老年人讲，"文革"前，各家各户特别重视骟马，要请当地的喇嘛们选择日子并且诵经。骟马这天，在离家不远的绿草滩上，铺上一条白毡，骟马的人坐在上面，主人恭恭敬敬地献上哈达，燃点檀香，主人还要三跪九叩，祈求佛祖保佑。骟马人的身前有一只干净的桶，是准备放阉割下来的睾丸的。桶底撒了一些粮食，上面倒些酸奶，桶口上缠一圈白绒或放一条哈达。哈达象征吉祥，桶底撒粮食表示牲畜有无穷的繁殖能力。

传统的骟马特别有仪式感。女主人要选一匹体格健壮、相貌好看的小公马，骟马的人还要祝颂一番：

......

骑上后是主人的友伴，

拴在门外是牧户的装点；

放到草滩是故乡的风水，

写进史书是光辉的诗篇。

列祖列宗的规矩，

有去势一关。

成吉思汗的八骏宝马，

也要把这公事办完。

在这骟马的喜宴上，

向诸位亲朋好友，

献上神圣的祝福。

后来，由于草原上的牲畜数量大增，再加上破除传统的旧观念，这些仪式就免除了。

骟马首先要套马。

马经过了一个没有青草的冬天，大都变得瘦瘦的，肋骨一条条突出着。但是，那些生个子马从来没被人套住过，脾气暴，反抗尤其剧烈，特别能折腾。还有一种马是牧民骑过一段时间，又放回马群，跑上一两个月，性子又野了，而且一看见套马杆，就知道要套它了，它们有了经验，绕着场地跑，左藏右躲，追很多圈都套不上。

苏和家有一匹黑色的生个子，它一直吃奶，吃到两岁，强壮有劲，套住它的脖子后，它一直折腾，大家费了将近一个小时的力气才接近它，给它套上笼头，可是它还是拖着笼头逃走了。

别看苏和身体高大粗壮，但骟起马来却显得心细而麻利，下手果断而准确。他首先用碘酒或者酒精在睾丸囊皮外局部消毒，然后切开睾丸囊皮，用手攥住睾丸，迅速拉断粘连的黏膜和输精管，然后在伤口处撒上消炎粉，用力捏合几下，就可把马放回马群。

如果需要骟的马少，骟马的过程可以更细致一些。将睾丸摘除后，先用小木板将切口夹紧，并用烧红的烙铁烙焦止血，然后再敷上消炎的药品。万一马的伤口发炎肿痛，在碓子里放一块烧红的石头，上面浇上水，用散出的热气熏蒸伤口，就会很快愈合。

马骟了后，要牵出去遛遛，或者赶着在草原上走一走，以防淤血。七天后骑马跑上一程，让马出出汗。但是不能剧烈奔跑，也不能使役过重。蒙古族风俗，牲畜去势以后，三日之内忌讳动土，据说动土以后牲畜的伤口好得慢。骟蛋刀子也要夹在蒙古包的乌尼杆（蒙古文音译，支架）里，三日之内不能触动，然后用白绒缠刃，放在干净的地方。

如何处理阉割下来的睾丸，不同牧区处理的方式不一样。睾丸对人有特别好的滋补作用，仔畜的睾丸是"仔福"，如果与外人共享，"仔福"就会外流，所以必须是家里人共吃。有的地方则是请朋友们一起吃睾丸、喝酒，奉行的是有福大家共享的原则。吃法也不同，有的同米饭一起煮食，有的可以炒着吃，有的就在野外烤熟吃。乌珠穆沁旗不吃马蛋，在野外骟的就扔到野外；在浩特（蒙古文音译，营地）跟前骟的，就扔在山顶上；还有的在马骟完爬起来时，就从肚皮底下扔掉了。

骟下来的马睾丸足有一大盆，斯日古楞的妻子将它熬煮成马蛋米粥，请帮忙的人、家里的老人和孩子一起吃。用马睾丸煮的粥不放盐，但每个人吃得津津有味，说着"赛汗艾么太"（蒙古文音译，好味道）！

喝酒的时候，大家又说起苏和家那匹跑了的生个子马。斯日古楞说："它太壮实，太能折腾，难以驯服，将来一定能成为一匹好公马。”

说完，斯日古楞劝苏和多吃点儿睾丸，他拍拍苏和的肩膀，笑着说：“多吃点儿，你才会像你的马那样，能折腾！”

三

苏和吃完饭，回家的时候，手里拎着两块砖茶、四瓶酒，这是斯日古楞给他准备好的礼物。草原上有一个习俗，骟马的人不能空手出门，要给砖茶、缎面或酒作为礼物，也有送钱或者羊羔的，名曰“净手”。如果不“净手”，牲畜被骟的创口不容易愈合。

苏和回到家，那匹黑生个子马站在蒙古包前。它没有回马群，而是拖着马笼头，跑回了主人的家。

苏和走上前去，黑生个子马扭头看了看主人，眼睛里湿润润的，有泪光，有委屈。苏和用手拍了拍它的额头、脊背。它不屑一顾，甩了甩头，仿佛仍然不原谅主人似的。

苏和抱住黑生个子马的头，噘起嘴，亲了它额头一下。

夕阳西下，人和马，在地上长出一个歪歪斜斜的影子。

晚上，躺在蒙古包里的苏和觉得身体燥热，他想起中午吃过的马睾丸。他想，这家伙，还真管事呢。他伸出手，去摸媳妇，发现媳妇已经睡着了。

苏和缩回手，过了一会儿，身体还是热得不行……

蒙古包外，月亮高高地挂在天空上。大地一片静谧，黑生个子马支起耳朵，听着蒙古包里面的动静，偶尔打个响鼻。

刊于《清明》2023年第2期

辑　二

巫山大雨时

叶 梅

一

似乎是从6月以来，就有了雨。而到了7月，郁积在半空中的厚厚云层更像发酵的面团一样膨胀开来，大三峡巫山两岸的山峰渐渐被铺展的云雾遮挡，本来就是"除却巫山不是云"，而此时的云不是那种轻柔、若隐若现的，却是沉甸甸、灰蒙蒙的，蓄积了多个夏日的雨水就在连天成片的云团包裹之中。雨和云的交织密谋已经多时，终于有一刻，在老天的撕扯下，强势的雨水破云而出。

大雨来了。

2023年夏天的大雨是从干旱多时的北方开始的，先是北京、保定、涿州，然后从北到南，从东到西，大雨受风云的驱使，而变幻的风云像是出自一支巨大的神笔，在天空中任意涂抹。

的确是一张让人惊吓的云图。

雨哗哗地从天而降，像是有一道密令催逼，半点也不敢迟缓。在秦岭和大巴山会合之处的长江三峡两岸，万千生物仰头迎着这大雨的浇淋，任由它率性洒落。雨水迅速地渗入山林的隐秘处，化作一道道溪流小蛇一般窜走，然后汇入平日的潺潺小河。小河陡然间被鼓涌起来，一转身就化作巨龙，不加喘息地裹挟起河边所有枯干的草根、杂枝及碎石，甚至顺势拔起半躺的树木，横冲直撞地奔腾而下。

鸟儿躲藏起来，它们在大雨将至的前夕，早已从看似一动不动的云团中穿过时，嗅到了雨的各种气息。雨的大小，何时降临，降于何处，都在鸟儿们的掌握之中。毫无疑问，聪明的鸟儿是天地间的使者，它们从远古的祖先开始，一直到如今，自由地飞翔在赤手空拳的人类无法企及的高度，不需要任何仪器的探测，便自知路径地飞越千万里，从地球的一端到另一端。

　　每年随着季节既定的远行，飞去再飞回，这在鸟儿们来说是重大而又平常的生命经历，巫山的一些鸟儿也是如此。它们的路线各有不同，长腿的白琵鹭自北方而来，燕子却是来自更远的地方，它们在异地的家园不知是何情状，但在这森林茂密的巫山，它们的窝巢可以建在树上，也可在冬暖夏凉的山洞里，它们会离河岸稍远一些，这样，即使再猛烈的山洪在山谷间咆哮，鸟儿们也仍可安稳地歇息在巢里。

　　但小魏和他的同事们不能像鸟儿一样只顾安歇，在这个大雨滂沱的7月，他们比平时更忙些。

二

　　小魏瘦瘦的，清瘦的身材，清瘦的脸。或许是常在山林间走动，生怕惊扰了鸟儿和河里的鱼儿，他说话总是细声细气的，但又是清亮的；又如他那双目光清澈的眼睛，专门察看山水，被绿树环抱的碧水一遍遍洗过，便也总是清亮的了。

　　小魏是重庆市巫山县生态环境监测站的副站长。

　　巫山与神女相伴，这片带有奇魅色彩的地方水资源丰富，是长江流域重要的生态屏障、全国水资源战略储备库。浩荡的长江干流自西向东横贯巫山，再经湖北巴东、秭归、兴山、宜昌，进入长江中下游。巫山县境内的大溪河、大宁河、神女溪、抱龙河、三溪河、小溪河等六条支流呈树枝状分布，将巫山的清泉抑或山洪逐一汇入长江。小魏和站里的同事每月上旬都会按时对长江干流及这六条支流开展水质常态化监测，上、中、下旬则会对各支流的回水段开展水华巡查及预警，每天都要对水质自动监测站的数据进行审核，可以说，时时刻刻都在关注着水质的变化，为的是保证流经巫山的一江清水向东流。

小魏做这些事已经长达18年。

"80后"的小魏，2005年毕业于青岛理工大学，所学的专业正是环境科学。离开那座美丽的海滨城市回到家乡巫山之后，他就进了生态监测站，开始跋山涉水野外监测采样。当年刚开始乘船外出采样，在船上晃荡着工作一天，小魏晚上回到家，躺在床上都还会感觉到天旋地转，身体像是在随波摇晃。还有好几次，甚至从船上掉到了水里，但现在他已经身轻如燕，可以在船舷上健步如飞。至于徒步行走山路，风餐露宿，风吹雨淋，更是家常便饭。

当地俗话形容一个人走路走得多，会说"腿都走细了"，小魏的腿确实也是走细了，18年间，日复一日的，他走遍了巫山全县26个乡镇（街道），走遍了巫山的每一条小河、每一座水库，他每年都会去这些地方采样监测。八千里路云和月，是一个漫长的概念，而小魏的足迹显然更加漫长，算起来，他至少已经走过了八万多公里的水路、陆路。

现在的条件和设备比18年前好多了，让小魏有些骄傲的是，在可以通航的水道上采样有了专门的监测船，不能通航的河流水库采样则有专门的监测车，外形和救护车差不多，白底红道，看来治理环境和治病救人有着相通之处。

但采样看起来简单，其实规矩很严，小魏和他的同事得开车或乘船，或步行到每条河流的采样定位点，近者十几公里，远者上百公里，戴着手套将消毒净化过的容器投入水中，取上水来，再按照不同的指标将水置入不同的容器，有透明玻璃的，有聚乙烯的，棕色玻璃瓶的，等等，进行各项水质指标的实验分析。

按照国家地表水环境质量标准规定，分析指标共28项，重庆市生态环境监测中心又根据长江上游流域的情况增加了一个流速流量的分析，因此共有29项。在现场可以马上分析出5个参数：pH、温度、溶解氧、电导率、浊度；在实验室则主要分析水的总磷、总氮、氨氮、化学需氧量、五日生化需氧量、重金属和阴离子、阴离子表面活性剂等。

难怪小魏和他的同事们看上去都文质彬彬，要知道从样品的量取，药品试剂的称量、配制，到操作精密的分析仪器设备，都相当于绣花一般，既要有扎实的专业功底，还需要专心致志，心灵手巧，唯有准确、熟练的操作，才能分析出真实反映水质状况的数据。

小魏所在的生态环境监测站，每年取得的环境质量监测数据有2万余个，为防治污染、精准治污、科学治污、保护长江提供了重要依据。

在这个风雨交加的7月，常规取样分析的工作仍然不能中断，小魏和他的同事们分成几组，分别到长江干道和支流去采样。小魏带人去的是神女溪和抱龙河。神女溪上游点位距县城70多公里，开车顺利时也得一个多小时，其间必经一条长约4公里、窄狭的挂壁路。所谓"挂壁"就是挂在悬崖上，一边是百丈深涧，一边是随时可能会有石头掉落的陡岩。

挂壁路上，逢多雨季节落石很常见，7月的连日降雨使陡壁上的岩石更为松动，车开到挂壁路前时，果然见前方路上一堆堆垮落的石头不怀好意地躺在路中间。手扶方向盘的驾驶员忍不住说："今天真的是有点恼火哟。"

巫山话的"恼火"可以用于多处，这里指的是麻烦。小魏心里也明白，今天确实是有些麻烦，但麻烦也得把样采回来，况且这条窄路根本无法掉头。这时的云层仍然灰蒙蒙的，一场接一场的暴雨过后，山间依然闷热，鸟儿低飞，预示着仍有大雨将至。小魏和驾驶员身上却冒着冷汗，那4公里的路前方就是一个黑洞洞的隧道，他们相互打气，说："没得事，开得过去。"

"是嘛，开得过去。"

绕过那些落石，悬崖下乱云飞渡，他们的车就像一艘云中船，又像一艘战舰，穿越危险的战火，冲往前线。小魏和他那些同事都还很年轻，但他们把眼前要做的事情看得很重，或许老天爷也知道照应这群为保护生态环境而付出的人。

他们一路平安。

三

神女溪就在神女峰下，那位美妙绝伦的仙子千古以来亭亭玉立，于高山峡谷之巅含情脉脉地注视着大地江河，从她脚下流出的小溪是她飘拂的裙裾，人们一直小心呵护着。

但等小魏他们来到神女溪的源头、规定的取样点时，发现山上的落石已将去往河边的步道和栏杆全都打烂，他们只能避开滚落的乱石，迅速从灌木野草丛生的林间来到河边，用最快的手法却又程序一样不少地从河水中取样，装入各色瓶中，便不敢再做过多的停留，拎着水样箱赶紧撤退。

每到一个取样点，都是一场战斗，都是一场冒险。

在这个7月，小魏他们没有中断任何一条巫山河流的取样分析，为的就是掌握山洪时节的水质量数据。神女溪、抱龙河的水都将在几十公里之外进入长江，尽量到源头采样点位上去采样，然后做出分析，小魏和他们的监测站才能放心。

驾车去到抱龙河源头，走着走着发现路面整个都塌陷了，河岸成了一道陡坎，于是弃车绕道找稍平缓的地方下河。小魏想找到从前走过的一条弯曲小路，从农户家旁边绕过，可通到河边。但没想到农户已迁离，蒿草间的小路也全都被山洪冲毁，不知路在何方。

在坎上左看右看，小魏突然眼睛一亮，他发现乱石丛中露出铺设的防洪管道和水泥墩子，那是近些年兴建的设施，从山间直通到河里。小魏忙招呼同事们顺着管道往下爬，好在管道粗大坚实，也好在这些年的翻山越岭练就身手敏捷，一阵手脚并用的爬行后，终于从陡坎下到河滩，再深一脚浅一脚蹚进浑浊的河水，取出水样，这才松了一口气。

捧着那堆瓶子，就像捧了一堆宝贝。

当然，小魏他们的生态监测站要做的并不只是这些，除了每月常规对长江干流及支流开展水质监测，上、中、下旬开展水华预警及巡查，对城区污水处理厂、大昌镇污水处理厂、摩天岭污水处理厂开展监督监测，还有其他很多业务。

就说今年吧，4月以来开展了国控及市控土壤的采样，5月开展了41家乡镇污水处理厂的监督监测，6月配合开展国际环境日的宣传，配合巫山高中、三峡医专、北京林大等学校师生参与水质监测采样及分析，宣传环保知识，7月配合完成大宁河入河排污口——雨洪排口、雨水冲沟、乡镇污水处理厂排口等的排查。今年还会对全县乡村进行监测，逐步削减农村面源污染，鼓励使用环保肥，加强畜禽养殖业的监管，还有修复地灾创面、治理河面清漂和消落带；同期还要进行站内技术人员个人持证上岗的考核……

这里面的每一项，做起来都不简单。

"水华"一词听来蛮顺耳，但对生态来说却是一种令人厌恶的灾难，指的是水体中的藻类不受控制地增长，在水温、光照、营养盐成分（氮和磷）充足的情况下会长满整个水面。不同藻类，水的表观颜色也会不同，一般是绿藻，也有偏黑色的甲藻，就和海里赤潮差不多，会导致水体富营养化，水质恶劣，鱼类死亡，一片恶臭。小魏说，2015年，巫山大宁河就曾爆发了一次水华，那怪模怪样的绿藻几乎吓退了游客。就跟当年太湖、滇池也都曾有过骇人的绿藻出现一样，都经过了很长时间的治理，才算清除。

为了防止水华再现，必须控制污染物的进入，降低氮、磷的浓度，所以河流两岸划分了禁养区，非禁养区内也要做好畜禽粪污干湿分离，污水规范处理。小魏他们为此每月至少要三次巡查，有时还与检察院一起配合进行。

巫山所有乡镇都已建立污水处理厂，随之建立了一到三级管网。对于普通人而言，似乎会觉得这些管网与自己不相干，殊不知它连接着千家万户，担负城市小区、街巷和乡村的排水，从主管道、次管道的动脉到毛细血管，不通则痛，污染更会形成顽疾。

这个道理其实一说就明白，生态环境的每一个细节，与每一个人都息息相关。

四

7月连续大雨中的忙碌，尽管格外艰辛，但好在大家平安，都没出什么大事。只是有一天，小魏他们来到一条布满青苔的小水沟旁，除了取样，小魏还要去查看排污口，特别是一些隐藏的排口，想一一查看仔细，没想到脚下苔滑，一不留神就摔倒在沟里。

同事们连忙问怎么样。

小魏从泥水里爬起来，说没事，没事。

等到夜晚回到县城家里之后，身上的湿衣也都干了，脱下衣裤时一番撕扯，火辣辣地疼，原来胳臂、腿都摔伤了。他不想让妻子儿女知道，忍住疼一声未吭。

小魏有一个幸福的家庭，漂亮的妻子和一双儿女，跟他一样，全家人的眼睛都清亮亮的。所以小魏在外一身泥一身水的，忙到再晚，心里也很笃定。

7月26日，重庆市生态环境监测中心对长江培石断面开展新污染物的采样，培石断面，也就是长江重庆段通往湖北段的最后一个断面，而对新污染物的采样分析也正是长江监测新的研究重点。

小魏带着站内的业务骨干，到现场配合和学习新污染物的采样，然后现场分装，用遮光的锡纸封口。新污染物的采样分析与平时的水质分析又有所不同，要求在长江左岸、河中心和右岸都要采相同体积的样品，在大玻璃瓶里充分混合后再按项目进行分装。

2023年1到7月，长江重庆段出境断面达到国家II类水质标准。依据就是按照国家《地表水环境质量标准（GB 3838-2002）》，对分析的28个项目的明确的限值要求，主要以自动站的数据为主，手工数据为辅。从目前来看，三峡一带影响水质的主要污染因子是总磷这一项，但令人欣喜的是，长江干流培石断面总磷浓度持续下降，由2016年的0.103毫克每升降低至2022年的0.043毫克每升，降幅58.3%。2023年的春天水质最佳。

达到国家II类水质标准的水，可以滋养所有生灵，巫山人可以自豪地说，我是喝着长江水长大的。而那些几乎灭绝的江豚也开始浮现在江面上，野生的鱼儿们在江水里嬉戏，没有人敢惊扰它们，十年禁渔，长江回归大自然。

8月24日，小魏正在另一个县云阳进行生态监测检查。这种检查是根据《环境保护法》《计量法》及其实施细则、《检验检测机构资质认定管理办法》等有关法律法规，受到重庆市环境监测综合质控与管理工作安排和委派的。小魏曾因突出的工作业绩和生态学术研究，接受更多具有难度的工作，也受到过各种表彰，2021年入选生态环境部生态环境监测"三五"人才技术骨干，获得2021年度"感动重庆十大人物"称号，2022年度被中国生态环境部授予"中国生态文明先进个人"荣誉称号，等等。小魏在这些荣誉面前仍然瘦瘦的，眼睛清亮地干着他18年来一直干着的活儿。

小魏的名字叫魏嵬。

就在瘦瘦的小魏在长江边检验水质的时候，日本那边的核污染水排海正式启动，一股股含60多种放射性元素的核污染水开始不停地流向人们用最具有诗意的语言赞美的大海。

德国海洋科学研究机构采用计算机模拟发现，福岛沿岸拥有世界上最强的洋流。从排放之日起57天内，放射性物质将扩散至太平洋大半区域；3年后，美国和加拿大将遭到核污染影响；10年后，将蔓延全球海域。

从事水质量检验的小魏懂得，核污染水虽然经过处理，但依然还有较高浓度的放射性元素氚、铯等无法清除干净，排入海洋后，氚还会产生低强度的β射线，有可能长期影响鱼类、浮游生物、底栖生物、鸟类等生物多样性，所含碳14在数千年内都存在危险，并可能造成基因损害。排放30年，污染的是整个海洋生态系统，乃至整个地球，此举绝对是反人类。

一江清水向东流，流向东海之后，却将会遭遇核污染，18年来小心呵护这一江大水的小魏，还有他的同事们，望着滔滔东去的长江，怎能不深深地担忧？

这些天，巫山雨仍在下着，我想，那是神女的眼泪。

刊于《草原》2023 年第 10 期

人体的哲学

王兆胜

一个人总觉得对自己的身体比较熟悉，所以有"了如指掌""胸有成竹""心知肚明"等说法。医生更不用说了，整天与人打交道，与人体频繁接触，其熟知程度自不待言。不过，人体仍然是个谜，再高明的医生也有达不到的地方，普通人更是一知半解，难以达到哲学的高度。

头部解码

一张脸犹如地图，可遍览其万里江山。鼻子是脸上的高山，它离外界最近，能以嗅觉快速感知世界，别人也能通过鼻子最直接获得了解。圆润丰实的鼻子被称为"福鼻"，鼻子处于脸的正中央，也是生命的三角区，它的沉稳平和最为重要。高耸的鼻子很有气势，往往代表着干练丰神，也充满男子汉气概，给人一种浩然正气之感；但当鼻子过于高大，特别是干硬得如骨似刀，那就会让人不快，容易形成进攻性与威胁感。至于狮鼻、鹰鼻、悬胆鼻、牛鼻以及塌鼻、翻鼻、朝天鼻等，那就各有讲究，也代表了不同的含义。眼睛是心灵的窗户，它没有鼻子高昂，但处于鼻子上方，也高出鼻子一格。眼睛因人而异，形状、大小、黑白、明暗、清浊、凸凹、美丑不同，所谓"巧笑倩兮，美目盼兮"指的就是眼睛之美妙。当一个人有一对双眼皮，那就显得喜庆，单眼皮则显得精明强干。但不管怎么说，一个人的目光如炬、精气饱满、颇有神韵至为重要。当然，目光内敛，能够葆光，神如珠玉，最为难得。那些目光如豆、见识浅薄之人，即使再有光彩，也因过于外露而很快地烟消云散了。眼眉在眼睛上方，如山石之植被一样映照着一个人的风姿。一平如水之眉代表温和平明，剑眉有剑气傲骨，柳叶眉多了风姿绰约，八字眉属于自然安顺型。当然，眼眉的浓密散淡、整齐杂乱、宽窄高低也很有讲究，特别是双眉的间距大小与胸襟有关。眼眉如风，它的飘动会在眼波中留下涟漪，投入倒影，更显出眼睛的特殊风光魅力，所以对一个人来说就显得特别重要。嘴在脸的下方，比鼻子和眼睛、眉毛都低，也更世俗化一些，这是个用来吃喝、说话、呼吸、咳嗽的地方。与眼睛用来观看不同，嘴是要尝尽酸甜苦辣咸淡的，它的感受力最为直观。有智慧的人都知道，贪吃必输，言多必失，为避免血糖升高，也是一定要管住嘴。阔口与樱桃小口给人的感受不同，嘴唇的厚薄、颜色、形态也代表不同的趣味以及身体的好坏。还有口中的舌头，这是关键的关键，它是古人望、闻、问、切中所谓的"望"的关键。饮食、说话、亲吻都离不开舌头。当舌头下面有清泉般的唾液溢出，那是玉液琼浆，也是生命的活水，其中有元气存矣！短舌头说话含糊，长舌者惹是生非，无舌头难以发声。一个人的面部如竹林中的竹叶，平静安顺时最为美好，即使在风中也应发出金声玉质，敲出一个时代的一片光芒。

耳朵本应属于脸的五官，但它不长在脸上，而是生于头部，因为顺风耳从脸的正面几乎看不到，招风耳又仿佛是与脸无关的独立器官。也就是说，于脸，耳朵仿佛是多余的，有时越看越感到怪异；于头，耳朵是从侧面生出，像木耳、叶片，是耳提面命的抓手。耳朵这个看似多余的器官，其实一点也不多余，因为它是脸上、头部获取最远信息的部件。中国古代智者老子，名耳、字聃，其中有双耳；《义勇军进行曲》的作曲者聂耳有四只耳朵，因为古代繁体字的"聶"由三个耳朵组成。当然，老子也说过"五音令人耳聋"的话，希望通过"闭目塞听"达到真正的智慧。王充在《论衡》中就说过"闭目塞聪，爱精自保"的话，表达了同样的意思。

当然，头部还包括更多信息，如头发、胡须、痣、人中、泪水，它们各有讲究，也是各显神通的。从关公、托尔斯泰等人的长髯，到清代的人留有长辫子；从日本人的小胡子，到鲁迅的唇髭；从割须弃袍的曹操，到蓄须明志的梅兰芳，都不只是关于身体的事情，而是与历史文化与哲学思想相通的。还有陈忠实写过一篇文章《晶莹的泪珠》，这是将"泪水"赋予了文化精神哲思，远超出简单的物象范畴。

头部与大脑相关，是思想的代言，也是灵魂与哲学的飞翔之地。当"头脑风暴""数字大脑"兴起，人体的头部就会获得哲学意义，在时空意识、思维方式、创造智慧等方面带来一场轰轰烈烈的革命。

上半身蕴含

人的上半身是人体的中心，也是直面世界的主体。许多核心部件都藏在这里，这是人体这个发动机的动力源。详细观察和仔细品味人的上半身，将有助于我们加深思考认知，也获得精神的超越性意向。

关于肚子。在不少人看来，肚子除了装载食物，没有多少用处。所以，肚子大了，就会用"大腹便便"加以讽喻。其实，肚子除了物质性，还有精神性，是包含了思想智慧在内的。所以，林语堂博士认为，中国人的智慧主要不在大脑中，而是在肚子里，是肚子孕育、培植、升华人的精气神。妇女肚子大了，是已经怀有身孕，一个生命在子宫里开始发芽、开花、结果，成为一个新的生命体。苏东坡是"一肚子不合时宜"，所以才能发思古之幽情，产生他的浩然正气，然后化为天地至文。古人常说的"宰相肚里能行船"与"大肚能容天下难容之事"都是哲人关于肚子的智慧语。

关于心。与西方人更重视大脑不同，中国人特别是中国古人更看重心，对心灵有一种特别的崇尚与敬意。因此，有许多与心相关的语词，像"中得心源""心心相印""心有灵犀""心安理得""心悦诚服""心花怒放""全心全意""心潮澎湃""赤子之心""心领神会"等都是如此。如"心明眼亮"将"心"与"眼"贯通，于是"心"为"内眼"，眼为"心窗"，这可谓中国文化哲学的妙悟。另外，中国人为文和过人生也都离不开心，像刘勰的《文心雕龙》、王阳明的心学、张载的"为天地立心"都以"心"为天地人生的中心镜像，是一面体悟天地人生的"心镜"。更重要的是，在"天心"与"人心"之间形成一种具有主体间性的互动、互通、互化模式，所以林语堂有"两脚踏东西文化，一心评宇宙文章"的名联。于是，肉体之心即转换成一种内在的情感、思想、文化、哲学、智慧、精神。其实，古人所言的"云在青天水在瓶"也是关于"天心"与"人心"的互证关系的，是一种形而上的哲学精神。

关于五脏六腑。严格讲，五脏六腑是包括心的，在此着力探究别的器官。从食物与生理来说，五脏六腑是一种"杂碎"与"下水货"，是趋于肮脏性质的理解。但从文学、文化、精神、灵魂来说，五脏六腑是关乎天地生命以及人的生命精华的。读一个作品，我们会说"感人肺腑""沁人心脾""肝肠寸断"；说一个人坦荡，人们会说"肝胆相照"；评价一种风貌，大家会说"疏瀹五藏，澡雪精神"。其实，性灵说、神韵说、魂魄说都与五脏六腑有关，就如张君房在《云笈七签》中所言："每坐常闭目内视，存见五脏六腑，久久自得，分明了了。"这是心眼相连、内外打通、宁定观心的重要方法。

关于胸怀。有的人身宽背厚，有的人长了一个鸡胸，于是有了关于胸怀的不同理解、判断、评价。不过，生理与心理、精神、气度往往不成正比，而是有着复杂的含义。换言之，有的人膀大腰圆、身宽体胖，但心胸狭窄、小肚鸡肠；有的人文弱书生一个，却能天容地载、心怀天下。苏轼在《黠鼠赋》中说："人能碎千金之璧而不能无失声于破釜，能搏猛虎不能无变色于蜂虿。"说的就是那些复杂的人性与人格。陈子昂在《登幽州台歌》中说："念天地之悠悠，独怆然而涕下。"王勃在《滕王阁序》中有："襟三江而带五湖，控蛮荆而引瓯越。"这些句子都是发自肺腑的，有天高地迥、万里清秋的天地胸襟，是一般世俗之人难以达到的。

关于手。从上半身的肩膀上生出胳膊双手，如同机翼一般仿佛可以起飞。如果与鸟儿比较，将人的双臂与手说成是鸟翼的退化也未可知。不过，物理的退化却换来了实用与精神的进化，特别是手的灵敏度与创造性是鸟儿无法比拟的。双手含有十指，每个指头都有特殊功用，可以生产和操作各式各样的复杂工程，也可以创造任何动物都不能完成的新奇。一些大国工匠靠的是这双手，一些艺术家也是用双手绘制出美好的作品，有的人的手握上去非常绵软，还有的作家有着美不胜收的双手，更有小说描写赌徒那千变万化的手，不一而足。

一个人照相与造像时，往往主要显示的是上半身与头部，这是稳定的基座，也是最能显示主体性的部分。仿佛有了心与脑，这个世界人生就完整了。与圆的头部相比，上半身是方的，也可以说是方正的，这正好形成了方圆结合、有规矩方圆的意涵。加之双眼、双耳、双乳、双臂、双手的谐调，有一种均衡之美，其价值魅力也是在此得以生成。

下半身隐喻

在人体中有个特殊情形，那就是：真正的入口只有一个，是嘴，让生命的活水与食物从此而入。如果再加上一个，那就是鼻孔，但它在吸气时又出气，于是一进一出，一呼一吸，此间有道存矣！这就是所谓的"一呼一吸谓之道"。而人体真正的出口则在下半身，是生殖系统的"出口"，一前一后的大小便的出处。众所周知，当人不能进食与喝水，当人无法呼吸，生命也就完结了。然而，当生殖系统出了问题，生命同样无法生成和延续。由此可见，下半身的

"出口"要完成口鼻的入口交给的重任，也有着其他器官无法代替的生命的生成功能。

腿是下半身的支撑部位，整个头部与庞大的身躯都要靠双腿之力，以人体的柱石来形容腿之巨大功用并不为过。我们常说的"股肱之力"中的"股"就是大腿，"肱股之臣"是指像肱股一样有力辅佐帝王的重臣，说明大腿的重要性。在动物界，靠四腿或多条腿支撑身体的多，双腿支撑又能直立行走的恐怕只有人，这是人类的进化使然。人之不同凡响在于，以双腿能让身体成为一条直线，而且能直立、慢跑、快跑、踊跃、旋转、跳高，这是人的生命创造力的集中体现，也是一种超常的智慧。武术非常讲究下盘功夫，练习各种腿法、站马桩、太极步伐、跆拳道、谭家腿等都很有代表性。人的腿又是生命力的表征与象征，所以说："人老先老腿。"又说："人老了最怕跌倒。"容易摔倒的老人说明腿脚不灵便了，也是整体生命力衰退的反映。

脚是人体下半身的支撑点。它们看起来远远小于其他部分，甚至不值一观，不过，其价值却不可低估。因为整个身体都是由两只脚支撑，还要走路、跑步、跳跃，这是何等困难之事，也是充满神秘感的。更神奇的是，芭蕾舞是用脚尖支撑身体跳舞，并做出各种高难动作，从而形成谜一样的优雅之美，这让小小的脚变得更加充满魔力。中国古代女子缠足是一种病态，但其目的与摩登女郎穿高跟鞋一样，都是为了那种"悠然之美"。足球更是关于脚的体育运动，也是脚的艺术的集大成，它使一双脚更加灵活敏感，与球融为一体，也达到了哲学的高度。在手上，乒乓球、排球、手球、围棋、击剑、射击可发挥巨大作用，而足球则独领脚之风骚。可以说，在人体的艺术化过程中，可能只有手能与足相媲美。

一般人都觉得，下半身远不如上半身和头部来得重要，因为大脑与心脏是核心与灵魂，是须臾不能离开的主要部件。但是，人们却忽略了生命之本源的作用，特别是根基本体的价值。当一人的脚出了问题，腿不能动了，其机能与活力就会逐渐丧失，更不要说直立行走、跳跃、旋转，以及让人体成为艺术哲学和生命哲学的载体了。

关联处的价值

　　严格意义上说，将人体分为头部、上半身、下半身，这是表面化的，也是比较机械的。作为人的整体，它所显现的相关性与内在性不可不察，这有助于对生命哲学、人生哲学、天地之道有更深的理解。

　　脖子是连接头部与上半身的通道。通过脖子，头部得到血液、氧气等滋养，否则就会出现脑死亡；同理，有了大脑的控制，人的上半身与下半身不至于被感性与欲望淹没。事实上，脖子还是一个特别富有变化的所在，也是有着哲理性的部件，只是一般人不太注意而已。比如，脖子可粗可细、可长可短、可硬可软、可前可后、可左可右，还可以顺时针与逆时针旋转，人体的所有部件恐怕都没有脖子灵活、富有弹性与变数。人们可以发现：练武之人将脖子练得如老树根般坚韧，即使将锐器扎在喉结上也安然无事；一些边民甚至可用套环子方式，将脖子拉得奇长，并以此为美。如今，许多人的脸已变得面目全非，涂脂抹粉或整容让人无法从脸上判断美丑与年龄，然而，脖子却很难遮蔽。因此，看一个人的真面目，脖子是最好的镜像。

　　腰部是上半身与下半身的关联点。本来，腰既属于上半身，又属于下半身。前者与肾有关，后者与生殖系统相关，这就带来它的关联性。另外，腰是上半身与下半身的重要转折点，当弯腰、转身、踢腿、翻斤斗、做柔术动作时，都离不开腰，这仿佛是个可以不断变化的中轴线，也像"流水不腐，户枢不蠹"的户枢，有着极大的变数和能动性。有的人膀大腰圆，有的是杨柳腰；有的人腰缠万贯，有的则为五斗米折腰；有的把腰杆挺得很直，有的则点头哈腰。在世俗人眼里，一个男子虎背熊腰是福相，一个女子长着蛇腰就是水性杨花。日本人向人行礼，腰弯曲得厉害，头点地时点得很低。林语堂将中国传统作揖之礼概括为关于弯腰的体操，通过这一礼仪，人的腰身越来越有弹性，也变得越来越容易服从。李白曾有"安能摧眉折腰事权贵，使我不得开心颜"的名句，倡导的就是一种傲骨精神，其中是有哲学的。

膝盖与脚弯子是下半身的两个关节点。其实，下半身要支撑上半身与头部，确实压力很大，难乎其难。不过，有了脖子、腰部，再加上膝盖和脚弯子这些环节，沉重的压力就会得到舒缓，这就是力量的缓冲，也是以柔克刚的关键。不过，无论如何，像膝盖与脚弯子都要承受重负，这也是膝盖与脚弯子最容易受伤的原因。一个运动员的膝盖与脚弯子经常面临扭伤和做手术的情况，无法继续训练与参赛，这是最痛苦的。人们还常说，当一个人老了，儿孙绕膝，这时的膝盖成为中心，也是尊贵的代名词。中国古人还说，"男儿膝下有黄金"，说明膝盖的重要性，是轻易不能向人下跪的。真正要跪，就是"上跪天地，下跪父母"，所谓"上跪天地"，就是跪天地神灵、祖先前辈。由此可见，膝盖与下跪的关系，及其中所包含的天、地、人、心、道。

总之，在人的周身实际上存在着这些常为人所忽略的关节点，它们既起到联结作用，使分离着的部分得以成为一体，又与经络、血脉、神气相关，从而产生一个完整、均衡、谐调、化合的物理与精神世界。这颇似书法的形成，它是通过一个人的手中之笔，将全身心的精气神贯通融会，然后通过腰、臂、腕、手、指传达到笔杆与笔尖，再渗透于柔软的宣纸上。这是一个极为复杂的过程，也是一个不断凝聚、化合、精纯、渗透、表达的生命形式，缺乏任何一个环节就难以达到应有的艺术效果。同理，当太极拳调动全身心的每个部分，特别是通过各个关节的运演，然后将全身心的力量会聚并发挥出来，达到一种气吞山河、力拔山兮的豪情满怀，这不只是靠生理器官达到的，必须有内在功力的生成与激发。这就是人体内在的精气神的巨大作用。

一般而言，人体就是一些骨骼与血肉组成。然而，站在哲学的高度看，人体是天地间最完美的组合，也是生命最内在的集聚与表达，其间充满科学性，也包含科学难以解释的神秘，还有一些只可意会不可言传的内容。对比一些动物，人体是开放的、发展的，也是不断趋于完美的，还是一个被抽象化的形而上学有机体。某种程度上说，人体也是一件天地间的精灵，即使在无风的时刻，也会被天地之气奏响，成为生命的美好的绝唱。

刊于《清明》2023年第4期

水　峪

李青松

在这里，水是如此地丰沛，甚至连名字都溢出了水。

京东金海湖镇境内，有一个诗意淋漓的村庄叫水峪。何谓峪？两山夹一谷，谓之峪。水峪，即为有水流淌的山谷。我随施海来到水峪一看，果然如此。然而，水能造福，也能泛滥成灾。物无美恶，多则易生问题。

仰观之，村庄往上是一道水坝，拦住了整日哗哗流淌的水流，生生憋出了一座水库。水坝是上世纪七十年代修筑的。当时全村男女老少都动员起来了，家家出义务工，用小推车推土，用扁担担石头，壮劳力喊着号子打夯，小学生放学后也来参加义务劳动。工地上红旗招展，鼓声喧嚣，人人干劲儿冲天。水峪人用了整整两年时间，终于把水坝修筑成了。

水坝功能主要是蓄水防洪，另外的功能就是"叫水"（用水泵从水库提水上山，浇灌山上的旱田）解决山上几百亩旱田用水问题。大坝有三层楼那么高，前些年，为了泄洪方便，生生削掉了两米。家住水坝附近的村民担心，问村主任，万一暴发了更大的山洪怎么办？是拦呢？是泄呢？

村主任假装没听见，眼睛看往别处。

水库上游还有两个水塘，呈狭长形状，似是相对独立的，又似隐隐约约相通的。一曰大水塘，水面阔达；一曰小水塘，水清如碧。从高处看，感觉就像大水塘用手揪着小水塘的耳朵，生怕小水塘溜号，瞬间隐于山林中。尽管野性的小水塘拼命想挣脱那只手，可是力不能胜，只得嘟嘟囔囔地跟随服从了。

两口塘里鱼虾蟹甚多。晌午阳光饱满时，喧嚣欢腾，不时有鱼跃出水面。大鱼有六尺长，是黑鱼，足有七八十斤，早年被人捕获过。人抠着鱼头鳃部背在身上，鱼尾拖在地上行走，地面被划出一道湿漉漉的印痕。

施海是我的朋友。他额头挺阔，目光炯炯。飞燕眉，两端翘，络腮须，硬朗粗粝，面相阳刚。他属于那种话多，但还不能定性为话痨的人。他有话从不憋在心里，总是要说出来，痛痛快快表达自己的看法。施海出生于一九六三年五月一日——他开玩笑说，每年的这一天，全世界的劳动人民都要放假庆祝他的生日，也太隆重了吧。

水峪村是施海的出生地。水峪村共有三百四十二户人家，一千一百一十三口人。多为平房，也有几户是楼房。村委会在村中央，是二进院，门口挂着多块牌子。

水峪村现任村主任叫李富东，一九八二年一月九日出生，毕业于北京机械学校，专业是机械制造。毕业后没造出一件机械，却回到了村里，立志要改变乡村。二〇一五年十一月，李富东高票当选村主任，上任后干了三件大事。第一件事是造地，准确地说是造可利用的耕地。李富东认为，制约水峪村发展的重要因素，是可利用耕地太少。水峪，除了水，就是荒山荒地荒坡，人均可利用耕地不到四分。李富东从区里争取到"农发项目"，以小流域为单元，山水林田湖草统筹治理，挖掘机开上山，该打坝的地方打坝，该挖渠的地方挖渠，该整地的地方整地，用了四个月时间，硬生生造出可利用耕地两千亩，水峪村的可利用空间阔达了许多。第二件事是进行"改水革命"，家家户户的"上水"（生活用水）"下水"（生活污水、废水、残水）各走各的管道。厕所改成了"三格式化粪池"（三层网格过滤），对沉淀物进行过滤净化，在村西头建了一个污水处理池，统一处理污水，使其达到中水标准，实现再利用。村民用水既干净又卫生了，过去又脏又乱的状况被彻底改变了。第三件事是发展特色种植业。种核桃种板栗种大枣种辣椒。光是辣椒就种了一百亩，种的品种叫"小米辣"，吃过的人说，能把人的魂儿辣出来，辣得人恨不得从地球上跳下去。好嘛！一个"辣"字，每年给水峪村带来四十万元的收益，种辣椒的村民个个眉开眼笑。

这三件大事办完后，村民给李富东竖起大拇指！背后悄悄议论说，选大富（李富东小名叫大富）当村主任选对了，这小伙子能干事，有作为！不赖！

在村委会，我见到李富东时，他说："新农村建设，不能是喊喊口号，刷刷墙，写写标语，换几片新瓦。必须发展产业，壮大集体经济，积累公共资金，集中力量办一些大事。"他说："不搞产业，一切都是空谈。"

在美化村容村貌方面，李富东也有自己的想法。什么想法呢？就是把村里那条狭长的水沟种上莲荷。一来莲藕能净化水质，二来荷花盛开时可以起到美化的效果。不过，他又有些担心。担心什么呢？担心莲荷长起来后，引来青蛙。夏季，一片蛙鸣，吵得老人们睡不着觉怎么办呢？他说："就这件事要开一次村民代表大会，村民投票表决，到底种不种莲荷。"我闻之笑了——这个村主任还挺民主嘛！

村委会外侧临街的三间房是村卫生所，药架上摆着各种各样的药。有中药，有西药，也有一些康复器材。村委会门口对面是一家超市，名字挺大，其实就是一家日用品杂货店。卖油盐酱醋，卖铅笔田字格橡皮擦，卖毛巾手纸面巾纸，也卖馒头花卷豆包等食品。

村街转角处是一辆三轮车上摆着的菜摊，豆角黄瓜西红柿白萝卜圆白菜等一应俱全。车上绑着一个喇叭，用略带方言的口音，一遍遍地播报着菜价。摊主呢？唉，摊主躺在车底下一块草席上睡觉呢。而三轮车旁边，两个抱孩子的妇女，正面对面东一句西一句地聊天。不远处矮墙下，一只黄狗端坐着伸出红红的舌头，一边哈哧哈哧哈哧不断地缩动，一边疑惑地看着那两个妇女聊天。

村街不宽，但很干净。施海说，峪口东端与西端相距五百米左右，原本各有一块状如龟头的巨石对望，栩栩如生。某年，修高速路取石料，两只完整的龟头被爆破炸成碎石，铺在高速路路面上了。可不久，听说高速路通车后，那段路面上总是出事故。爆破手所乘通勤车通过那里时，莫名其妙地发生了爆胎，爆破手被炸得血肉模糊，再也没有睁开眼睛。

水峪村不算大，但山美水美生态美。一提起水峪村，施海的眼里就放着光。水峪村大坝底端有一眼山泉，曰之水泉。咕嘟咕嘟，咕嘟咕嘟，泉水欢涌，四季不歇。施海说，此泉底下的水脉通着金海湖呢。湖水满盈时，泉水冲劲儿就特别猛。小时候，施海常去担水。泉水映着他的身影，闪着亮亮的光。施海父亲干农活回来，便舀一瓢泉水，一仰脖儿，喝下去，然后抿一下嘴角的水珠，心满意足。施海在旁边看着，心里舒坦极了。

施海说，他小时候最怕的人是看青的知青夏宗铁，此人很少说话，是个狠人。一提他的名字，小伙伴们腿就发抖。那时，他和小伙伴也偷梨，也偷玉米棒子。可是，夏宗铁从不追赶他们，他总是在他们回家必经的路口埋伏着，出其不意地跳出来，抓获他们。抓获后，让他们把腰带解下来，把鞋脱下来，然后用腰带把鞋捆上，让他们各自背着，他在后面押解着，把他们送到生产队。"我的妈呀，赤脚走在山路上，灌木和草尖扎得脚丫子实在是痛啊！"—— 施海回忆起当年，仍然叫苦不迭。

施海家人口多，没有存粮，总是吃了上顿接不上下顿。母亲唉声叹气，为一家人没有吃的发愁。一天夜里，门外哐当一声响，母亲拿手电筒出去一照，一个黑影在墙角闪了一下，就在夜幕中消失了。母亲回头发现，一个鼓鼓囊囊的麻袋倚在门后。打开一看，里面装的全是青玉米棒子。

母亲声音低低地问了一句："是夏宗铁吗？"

无人应答。夜，寂静无声。

早年，水峪村有一位捕蛇的奇人，就连夏宗铁对他也佩服得五体投地。他的真名叫什么没有人知道，村里人只知道他叫老槐。槐者，鬼入木者谓之槐。人说，有一种神秘的东西附于老槐身体上了 —— 不然，蛇为什么怕老槐呢？老槐在山上行走，蛇会远远躲开他。如果躲避不及，蛇会立刻僵住，待老槐走远，蛇才能活动。

有一天，老槐在田里锄草，不小心将一只青蛇的蛇尾误当野草锄掉了。青蛇哀鸣不已，立时远处传来隆隆巨响，声如滚雷，越来越近。老槐定睛一看，有千万条青蛇蜂拥而来，层层包围了老槐。老槐手持锄头大喝一声，所有的蛇便立时僵住了，隆隆的巨响戛然而止。老槐不慌不忙，将锄掉的那截蛇尾拾起，对准断尾的青蛇就那么一拎，说了一声——走呀！青蛇就蜿蜒而行了。

老槐低头掀起田里一块石头，石头下面是一个洞口，青蛇消失在了那块青石下面。顷刻间，所有的青蛇蠕动起来，鱼贯入洞。不消半个时辰，那些青蛇无影无踪。

老槐喜欢喝酒。家里酒坛长年泡着蛇酒。

某日，老槐打开酒坛，用提具提酒，不想，酒坛里的蛇却突地蹿出来，咬住了老槐的手腕。啊呀！老槐惊叫一声，手腕上鲜血淋漓。幸亏抢救及时，才保住了性命。伤口痊愈后，老槐痛下决心，再也不捕蛇了。老槐成了村里护林员，整天在山上转来转去，那些树和草都熟悉他的面孔了。

一九七〇年，一个叫李喜琛的城里人，成了水峪村的上门女婿。他嘴巴能讲，干农活实在不行。那时，生产队一个男劳力一天能挣八分，女劳力最少也能挣六分，可李喜琛一天只能挣四分半，丢人啊，连女人都不如。生产队队长说，算啦，你省点力气吧，干脆去开手扶拖拉机吧，李喜琛就成了手扶拖拉机手。水峪村出产"大白"（石头风化后形成的土，俗称白灰土，是一种保温材料），三河那边一家收购站收购这种东西，每吨十八元。李喜琛每天开手扶拖拉机往三河送"大白"，可是三河这边一转手卖给北京城里一吨就是三百元。李喜琛了解到情况后，心情很是不爽。他不再往三河送"大白"了。

几天后，李喜琛的身影和他开的手扶拖拉机出现在北京化工二厂。李喜琛嘴巴就是会说，把水峪村的"大白"描绘得温暖生花。于是，此厂每年收购水峪村"大白"三百吨，一吨三百元。三百吨是多少钱呢？算算就知道了。好家伙，水峪村靠卖"大白"一下就阔了。生产队买了一台"德律风根"黑白电视，装在一个木箱子里，白天一把大锁锁着。钥匙在老兵屈兆增（曾是志愿军某部机枪连连长）腰带上挂着，一走路哗哗直响。只有到了晚上，屈兆增才开锁把木箱门打开，电视播放两个小时，全村老老少少都来收看。老辈村民心里都清楚，没有上门女婿李喜琛，要想看上电视恐怕还要晚一些年呢。

历史上，水峪村是有名的大枣之乡。传统品种有夵夵枣、葫芦枣、老虎眼子枣。七十年代，村里引种泡桐和洋槐不慎，结果使枣树染上了疯枣病，树龄百余年以上的枣树主干从底部往树梢上溃烂，一片一片的老龄枣树不到半年时间相继死掉了。现场情形惨不忍睹。

若干年前，村委会决定，用组培和嫁接技术将野生酸枣驯化，培育大枣新品种——盘枣，重新发展大枣产业。毕竟，大枣的基因还在，根脉还在。盘枣，颇有卡通意味，形状扁圆，个头偏大，又甜又脆。如今，水峪的新一代枣树已经进入盛果期，连年丰产，颗颗饱满。深秋，打枣的季节一到，枣园里激荡着欢声笑语。啪啪啪！啪啪啪！有枣没枣打几杆子，打过的枣树就壮实了。农家院里，柳条簸箕里晒的是大枣，柳条笸箩里晒的是大枣。大枣，就像水峪人的日子，越晒越红呢。

除了大枣，水峪豆腐也是远近闻名。村里有个叫纪大华的村民开了一家豆腐坊，取名"大华豆腐坊"。她做的豆腐，每天供不应求。村民喜欢吃不说，城里一些酒店餐馆，也常年订购水峪豆腐，每天凌晨，车在豆腐坊门口等着豆腐出屉。水峪豆腐好取决于三个因素，一则豆子是当地梯田产的黄豆，不上化肥不打农药；二则点的是卤水，时间和用量掌握得好；三则用的水是水泉的泉水，清洌甘甜。

水峪村北面有一座名叫云祥观的古庙，早年间，这里是一所小学所在地。施海的小学就是在这里读的。古庙院落里有四株古树，树龄已有五百多年了。水峪村是先有古树后有古庙，还是先有古庙后有古树呢？施海也不得而知。古庙分前院和后院。前院的两株古树是国槐，后院的两株，一为油松，一为侧柏。四株古树各具形态——斜松直柏并肩槐。

施海说，他上学时常爬古树玩耍，爬得最多的是那株油松，因为它是斜着生长的，爬起来相对容易。欻欻欻，三下两下就猴子一般爬上去了。他在作文里曾写过那四株古树的故事，记得当时的语文老师叫张忠志，把那篇作文当成范文在课堂上给全班同学朗读，很是让他风光了一次。

某年，北京市园林绿化系统举办古树知识答题比赛，作为考官的施海，在海量答卷中，发现了张忠志的名字，大笔一挥给了满分的成绩，并奖励张忠志一条毛毯。

当然了，试卷答得确实好，找不出半点瑕疵。

在施海眼里，每一株古树都是活物，它们理应得到尊重，并应得到善待。古树，有着超乎寻常的生命本能和昂扬向上的精神。古树，远比我们想象的神奇更神奇。

然而，凡上了岁数的生命，必易染病，必易致残，必易遭虫蛀，必有抗性和免疫力下降的问题。古树亦然。

上世纪九十年代初期，四株古树不同程度地呈现出了弱势状态。枯枝渐多，虫害肆虐。某日，施海回水峪村探亲发现情况后，立即采取了救助措施——除虫害，堵树洞，立支柱，用拉杆牵引有危险隐患的主枝，并施肥浇水，注射营养剂，进行生物技术复壮。措施果然奏效，来年春天古树返老还童，恢复了树势。蓊蓊郁郁，聚气巢云。

云祥观离施海家很近，听到上课的铃声，从家里往学校跑都来得及。后来，不知什么原因，学校就没了，只剩下一座空空的古庙，一个搞奇石的人就把古庙租下来，古庙就成了奇石馆。四株古树的日常养护和管理也就由奇石馆的人代为进行了。或许，施海对于古树的认识，就是从这四株古树开始的吧。

如今，云祥观古庙里这四株古树成了名树。许多名人来水峪村必进云祥观院落里看这四株古树。瞿弦和、蒋大为、贾平凹等都来看过，并在古树旁边与奇石馆馆长照相合影。画毛泽东的画家刘文西也来看过，临别时，他提笔留下四个字：美在自然。字有些清瘦，但风骨硬朗。

八月的某一天，我走进云祥观。哎呀，一地的槐花呀！如同清晨刚刚下过的一场清雪，弥漫着芳香。一个穿花裙子的小女孩正挥动着一把竹扫帚，哗哗哗地扫着槐花。喳喳喳——！喳喳喳——！一只喜鹊飞来，落在槐枝上，一跳一跳，槐花便扑簌簌喷雪般溅落地面。有几朵溅落到小女孩的头上和肩上，小女孩轻轻抖了抖，笑了。屋檐下，一个坐在小板凳上用钩针打着毛衣的妇女，抬头望一眼扫槐花的小女孩，满脸的喜悦和幸福。

水峪，水峪，水是如此地丰沛。是的，上善若水，水利万物而不争。因之水，水峪人的每一天都朗润饱满，气息别样。那一地的槐花，也是水的另一种存在形态吧。

刊于《牡丹》2023年第2期

幺爷（节选）

李银昭

引 子

陪母亲聊天，聊一些过往的旧事，一下聊到了幺爷。我小时候常和幺爷玩。印象最深的，是那次跟幺爷去寻猪，两天一夜，幺爷和我，一老一小、一前一后，走了那么多的路，见了那么多的事。自离了西方子，到成都过活，几乎忘记了幺爷。无意的话题，让我想起了他，想起了幺爷带我走过的那山、那河，那荒凉的一望无际的川中丘陵。

锄头像一把刀，刮开大地的皮

儿时的丘陵，没有现在的满眼苍翠、一派青绿。

那时，太阳照下来，照不到树，也照不到草。丘陵山包，荒旱、干涩，起起伏伏，一个连着一个，不仅没了树，没了草，连地皮也一寸一寸被人用锄头刮下。刮地皮印象最深的，就是和幺爷寻猪那天。

那年我八岁或是九岁。夜里，我家的猪被人偷了。早晨，睡眼惺忪，揉着眼睛，一只脚还未跨出门槛，幺爷就叫我说，走，二娃，跟我寻猪去。

我们出了西方子，经过后山的花溪沟，一面山坡，几十个人正在那里刮地皮。光光的坡面，草根从土里冒出来，嫩嫩地望着天，锋利的锄将嫩草连着地皮一起刮掉。

那时的丘陵，山荒，人穷，地更瘦。稻田也好，麦地也好，春夏秋冬，轮番耕种。土变薄了，变瘦了，地里的养分被吸干了。刮下的地皮，在太阳下晒一晒，收拢，撒到耕地里去，给瘦了的土壤增肥、增厚、增松软。地皮年年刮，山坡斑斑驳驳，露出了新土，露出了石头，一块一块的，像大地受伤后结下的疤痕。有次，我问么爷，刮地皮干什么？么爷看着我，像是要哭，没哭出，像是要笑，没笑出，他哼了一声，摇摇头，没说话，抬头望着天。

么爷年轻时当过兵，驻扎遂宁，属刘湘的一支部队。日本人打来的时候，他扛着枪，穿上草鞋就奔赴前线。为这，在特殊年代，他受到审查，说他当过伪政府的兵。后来，罚他去后山养猪。有一段时间，他总讲当兵的一些事。他还说，有个战友，是成都平原兵，那里一马平川、一望无际，没有山，没有坡坡坎坎。么爷讲的时候，很是羡慕成都，羡慕平原，羡慕一马平川。

炊烟升起的山头，就弥漫着猪的味道

猪，对丘陵人来说，就如水上人家的乌篷船。船，渡人过河，猪，渡人过荒苦日子。那时，有人说话的地方，就有猪叫的声音。有炊烟升起的山头，就弥漫着猪的味道。

么爷成了猪倌，养了几十头猪。么爷养猪，只是养，猪却不是他的，他是替村里养。村里的猪场在后山一块台地上。那里有一片庄稼地，红薯、玉米、小麦，追着季节种。猪场修在那里，就是一座小型农家肥厂，方便给庄稼施肥。么爷就住在猪场里。

么爷是我爷爷辈的老三，我叫他么爷，大家都叫他么爷，就像他没名字一样。我问母亲么爷的名字，母亲说，好像叫李长会。能说出么爷名字的，估计只有母亲了。幺爷一个人，没人嫁给他，他就把我、二莽和地上跑的那些猪，当成一家人。小时候听村里人说，幺爷的身体被枪打坏了，听不懂啥意思，成人后才明白，幺爷在战场负了伤，伤在男人的"根本"处。幺爷带着一生不能娶媳妇的残身，回到了西方子。村里的文寡妇，后山有块自留地，文寡妇在地里时，幺爷和猪们的说话声，就响亮了起来；有时，他还会哼着调调、背着手愉快地一会儿走上山坡，一会儿走进猪场。

幺爷的猪场，好玩的多，我常去。有一天，我躺在猪场外的草堆旁，幺爷在不远处宰猪草。我望着天，天上的云，一会儿变狗，一会儿变马，我就那样望着。突然，我的脸被啥碰了一下，湿漉漉的，一看，是只小黑猪。它鼻头湿湿的，眼睛圆亮，全身黑得没一根杂毛，油光锃亮。后来，卖这窝小猪时，幺爷把它留给了我家，说，这只小猪体格好，长得快。父亲去世早，那时，母亲一人养我们六个孩子，欠了村里不少口粮钱。母亲指望把这只猪养大，年底能出栏，还上村里欠账。

所谓出栏，就是各县各村、各家各户每年养多少头肥猪，是有任务的，肥猪的数量，就是出栏的数量。猪出栏，由公社统一宰杀。宰杀的猪，一半猪肉要上交国家，有时是全部猪肉要上交国家。交了猪肉，得一张盖红章的凭条，拿着这条，到公社粮店换一些大米或红苕干。能换多少？估计现在已没人能说出个准确的数，能说清的，已成了上辈人，大多作了古。养猪，也算是为国家做了贡献。幺爷养了大半辈子的猪，为国家做了大半辈子的贡献。

母亲说，离开西方子，是幺爷一直对我的期望。

后来，我就离开了那里，去了幺爷想去而一生都没能去的成都。那天，我站在敞篷卡车上，一坡又一坡，一梁又一梁，满眼空旷遍地黄尘，一路颠簸，走出了荒瘠的丘陵。

天生握锄的手，却混了个写文章的差事。有篇文章涉及四川人养猪，其中，有一句话和一组数字，把我怔住了。那句话是："川猪安天下。"一组数字是：全国每八头猪就有四川一头，全世界每二十头猪，就有一头是川猪。像盐亭、三台、射洪这样的丘陵县，一年为国家出栏的猪可达百万头。小时候喜欢看《三国演义》连环画，尤其喜欢看排兵布阵的场面，记得诸葛亮出兵北伐，六次北伐才二十万人左右。川猪出栏，一百多万头，仅一个县，只一年。祖辈生活的丘陵，有那么多个县，这数字加起来，是多么惊人。如果沿诸葛亮大军的兵道，让这么多川猪列队出剑门，是多么浩大、多么壮观。

写到此，敲打键盘的手开始发颤，心里连连唤着幺爷。国家有危难时，幺爷扛枪保卫国家，国家建设时，幺爷养猪贡献国家。那时，幺爷常常坐在山头上，一个人望村前的一道山梁，山梁上有棵树，村里人出远门，常在那树下歇息。文寡妇离开的时候，过的就是这道山梁。文寡妇带着她最小的那个儿子，说是改嫁去了新疆。

船，载着一河的白向对岸而去

幺爷是村里见过世面的人。母亲说，那次寻猪，是幺爷有意带我出去见世面、长见识。

路，向山梁慢慢抬高。

登高望远，丘陵延绵起伏，如一片无主的荒坟，在大地上排开。

一条大河，自远山而来，在县城绕了一个弯，这条河叫梓江河。

河床在这里变宽，随地面的延展和升高，两岸形成了宽阔的河坝，这就是有名的麻央坝子。现在，盐亭人把麻央坝子进行改造开发，建成了盐亭最大的工业园区。当年幺爷站在山梁上，用手一指，指过麻央坝子说，那是盐亭县城。

去县城，要先过那条大河。

山路，蜿蜒至河坝。有墙，红色。红墙内，机声隆隆。墙中开一铁门，挂：盐亭嫘祖丝绸厂。"嫘"字不认识，更不知道嫘祖是轩辕黄帝的元妃，发明栽桑养蚕，被誉为"先蚕圣母"。幺爷说，蚕变成茧后，都卖到这些厂子里，经过煮茧抽丝，再缫丝织绸，织成的一捆捆丝绸，最后都卖到更远的大地方去了。幺爷说"更远的大地方"时，两眼望着远方，好像不是丝绸而是自己去了那些"更远的大地方"。

红墙间的门打开了。一群人从门里走出来，全是女工，白衬衣、蓝裙子，年龄比中学生大不了多少。她们说着脆生生的话，伴着嘻嘻的笑声。仙女的故事听大人讲过，没见过，我想，仙女该像她们一样吧。只是，仙女是一个两个，最多七个，没人一下见过这么多仙女。空气中有一股味道，淡淡地被河风送过来。那味道，是从未闻过的，像是她们头发飘的味道、手指舞动的味道、白牙笑得发亮的味道、裙摆触及嫩藕般奔跑的小腿的味道，是香的味道，是甜的味道，总之，是一种说不清道不明的味道。见我吸着鼻子闻，幺爷说，闻啥？丝绸妹子的味道，长大够你闻。

这时，一艘渡船正在河中向岸边靠过来。有人向船跑过去。一个、两个、三个……像一群出笼的白鸽，从我和幺爷身边飘过去，飘向大河边。

船，载着一河的白，载着一河的味道，向对岸而去。

小草，顽强地挤出石缝望着天空

幺爷牵着我走进县城时，已是下午了。

我们是从北街入的城。北街有一家叫"新月"的清真饭馆，幺爷在店里买了一个馍，就往南街的汽车站走。

汽车站人多，背包的、挑担的，护老的、牵幼的，大大小小，男男女女，说着各种乡话。我和幺爷坐在街边，啃着馍，看进站的车，看赶路的人。一辆客车缓缓进站，女售票员在车门口用喇叭喊："仪陇到成都，盐亭的快上车。"这车是从仪陇发出的，路过盐亭。许多人拥过去，大喊大叫往车上挤。仪陇，是听说过的。课本上有篇写母亲的文章，作者是个大元帅，叫朱德，仪陇人。

还有一个烧炭的战士牺牲了，伟大领袖给他写了篇文章，叫《为人民服务》，上了课本，几亿人民都能背，这战士叫张思德，也是仪陇人。那时我就想，仪陇是个了不起的地方，像延安的宝塔山、北京的天安门，使人向往。而且，仪陇与盐亭是邻县，窝在川中，像大地上蹲着的两个穷兄弟。车站这些人，身上沾满丘地尘灰，上车不排队，拥挤在一起，说不定也会冒出一个人物来。就像再贫的土，下面的种子也会发芽，再荒的坡，草根也会探出头来望着天空。

离了汽车站，到东街。圆拱的城门，石头砌的，青黑色。一些小草，顽强地挤出石缝晒太阳，站在墙的高处，晃来晃去，比人都自在、招展。跟在幺爷身后出了城门，又沿大河的一岸，向上游走去。在上游的一个渡口过了河，快到两河场时，上了坡，从另外一条荒道，朝着西方子的方向，往回家的路上走了。

淡淡的四野，夜幕由浅变浓

幺爷在前，背影越来越小。

后来，快到走马岭的时候，遇上了一个挑担的人。

走马岭，有人说走过诸葛亮的兵车，又有人说，张献忠入丘陵，走的就是这条路。总之，这是条要道。不论是射洪县永兴、复河那边的人，还是盐亭县巨龙、双河的人，北去江油、广元到汉中，或是西往中江、金堂上成都，走的都是这条已荒废了的官道。

挑担的是个男人，挑一对箩筐。一个女人蹲在箩筐里，另一只箩筐里装的是石头。他和幺爷打招呼，说些家长里短、庄稼收成。他说，箩筐里是他的女人，被"结扎"了。"结扎"一词，现在很少人说，也很少人知道是啥意思。男人说，他挑着粮食到县城交了公粮，回走时，村里人告诉他，他的女人在外面躲"结扎"，在三台县过渡船时被抓回盐亭了。女人从医院出来，虚脱，走不动路，男人把她抱到箩筐里，另一只箩筐放上石头，挑起扁担就上了这条荒道。

见了陌生人，我有些胆小，就紧靠着幺爷。淡淡的四野，夜幕由浅变浓。幺爷见我脚走肿了，脚底起了泡，而且有一处已破了皮，不好再走。幺爷的眼睛就盯上了另一只箩筐，就是装石头的那只。不等幺爷开口，挑担人将石头拿出来，叫我进他的箩筐。我不进，幺爷就来扶我，说天黑下来了，路途还远，得紧赶路。

我蹲在一只箩筐里，就这样被人挑着。女人在另一只箩筐里，长长的黑发，从她脖子垂到箩筐边沿，见我看她，她也看我。

夜幕渐渐罩住了丘陵。荒旷的远处，传来了歌声，是首儿歌。歌声让我一下想到了学校。我们学校也该下晚自习了，可没向老师请假，出来寻猪，跟幺爷走了这么远的路。歌声后，荒野又静下来了，只剩下脚步声、绳子的摩擦声，还有扁担上下跳动时的震颤声。

火烧云，在天边轰隆隆地燃烧

走过光秃秃的荒梁，在半坡，遇上一家卖杂货的店子。

店子是草木搭建，卖些烟酒火柴饼干盐巴类的东西。门上有一联，上联是"一条大路通南北"，下联是"两间小屋卖东西"。

那天夜里，幺爷和我，还有那个女人以及她的男人，本想在店子里歇息一下就继续上路，可女人突然说伤口痛。荒路野店，没有医生，友善的店主忙里忙外，又是熬草药，又是煮红糖鸡蛋。疲惫的我，靠着幺爷，靠着这位曾经为国家受过伤的老兵。以前，幺爷身上有柴火味、猪食味，可那天夜里，我觉得幺爷是岩石，是山丘，是冲锋陷阵的老英雄。

突然，远处燃起了大火，就在隐约可见的山脉和天边之间。那里红彤彤一大片，烧红了半边天。我一指，叫幺爷看起火了。他说不是起火了，是火烧云。

我问，火烧云是啥？幺爷没说。又问，那里是哪里？幺爷说，远得很，是成都的方向。

我睁大眼睛望出去，望向幺爷说的成都方向。那里，红红的光线照过来，映红了幺爷的脸，映红了草木野店，映红了荒僻坡地。

幺爷拍着我，用他握过枪、宰过猪草的手，轻轻拍着我。他喃喃自语："火烧云出来了，明天是个好天气，雨水要顺了，庄稼要长了，天上的鸟儿要回来了，山上的树、坡上的草，都要遇上好风好水了。还有，我们家的李二娃，也要长大了，长大了尿得高、走得远，找个仙女般的媳妇给幺爷看……"

幺爷的声音像夜曲，越来越小，不一会儿，夜曲和我，都沉睡进了这片延绵起伏的荒丘野岭。

火烧云，在天边轰隆隆地燃烧，燃烧。

几年后，我离开了西方子，离开了幺爷。

再后来，我忘记了西方子，忘记了幺爷。

这篇文章，是向幺爷感恩，也是向幺爷还债，是向今日的丘陵致敬，也是把儿时的丘陵，从记忆里捞出来，在大地上展开，再收卷起来，存档。

唯此，我心方安！

刊于《人民文学》2022年第10期

籍贯地就是故乡

武　歆

一

从小学到退休，我记不清填写过多少表格。一般情况下，紧随在"姓名""性别"之后的便是"籍贯"。那时候遇到初次相识的朋友，不仅要问你是哪里人，还要询问籍贯在哪里。如今很少有人多此一举了，不过随着两鬓白发增多，如今的我却特别愿意"多此一举"，主动告诉别人，我的籍贯是山东。要是遇上山东人，讲得更详细，从"县"说到"镇"，再说到"村"。

近年来我经常于梦境中行走在山东宁津土地上，梦境的依托来自1980年陪同父亲还乡。当年我陪父亲在那个好像举手就能触摸到星星的小村庄待了七天，也在县城里走了一遭。四十多年前的片段记忆，早已变成星星点点的画面，无法连成一个整体，可又犹如火焰一样，每长一岁，深刻痕迹便会向下纵深一点。曾经无数次想要回去，又总是苦于那里已经没有亲人，经常寂寥地想，到了那里我去找谁呢？

某天黄昏时分，我在标有"中国国家博物馆馆藏"的商代龙虎纹铜尊的周历上，写下了"去宁津"三个字，这才恍然发现"去宁津"这一天是正月二十五 —— 中国传统节日填仓节。在民间，只要这一天没过去，还算是"在年里"。在中国的广大乡村，人们依旧看重这个日子。填仓节中的"填"与"天"谐音，又称为天仓节。农历正月二十为小天仓，正月二十五为老天仓，过去民间还有"点遍灯，烧遍香，家家粮食填满仓"的说法，意味着这是一个充满希望的好日子。感觉"在年里"前往籍贯地，是一场终究无法躲过的亲情赴约。那一刻在我心里，籍贯地与出生地变得完全一样。就像史铁生在散文《老家》中讲述的："常要在各种表格上填写籍贯，有时候我写北京，有时候写河北涿州，完全即兴。写北京，因为我生在北京长在北京，大约死也不会死到别处去了。写涿州，则因为我从小被告知那是我的老家，我的父母及祖上若干辈人都曾在那儿生活。查词典，籍贯一词的解释是：祖居或个人出生地。——我的即兴碰巧不错。"

籍贯地就是故乡，相信这是所有上了年岁的人的内心定理。

二

杜甫曾有描写田园生活的诗句："舍南舍北皆春水，但见群鸥日日来。花径不曾缘客扫，蓬门今始为君开。"我记得那个叫时集村的小村庄，夜晚萤火虫在院落里飞，还有各种小虫在鸣叫，在窗外高一声低一声。小村子静静的，只有偶尔的狗吠。好奇心驱使我蹬着梯子，爬上屋顶。村中没有路灯，但是因为有满天的星星，看上去弯曲的土路泛着白光，路面看得异常清楚。邻村因为没有通电，显得幽暗一些，但在星光下，房屋、小路同样清晰。

我是带着四十多年前的零散记忆，站在时集村村委会门口的。眼前是整洁干净的柏油路，道路两旁是商场、饭馆、邮局、银行、小超市，路两旁停着各种型号的小汽车，居民住宅楼是有着大都会风格的色调温暖明朗的砖楼。我跟当地老人聊天，讲起我当年的印象。他们操着与我父亲相同的腔调告诉我，那种乡村风貌早就远去了，但是村庄发生重大变化的节点，还是在最近十来年。别说我这个远离故土四十多年的人，快速变化让当地人都感到特别震惊。

陶渊明在他的《还旧居》中有这样的诗句："畴昔家上京，六载去还归。今日始复来，恻怆多所悲。阡陌不移旧，邑屋或时非。"我站在时集村村委会的大院前，与《还旧居》的古人心境颇有相似之处。但仔细一想，还是有很大区别的，因为我的心中没有忧伤、悲怆，更多的是感怀、抒怀。

当年在时集村的七天里，离开家乡四十年的父亲，和姑姑、姑父还有其他亲属，盘腿坐在炕头上说呀说，似乎有着说不完的话。我因为第一次来到乡村，无论看到什么都特别兴奋，像小鼠一样到处乱窜；父亲则是不断感慨，唇边挂着无数的感叹词。那时候，中国社会已经在拨乱反正的进程中，社会在向着更好的方向奋进，但是中国的广大乡村，还是处于贫穷阶段。虽然我在四十多年前的故乡之行，没有李白《少年行》中"银鞍白马度春风"的洒脱无羁，但是山东乡下的大枣、花生、葵花子，还有刚从磨坊中端出来的芝麻酱、香油、玉米面，让来自大城市但口中乏味的我每天都处在新鲜和激动之中。

普鲁斯特曾经说："美好的，哪怕是痛苦的回忆，则保证了一个人照样活上两辈子。如果回忆变成了一部书，那就是永恒的回忆。"而我真是没有些微痛苦和忧伤，有的只是当下感慨与往事追溯。

三

写作者的故乡之行，必然会与阅读、写作充满紧密关联，这样的关联是不由分说的精神畅想。纵观中国历代文人，无不在"故乡"两个字上留下许多让人感怀的笔墨，比如因为书写故乡湘西而在文学史上留下赫赫大名的沈从文。北大教授吴晓东对沈从文《边城》的解读极为精准："利用自己的湘西经验和记忆，大都具有一个回溯性的叙事结构，也反映了一个独孤的'北漂'对故乡和亲友的追忆和眷恋。"的确如此，《边城》饱含所有还乡者的悠远情绪，如开篇所描绘的场景："溪流如弓背，山路如弓弦，故远近有了小小差异。"还有小城的街景白描："有商人落脚的客店，坐镇不动的理发馆。此外饭店、杂货铺、油行、盐栈、花衣庄，莫不各有一种地位，装点了这条河街……小饭店门前的长案上，常有煎得焦黄的鲤鱼豆腐，身上装饰了红辣椒丝，卧在浅口钵头里……"这样的抒写，也验证了夏志清在《中国现代小说史》中所强调的，即沈从文自创的一种"牧歌式文体"，他认为"沈从文的文体和他的'田园视景'是整体的，不可划分的"。

双脚踏在故乡土地上，舒缓地回忆文学史上的名著名篇，是一次还乡的精神梳理，也会加深对故乡的深刻理解。

四

四十多年前的还乡，我和父亲在姑姑、姑父的陪伴下去过宁津县城，至于为何去县城，具体原因记不得了。只记得从村子里坐马车走了很长时间，还记得姑姑和姑父穿着黑色的袄、黑色的裤。身体欠佳的姑姑戴着黑色的帽子，裤腿也扎起来，脚下一双黑色的布鞋。关于宁津县城的记忆，只有关于县城中心的文化馆的。当时文化馆外面挂着李小龙的电影招贴画，录像厅整日播放港台武打剧。文化馆是少男少女们欢聚的地方，也是县城晚上灯光最亮丽最繁华的地方。

如今的县城分为两部分：老城和新城。一条南北方向的"正阳道"，将老城与新城无缝衔接在一起。这里像中国当下所有的县城一样，可以放心大胆地使用"繁华""高楼""整洁""气派"这些词，还可以使用一些词组，"城乡一体化""旧貌变新颜"等。没有丝毫夸张，某个角度的街景，与我生活居住的天津某个商业繁华区也没有多少区别。过去从村子到县城要走很长时间，如今驾驶汽车只需二十分钟。

我站在那条叫"福宁大街"的十字路口边道上，看着眼前那幢有着圆形弧顶的建筑。当年县城夜晚唯一亮灯的建筑文化馆，现在是一座中型商场。我应该感谢它，没有它的存在，也就没有了关于故乡的"记忆扶手"。

通过房屋留下的岁月记忆，是回忆故乡的有效载体。因为它来得直接，来得无可阻挡。当然最好的回忆，还是来自人的记忆。在故乡，与人的亲密接触，要有来自民间的烟火气。乡音乡情乡念发出的地方，不在高雅静默的高堂，也不会在玻璃幕墙的大厦，而是在拥挤狭窄的菜市场，在喧闹的小酒馆，在百姓散步遛弯的河边。

看着老城中心广场内唱歌、跳舞、下棋、打扑克牌的人们，与散步的老妪聊天才得知，原来这片热闹的广场，过去是面积巨大的臭水沟。我问老妪是何时改造的，老妪说了年代。很容易推算，是改革开放之后的举动，而最近十年，又经过不断改造、修整，如今已经变成百姓散步遛弯休闲的好地方。这个城区广场，与我平日在天津散步遛弯的地方，已经没有任何区别。城乡一体化、精准扶贫和乡村振兴，在中国乡镇的角角落落都有了具体表现。

关于故乡的感情，永远呈现两个极端：一边，无比阔大；一边，微小具体。

刊于《文艺报》2023年5月17日

"待我成尘时，你将见我的微笑"

鲁　敏

　　李文俊先生离开后，家人整理旧物，从一本旧杂志中发现他一幅字，十年前写的。"待我成尘时，你将见我的微笑"，语出鲁迅《野草》，题字中称鲁迅为"迅翁"。小起说，老爸一直特别喜欢这句话，尤其到晚年，常跟她提及，似乎是对生死相别的一种理解与准备。文俊先生平常不用软笔，当时却不过人家的请求，使了毛笔。小起长年习字，以书为生，我是全然外行，但我们都对老人当年随意写下的这幅字有着说不清的喜欢。与李文俊先生在同一天离开的另一位著名译者杨苡，她所留下的题签、赠言，比如她所摘抄的新约短句，在百岁（2019年）时赠写给儿女的"爱情不朽、友谊长存"等，也在朋友圈被高频转发，我想这都是出于一种相通的敬爱。他们留下的，都不是书家之作，而是天真自然的，独属于时间中的某个人的笔迹，带着这个生命所特有的经历、意志与风度。似乎仅仅从这几行疏淡之中，我们就能感受到他（她）的一生，感受到岁月的呼啸而过。无数陌生读者为什么如此不舍地追怀李文俊、杨苡，包括前不久离开的郭宏安、王智量、柳鸣九、唐月梅、许渊冲等老一代著名译者，也都是出于类似这样一种难以说清但浓烈于怀的感触：他们深厚而朴素的生命，带走了什么？又给我们留下了什么？

　　当然，最显见的是阅读影响，尤其是八十年代初期那大门敞开、强光涌入般的阅读狂飙。当时的青年们常有着许多对外国经典的最初阅读记忆。他们如何连夜"跑书"挑灯接力，囫囵吞枣地共享一套好不容易借来的名著，如何挖空心思讨好图书管理员或某位家有藏书的亲戚，如何在巴掌大的小县城新华书店初遇《红与黑》，读完大呼"我就是于连，于连就是我"。柳先生主编的《法国二十世纪文学丛书》与《世界小说流派经典文库》，加在一起得有近百本了，多少人受惠于此啊，永远记得薄软的封面上，仿佛是油墨印刻的三个硬瘦字体：柳鸣九。又有多少写作者遇上《变形记》《局外人》时，有如打开第三只天眼：哦，原来小说可以这样写！由此一步踏入当代文学的场域。关于世界文学对中国文学各种路数流派风格的唤起与影响，是比较文学研究的大选题，此处不做展开。只讲一个细节，在先锋文学起来的当儿，甚至有一种写法，直接就叫"翻译腔""翻译体"，作家们所醉心模拟或致敬的，其实是翻译家们的译笔，由此也可见翻译作品对中文写作的影响之深。

我们还是回到阅读。阅读跟饮食的经验是同一个原理，母亲与故乡的食物自然是天下第一，但第一口的"不同"风味，也常会有惊天动地之撼，会加速推动我们在体魄器量上的延展与成长，乃至在将来的审美趣味里形成一种顽固和深情的偏好。这种成长期中的重要阅读经验，总带有一种童贞般的真挚情感，包裹着对文坛巨匠经典之作的眩晕效应与五体投地，而这，也常常会移情并投射到译者身上，并由此产生一种"认译者"的天真之气，仿佛福克纳就是李文俊的，加缪就是郭宏安的，普希金就是王智量的，三岛由纪夫就是唐月梅的，等等。哪怕后来的译者版本，可能会有更全面的资料参考，更开放的当下性处理。

这仅仅是阅读口味上的固执吗？我想这里面其实还包含着人们对这些"初一代"译者真挚的尊崇与感激。自然，而今这些名著与巨匠已是人人挂在嘴边堆在案头，各种版本线上线下唾手可得，相当多"80后""90后"的读者有不错的外语基础，可直接阅读原版。但，时间倒推四五十年，回到所有这一切的来路与源头，实在是一个极为不易的漫长过程，正是靠着上世纪二三十年代出生的这一大批译者，靠着他们跋山涉水的接力开拓与终身劳作，方从最遥远最陌生处为无数饥渴的双眼带来世界上不同地方的文学。

比如李文俊先生，最广为人知的是他引荐并大量翻译了福克纳，由此滋养了几代读者、作家与研究者。其实李先生还以"拓荒者"的独到眼光译介了许多当时还不为中国读者所知的名作名篇。影响了许多中国作家的卡夫卡（莫言、余华、马原、残雪等都曾撰文谈及），最早就是六十年代初李文俊在《世界文学》做编辑时，借着有一个"内部发行"的选译机会，他提出译介卡夫卡的选题，并带头翻译了《变形记》等五个中短篇，后于1966年由作家出版社[1]以《审判及其他》为名出版。"垮掉的一代"凯鲁亚克的代表作《在路上》，也是他与施咸荣等同期译者在当年共同合作，尝试先从节译、选译开始，一步步向读者推出的。热销至今的《伤心咖啡馆之歌》，李文俊先生最早是在五六十年代读的企鹅原版，当时即印象深刻。十多年后，他和一帮译者策划引进一批美国当代小说，他提出的就是这本《伤咖》，译出后先在1978年创刊的《外国文艺》上刊出，从此麦卡勒斯以及她更多的作品，开始收获一茬又一茬的中国年轻读者。

比李文俊先生早一些的萧乾先生（1910—1999），他与《尤利西斯》的相遇也是一个长故事。最早得从1929年起，他听说英语文学里出了个叛逆者乔伊斯，可他先后就读的燕京大学、辅仁大学的图书馆都找不到此书。十年后他到伦敦读书，总算买到奥德赛出版社的两卷本（1935年版），但没有索引注释，勉强读完。直到几年后去剑桥读研做论文，又重新拾起闭门苦读，然而此时战火纷飞，联军诺曼底登陆后，激昂之下，他丢下未竟的学位和乔伊斯跑去做随军记者了。这一搁，就是快五十年。1990年，译林社听说他当年曾经"摸过"这本天书，便寻上门来邀译，萧、文夫妇决定联手合译，这时他已80岁，才刚刚动完两个大手术。此后历时一千五百多天，推出首译，光是注释文字就约30万字。几年后，萧老病故，此后若干版本的修订、维护、校正，皆是文洁若独力所支。这样的翻译作品，与外部世界的变迁，与译者个体的生命，如此壮阔起伏，如此血肉相连，想想看，能不"认译者"吗？

---

[1] 这一段资料取自李先生的《我的翻译人生》，出自《文艺报》，2013年12月11日。他回忆中此书是由上海译文出版社出版。后学者周立民先生查资料发现，上海译文其时尚未成立，当为作家出版社。

话说回来，热烈的情感投射只是一个方面，真正让一位译者长久不衰、代代流传的当然是他们的译作、他们的专业处置与美学主张，包括母语素养、语言风格等，诸如信达雅（严复），宁错务顺（梁实秋），宁信而不顺（鲁迅），求神似大过形似（傅雷），音美形美意美，求优似不劣似（许渊冲），等等，这都是大研究，实不可妄谈。这里且说两个边角处。

一是译者序或译后记，这是译者在相关语种、作家作品研究功力上"深入浅出"的直接体现，是针对阅读大众的。比如法语翻译家郭宏安，人称他是研究、批评、翻译三驾马车，在出版波德莱尔、加缪、夏多布里昂等诸多译作时，总会奉上他极为精彩的译者序，兼具学院批评理论与文学中人的浪漫激情，像《红与黑》前的代译序《谁是"幸福的少数人"》，完全就是一篇独立的对社会人之幸福观的深刻阐释。《恶之花》除了很长的序言，还有《跋》，阐述他对译诗的理解与实践，可谓是一篇学术论文，当然这对郭先生而言，只是从他的波德莱尔研究和多年翻译实践中所舀出的一小勺而已。

许多译者最后都成为相关作家的研究专家，但这也不是天成的，像李文俊就谈过，他特别注意收集但凡与福克纳相关的随笔、书信、演讲以及他人回忆等资料，而这个做法他又是从老前辈汝龙先生（1916—1991）那里学来的。当时汝龙在平明出版社所出的每一册契诃夫小说集，都附上他所能搜罗到的背景资料。正是这样的积累之下，除了福克纳作品，李文俊先生还创作或编译了诸如《福克纳评论集》《福克纳评传》《福克纳画传》《福克纳随笔》《福克纳的神话》等相关图书，被大家尊为福克纳研究权威。

除了序跋，还有注脚与注释，往往最见译者的耐烦度与耐力。像前面说到天书《尤利西斯》的海量注释，即是典型体现。其实萧乾先生本人不喜加注，三十年代还在报上批评过译界过度加注的问题。但由于他们在翻译时参照了十几个版本，不断刷新乔伊斯学的最新研究成果，又兼顾各语种的修订，可谓穷目力所见，穷版本之尽，穷学界之力，最终使得这本天书的注释成为汪洋大注。而出于"不想打扰阅读整体感"的想法，萧、文二老一直坚持保留"章后注"。

记得我看书时，一蓝一金两条布签带，一个夹正文，一个夹章末，得像纺织女工一样，前后来回地翻飞对照。

李文俊先生的译序与译注处置，是安静、简洁、妥帖的。一直记得我初读《喧哗与骚动》的情形，当时25岁样子，刚开始接触意识流，有点胆怯，亏得有李文俊先生的译本序在前，他对书中的人物特性、结构设置、叙事视角等，都有十分明白详尽的指引，提醒读者注意各个人物出场时所携带的时空备忘与暗示性细节，而在译文中，他也通过字体变化和有分寸的脚注加以提醒。此书不厚，但我读得很慢，李先生像一根牵绳在前，一盏灯火在上，倚靠着他，我磕磕绊绊地走完全程。这次经历给我留下极深印象，可能也有一种心理上的依赖，后来读别的福克纳作品，也还是会先找到李文俊的相关研究文章先过一眼打个底子。比如《我弥留之际》，后来又有好几个版本，从我的阅读经验里，李文俊的译序《"他们在苦熬"》每读一次，仍会心中有感。

当然从译者角度来说，他们是期望有更广的涉猎。李文俊先生就开玩笑地说过，不能总是福克纳的"跟包"或"马仔"，而要"拓宽戏路"。所以晚近这些年里，他译了简·奥斯丁的《爱玛》、艾略特的诗剧《大教堂凶杀案》，复译海明威的《老人与海》、童书《小熊维尼阿噗》《小爵爷》《小公主》《秘密花园》，包括美国前总统里根的太太的《我爱你，罗尼》，这是南希写给里根的信，书中涉及阿尔茨海默病，他觉得对进入老年社会的中国会有些帮助。令人伤感的是，李文俊夫人张佩芬女士（90岁，从事德语翻译，黑塞研究专家）这几年也出现了记忆力衰减的情形。

李文俊先生众多拓宽戏路的译作中，以2009年所译的《逃离》影响最大，至今仍一再翻版重出，当时门罗还没有拿到诺奖，又从来只写短篇，故听起来较为小众，但李文俊的引荐还是使她获得大量的中国读者。我最记得苏童老师当时就老跟我们推荐门罗，各个场合地讲，这里当也有李文俊的译笔功力。李文俊一直对译文有求精之癖，据青年学者徐兆正回忆，他在2017年曾听李文俊先生谈过，说最后的翻译计划是重新译一下《献给艾米丽的一朵玫瑰花》，完成之后他就决意收手不做了。徐兆正后来找到重译版本（上海文艺社2018年"福克纳作品精选系列"收入新版）读了，深感老人文字臻熟至于极品。新译之时，李文俊八十七岁。想想真是感慨和脸红，李文俊先生到老了，都还在拓展方向，还在做修订计划，还在步履不停地精益求精。

这些翻译上的故事，每个译家都有很多。比如杨苡怎么样在巴金的鼓励下重译艾米莉·勃朗特，并殚思竭虑地构想书名，终于在一个雷电交加之夜，突然想到"呼啸山庄"这一神来之名（此前梁实秋版本名为《咆哮山庄》）。再比如智量老师与他《叶甫盖尼·奥涅金》译稿那几度辗转的故事，绝对可以讲上几万字，尤其是何其芳先生在他下乡劳动改造的前一天，特意找机会叮嘱他"《奥涅金》你一定要搞完咯!"的"厕所故事"，流传甚广。而让我印象最深的，则是他最终从兰州回沪时，随身行李里盛满各种各样的碎纸片，因村里没有条件，他就把想好的译句写在撕下来的糊墙报纸或是卫生纸、香烟盒上……此书最终得以在人民文学社出版，距离1950年智量先生初读《叶甫盖尼·奥涅金》，已三十二年。如今，俄罗斯所有的普希金纪念馆中都陈列着王智量的译本。

而智量先生只在他的华师大一村住着，三人，40多平，节俭得"可怕"，朋友们回忆他时都会提到他"绝对的不浪费任何食物"，在外吃饭，哪怕只剩半块炸猪排，也坚持要带走。一次性的干净餐盘他也会留着，墨笔画上活灵活现的虾斗图，送给来往小友。他的书房一直挂着屠格涅夫画像，上有其名句"你想要幸福吗? 先得学会受苦"。而王智量最爱说的一句话则是，"人生，没有白走的路"。想想他一生经过的事情，再想想这两句短短的话! 无缘得见智量先生，只看过他晚年照片上的笑容，明亮、温暖、毫无挂碍。

百岁老人杨苡的笑也总是爽朗，还有她聊天中的口舌伶俐，玩笑不断，但凡见过，都会印象深刻。南大余斌教授对她长期访谈十年左右，终成一部口述史《一百年，许多人，许多事》。余教授说，如果全世界搞一个百岁老人记忆力比赛的话，杨老师得拿头名。我们每次去拜访时，都是大家围坐，听她信手拈来，准确到年月、场景与对话地讲述往事故人。不记得是哪次，同行者全是男士，大家告辞时，她拉我在后，像小女孩一样顽皮地笑着，悄悄往我手里塞了一个瓷人偶……是的，她知晓并穿越百年的世情苦难，可又葆有童心未泯的热情，她的柜子、架上、沙发、床边，摆着一排排的布娃娃和人偶，还有各种材质做成的猫头鹰。她的屋子不大，50平米里挤挤挨挨放满书报、娃娃，挂满照片与字画，家具上披着她喜欢的蓝印花布。她终身都没有什么大的名头，就是南师大的一名教员。她生前即已立好遗嘱，要把她这间小屋捐献给南京市作家协会："希望大家能继续在这里读书。"

我有时会把这些故事贩卖给年轻人或学生们听，也许今后还会讲，其实也是在与他们共勉——的确，在此时此际的生活中，纷繁的学业或职业生涯中，我们总也会遇到各样的苦痛与艰难，身陷阶段性的泥泞，或是踏上独行逆行的孤独旅程，想想这些可敬可亲可爱的前辈，除了皇皇译作，他们还给我们留下了太多。他们身上，不仅有着坚韧深厚的专业之精神，岁月沧桑的时代刻痕，更有对生命和命运的理解，对世俗名利的平静取舍，对爱与美的坚信与守望。

2023年1月7日，离农历兔年近了，小起做了满桌好菜，一家人灯下共享。突然，李文俊先生问："听，什么声音？"小起逗趣，故意说："我啃骨头的声音。""不。"他说，"是时钟，时间一分一秒在过去……"20天后，老人离开了这个世界，而他在十年前就抄写下最喜爱的一句话：待我成尘时，你将见我的微笑。

刊于公众号"新周刊·硬核读书会"2023年2月6日

逐竹记

温亚军

一

穿越秦岭是我多年的梦想。故乡在秦岭北麓的黄土高原，八九岁时跟随父亲去山里背柴，其实去的是秦岭遗脉的小沟壑。半夜摸黑上路，天光放亮时，腿疼得走不动了，还在山外面转悠，连秦岭的小沟壑都没进入呢。望着近在咫尺的崇山峻岭，心想着秦岭太大了，山里面到底是啥样子？有没有人呢？

后来，才知道秦岭深处不但有人家，还有很多县城：太白、凤县、佛坪、洋县等。更重要的是秦岭山里有大熊猫、金丝猴、朱鹮、羚牛等一级珍稀保护动物。这些动物我在秦岭的四宝科学公园见到了真面目，尤其是那只棕色大熊猫，它跟黑白相间的普通大熊猫体形、神态无异，只是毛色不同，世界上独一无二。据说，2019年甘肃的熊猫保护区的红外相机又拍摄到一只纯白色大熊猫，一时间引起各界高度关注，专家们的论点繁多，且各执一词，使白色大熊猫又增加了一层神秘色彩。大熊猫本身就够神秘的，已在地球上生存了八百万年，被誉为动物"活化石"。从濒临灭绝的自然物种到人类采取有力挽救、保护措施，截至2019年11月12日，最新统计数据显示，全球圈养大熊猫数量已达六百余只。据第三次全国大熊猫野外种群调查，全世界野生大熊猫已有一千六百只，现存的主要栖息地在陕西、四川和甘肃的深山老林。因为物种稀少珍贵，1988年大熊猫被列为我国一级保护动物，同时是世界自然基金会的形象大使，也是世界生物多样性保护的最高级别物种之一。

初夏时节，从西安乘高铁向秦岭进发，沿途皆是高山深谷。本以为会看到秦岭的本来面目，谁知高铁一直在隧道里穿行，偶尔能见一丝天光，也是秒闪而过，根本看不到山里的风景。四十分钟后，进入秦岭腹地——佛坪县，这里是国家级自然保护区，自然资源丰富，植被密集，环境优美，尤其是大熊猫最爱吃的箭竹，生长茂密旺盛，遍布高山谷底，适宜野生大熊猫繁衍生息。

大家都知道，大熊猫以食竹为主，可竹分许多种类，像那些粗壮的毛竹、木竹，大熊猫只吃它的鲜笋，真正爱吃的只有箭竹。看到丛生的大片箭竹，以我狭隘的理解，箭竹细小低矮，便于大熊猫采取，也好咀嚼，所以大熊猫才爱吃吧。防护区的蔡琼主任说，这只是一个方面，箭竹里含有大熊猫需要的营养更高一些。但是大熊猫体内没有过多的能量贮存，为了保存能量，大熊猫必须控制能量消耗过大的活动，因此，它们喜欢在平缓的地方行走，避免爬坡，平时也只在一个很小范围里活动。大熊猫除吃竹子之外，也吃一些杂草等其他植物，但进量极少，动物园为保证大熊猫身体健康，经常会搭配一些苹果、蜂蜜之类的营养品，以延长它们的寿命。

大熊猫的消化道保留了祖先的特性，与肉食类动物相似，有着相对较短的消化道、锋利的犬齿、单室胃，没有盲肠。在漫长的进化过程中，逐渐演变成以高纤维竹子为主食，适应以竹为生的进食结构特点，如咬肌、齿冠齿突极其发达，前爪除有五趾之外，还演变出一伪拇指组成对握结构以便于握住竹子撕咬。它们吃进去的食物在体内停留时间很短，许多营养来不及吸收就排泄出来了。不知大家注意到没有，动物园里熊猫馆几乎闻不到臭味，它的粪便大多是还没消化的竹子，竟然能闻到淡淡的青竹味道。据说，熊猫的粪便经过处理后还能制造成上等的宣纸，由此可见，熊猫的进食结构是何等简单便捷。

关于大熊猫的食物链，想必人类已做过多种试验，所以，保护大熊猫，首先得保护箭竹，它的好坏直接关系到大熊猫的生存。蔡琼说，大熊猫是逐竹而居，秦岭山里的气候、土壤适合箭竹生长，所以才成为大熊猫的生存乐园。而且，大熊猫皮糙肤厚，皮最厚处可达十毫米，身体不同部分的皮肤厚度也不一样，体背部厚于腹侧，体外侧厚于体内侧，皮肤的平均厚度约为五毫米，有一定的耐寒性。野生大熊猫在冬春季节下山来吃谷底的箭竹，天气稍热，像眼下这种气候，它们受不了闷热便爬上峰顶寒凉处避暑，这时山顶上的箭竹正是鲜嫩的时节。随着气候和食物分布的变化，大熊猫有了垂直迁移习性，夏季上移高山、撵笋觅食，秋冬高山积雪时则下到中低山谷地带活动。

因此，蔡琼给大熊猫的这种转场觅食创造了一个词：转竹。倒也挺贴切的。

初夏这个时候来佛坪，很难看到野生大熊猫，站在熊猫出没的秦岭深处，眼前是熊猫喜食的成片箭竹，身后是中国南北分界的高大山脉，心里感慨颇多。终于穿越了南北分界线，实现了进入秦岭腹地一探究竟的多年梦想。所以说，这趟寻踪国宝之旅，非常值得。

二

最先发现大熊猫的地方，是四川雅安的宝兴县。这个县与陕西的佛坪县一样，藏在大山深处。这座山叫夹金山，同样山清水秀，植被茂密，生物多样性非常明显，尤其以大熊猫喜食的箭竹为盛，漫山遍野的箭竹，甚是壮观。野生大熊猫出没的地方森林茂盛，竹类生长良好，气温相对稳定，山石空隙里有大熊猫藏身处和哺育幼崽的巢穴，关键还得有"说走就走"随时迁移的先天条件。夹金山里自然环境极其优越，因此，这里被称为大熊猫的故乡。

1862年，法国传教士阿尔芒·戴维德在中国居住期间，听闻宝兴县动物种类居多，便从上海来到宝兴县，担任穆坪东河邓池沟教堂的第四代神父。如今，这个教堂还保持着原貌，从外观看，教堂与我们见过的教堂大相径庭，没有一点教堂的影子，倒像一座木质结构的巨大四合院落，可以想象当时的社会环境不允许建造尖顶的教堂。就这样，戴维德还是在这座大山里扎下了根，直至七年后的一天，他在大山深处的人家里发现一张黑白相间的动物毛皮，惊讶之余，他激动得忘乎所以，那种心情绝不亚于哥伦布发现新大陆。多年研究野生动物的经验告诉他，农家墙上的这个动物可能是动物学上一个非常奇特的新品种，或将填补世界动物史上的空白。为了得到这种从未见过的动物，戴维德雇佣了二十多个当地猎人展开搜捕。当年的五月，戴维德终于捕到农人口中的"竹熊"，依据表面形象，他把"竹熊"改名为"黑白熊"，这个称呼贴切而可爱，也是大熊猫第一次被正式命名。戴维德把这只黑白熊悉心饲养了一段时间，决定将它带回法国。那时候，我们国家的动物保护意识不强，尽管西方人已寻求大熊猫半个多世纪，并且知道它是濒临灭绝的珍稀动物，可当时的中国人对大熊猫的了解几乎为零，猎人可以任意捕猎这种食竹的动物，就没有人阻止戴维德的行为。但这只黑白熊经不起山路的颠簸和气候的变化，还没运到成都就奄奄一息了，戴维德只好惋惜地将这只黑白熊制作成标本，送到法国巴黎自然博物馆展出。后经博物馆米勒·爱德华兹先生研究论证后认为，它既不是熊，也不是猫，而与中国西藏发现的小猫熊非常相似，是另一种较大的猫熊，便正式将其命名为"大猫熊"。就是说，大熊猫的名字也是外国人给起的。

当时，大熊猫的发现在西方引起巨大轰动，从此，一批又一批的西方探险家、游猎家和博物馆标本采集者，不远万里来到中国，试图揭开大熊猫之谜并猎获这种珍奇的动物。其中包括美国罗斯福总统的两个儿子西奥多·罗斯福和克米特·罗斯福，他们到戴维德发现大熊猫的宝兴县搜寻了几个月，一无所获，然后又来到大凉山，在越西县终于找到一只大熊猫，他们猎杀后，做成标本带了回去。

三

中国人对大熊猫的认识由来已久，早在文字产生初期就记载了熊猫的各种称谓。《书经》称貔，《毛诗》称白罴，《峨眉山志》称貔貅，《兽经》称貉，李时珍的《本草纲目》里称为貘。大熊猫的历史也源远流长，迄今所发现的最古老的大熊猫成员 —— 始熊猫的化石出土于中国云南禄丰和元谋两地，地质年代约为八百万年前中新世晚期。在长期严酷的生存竞争和自然淘汰下，和它们同时代的很多动物都已灭绝，但大熊猫却是强者，处于优势，成为"活化石"保存到了今天。

只是，野生大熊猫由于近亲繁殖严重，使得它们隐性基因纯合，后代生命力比较薄弱，甚至畸形或致死率越来越高。这种现象在动物园人工饲养的大熊猫中，也严峻地存在着，大熊猫有着它们繁衍后代的规则，人工的干预导致它们在交配方面有些别扭。所以，早些年大熊猫的种群维持和发展异常艰难。

在荥经县熊猫貊貊家园了解到，大熊猫喜欢在自然界不受约束地生活，不愿困在人类设置的巢穴 —— 动物保护园里。但是，野生大熊猫有着令人难以置信的聪明才智，它们一旦身体不适或者遭遇意外，会第一时间来到人类居住地寻求帮助，它们对人类没有丝毫敌意，是不是知道人类不会伤害它们才会这么做，就不得而知了。大熊猫性情温顺，初次见人，常用前掌蒙面，或把头低下，不暴露真面目。它们很少主动攻击其他动物或人类，在野外偶然相遇时，总是回避开。国家熊猫保护区在貊貊家园专门设立了熊猫放归自然点，将那些跑到农户家寻求帮助的野生熊猫接过来，经过专业医疗救助，使其身体彻底恢复健康后放归大自然。这个点选择在大熊猫最喜欢的高山地区，自然环境优美，资源比较丰富，只是距离人居住的县城很远。连绵不绝的盘山公路，还有两千四百多米的海拔，使我们的心肺难以承受，连我这个走遍高山大漠久经考验的老兵都晕车了，可以想象驻守在放归点的工作人员吃了多大苦，克服多少家庭和社会的困难，才坚守了下来，为保护大熊猫付出了一定的心血。

环顾放归点四周，树木林立，箭竹苍翠，环境幽静，这里的确是大熊猫回归大自然的好去处。为了保护世界珍稀动物，为了国宝繁衍生息、永世长存，促进生态系统的平衡，保护文化遗产，大熊猫保护人员忍受着常人无法忍受的寂寞辛苦，还有高原缺氧的袭扰，在此，向默默无闻的你们致敬！也向可爱憨厚的大熊猫们致敬！

刊于《中国财经报》2023年7月22日

小院子里的开阔

徐南铁

"无心插柳"先生是我的邻居。两家相去不远，可以在自己的阳台上向对方打招呼。我们的门前都有一个小小院子，自然都种了些花草，也都建了个喝茶的小亭子。余下还有空余的面积可用，我生性疏懒，缺少计划和整饬，没有认真利用，甚至只是随意地用来临时堆放些杂物。"无心插柳"先生则不然，他珍惜和妙用空间，精心建起了一个小型的"动物乐园"。

搬进来的时候，"无心插柳"先生就在院子里开辟了一个鱼池。池子虽不大，却足以让十几尾硕大的锦鲤往来游弋。他将鱼池巧妙地延伸到茶亭的下面，扩大了鱼的活动空间。尤其让人惊叹的是，鱼池的一个侧面就是他家里地下室的墙，"无心插柳"先生用一块大玻璃，将这块墙设计为一个观赏鱼的窗口。坐在他家的地下室里，可以一边悠闲地喝茶，一边透过玻璃平视甚至仰视那些锦鲤，借着水下的灯光看它们在水面或池底摇头摆尾。让人宛如面对公园里的水族馆。

"无心插柳"先生是个爱动物的人。他养了几只鸟、几只龟，又养了几只松鼠。经常在他小院子里溜达的还有几只狗。更多的是猫，最多时有七八只。如今都市人心灵孤独，养狗养猫并不稀罕。奇特的是，"无心插柳"先生院子里的猫常常变换不同的毛色与面孔。多去他家几次才知道，这些猫的形象不固定是因为它们多是小区里的流浪猫，并非全是"无心插柳"先生自己所养，所以每次见到的未必相同。但是这些猫一只只在此都毫无生疏感，把这里视为自己当然的领地，在院子里高视阔步，旁若无人。

早晨，我常常遇见"无心插柳"先生遛鸟。他穿一件半长的深蓝风衣，不停地从口袋里掏出小米或其他什么好吃的东西往空中抛撒。八哥或在他头上翻飞叼食，或落在他肩膀上引颈张望。鸟吃过他喂的食物之后，常常有热情的"回赠"。他那件深蓝"工服"上，总是布满星星点点的白色鸟粪，成为他遛鸟的装饰品，也是他爱鸟生活的印记。

晚饭后我去散步，则常常遇见"无心插柳"先生端着食盆，去小区游泳池旁的一个旮旯喂猫。他喂的是小区里的流浪猫。他知道那些猫藏在哪里，而那些猫到了这个时间，也会到游泳池边的那个旮旯去等候开饭。有时候，某只猫饿了，会按捺不住提前到"无心插柳"先生的院子门口等候。"无心插柳"先生发现了，就会提前给这个性急的家伙一点食物，以示安慰。因而他的院子门口也常常有一只盛猫食的盆子。

"无心插柳"先生熟悉小区里每只流浪猫，知道每只猫是胆小还是胆大，是好动还是好静，一般会藏身何处。他也知道哪些猫是同一窝的，有血缘关系；知道它们的妈妈是谁，还知道那只做妈妈的猫生过几窝猫崽，以及猫崽们的去向……除了收养流浪猫，"无心插柳"先生还曾收养那些折翅受伤的小鸟，收养被风雨掀翻的鸟窝里的雏儿。

"无心插柳"先生其实是艺术中人，是有家学渊源的专业古筝演奏家。他从艺术机构的管理工作位子上退休之后，除了带带学生，大多时间是在伺候他所钟爱的这一班小动物。他告诉我，每天早上起来就要为它们忙碌一个小时以上。所以他对一般退休老人钟情的旅游没有兴趣。他说，我和这些动物在一起那么开心，何必要舟车劳顿、到处乱跑。

不过"无心插柳"先生似乎也有为这些小动物烦心的时候。有一天我去自己的工作室，在小区路上遇到他。我们站在路边随便聊了几句。一只灰白杂色的猫正不即不离地跟着他。他望着那只猫，抱怨说他收养的那些猫有时很烦，不听话，很费事，真不想管它们了。恰好我工作室养的那只猫最近不知怎么走失了，我接他的口顺势提出，想要他一只猫。我当然知道，那些猫大多是他收容的流浪猫，但小区里的人都把那些猫当作是他家养的，归他管，当然要问过他。

"无心插柳"先生随口答应了我，但是他没想到我指了指不远处那只猫，随即提出："就这只吧，我现在就带走。"他的眼光顿时游移闪烁起来。不过他似乎不好改口。尽管口气中透露着一刹那的迟疑，却还是同意了，转身回家去把猫笼提了出来。

猫被我带走了，在接下来的三天里，"无心插柳"先生天天给我发微信或者打电话，反复问那猫的情况，一再提醒我要如何如何，甚至连买猫粮要买什么牌子也再三加以叮嘱。我只好也频频去向我工作室里的工作人员转述。直到"无心插柳"先生问我工作室的地址，说要来看望这只猫，而且要送点吃的来，我这才算是彻底明白，"无心插柳"先生所谓的"有点烦"言不由衷。他让我拿走那只猫只是因为我开了口，不好意思拒绝，心里肯定老大的不愿。这种不舍还源于不放心，担心猫不能得到恰当的照料，受到委屈。我的工作室里不是有走失猫的"前科"吗？

我不能夺人所爱，更不能让我的朋友"无心插柳"先生总是牵肠挂肚。于是我决定，立即将猫交回给他。电话里一说，他倒是没有任何客气话，马上就连声说：好、好！我似乎看到了，他在电话那头满脸的笑。

我把猫送到他家。他的太太嗔怪他说：送出去的东西怎么能要回来？他笑笑不回应。我更加认定自己的处置非常正确。回到他的小院子里来，其实也是顺了那只猫的愿意。跟着这个满怀动物念想的"无心插柳"先生，应该是动物们最好的归宿。

随着跟动物的交往增多，"无心插柳"先生跟动物们的情感也日益加深。他想为这种情感留下岁月的印记，于是在日常的交往中不断给小动物拍照，记录它们日常生活的一个个瞬间，从而积累了大量图片，构成了一个个故事。近日，他从每日与动物们相处的图像记录中，选出了一批照片，以松鼠为主角，加以生动有趣文字，编成了一本图书《都市童话：被带偏的日子》。从书名就可以知道，饲养小动物给作者生活带来何等的影响。在逼仄狭窄的生活空间里，那种自得其乐令人艳羡。

书中照片里的小动物，个个憨态可掬，似乎通晓人性。而"无心插柳"先生编写的文字却不仅仅是拟人化那么简单，他"拟动物化"地把自己也平等地放进了故事里，似乎也成为一个调皮的小动物，从而形成了人与动物心心相印、浑然一体的场景。在"无心插柳"先生眼里，所有的一切都妙趣横生。锦鲤会交头接耳，松鼠会多愁善感，甚至会假装怀孕。所以这本书被他定位为"都市童话"。

"无心插柳"先生为我们打开了一个和谐共存、自然美好的世界，令人向往和陶醉。作为艺术家的他，是在以图像和文字呈现另一种艺术。当他的狗喝他珍藏的贡茶上瘾，当他的松鼠陪伴他听音乐、抚琴，我相信，茶的清雅之气和古筝的悠扬韵律始终萦绕在他的心中，与他爱动物的生活交融。我们关爱动物不是对它们的恩赐。我们对动物的喜欢也不是居高临下，而是生命意义的相互温暖和给予。

这本书令人感动，除了因为它有趣，更因为它是人类童心的直接流露，是大都市的人对乡村野趣的留恋。这些图片和文字后面，张开的是一种文化的深远视野，是人类的辽阔心胸。谁也无法断言或想象，我们栖息的这个星球究竟能存活多久，甚至时间也必然散落消失。我们的生命更是短暂，一切终将逝去，我们追求的只是赏心、安心、静心和虔心，以转瞬间的温暖去换取价值的永恒。

我同"无心插柳"先生一样，养了猫和狗，也养了鸟。我同样真心喜欢这些动物，所以同"无心插柳"先生有很多共同的话题。有一次我们在一起品尝新茶，聊起动物，他说，他所做的关于动物的一切都是"为人类赎罪"。在非正式场合的聊天中随意流露的话，却让我震惊。是啊，人类为了自己的需求，漠视动物，随意虐杀动物，不尊重生命，肆意破坏生命的和谐共存。这无疑可以算是生物意义的犯罪。"无心插柳"先生愿意以微薄之力，用自己的方式承担一份责任。虽然未必能够改变社会生活的大趋势，却体现了生命意识的觉醒，是人类大爱的具体诠释。这也正是他的书蕴含的文化深意。

看过"无心插柳"先生的书我掩卷叹息，思绪万千。这本书主要是围绕几只松鼠展开，如果就此收笔，似乎是对家里其他动物的"不公平"？也许"无心插柳"先生还应该为他的狗、他的猫、他的鸟，甚至还有他的鱼各编一本图文书。因为它们都是人类的朋友，都牵扯着我们的情感。尤其是对于"无心插柳"先生这样充满爱心的人来说，更是如此。或者，他心中已经有镜头和文字的下一个目标了？那一定也是爱心与童趣交织的作品。我期待他的下一部作品问世，期待有更多人和他一起，带着悲悯和怜爱走近动物世界。

喜爱动物的人总是对生活满怀热情的向往。我记得，有一次我和"无心插柳"先生一起去考察文化项目，住在珠江中一个袖珍的小岛上。我们都非常喜爱、羡慕岛上植被葱茏的静谧、优雅。晚饭后散步时，"无心插柳"先生充满憧憬地跟我说，要是他的院子有这么大，他就会养更多的动物，包括养羊、养马、养牛……最后他豪气地说了一句："只要有条件，我什么都养！"

听此言后，有好些日子我一直想象着那样一个阔大的空间，植物繁茂，动物欢欣，人在其中恬静安详。我当然知道院子的面积总是有限的，但我也深深知道，人的心灵可以无限广阔，可以容纳天地之苍茫和万物之芸芸。

刊于《厦门文艺》2022年第4期

琉璃的锋芒

夏海涛

一

会有一道光，穿过琉璃的表面，扫过我们的双目，抵达灵魂。如果你能感觉到战栗和灼伤，你就会读懂琉璃，并成为琉璃的知音。

世上所有的一切都是有生命的。当我说出"琉璃"这个词的时候，会有一种铺天盖地的力量直冲过来，这是词语本身所具有的能量。琉璃圆润无比，晶莹剔透，却又透出一种让人无法躲避的锋芒。它穿过时间，穿过黑暗，抵达我们身边。它是抽象的，又是具体的；它大到无边无际，又细如发丝，环环入扣，拨动我们的毫发和心弦。

"世界琉璃看中国"，这是陈述琉璃这种古老、神奇的物质源于中国，是这片神奇土地上诞生的奇迹；"中国琉璃看博山"，这样肯定的话语一经说出，就具有了无须自证的威严，从此博山就披上琉璃的光芒，成了一个让人向往的神秘之地。火，成就了石英的虚幻想象。在火中，在1400℃的高温中，一切言说都是无用的，只有把自己完全打开、融化，在火红的炉膛里、烈焰中打几个滚，体会灵魂的煎熬，才能在之后的冷却中获得新的生命。琉璃的诞生，就是一个从生到死，然后死而复生的过程。

就像此刻，我坐在夏至最长的阳光里，感受太阳的炉火，用一个个滚烫的文字，写下内心澎湃的激情。沉静的文字被火点燃，关于琉璃的美妙诗篇源源不断地溢出。

二

石头生长在哪里，其实是一个随机的事件，在大自然的形成过程中，谁也无法预料结果，更无法控制结局。比如，全国拥有石英石和高岭石矿的地方何止千万，为何独独在博山这块土地上形成了巨大的琉璃窑炉，形成了数百年的手工历史？这种必然里面，一定有着我们无法解释的密码。

一个地方所具有的一切，一定是和她的文化传统相互印证的。说起博山，也许我们要回到2000多年前的春秋战国时期。

公元前374年—公元前221年，在齐国，出现了中国历史上第一所著名的学府——稷下学宫。在长达150余年的历史中，由于有着开放、包容、自由的学风，来自各地的学者和门生居住在此，辩论、切磋、著述、育人，稷下学宫出现了中国历史上前所未有的"百家争鸣"、思想多元的格局。

博山陶琉文化历史悠久，享有"中国琉璃之乡"的美誉。它不仅有国内最早的元末明初的古琉璃窑炉遗址，而且在明朝初年就已经开始为宫廷进贡产品了。后来，博山的琉璃产业逐渐发展壮大，清代的时候，博山成为全国琉璃生产的中心。

艺术的创造需要的就是自由，以及无拘无束、天马行空的想象。琉璃从古到今落脚在淄博这块土地，与2000多年前形成的自由不拘的思想同出一辙，有着无法割断的精神渊源。

同陶瓷相比，琉璃从一出生就与众不同。

陶瓷是冷进热出，一坨冰冷的陶泥，在人的手中变成了一个个形状各异的坯胎，它们带着人的体温，带着人的想象，走进火热的窑炉中，在烈焰中完成了蜕变，成为质地坚硬的陶器和瓷器。而琉璃是热进冷出，先把自己变成1400℃的红色晶体，融化在这样的温度里；然后经过数十道工序，成型之后慢慢降温，在冷却中诞生；全部的热量收拢在内心，光润其外，怀揣锋芒，成为一件外圆内方的艺术珍品。

它们的作用是不同的。陶器和瓷器是大众化、世俗化、生活化、物质化的载体（当然不能否认，不少瓷器也具有精神上的象征）；而琉璃从来都是精神高蹈的器皿，从未在民间游走，由于稀缺的缘故，它的足迹一直是神秘的，它游走在古代少数人手中，穿越在高于平民的生活之外。琉璃为中国五大名器之首（琉璃、金银、玉翠、陶瓷、青铜），又是佛家七宝之一，佛经《药师琉璃光如来本愿功德经》里这样写道："愿我来世，得菩提时，身如琉璃。"

说起来，琉璃的诞生，有着一个非同寻常的传说，正是这样的传说，使得琉璃从一出生就蒙上了神秘的色彩。事实上，琉璃与青铜剑有着同样的出身和血缘关系。

青铜器作为一种兼具实用与象征意义的器具，在历史上有着让人无法回避的重要性。它的出现，使得人类文明进入了"青铜时代"。青铜器不仅可以衡量时代的生产力水平，更可以衡量古代文明发展的程度。"国之大事，在祀与戎"，青铜器的使用，与祭祀、战争有着密不可分的关系。说到这里不得不提一下，1965年，在湖北省荆州市发现的一座楚国贵族墓里，出土了许多青铜武器，其中最著名的就是带有铭文的越王勾践剑。这把剑历经2000多年的掩埋，出土时毫无锈蚀，并闪烁着炫目的青光，寒气逼人，锋利无比。

琉璃的诞生，就与这个卧薪尝胆的勾践有关。相传春秋时期，范蠡受命为越王勾践督造王者之剑，用了三年时间才铸成。在卸下模具的时候，发现了一些伴生的奇怪的绿色粉状物质，把它与水晶熔合后形成了晶莹剔透、形状圆润、美妙无比、敲击有金属之音的物质。于是，范蠡将此物称为"剑道"，随铸好的王者之剑一起进献给越王。可惜勾践不识范蠡的良苦用心，只留下了宝剑，而将宝物命名为"蠡"，然后退还给范蠡。

这是文献中最早的关于琉璃诞生的故事。我很庆幸，在这个故事中，琉璃和青铜剑发生了密切的联系。

宝剑作为战争的武器，在冷兵器时代，有着无可替代的作用。就在铸剑的过程中，中国人心目中最有魅力的男人之一范蠡，终于发现了琉璃。在范蠡看来，一把绝世宝剑从诞生起就有了天然的锋芒和锐气，它阳气十足；而阴柔无比的琉璃作为剑锋的映衬，用一个充满了哲学意味的"道"字涵盖了全部。也许在范蠡那里，剑是物质的，是阳刚的，琉璃是阴柔的，是物质的另一面——精神的象征。宝剑是取得胜利的法宝，用来赢得战争；而"剑道"是止战，是不战而胜的最高境界。

在这里，虚幻的琉璃作为一种精神的凝聚，一种超凡脱俗的象征，是对战争、兵器的另一种诠释。

故事后来就有了更加感性的色彩：范蠡遍寻天下工匠，将退回的"蠡"打造成精美的首饰送给了他爱慕已久的美女西施。后来西施作为"间谍"埋伏在吴王夫差的身边，演绎出一场旷日持久的复仇和复国的故事。当然这些都已经隐在了历史深处，只是西施流在"蠡"上的眼泪，在2000多年之后，依旧在琉璃之上诉说着什么……

克罗齐说"所有的历史都是当代史"，因为所谓的历史都是当代人的解读和关照。在克罗齐看来，时间本身不是独立的存在，也不是事物存在的外在条件，它只是精神自身的一部分，所以我们既不能把时间，也不能把过去看成是精神以外的事物。故此又可以说，在大家看来早已消逝的过去的荣光，其实依然活生生地存在于精神之中，存在于我们之间。正是这样的解读，使我们对琉璃的来源有了深刻的理解——琉璃其实是我们关于精神和诗意生活的一种向往和寄托。

三

从周敬王二十七年，也就是公元前493年，范蠡发现琉璃至今，已过了2500多年。琉璃经过了太多的历史事件，以至于我们在提到琉璃的时候，都不知道它到底处于什么样的时间节点上。

我在一个琉璃展览馆里看见过战国时期的琉璃。那几枚战国琉璃珠静静地躺在聚光灯下，那绝美的光泽，透过藩篱，从遥远的时间深处，发出一道道闪电。

是的，我这里用了"闪电"这个词。因为在那个上午，我穿行在各色的琉璃制品搭起的长廊里，当我走到一个展柜的时候，那道闪电击中了我。

那是一个叫作"蜻蜓眼"的战国琉璃。在古朴的琉璃上面，胡乱地长着几只眼睛，我所感受到的光就是从这些眼睛里射出的。历经了这么多年的磨砺，这几枚琉璃珠子依旧掩藏不住犀利的光芒。

看来，时间是无法屏蔽琉璃的光芒的，就像沙漠永远无法阻挡水的存在，琉璃也不会因为时间而废弃，相反，正是由于时光的尘埃落在琉璃上，才使那些古老的琉璃更加意蕴深邃。

由于制作工艺保密，琉璃从诞生之日起就显示出它的与众不同。关于制造琉璃的原材料，在我国古籍中一直是语焉不详的。

古代的琉璃是用琉璃石加入琉璃母烧制而成的。琉璃石是一种有色水晶材料，《天工开物·珠玉篇》说过：凡琉璃石与中国水精、占城火齐，其类相同 …… 其石五色皆具 …… 此乾坤造化，隐现于容易地面。天然琉璃石日渐稀缺，尤为珍贵。琉璃母是一种采自天然又经人工炼制后的古法配方，可以改变水晶的结构与物理特性，使其在造型、色彩与通透度上有明显改善。

如果说琉璃石是一种天然水晶还好理解，那么神秘的琉璃母就成为难以解开的谜。宋人在《铁围山丛谈》中记载：琉璃母者，若今之钱滓然，块大小犹儿拳 …… 又谓真庙朝物也 …… 但能作珂子状，青红黄白随色，而不克自必也。

作为一种神秘的原料，琉璃的出身被虚幻了。

西方的玻璃是由钠和钙元素组成的，而中国的琉璃所含的元素是铅和钡。琉璃的颜色多种多样，古人也叫它"五色石"。到了汉代，琉璃的制作水平已相当成熟，但是冶炼技术却掌握在皇室贵族的手中，一直秘不外传。当时，人们甚至把琉璃看得比玉器还要珍贵。

四

是那些无用的东西吸引着人们去探究，去发现，去享受。相比于吃穿，制造琉璃压根就是一种无中生有的人类活动。

关于琉璃起源的另一种传说，源自古代的阴阳家和方士，他们为了追求长生不老的仙丹，用坩埚、铅石和火制造出来琉璃。火中，人类为了长寿，寻找与时间对抗的仙丹妙药，却在无意中炼成了琉璃，一种具有生命力的物质。

从某种意义上说，无用的琉璃是在无意中闯入了人的世界。它来自石英、高岭土和铅钡构筑的故乡，直到有一天突然走进了烈火，成为一个失去故土的浪子。

在人间，由于它晶莹剔透，所以具有了特别的象征意义。

从诞生的那一天起，它就具有了天生的、义不容辞的义务，成为人类对美的追求的一个特殊的标本。

琉璃具有其他物体所不具备的个性，比如纯粹性和无用性。它既单纯又复杂，纯粹的质地和丰富多彩的琉璃表面，使得它自身带有一种无法抹去的特质，具有了一种难得的灵性与神性。

琉璃是易碎的，瞬间的撞击就可以让它粉身碎骨，从一个完美的构架变成无法挽回的碎片。琉璃又是绝美的，它身上有一种不确定的美，这从它的诞生过程中就能体现出来。琉璃在火中是不确定的，人们无法把握它的样子。正因为这样的不确定性，使得每一个琉璃都成为唯一的、不可复制的。每一个琉璃都浑然天成，它不属于大自然而独独属于人类自己，它是美的尤物，是一种不可控之中的可以控制的美。

"仓颉造字"的传说是这样的："昔者仓颉作书，而天雨粟，鬼夜哭。"仓颉造出的汉字体现的是天地造化、阴阳变化之规律，揭示了自然客观秩序的大美与和谐。自然造化不再有任何秘密可言，所以天降雨粟；灵怪不能隐其身，故鬼怪夜哭。

　　而人们造出的琉璃，同样揭示了人间大美，将人们对自然的感悟融入其中，天地将为之彰显神迹……

　　在人与时间的角力中，琉璃是人们手中唯一可以掌握的果实。每一个心怀善念的人，都看得见琉璃发出的光芒……

刊于《延河》2023年第9期

辑 三

童心卓吾

李晓东

博士论文写《个性主义与中国文学现代化》，从王学左派寻找梳理思想资源，对李贽的生平和思想下过一些功夫。但时日既久，杂事殊多，卓吾先生便渐渐远去，面目模糊，只留下"童心说""童心者，最初一念之本心也"等些许常识。不料，在泉州小巷，和卓吾先生不期而遇。

李贽故居，位于泉州市鲤城区南门万寿路。天下路名，重复不少，如解放路、人民路等，许多城市都有。我在北京也住万寿路，以为清朝皇家讲究，别地无有的，在泉州却"又见故里"。想想，其实泉州的万寿路更加实至名归，肉身有涯，思想无限，皇权已逝，真理永存，这小小院落承载的，是传于远方、垂于后世的不灭光焰，是四百多年前现代思想的先声。

门极小，与周边环境无二，即使有赵朴初先生题写的"李贽故居"门匾指引，匆匆而过的人，还是很有可能会忽略这座1985年即成为福建省重点文物保护单位的先贤旧宅。赵朴老的字温柔敦厚、舒展闲雅，真有佛家清修之后的气象，我以为，题牌写匾，当代第一人。可能有人以为，李贽为儒，赵朴初归佛，仿佛门派不合。其实不然，常言儒释道交融，并非天然合一，而是经历了漫长的过程。其中阳明心学在引释入儒上，起了关键作用。而李贽，正在这一支上生长出来。

王阳明对于理学的改革，在一定程度上，类似于新教之于天主教。理学自周敦颐发端，经"二程"即程颐、程颢发展完善，及朱熹集大成。哲学家重理性，文学家重感性；哲学家重识见，文学家重情感；哲学家重分野，文学家重唱和；哲学家重门派，文学家重流派；哲学家重风范，文学家重风格。

李贽先祖唐时自河南固始迁泉州避祸，然数百年后"元季兵饷费多，粮银推迫，一人焉能特持？又兼幼孤，常在于外妈之家，是以变名而入外妈之林姓"。常言曰福建"陈林半天下"。改姓，又是为了避祸。福建林姓人多势大，外来之人可以得到护佑。改变的，不仅是姓，还有生产生活方式。改姓至载贽，共七代。祖业相传，从事海外贸易。海上丝绸之路数条，载贽祖辈选择的，是向西到波斯的路线。我十年前访问伊朗时，在伊朗国家博物馆里，看到许多元青花，深为惊艳。更惊艳的，是在德黑兰街上店中，见到错彩镂金的大碗和大盘。同行中，有位陶瓷专家，鉴之为真，立即买下。其他资金足者，效之，不时卖出三套。然同样者仍有，似乎源源不断。其他店中，也所见甚多。陶瓷专家说，这是明清时代的外销品，国内几乎没有。想想也是，只看器物尺寸，便知是放大块手把肉和奶茶的，与中国精巧细致的瓷器决然两样。可见，李贽生活的时代，中国的对外贸易已是量身定制，深刻了解客户的文化心理和现实需求。二世祖林驽"洪武十七年，奉命发航西洋忽鲁谟斯（伊朗古代港口）"，并且"遂从其教，受戒于清净寺教门……就娶色目婢女，归于家"。

我们研究中国外来文化史，对佛教、基督教的影响着力殊多，成果丰富，伊斯兰文化的作用，却为人所知较少。其实，伊斯兰文化对中国传统文化的影响不可忽视，最重要的，是冲击了"重农抑商"思想。逮于明朝，特别是嘉靖万历之后，经济发展，商业繁荣，资本主义开始萌芽，对这一社会变迁的思想反映，特别是成体系的阐述，便需得天时地利人和者，于是，落到了李贽肩上。

载贽十二岁，作《老农老圃论》，扬樊迟问稼而抑孔子。一人有此新见，在程朱理学一统之时，本已不易，更新奇的，是"论成，遂为同学所称"。说明当时泉州虽为朱熹闽学之地，然民间却已萌发出新思想的嫩芽。

载贽少时，家族依然营商，然已无祖上跨国贸易之富，仅以在当地开店铺求得温饱。于是，载贽父林白斋即弃商读书，考中秀才，以教塾为业。载贽少即显才，更胜其父，嘉靖三十一年，二十六岁的林载贽中举。中举后，发生一个重要改变，改了姓，由林归李，回到家族本来的姓氏。但换姓未更名，包括字号，林载贽变为李载贽。但李卓吾不是林卓吾，卓吾乃李贽成名后自取的号，意为卓越吾生，自警自励追求学问识见的卓荦不群。李贽为何归姓，其著作及前人传记中未有明言，我推测，是李贽对于儒学传统，包括其背后所代表的家族传承的自觉回归。因为李氏在中国历史上的地位和作用，自非林氏可比。我曾两次到甘肃定西市陇西县李家祖祠瞻仰，李氏十二支，以东南一支族谱最为详尽，李贽一族，也入《陇西李氏族谱》记载。

李贽思想之产生，有天时——明中叶后资本主义萌芽；有地利——泉州商业发达；有人和——李贽祖上国际贸易的眼界，以及伊斯兰文化的不自觉浸润。然而，也有违和，甚至大不和之现象。那就是，李贽于家道衰落之际中举，又多子女，家庭家族之累，让他深味"穿衣吃饭"之不易。

李贽归宗，读书以求出仕。然其出仕目的，并非如宋明理学所提倡的"为天地立心，为生民立命，为往圣继绝学，为万世开太平"，更非"无事袖手谈心性，临危一死报君王"，他有着家族的生活负担，也有商人之家的现实。

遗憾的是，以官谋生之道，李贽走得不仅不顺，反而异常艰难。李贽宦海浮沉，先后任河南辉县教谕、南京国子监博士、北京国子监博士、北京礼部司务、南京刑部员外郎和郎中，所得收入一直难以支撑自己小家庭和大家族的花费，尤其遇到为祖父、父亲送葬这样的大事，更加入不敷出。南京任职期间，因城市花费巨大，只好将妻子和三个女儿留在辉县，买田数亩度日。正遇灾年，二女、三女竟然饿死。李贽与妻共育四男三女，然只有长女成年，七丧其六，男丁全无，在为人父者心中，当是多大的痛！也许，唯有巨大的悲痛一次次撞击心灵，才能诞生出深刻的思想。

一直到云南姚安知府任上，情况才好点。姚安处彝族地区，直到2018年才摘了贫困县帽子。李贽在任期间，颇多善政，民评极佳。万历五年修建的连厂桥，至今犹存，已更名李贽桥，记载着这位虽在姚安仅三年，却与之紧密相连的灵魂。

离任时士民"攀辕牵衣"不令其去，只好夜里乘小船离开。可以说，李贽肯定不是贪官，离别时身无他物，唯图书几册，自称"无价之宝"。然毕竟掌了实权，经济状况大有好转。知府是四品，依明制，四品以上，致仕后仍可以拿到与在职时相同的俸禄，用今天的话说，就是百分之百的退休金。李贽很有意思，也可以说复杂多面。为政尽力，造福一方，然心中却另有二事。其一，收获"铁杆庄稼"，要一劳永逸地解决基本经济问题；其二，精研学理，另出新知，传播天下。

知姚安时，李贽便在县城德丰寺创办"三台书院"，收徒讲学。在寺院讲学，是李贽传播学术的一个特色，后来在湖北麻城芝佛院，索性落发。落发之因，个人解释是因天热头痒，想想也是，古人头发既长，不可能每天洗，湖北天热，确不好过。但真实原因肯定不是这样。作为一个自觉的思想者，特别是任姚安知府之后，多位上司，甚至包括他一直顶撞的上司，都真诚推荐提拔，多次慰留，但李贽去意已决。因为他清楚地知道，自己谋生的任务已经完成，五十岁之后，便是为自己的思想与学说而生存了。此后，他居无定所，颠沛流离，直至狱中自尽，始终不改其志，"造次必于是，颠沛必于是"。

李贽离开姚安，并未如绝大多数致仕官员一样，回到自己的家乡，并且即使在感情殊笃、少年成亲的妻子黄宜人病逝，自己在外处境艰难时，依然选择不回乡。有学者解释，因泉州是朱熹创立的闽学之重镇，返乡不易其思想传播，我以为，这只是表面，根本原因有二：其一，不愿再因家庭家族之事干扰自己的向学之路。用现在的话说就是，前半生该尽的责任和义务，我都尽完了，要为自己活了。其二，更本质的，是李贽对于"天理人伦"有了自己的看法，并且以此为基础，构建起自己的思想体系。

传统儒家以家族为本位，首重亲情，以孝为人伦之首、道德根基。因此，父子关系，也即家族和家庭血缘关系是人伦之本，也是构成社会关系的基础。从古典小说如《三国演义》《水浒传》中看到，想一起干事的，首先要结拜。"宴桃园豪杰三结义"俱以兄弟相称"，因为唯有建立"拟血缘"关系，方才稳固。李贽思想流传之后，万历二十年出版的《西游记》里，就几乎没有结拜这回事了，虽然说了句孙悟空和牛魔王五百年前结为兄弟，但实笔一点未落。师徒四人，即使三位徒弟，也是师兄师弟相称，是一种工作关系，而非家庭关系。《红楼梦》里，结拜者已是薛蟠、柳湘莲这样的混混和浪子。

李贽主张"夫妇，人之始也。有夫妇然后有父子，有父子然后有兄弟，有兄弟然后有上下。夫妇正，然后万事万物无不出于正矣。夫妇之为物始也如此"。这篇《夫妇论因畜有感》仅数百字，却具有动摇根本的意义 —— 将社会关系的基础由血缘关系变而为社会关系。正是这一点上，李贽超越了王学，包括王学左派的先贤和同道。用今天的话说，"家庭是社会的细胞"这样的观念，在李贽那里已经萌芽。其二，预示着脱离家族血缘谱系，将自己系于更不稳定的关系之上。这与他中举后复归祖姓，已天壤之别。

比夫妇更令李贽重视，也更具根本意义的，是友谊。巴金说"我是靠友情才活到现在的"，李贽早已"以友朋为性命""专以良友为生，故有之则乐，舍之则忧，甚者驰神于数千里之外"。巴金有稿费收入，而且"靠着稿费过着较富裕的生活"。李贽虽然著述勤奋，刊出《焚书》《续焚书》《藏书》《续藏书》等著作，并评点《西厢记》《水浒传》等小说，且一时大卖，以至伪托之作甚多，但没看到李贽因此有稿费或版税收入的记载。李贽对友谊的崇尚，在现实层面，是保障生活来源，而且还要过得体面，毕竟是名满天下的大学者、四品官员致仕；理念层面，则在探求新的社会关系。

李贽离开姚安，到湖北黄安麻城耿定向、耿定理家，教耿家子弟读书。但李贽与其父不同，不只为了谋生，根本上，是与耿氏兄弟相与问学，共同探究学问。因此，李贽与耿定向、耿定理，并非西宾与东家的关系，而是平等交流的向学同道。他们友情的根本，是学问，是"道问学"，所以，当观点不一致时，友谊的小船说翻就翻，还翻出了惊涛骇浪。李贽以"二"而非"一"为逻辑起点，用之于社会关系，便是平等、尊重。

李贽与耿定向的论争，持续时间之长、言辞之激烈、波及人士之广，在中国文化史、思想史上都是少见的。争论之要，乃在耿定向以"扶世立教"为己任，主张"以先知觉后知"，以圣人之道教化人心。这一点上，李贽和他所尊奉的宗教也不一致。李贽为官时，每个岗位上都与人"相忤"，搞不好人际关系。当然是性格原因，但"不与人同"的性格，或许在官场难以如意，却为别出新见、另觅新知提供了宝贵支持。

李贽恰恰最反对高台教化，虽然他开坛讲学，门人众多，甚至不乏女性。然李贽最核心观点乃"童心说"。"夫童心者，真心也。若以童心为不可，是以真心为不可也。夫童心者，绝假纯真，最初一念之本心也。若失却童心，便失却真心；失却真心，便失却真人。人而非真，全不复有初矣。""童心"与"真心"，构成了李贽与王学一门其他学者的区分。阳明"心学"，其名称从释、道借来，首在"致良知"。所谓良知，即指没有私心恶念之心，"只是一个真诚恻怛，便是他本体"。泰州学派承阳明而与百姓更相趋近，主张"百姓日用即是道"，但只有到了李贽提出"童心说"，才有了革命性的飞跃。

"人之初性本善"，还是"人之初性本恶"，自孟子荀子以来，争论不休。李贽超越善恶之论，以"本心"释"童心"。那么，什么是"本心"呢？直言之，即私心也，"私者，人之心也，人必有私而后其心乃见"。上溯可知，私心即童心即真心，李贽以此为基点，根本上超越了王学左派。私心，非自私自利之心，而是个体之心，李贽之最重要者，在于对个体的本质发现。人之存于世，首先作为独立的人存在，而非家族链条中的一环节。提倡"人的文学"，对人的发现，是五四新文化运动的重要成果，这种萌芽，在李贽那里，已经存在了。

提倡男女平等，是许多人关注的李贽思想亮点，而李贽被东林党人、礼科给事中张问达疏劾，最终御批下狱而死，"勾引士人妻女，入庵讲法"，也是重要原因。男女之事，历来抓眼球，古今一也。李贽的男女平等思想，包括向女子讲学、赞成寡妇再嫁、主张"夫妇之际，恩情尤甚"，以夫妇二人感情，而非"父母之命"、家族利益为婚姻根本，放在今天，也是先进的。赞叹的同时，考察当时社会经济发展状况可知，晚明资本主义萌芽，首先在一个行业体现得最为充分，那就是纺织业。曹雪芹祖辈任江宁织造，积累巨大财富，其背景正在于此。而纺织业的劳动主体，当然在妇女。因此，妇女已不再是"大门不出二门不迈"，不只承担家庭责任，而成为社会生产的活跃因素和重要组成部分。李贽在《答以女人学道为见短书》中说："夫妇人不出阃域，而男子则桑弧蓬矢以射四方，见有长短，不待言也。"晚明时期，部分地区行业生产方式出现"千古未有之大变局"，已有许多妇女走出家门，或者即使在家，也成为社会化大生产、商品交易的一个环节。这一点，被李贽敏锐把握到，并从理论上论述之。商人家族的文化积淀，和伊斯兰文明的开放，使李贽在一众思想家中，走到了时代最前沿。

李贽还是到了京师，住在马经纶家。七十五岁的他，身体日益衰弱，感觉来日无多，于是写下遗言，极为详细地交代了后事。意欲在友人家中，死于斯，葬于斯，"我生时不着亲人相随，没后亦不待亲人看守，此理易明"。遗言是写给跟他从湖北来到京郊通州的随从的，可以说都是多年相伴左右的资深学生，如孔子身边的曾参、子路一般，对李贽思想了解深刻，自然知道他弃绝家庭的坚定意志和理论原因。那就是，他要最彻底地与传统家族制度决裂，由家族人变而为社会人。数百年后，五四新文化运动发生，"出离家族""离开家庭"成为思想界文学界之先锋与共识。鲁迅、胡适等文化界领袖共议《娜拉》，巴金用"激流三部曲"刻画了《家》《春》《秋》，曹禺写了《北京人》，殊不知，李贽早已用生命表达了这种反叛。

李贽在《与周友山》中说"今年不死，明年不死，年年等死，等不出死，反等出祸"。果然，祸事来了。

万历三十年二三月间，病中的古稀老翁李贽，被从寄居的马经纶家带走，投入监狱。事因众所周知，东林党人、礼科给事中张问达上疏，向皇帝告李贽的状，思想、道德方面揭批一通后，特意指出"近闻贽且移至通州，通州距都下仅四十里，倘一入都门，招致蛊惑，又为麻城之续"。数十年不上朝，似乎百事不问的万历帝立马紧张了，"便令厂卫五城严拿治罪"。

李贽进了监狱，身体反而一日好于一日，还多有诗作，如"红日满窗犹未起，纷纷睡梦为知己。自思懒散老何成，照旧观书候圣旨"。圣旨真的来了，押解回原籍！

李贽后半生，为学为人，都围绕一个目标，那就是脱离传统宗族，现在却又要被押回原籍。他自语："我年七十有六，死耳，何以归为？"别人宁死不屈，李贽宁死不归。

果然，三月十五，李贽请狱卒叫侍者来为其剃发。侍者取出剃刀，李贽说要看看是否锋利。侍者递刀于他，转身取毛巾。一瞬间，李贽手握剃刀，从脖子下一划而过，血立即喷了出来。但未立即死去，一直到了第二天深夜，才血尽而逝。临死，李贽留诗"志士不忘在沟壑，勇士不忘丧其元。我今不死更何待，愿早一命归黄泉"。他的"元"是什么呢？就是对于传统宗族制度的反叛，对于新的社会关系、人格基点的理论探求与实践追寻。

鲁迅写过一篇著名的文章《娜拉走后怎样》，说只有两条路，要么堕落，要么回来。"出走——归来"模式，是中国现代文学的重要母题。当然，归来者，都是懦夫而非勇士，或者归来即是死亡，如子君，《北京人》里的曾文清。数百年前，李贽以生命为这一母题作了阐释。李贽没有死于灾荒，没有死于政治斗争，没有死于颠沛流离，没有死于皇家律法，也没有死于谩骂攻讦，而死于对回家的恐惧。这一死法，放在古今中外历史上，都是神奇少有的。

李贽墓现在北京通州区西海子公园燃灯塔西侧，两度迁移后到现址。墓简陋清寂，墓前有碑，焦竑书"李卓吾先生墓"。入狱前即郑重留下的遗言中，李贽说"可托焦漪园书之，想彼亦必无吝"，可见，李贽对他与焦竑的友谊还是坚信的。李贽没有辜负友谊，友谊也没有辜负李贽。而他与发妻黄宜人一生坎坷，两情相依，后虽无子嗣，然李贽坚决不纳妾，实践了以感情和责任为基础的婚姻。可以说，在夫妇、朋友等新社会关系探寻上，李贽是成功的，理论与实践达到了统一。

刊于《人民文学》2023年第3期

春节，曾经的生活样板

东　西

　　离春节月余，母亲揣上平时积攒的现金，背着农产品或家禽去八腊赶街，出货后，她便到供销社买数尺新布，拿到庚英表姐所在的公社车缝组，请她缝制三套新衣。其中一套是我的，往往做得比身体宽松，以便来年我长个头后还能继续使用。在我的记忆里，春节就这样开始了，它包括漫长的等待。

　　父母认真打量被忽略了近一年的房子，发现屋顶好多瓦片都移动了，长期漏雨而顾不上检修的地方，现在由父亲带着我对其一一修复。我在屋内用竹竿往漏光的地方轻轻捅去，蹲在屋顶的父亲便把瓦片挪过来，直到那里变黑我才收回竿子，继续寻找下一个漏光点。厢房的门板松了，墙角被路过的驮马刮陷了，猪圈的一块底板掉进了粪塘，门槛两边的地面踩出了凹坑，后阳沟的草长长了长密了……关于房子以及环境的所有问题都会在春节将近时争先恐后地暴露，它们仿佛也要在节日里撒一回娇，享受享受主人的伺候。修补房屋的过程中，父母会有不同的主张，比如：用什么地方的泥来填凹坑，用什么方法复原刮陷的墙角，等等。于是，他们一边修补一边争论，虽然声音和往时的吵架一样大，但细听却明白这样的争论不伤感情，就像提前放炮仗，为节日增加一点气氛，甚至还有小小的欣悦。

　　外出工作的人回来了。他们穿着耀眼的服装，肩扛手提，大包小包，刚一出现在坳口就呼喊亲人或被亲人呼喊，顿时，他们的重逢变成了大家的重逢，整个村庄都欢喜起来，心里莫名其妙地浮起暖意。说"他们"有点夸张，那年头，一个村庄能有一个人出去工作就不容易了，有的村庄连一个出去的都没有。没有外出人员的村庄，偶尔会瞥见邻村的外出者经过。他或者她绕村而行，怕狗，也有不怕的，一边面向狂吠一边跟村民打招呼，递香烟，进屋喝水，歇脚。总之，他们被特别注目，成为出不去的青年或将来有希望出去的少年的榜样。他们回到家就脱下干净漂亮的外套，或挑水或挑粪，或做饭或劈柴，用最快的速度融入乡村生活，以弥补一年来不能为家里干农活的愧疚。到了年关，再远的人都要回来团聚，放出去的牲口也必须找回来。有的牲口秋收后就没回过家，它们浪迹山间，完全忘了平时饲养和驾驭它们的主人，但主人在过年前会惦记它们，所谓的团聚也包括跟牲口的团聚。

　　某年年底，我家的母牛走丢了，父母和亲人们翻山越岭找了几天都找不见，以为被人偷走了。这种事情虽然不多，但偶有发生，谁遇到谁倒霉。但母亲没有放弃，在一个大雪茫茫的午后终于找到了它。它横卧在一条沟上，身体堆满厚厚的积雪，身下护着一头出生不久的牛崽。这一刻母亲喜极而泣，扒掉它身上的积雪，呼喊它的名字。它醒了，艰难地爬起来，一瘸一拐地朝家的方向走去。牛崽走不动，姐夫就一路抱着，雪地上留下动物与人类深浅不一的脚印。假如当时能俯拍，那一定是一幅绝美的画作 —— 雪白的大地上，几行脚印前几个黑点。也有一些年底，牛自己回来了，马也自己回来了，它们仿佛有感应，知道要过年似的。这时，母亲会为它们倒上最好的饲料，一边抹眼泪一边表扬它们聪明。它们似乎听得懂，一边吃一边竖耳朵摇尾巴。在未来的日子里，母亲会一直表扬它们，直到把它们说成天才。人有人的榜样，树有树的模范，牲口有牲口的样板。

　　然后，就是备年货，做腊肉，做米花糖以及各种小吃，贴香火，贴春联，大家在不知不觉中按下缓进键，让日子显得不再那么匆忙，走路也不再那么着急，就连说话也不再那么飞快。到了腊月二十七八，母亲吩咐给家里来一次彻底的清扫。父亲砍来竹枝，扎成一大一小两个扫帚。大的用来扫门前的阶阳，小的用来扫阳尘。腊月二十九日，我们把楼板和板壁上聚积的阳尘扫下来，把屋角床底蚊帐顶的垃圾清理出来，然后用背篓背到不远处的菜地，堆成一堆放火烧。由于垃圾夹杂尘土，所以烧得很慢，整个村庄都飘荡着复杂的气味，那是破布、胶鞋、树叶、草根、泥土、牛屎猪粪以及鸡毛蛋壳等的综合体，是一种好日子马上就要到来的美好味道。

除夕这天一大早，父亲早早地拉开家门，让呼啸的北风倒灌进来，把贴在柱头、门枋的春联吹得哗哗地响。我揣着几粒偷拆下来的鞭炮，挂着两条鼻涕奔跑在冷硬了的土地上。很快，村头村尾便响起零星的鞭炮声。玩累了，我们就站在山头朝自己的屋檐望去，那里有一柱比平时要油腻一百倍的炊烟腾空而起，好像它就是我们放心玩耍的理由。我们在玩，父母在那一柱炊烟下弄吃的。虽然我家才三口人，但父母要做够二十来人的饭菜，以备亲戚串门时吃喝。厨房火铺上的火塘里，柴火在噼噼剥剥地燃烧，三角架上的铁锅里煮着上好的猪肉、腊肠和腊猪肝，水汽咕咚咕咚地从锅盖里冒出来，满屋都是肉香。火塘边煨着几个鼎罐，鼎罐里分别煮着萝卜、竹笋、白切鸡。红艳艳的塘火烤着鼎罐，鼎罐的缝隙冒着白气，父母不时把盖子打开，用锅铲翻一翻里面的食物，香味直冲鼻孔。另一间房，地灶的大锅里煮着整只猪头，柴火烧得更猛，水汽冒得更凶，香味更加浓烈。我们在肉香里穿梭，脸上提前洋溢着吃饱喝足的表情。

下午四点钟左右，父亲在堂屋的香火前摆满了热气腾腾的食物，倒上了酒，点燃了香纸，然后对着香火作揖。做完这一切，他就叫我把家里最长的那挂鞭炮放了，向全村宣告我们家开始吃团圆饭了。有一种说法，谁家吃团圆饭越早，来年的工作就做得越快。所以，各家各户都在暗暗竞争，希望自家的鞭炮早一点响起来。烧完鞭炮，我们围坐在桌前吃饭，说一些吉利的话，选最好吃的来吃，父亲可以放肆地多喝几杯，哪怕喝醉也不会被母亲责怪。也是从这天开始，我们都变得文明起来，仿佛是为了对得起那些美好的食物。做事轻手轻脚，不能打破碗碟酒杯，孩子突然被尊重，父母不会打骂呵斥，夫妻不能吵架，邻里不能争执，谁都不能说不吉利的话。大家一团和气，一边拉家常一边守岁，等到凌晨，各家各户又点燃了新年的炮声。

大年初一，再困难的家庭都会让孩子们穿上新衣，家境好一些的，全家都会换上新装。我的家境在村里算中偏上，从表姐那里取回来的三套新衣分别穿在我们身上。母亲怕我弄脏衣服，把我的衣袖挽了一圈又一圈。这一天不能生火做饭，不能杀生。人们三三两两地出行，说是走得越远来年越有搞头，相遇都说"恭喜发财"，进门吃的是糖果糕点。肚里有了油水，身上穿得崭新暖和，每个人的脸上都流淌着笑意，他们一年又一年地证明物质决定意识，精神面貌必须以物质为基础。但那时，物质条件是有限的，过年之所以能大快朵颐，是因为家家都养了一头年猪。这头年猪除了供应一家人的春节所需，还必须确保一年三百六十五天自家的锅头不生锈。所以，当春节一过，特别是正月十五一过，人们又开始过起节俭的生活。不看一时多就怕吃不匀，精明的家庭主妇们都在计算如何天天都有油水。

这是四十多年前我家乡春节的情景，和劳累节俭以素食为主的大多数日子比起来，和鸡飞狗跳争吵不休呵斥声不断的大多数日子比起来，春节的生活有点梦幻，仿佛生活是生活的演绎，但我却从演绎中看到了生活的另一种样貌，即看到了我们憧憬的生活样板。我们期盼这样的生活，相信终有一天会过上天天都像过年这样的生活。表层我们在继承春节的传统，但深层却是我们聪明的祖先用这个节日为后代描绘了一幅蓝图并让他们为之奋斗，不仅物质要丰富，精神还要文明。难道精神文明的具体表现不就是夫妻以不争吵的方式修复一年来的感情，父母以不呵斥子女的方式进行赏识教育，邻里以不争执的方式构建和谐社会吗？

今天，我们已经过上了像过年那样的物质生活，春节的讲究即它的展示性却渐渐地淡出了，也就是它的示范功能和憧憬功能正在弱化。物质一旦不成问题，我们对过年的渴盼就没有从前那么强烈。当然，我们会转向精神追求，比如：出国或出省旅游，修行或休闲，下海或爬山，组团过节或亲友联欢，做主播拍视频晒幸福或认真地读几本书看几部电影，为工作充电或清空脑袋……新的春节样式五花八门，吃穿再不是首要任务，但如何让精神生活饱满且递进，说白了就是如何让我们更多的欲望得到满足，却是必须面临的另一道命题。

刊于《散文》2022年第11期

岳飞的黄鹤楼

刘汉俊

金碧辉煌的武汉黄鹤楼，翼然于长江之滨，屹立在历史的长河。这座有"天下江山第一楼"之美称的江南名楼，始建于三国时期吴黄武二年，即公元223年，曾是军事要点，更是文化标点，自唐宋以来留下无数的题咏之作，成为中华民族的一个闪亮的文化航标。

物以文名，文以人名，何人为最？遍数楼上灿烂人物锦绣文章，黄鹤楼是谁的？谁家的黄鹤不复返，谁在楼中吹玉笛，谁人三月下扬州，谁在楼上空悲切？当侧耳听音，捻须思量。

黄鹤楼是唐代诗人崔颢的："昔人已乘黄鹤去，此地空余黄鹤楼。黄鹤一去不复返，白云千载空悠悠。晴川历历汉阳树，芳草萋萋鹦鹉洲。日暮乡关何处是？烟波江上使人愁。"经典永流传，流传的是诗心，诗心一个"愁"，愁上黄鹤楼。黄鹤楼是李白的，诗仙三上黄鹤楼，极目四眺，豪情万丈，正想题诗，却发现了崔颢的墨宝，沉吟良久，发出感叹："眼前有景道不得，崔颢题诗在上头"，恨不得"一拳捶碎黄鹤楼，一脚踢翻鹦鹉洲"，黄鹤楼上搁笔，诗词国里留名。黄鹤楼是孟浩然的，烟花三月，碧空万里，老友李白在此送他下扬州，站位黄鹤楼上，放眼大江东去，想把黄鹤楼作为礼物送予孟公；被送的孟浩然也觉得黄鹤楼是个揖别文友的好诗景，便在这里送好友王迥去江东，曰"昔登江上黄鹤楼，遥爱江中鹦鹉洲"，对孟浩然这位湖北人来说，黄鹤楼下伤别离，楚地此物最相赠。黄鹤楼是白居易的，他不是送客而是会客，在接受卢、崔二友的宴请时，感叹道："江边黄鹤古时楼，劳置华筵待我游。楚思淼茫云水冷，商声清脆管弦秋。白花浪溅头陀寺，红叶林笼鹦鹉洲。总是平生未行处，醉来堪赏醒堪愁。"一个"醉"字，描尽美景，一个"愁"字，道破人心，欲说还休。

黄鹤楼还是贾岛的，"青山万古长如旧，黄鹤何年去不归？""定知羽客无因见，空使含情对落晖"；黄鹤楼是杜牧的，"黄鹤楼前春水阔，一杯还忆故人无"；黄鹤楼是陆游的，"苍龙阙角归何晚，黄鹤楼中醉不知"；黄鹤楼是范成大的，"谁将玉笛弄中秋？黄鹤归来识旧游"；黄鹤楼是刘禹锡的，"梦觉疑连榻，舟行忽千里。不见黄鹤楼，寒沙雪相似"；黄鹤楼是王维的，"城下沧江水，江边黄鹤楼。朱阑将粉堞，江水映悠悠"。一千个人心中有一千幢楼的模样，但黄鹤楼静立不语，任你诗词歌赋如玑如珠、如披如挂。

美文千千首，楼上人人愁。一个"愁"字，贯通长江天际，连通古今文人。

但是，我想说，黄鹤楼不是他们的。

岳飞从军二十载，驻守鄂州（今武昌）七年，是南宋政权在这里的最高军政长官之一，四次北伐从这里起兵，人生篇章从这里起笔。

公元1133年10月，南宋绍兴三年，金朝傀儡刘豫军队攻占南宋的襄阳六州，切断了南宋朝廷通向川陕的交通要道，直接威胁到朝廷对湖南、湖北的统治安全。岳飞接连上书，奏请收复襄阳六州。次年5月朝廷正式任命岳飞兼任黄、复二州及汉阳军（湖北汉阳）、德安府（湖北安陆）制置使，岳飞奉命从鄂州统军向北出征，打响第一次北伐战争。由于军纪严明、斗志高昂，指挥有力、运筹得当，岳飞率领的岳家军以锐不可当之势，在三个月内一举收复襄阳六州，保卫了长江中游的安全，打开了川陕与朝廷的交通要道，扼守住南宋朝廷的命门。

襄阳六州大捷，使年仅32岁的岳飞被封为武昌郡开国侯，但他并未沉醉于功名利禄，而是念念不忘北伐大业，不断上奏朝廷要求收复中原失地，却屡屡被朝廷拒绝。

一日，悲愤中的岳飞登上满目疮痍的黄鹤楼，北望中原，写下了这样一首词——

《满江红·登黄鹤楼有感》

遥望中原，荒烟外、许多城郭。想当年、花遮柳护，凤楼龙阁。万岁山前珠翠绕，蓬壶殿里笙歌作。到而今、铁骑满郊畿，风尘恶。

兵安在？膏锋锷。民安在？填沟壑。叹江山如故，千村寥落。何日请缨提锐旅，一鞭直渡清河洛。却归来、再续汉阳游，骑黄鹤。

低诵浅吟这首《满江红》，字字皆愁，句句含泪。只有感受到国家遭难的切肤之痛，体恤到百姓疾苦的锥心之伤，才有如此之心忧。愁更愁，愁更重。

千古名楼，万千美文，多是写景状物，发一己之私情幽情悲情，或怅然嗟叹愁思缠绵，唯有岳飞，眼中无楼，心中有愁。文人之愁，愁友愁己愁山水；岳飞之愁，愁国愁民愁天下。这首词同《满江红·怒发冲冠》一样，慷慨悲怆、深切忧思。两首《满江红》，一腔爱国情。如果说《怒发冲冠》是仰天长啸、悲愤呐喊，《登黄鹤楼有感》则是蹙眉低吟、怒吼在喉。"何日请缨提锐旅，一鞭直渡清河洛"与"驾长车，踏破贺兰山缺""待从头、收拾旧山河，朝天阙"，都是震耳之醒鞭、战马之长啸，一样的忧国忧民，一样的悲壮豪迈，一样的气吞山河。高远宏阔的立意，炽然灼然的情怀，承担天下的壮志，令其他所有吟咏黄鹤楼的诗词黯然失色。

黄鹤楼上诗千丛，不及岳飞《满江红》。

武昌古城是历史的标点，是岳飞辉煌的基点，也是灾难的起点。岳飞在驻守武昌的七年里，先后被特封为武昌县开国子、武昌郡开国侯、武昌郡开国公，岳元帅的帅府就设在今天黄鹤楼下的武昌司门口。他的四次北伐、挺进中原都是从这里出发。他走向人生之路的终点，也是从这里起步的。公元1141年4月，岳飞被解除湖北路宣抚使的职务，调往临安任枢密院副使；10月被诬告谋反，投入大理寺狱；公元1142年1月27日，一代忠臣岳飞被朝廷斩杀。天日蒙灰，江河呜咽。

但是，岳飞驻军当地的人民没有忘记这位爱国忠烈、护民战将。公元1163年，即岳飞被害二十一年之后，宋孝宗赵昚为岳飞平反，武昌的老百姓敲锣打鼓，率先为岳飞建庙；公元1170年，湖北转运司赵彦博上书孝宗皇帝，请求在今武昌大东门外为岳飞建庙，孝宗皇帝亲书"忠烈庙"为匾额，并拨建庙专款；公元1204年，岳飞死后六十二年，南宋皇帝宋宁宗追复岳飞少保、武胜定国军节度使、武昌郡开国公，赠太师，谥武穆岳飞，追封鄂王。世世代代的湖北老百姓深深地缅怀这位保家卫国的英雄、安抚苍生的恩公，今天武汉市的岳家嘴、忠孝门、岳飞街、报国巷、报国寺、报国庵、洪山岳松等众多纪念地和遗址，还有大量的传说故事，都是人们致敬岳飞、赞美英雄的载体。

巍峨雄伟黄鹤楼，镇国护民岳飞像。有着历史印迹、文化地标地位的黄鹤楼，从浩若烟海的历史人物中，选择了岳飞雕像为镇楼之宝，不能不说是独具慧眼、别有深意、敬爱有加。

敬立岳飞铜像前，只见英雄勒马北望，忧思萦头。基座上，是一行他的手迹：还我河山！

黄鹤楼，是岳飞的；岳飞，是人民的。

刊于《长江日报》2023年2月2日

吉安时间

肖克凡

一、从历史缝隙里寻找

吉安县文天祥纪念馆展有《文天祥生平简表》："祥兴元年（1278年）十二月二十日，在广东海丰县五坡岭战败被执。"

"祥兴二年（1279年）正月十二日，作《过零丁洋》诗。"

这首《过零丁洋》有"惶恐滩头说惶恐，零丁洋里叹零丁"之句，零丁洋为粤海水域，惶恐滩在江西赣江边。这两地相距遥远却并列诗行，显然不无关系。

《文天祥生平简表》："二月六日，宋元崖山决战，宋亡。十月，押至元大都，囚于兵马司监狱。"

……

这毕竟是人物生平简表，大框架粗线条言要事，并未详记元兵解其北上的路线与行程。

吉安古称庐陵，乃先生家乡，这座纪念馆收集史料并不单薄，还展有"文天祥被押北上路线图"，从广东海丰五坡岭被俘到元大都柴市口就义，沿途时间地点均有标注。

这毕竟是"留取丹心照汗青"的先贤足迹，值得后人关注。可是这宏大而悲壮的历史画卷里，有没有未响其名的普通人物呢？有没有未遣笔端的寻常故事呢？这同样值得研究。

"文天祥被押北上路线图"标明：祥兴二年（1279年）正月十三日过崖山，三月十三日到广州。之后沿北江过英德到韶州，五月初五到南雄，改旱路过南安到黄金市，再走赣江水路过赣州，于五月二十九日，到达赣江畔的水旱码头万安县。

万安码头地处水陆要冲，航运发达，商贸繁华，于宋熙宁四年（1071年）由万安镇改制万安县，位于赣江左岸。这段赣江多险滩，当地歌谣云："赣江十八滩，滩滩鬼门关，惶恐滩，惶恐滩，十船过滩九船翻。"万安县名取意"五云呈祥，万民以安"。而《过零丁洋》里"惶恐滩头说惶恐"的惶恐滩，便在赣江万安水域。

一路北上，文天祥被解到这座古城，遂有《万安县》诗作传世。"青山曲折水天平，不是南征是北征。举世更无巡远死，当年谁道甫申生。遥知岭外相思处，不见滩头皇恐声。传语故园猿鹤好，梦回江路月风清。"

此诗依然言志。诗中关键词为"故园"。显然此地唤起文天祥的乡愁。万安县有窑头镇，窑头镇有横塘村。横塘村历史悠久古称固山，固山有张姓族群。这时候，大历史框架里的普通人物出现了。普通人物者谁？庐陵张千载也。

吉安县文天祥纪念馆里记载张千载的名姓、生平事迹笔墨寥寥，显然属于普通人物。可是普通人物们乃是构筑宏观大历史的基石，以无名之躯支撑起时代风云画卷，使得先贤们青史留名。

张千载，名弘毅，字毅甫，号千载，别号一鹗。南宋庐陵县人。根据横塘村张氏族谱记载，文家与张家世居庐陵为睦邻，两家均有别业在万安固山（横塘），为几代世交通家之好。少年文天祥曾在横塘生活，时与张千载结伴读书，情谊深厚。

南宋宝祐四年（1256年）文天祥"五月八日殿试，二十四日状元及第"，后来官至右丞。有横塘张氏族谱记载："宋文丞相，舍固山别业为寺……"这是记载文天祥将文氏别业捐为庙产建寺。固山寺有文天祥亲题"大雄宝殿"匾额，题款"赠张府"，落款"文山"印。

尽管文天祥仕途上四次遭罢黜，还是几次举荐"发小"出山做官，张千载为避"攀龙附凤"之嫌，均婉言谢绝。

但是，闻知文天祥抗元被俘北解路经家乡，张千载则挺身而出，此事李贽《焚书》有载。

"庐陵张千载，字毅甫，别号一鹗，文山之友也。文山贵时，屡辟不出。及文山自广败还，至吉州城下，千载潜出相见，曰：'丞相往燕，千载亦往。'"

张千载遂即变卖家产以钱财贿赂元军，毅然陪同文丞相北上，一路不辞艰辛。初到元大都，文天祥被软禁在会同馆内。元世祖忽必烈许以高官厚禄派大臣劝降，文天祥为南宋殉国之心从来不曾动摇。张千载则在会同馆附近租住简陋房屋，不舍昼夜照料周详。文天祥从会同馆转囚元大都兵马司，张千载"往即寓文山囚所近侧，三年供送饮食无缺"。形若仆人供奉有加，一日三餐三年不断。

此间，张千载将文天祥牢狱中所作诗文包括《正气歌》及时送到外界，使其得以广泛传播。

1282年春，文天祥作自赞曰："吾位居将相，不能救社稷，正天下，军败国辱，为囚虏，其当死久矣。顷被执以来，欲引决而无间。今天与之机，谨南向百拜以死。"

1283年1月9日，文天祥边歌边行前往刑场，从容就义。《焚书》记载，张千载"又密造一椟，文山受命日，即藏其首，访知夫人欧阳氏在俘虏中，使火其尸，然后拾骨置囊，异椟南归，付其家安葬"。

张千载冒死将文氏遗体收尸，以木匣藏其发、齿，奉枢南归安葬于富田鹜湖。这位大历史里的普通人物，以感天动地的义举，实现了与"发小"的生死之交，可谓义薄云天。因此李卓吾赞曰："生死交情，千载一鹗！"

文天祥丞相"丹心照汗青"，平民张千载同样丹心照汗青了。历史不应该让时光缝隙里的普通人物，无声无息被历史尘埃湮灭。

这便是我在吉安时间里记住的名字——义士张千载，以德昭后人。

二、于吉安补习庐陵功课

童年时首先知道滁州，那时叫滁县。后来知晓欧阳修先生，也是因为"环滁皆山也"的滁州。先知道滁州而后知道欧阳文忠公，真有些失敬了。至于我跟滁州的关系，缘为我的两位舅父都在那里居住。我六岁时大舅父来津，只留给我模模糊糊的些许印象。二舅父我则不曾拜见，只记住他的名讳。

1980年盛夏，我的外祖母在滁州去世，我接到二舅父来信，那蝇头小楷确是百货公司财务总账的手笔，真是见信如面。从二舅父笔墨得知外祖母骨灰埋葬于琅琊山。那时我已知道醉翁亭了。

小时候记住吉安这个地名来自伟人诗词《减字木兰花·广昌路上》："此行何去？赣江风雪迷漫处。命令昨颁，十万工农下吉安。"这十万工农下吉安的场景，激越无数少年心。

当然，多年后才知道吉安古称庐陵。只是至今也没去过"皆山也"的滁州，却两次来到太守家乡庐陵。可视为天赐机缘。

2018年冬月首次访问吉安，到过永丰县沙溪镇的欧阳文忠公祠，似乎无所用心。以前看过几篇文章读了几首诗词，便以为欧阳修只是文学家而已。殊不知管中窥豹，甚至未见一斑。

2023年盛夏再次访问吉安，参观永丰县欧阳修纪念馆，终于意识到自己中国历史文化知识的缺乏。这是庐陵地方，这是吉安时间，我肃立在这尊汉白玉雕像前，从古代庐陵开始补课——关于欧阳文忠公。

欧阳修（1007—1072），字永叔，号醉翁，永丰沙溪人，四岁丧父，家境贫寒，母亲郑氏以荻秆为笔，以沙盘为纸，教其识字习文，育孤成材。二十四岁考中进士，是北宋中期的文坛领袖，中国古代学者型政治家的杰出代表，封建盛世文人士大夫立身行事的光辉典范；是一位百科全书式的文化巨人，与韩愈、柳宗元、苏洵、苏轼、苏辙、曾巩、王安石合称"唐宋古文八大家"。

确实，欧阳修是宋代学者型政治家。他曾支持范仲淹呈奏《百官图》，作《与高司谏书》斥责高若讷不配为谏官，结果被贬夷陵（今宜昌）。他曾与范仲淹、韩琦、富弼、杜衍等同道推行"庆历新政"，并作《朋党论》为宋仁宗释疑。他曾上书言弊，廉政爱民，勇于担当，拥有为官责任感和革故鼎新精神。

同时，欧阳修也是位史学家，有《新唐书》《新五代史》等著作传世。他还享有经学成就，排斥佛老，复兴儒学，认为探求"六经"本义要以"人情"推求。有《诗本义》《易童子问》《春秋论》，是经学研究的主要著作。

当然，欧阳修更是位文学家，有《欧阳文忠公集》传世。他的文学理论影响深远，至今仍具现实意义。

一曰文与道俱，道胜文至。主张文道并重，强调文品与人品的关系，学作文必须先学做人。

二曰经世致用，穷而后工。强调"道"与"生活百事"联系起来，主张经世致用，作家的忧思感愤来自社会现实，文学要为现实服务。作家的"穷达"深刻影响文学创作。

三曰批判继承，推陈出新。反对内容空洞、险怪生涩的"西昆体"和"太学体"的弊端，形成平易流畅言简意深的"六一风神"，诗、词、文、赋均独树一帜，被誉为"文章百世之师"。

欧阳修更是大书法家。苏东坡称赞："欧阳文忠公用尖笔干墨作方阔字，神采秀发，膏润无穷。后人观之，如见其清眸丰颊，进趋裕如也……"

朱熹评价"欧阳公作字如其为人，外若优游，中实刚劲"。

赵孟頫感慨"欧阳公书居然见文章之气"。

然而，欧阳修最值得称道的是注重发掘人才，尽力提携后学。他先后向朝廷推荐了姚光弼、梅尧臣、宋敏求、丁宝臣、章望之、刘颁、吕惠卿、孙沔、焦千之、吕公著、包拯、司马光等人。尤其荐举王安石，奖掖三苏，甄拔曾巩，经久传为美谈。

欧阳修至和元年（1054年）初见王安石，便以"翰林风月三千首，吏部文章二百年"诗句相赠，随即向朝廷举荐王安石。

欧阳修与苏洵相识后，将他的文章上献朝廷，并呈奏《荐布衣苏洵状》。苏轼苏辙兄弟在嘉祐二年（1057年）欧阳修主持的贡举中考取进士。他称赞苏轼"善读书，善用书，他日文章必独步天下"。正是由于欧阳修的广为延誉，苏氏父子三人闻名京师，天下争诵苏文。

庆历二年（1042年）曾巩科举落第，欧阳修写《送曾巩秀才序》勉励他。在欧阳修引导下，曾巩文思日进，才华大展，后来成为北宋著名文学家，也成为欧阳修文章和学术的主要继承人。

胸襟宽广，爱才举贤，扶掖后进，欧阳修被誉为"千古伯乐"。

欧阳修儿时家境贫困，青年时代境遇不顺，二十岁之前，应举随州，应试礼部，两试不第。好在十岁那年，偶然从邻家获得一部残缺不全的《昌黎先生文集》，深深受到吸引和感召，从此内心播下北宋诗文革新运动的种子，日后成才，对北宋文学、史学、经学、金石学、目录学和谱牒学等方面做出巨大贡献。

欧阳修晚年更号六一居士，撰有《六一居士传》，可见晚年生活情趣，此文令人敬佩。

客有问曰："六一，何谓也？"居士曰："吾家藏书一万卷，集录三代以来金石遗文一千卷，有琴一张，有棋一局，而常置酒一壶。"客曰："是为五一尔，奈何？"居士曰："以吾一翁，老于此五物之间，是岂不为六一乎？"

"环滁皆山也。"欧阳文忠公的生平，以贬官滁州为界，划分为前后两期。后期转向稳健求变，贯穿于学术研究与文学创作中。"醉翁之意不在酒，在乎山水之间也。"晚年的欧阳修人生境界通达清澈，从高原走向高峰，令后人景仰。

高峰者谁，庐陵欧阳修也。

三、在滏塘村邂逅生字

吉安市下吉水县，吉水县下黄桥镇，黄桥镇下滏塘村，这里是南宋大诗人杨万里故乡。如今建成杨万里诗画小镇，可谓打通古今了。自古以来，滏塘村便是有田可耕、有桑可采的鱼米之乡，村中保有著名建筑便是俗称"屋仔桥"的南溪桥，其长一百零五尺，九尺宽，历史悠久。

这座木质廊桥自宋代至民国历经千年，举凡滏塘人进出滏塘村，必经此桥，别无他径。据考，杨万里晚年常执教于溪南御书楼，有暇时"长须赤脚"踱步于桥上，赋得南溪诗五十余首。

如此说来，今人走过南溪桥形同踏着大诗人足迹了。若有醉心穿越时光者，可经此桥前往南宋拜见先贤，实乃不二途径。

走进滏塘村拜访杨万里纪念馆，路过遍种荷花的池塘，见有诗牌立于池畔。这诗几乎家喻户晓：

泉眼无声惜细流，树阴照水爱晴柔。小荷才露尖尖角，早有蜻蜓立上头。

情景交融随即触景生情，便认定这是当年小荷尖角落蜻蜓的荷塘，谁承想千年物事竟然近在咫尺，这恰恰证实杨万里诗词的魅力，美美与共，如影随形，审美产生的亲和力，既可以定格时光，也可以跨越时空。

这里果然是大诗人的故乡，一路行走步步有诗，洋溢着打通古今的生活气息。只见小径旁青草间的诗牌，镌刻杨万里"一荧松火"诗章，记录诗人夏至雨霁暮行："夕凉恰恰好溪行，暮色催人底急生。半路蛙声迎步止，一荧松火隔篱明。"

大诗人反而最接地气。于是蒙蒙细雨里走过历史悠久的南溪桥,便跨进杨万里的文学时空了。

杨万里纪念馆规模不大,却是古香古色,引人步入大诗人生平年代。

杨万里字廷秀,号诚斋,建炎元年(1127年)生人,正值北宋被金人灭亡的乱世。他回忆童年生活:"我少也贱,无庐于乡,流离之悲,我岂无肠。"然而他发愤读书,四处求学,从湴塘家乡出发,走向都城临安,不负青云之志,绍兴二十四年(1154年)高中进士,授赣州司户参军,从此开启仕途,为官任职多地。

杨万里仕途并不顺利,几次萌生弃官之念。乾道三年(1167年),三十九岁的杨万里为父守丧期满,携带自作《千虑策》前往临安,呈献这部治国宏论。《千虑策》分"君道""国势""治原""人才""论相""论兵""驭吏""选法""刑法""冗官""民政"等,共计三十篇,总结历史经验教训,直言朝官腐败无能,提出振兴国家的方略,显示出他杰出的政治才能。当朝枢密使虞允文见其所作《千虑策》惊叹:"东南乃有此人物!"

杨万里在朝为官刚直敢言,忧国忧民,勤廉奉公。谢病自免还乡隐居,安贫乐道,教书育人,笔耕不辍。读其《悯农》诗可见情怀:

稻云不雨不多黄,荞麦空花早着霜。已分忍饥度残岁,更堪岁里闰添长。

杨万里在中国文学史上,与陆游、范成大、尤袤并称"南宋四大家""中兴四大诗人"。他的诗歌创作风格独具,形成影响颇大的"诚斋体",传世诗作四千余首。其人其文令人称道,被誉为"文章盖一世,清节励万世",是南宋典型的士大夫文人。

杨万里晚年于家乡度过十余年的充实时光,以近八十高龄逝于湴塘村,谥号文节。

访问涴塘村杨万里纪念馆，我向友人请教"涴"字的读音和字义。得知"涴"字读作"bàn"，其字义为人足或马蹄踏入湿泥之地。

我猛然想起儿时天津方言"ba"，也有脚踏湿泥之意。例如走过遍布泥浆的小路，即抱怨"太'ba'了"。例如无端涉足他人纠纷的行为，天津方言称为"滥ba踩"。我大胆揣测，莫非天津方言的"ba"，乃是"涴"字的音转？倘若真是这样的话，便给"有音无字"的天津方言找到了出处。岂不快哉。

但愿这是访问南宋大诗人家乡的意外收获吧。谢谢至今文风仍盛的涴塘村。

这就是古代的庐陵，这就是现实的吉安。

刊于《长江日报》2023年9月14日

八月的禾场

黄　风

往年，也就这个时候。

呼隆隆声响起，后面的撵着前面的，蹚出一条直直的道来，从村中禾场，奔向村外人欢马叫的田野，蹚起的丰稔的气味儿，一溜烟尘似的。

哎哎，你听，这是啥声音了？

还能啥声音？

停下手中的镰刀，都面朝村中禾场的方向，耳朵踮起脚站在头上，想高过面前的庄稼，高过远处张望天空的树木。面前的庄稼是高粱，身后已割倒一片，鞋掌大的穗头，熟得像老姑娘了。

村中的禾场，同田野上一样繁忙，但比田野慢一步。当第一车庄稼拉回来，第二车庄稼拉回来，后续不断地拉回来，满载的马车浩浩荡荡，庄稼在禾场上"起山"了，禾场的繁忙才开始。

负责"起山"的人，先一捆一捆打好垛底，然后一圈一圈地往上码。码高的时候，下边的人用铁叉扎住捆子，嗨的一声挑给上边码垛的人，捆子脱离铁叉飞起来，码垛的人双手接住，将捆子头朝外码好了。码成垛的庄稼，用脚一踏虚晃晃的。码垛的人站在上面，好像头顶住了蓝天，眼中饱览的仅是禾场，却感觉瞭见了整个村庄，瞭见了环绕村庄的田野，瞭见了十里外火车穿过的镇子，二十里外鼓楼高过城垣的县城。

一垛一垛的庄稼，将秋天搬到禾场上，空旷的禾场被占去大半，垛与垛的影子勾肩搭背，阳光在盘绕的过道中捉迷藏。如果拿走庄稼垛子，会留下许多圆圈状的痕迹，从天上往下看，一个个就像碗扣出来的。围着不同的庄稼垛子，有切谷子切高粱的，有切黍子切糜子的，手中闪耀的爪镰，将庄稼的穗头与秸秆分开。秸秆被拉到禾场的另一处地方，一部分留作牲畜的冬饲料，一部分分给各家各户作柴火。

还有专门赶鸟的人，举着顶端扎一块破塑料布的长杆赶鸟。庄稼散发的丰稔气息，在禾场上空汇聚了，被阳光照射得五彩缤纷。不同的气味，有不同的颜色，高粱是红的，谷子是黄的，糜子是灰的。还有不需要切头的菽类，黄豆呀黑豆呀绿豆呀。一垛庄稼一种气味，鸟们喜欢哪种气味，就扑向哪垛庄稼。赶鸟人舞动长杆，从这一垛赶到那一垛，鸟们被赶恼了，就跟他兜圈子气他，或聚集在禾场墙外的树上，叽叽喳喳地围攻他。

鸟的骂声一片一片，像它们气炸的羽毛，落到赶鸟人身上，把赶鸟人糟蹋成被狗撕过的鸡毛掸子。赶鸟人边抖掉身上的骂声，边挥舞杆顶端的破塑料布，啪啪地扫荡着。鸟一哄而散后，丢下的骂半天才能落定，有的跟着鸟飘远了，有的粘在树梢上，有的落在庄稼垛上。

当然，还落在垛下切穗人的身上。

庄稼被切下的穗头，在禾场的空场上铺开了，场把式一手牵着三根缰绳，一手扬鞭吆喝驴碾场。驴都戴着铁笼嘴，屁股上挎着粪兜，怕它们碾场时贪吃，又怕它们把屎拉到粮里面。

三头驴拉着碌碡，一头跟着一头，围绕场把式转圈，转一圈就等于碾三遍。先从铺开的场边上碾起，然后一圈一圈往回转。站在圈中间的场把式，像站在庄稼垛上码垛的人一样威武，鞭耍得叭叭响。但驴始终不紧不慢，好像与它们无干，场把式赶的不是它们，而是它们拉着的碌碡。

一圈碾到头了，场把式就收一收手中的缰绳，收缩的长度正好是碌碡的长度，然后紧贴着上一圈碾下一圈。等最后一圈碾完了，负责翻场的人拿铁叉把穗头朝上的一面翻下去，把朝下的一面翻上来再碾。两面都碾完了，场把式捡个穗头看看，没碾净的话继续碾，半粒不剩了就收场，把碾净的穗头挑到一边，把碾下的粮食收起来。

整个碾场的过程，就像场把式与码垛人的较量，码垛人把秋天一圈一圈往高码，场把式把秋天一圈一圈往扁里碾。一个一个码起的垛子，被一个一个碾扁了。秋天从地里开始，在禾场上结束。当所有的庄稼垛子被碾扁了，秋天也就圆满地画上句号。

场把式碾场的时候，扇车一直蹲在场边，饶有兴致地看着。它看到黑不溜秋的驴脑袋一挣一扎，把阳光扯得一闪一晃；看到圆滚滚的碌碡碾过时，碾起的粮颗子草虫一样四溅；看到场把式扬起的鞭花，被飞过禾场上空的"老家贼"叼走一朵。

在扇车一侧，扇车手袖手而立，半个身披着扇车影子，也笑眯眯地看着。那闲人似的样子，场把式相信不假，扇车手是在消磨时间，等他把场碾完了。但把式对把式，眼中免不了挑个刺儿，便掰个刀尖藏在笑里面，看他手中的缰绳掌握的松紧，看驴是否步调一致，看碌碡碾的深浅。

于是场把式鞭子一挥，冲扇车手甩出去，叭地给他丢个响，然后蛇尾巴一样收回来，叭地又一响丢给驴，将驴们不能声张、从铁笼嘴囚着的口中憋出来、待在驴背上发蔫的吼叫，赶下驴背去。鞭子横耍个大"8"字，接着扑向天空，叭叭叭又三响，像放了三枚爆竹，鞭花纷纷扬扬地落下。扇车手眼跟着飞舞的鞭子，看着天上鞭花残余的烟，脸上的微笑一下灿烂起来。他哈哈大笑，场把式也哈哈大笑，禾场上冒出两盘野葵花。

扇车手转身拍拍扇车，拨两下扇车的摇把，意思是一会儿该咱们上场了。扇车呼隆隆心领神会，一会儿他们上场后，闲下的碌碡会像它刚才看碌碡一样看它，场把式会像扇车手刚才看他一样看扇车手。

在此之前，也就是庄稼入场前，禾场要收拾好，扇车要收拾好。除了短暂的夏收忙几天，扇车都待在禾场的场房里，或场房的屋檐下，被日子耗得趴了窝。

闲置的扇车灰头土脸，灰头上落着鼠粪，土脸上趴着鸟屎，夏忙的时候躲到缝隙里，没有被鼠和鸟捉走的麦粒，还有风在风膛里做梦时留下的草籽，都发芽长苗了。从外到内清理干净后，把松动的卯榫揿紧，把残缺了的泡钉换补上，把受损的扇叶修好，给扇轴的轴孔膏上油，整个焕然一新，尤其是新换补上的泡钉，蘑菇状的钉帽，透着当初叮咣叮咣的炉火的纯青。

扇车收拾好了，就叫来扇车手试车。有点像驴集上挑驴，扇车手先正面端详了，然后顺着扇车一侧，从头到尾边看边摸，再从另一侧转回来，摸到不放心处，少不了拍打拍打。拍打扇车屁股的时候，就像拍打叫驴的驴沟子，拍打得扇车一仰一仰。最后，把手从扇车肚底下返回扇车背上，抚摸着一排排泡钉，撸起袖头握住摇把，猛地摇几下。扇车收拾得爽不爽，最终全看这几下，一摇就摇出来了。

也就是从那刻起，扇车便守候在面貌同样焕然一新、晒得瓷光光的禾场上，等待庄稼入场，等待第一场庄稼碾下来开扇。开扇的时候，那叫声听起来，就像秋收时村庄宣告开镰一样：

开扇啦——！

开扇啦——！

辽阔的田野静了，仿佛一张纸从地里长出，一直长到半天空，直愣愣地挺括着。接着又人欢马叫，一把把镰刀重新埋下头，饿羊似的扑向庄稼，倒下的庄稼变成捆，被马车满载而去。

呼隆隆的扇车声，带来即将吃上新粮的希望，也带来禾场上的情景。扇车手坐在凳子上，左肩上搭一块毛巾，右手摇着扇车的摇把。准确地说是"打"，摇扇车叫打扇车。右手并不始终握着摇把，只是摇把一圈转过来，迅速抓住给一下力，再把手撤回来。摇把与扇轴、扇叶一体，"打"起来一同飞转。此时的摇把"如影随形"，扇车手每给一下力出手极快，稍有迟缓就被摇把"咬"一口。

扇车手"打"神了，就变成"耍"，简直表演一般。手与摇把角色互换，先是手跟着摇把的节奏，这时是摇把跟着手的节奏。手跟着摇把的节奏，也就是跟着扇叶的节奏，摇把跟着手的节奏，也就是扇叶跟着手的节奏。六七片飞转的扇叶是看不到的，就像自行车如飞时看不到轮辘上的辐条一样。风膛近乎"空"，从两侧风窗吸卷进去的风，从风嘴呼啸而出。

那呼啸而出的风，完全掌握在扇车手手上。准备开扇之前，扇车手捡几粒粮食，一粒一粒丢进嘴里，嗑麻子一样咬了，从咬出的干湿度，判断开扇之后的力度。粮颗子嘎嘎嘣嘣，需要的风就小，粮颗子黏牙，需要的风就大。需要风大时则快，需要风小时则慢，快慢尽在他掌握之中。

打扇车用的是巧劲，但那一刹那的"巧"，仍需要"劲"到位，因此一场粮食扇下来，扇车手比场把式要费力得多。上身脱得仅剩件背心，肩膀被汗渍得油津津的，右胳膊上的肉滚来滚去，像皮层里生出鸡蛋。打扇车中间，不时拿下来揩一把脸，揩完了又搭到左肩上的毛巾，两手一绞水淋淋的。

一场粮食扇的时候，除了扇车手，还有传粮的、淘粮的、耙杂的、抢帚的。传粮的拿簸箕撮上粮食，递给扇车顶上淘粮的，淘粮的一手倾起簸箕，一手来回拨拉着粮食，从扇车头上均匀地倒下去。

经过呼啸的风嘴，最先落下的是粮颗子，渐渐地坟头一样堆起来，再是分离出的杂七杂八，紧挨着粮堆一边落下，剩下的皮尘被吹远了。耙杂的将落下的杂物耙出来，抢帚的将杂物耙掉后漏下的皮尘、未刮远的皮尘清扫掉。两个人都戴着草帽，草帽下垫着毛巾，耷拉下来的毛巾，将后脖颈和脖子两侧罩住，干活时一闪一闪，像电影中日本兵的"帽垂布"。

原堆的"毛粮"，一簸箕一簸箕，在扇车的呼啸中，变成光溜溜的"精粮"。

一场粮食至少要扇三遍，一遍一遍扇下来，跟用砂淘洗过一样。抓一把哗地撒到地上，像豆子国举行撵兔比赛，你追我逐。

入夜，禾场上一根临时竖立的杆子，把夜幕高高挑起，挑着一盏几百瓦的电灯，飞虫叮叮地扑向灯泡。白天打下的新粮，堆在灯光最明亮处，堆在一双双眼中，金山一样流光溢彩。

从地里收割回来的人，排成长队等待着，是禾场上人最多的时候，也是每个人最安静的时候，该有的热闹都融入静中。电灯被风撩逗时，静如水面的地面漂动起来，漂着长长短短的身影。有的影子搭到空场边的庄稼垛上，有的甚至搭到禾场的墙外面。都把嘴囚了，更多时候拿眼说话，即使脸隐在黑暗中，眼睛也是灼亮的，相互灼一眼，便心领神会。

像场把式碾场时一样，扇车安闲地蹲在那里，看着它淘洗过的粮堆与屏声静气的人。一个红色的磅秤守候在粮堆边，负责过秤的队长伏在秤梁上。分粮开始后，挨个儿上前撑开口袋，由撮粮的往口袋里装粮，然后拎到磅秤上过秤。队长头勾了，瞄着秤梁下面的标尺，小心地拨拉游砣。如果标尺啪地头翘起来，就叫撮粮的从口袋里往出掫粮，如果标尺头还耷拉着，就叫撮粮的往口袋里添粮。需要加码时，从秤梁的耳朵上摘个增砣，在手中抛个跟斗，加挂到挂钩上。

一家的称好了，队长回头跟会计唱道：

×××，四口半人，四五二百，再加半口，合计二百二十五。

会计端坐在一张课桌后面，再拿算盘复核一遍：

×××，四口半人，四五二百，再加半口，合计二百二十五。

谁分粮谁早站在一旁，看着算盘珠子上下翻飞，会计复核罢入账了，便将早准备的一口气，堵在章或指头上，从印泥盒里蘸足印泥，在账簿上盖章或撇手印。会计说"好嘞"，队长便喊"下一家"。

禾场上积聚的欢笑，随着人们一起走出禾场，禾场的栅门像扒开的水口，分头流向渠一样的大街小巷。黑乎乎的街面，浮现粼粼的光，背着满袋新粮，脚下一踩一个旋涡子。

院门吱吱呀呀响起，然后哐里哐当闩上。把欢笑关进夜气虚浮的院子，关进墙根下迫不及待的粮缸中，直到与罩着晕圈的灯一起熄灭。因分粮忘记的一天的劳累，从浑身的骨缝钻出，把入梦的欢笑包裹，被鼾声煮面疙瘩一样煮了。沸腾的面疙瘩，撒着秋菠菜叶子，炝着"麻麻花"，香溢出新粮的味道。

那"新粮的味道"，像中午攀着阳光的炊烟，高过村庄上空的树头，高过拖着一根线的鸡声，直到瞭得见远山折叠的深处时，就软晃晃地脱落下来，从村里向村外弥漫开去。

刊于《青年文学》2023年第6期

我寄愁心与明月

杜卫东

一

寅虎之尾，日子有些悲凉。刚进11月，就有青鸟破窗而入，带给我一个沉痛的消息：程树榛老师走了。

虽然有心理准备，依然无法面对。祝福和岁月连在一起，总是渴望奇迹发生。可是，奇迹每每是一声无奈的叹息，有几次能在现实中盛开呢？

程老师退休后，我每年春节去看望老人。他一米八几的大个儿，身材魁梧，仪表堂堂，即使患上重度肾病，也未见明显的衰老和病容。后来，他的头发全白了，像一层皑皑的霜雪，梳理得仍一丝不苟；再配上那一副黑边眼镜，气宇轩昂，自带气场，很有一股风流雅士的范儿。每次进门，程老师都会亲切地叫一声"卫东"，招呼我在沙发上坐下，然后，天南地北、文坛内外，聊上个把时辰。他是一个心地纯净的人，总是以宽仁对待生活。这么多年，我从未听他在背后说过任何人坏话，唯一一次是"诟病"柳萌先生："这老兄，胆子大，管不住嘴。"那一刻，他脸上的笑容矜持而清澈，一道道笑纹全被善意填平。每每这时，程老师的老伴就静静坐在一边，含笑注视着我们，时而插句话，声音很轻，像是呢喃的燕语，让你觉得仿佛被春天包围。起身告辞时，程老师会指着地上的纸箱，感慨地说，卫东真是有心，知道我爱吃石榴。我便一笑，打趣道，我还知道您爱吃鲈鱼，只是不好带。2013年底我退休后，成了冬天飞到三亚的候鸟一族，每年春节会给程老师寄几罐海南咖啡，地方土产，不值钱。不过，秀才情意半张纸，真正的友谊从来素面朝天，再轻薄的礼品只要传递的是真情和牵挂，也会被精心收藏。

新冠疫情暴发前，收到程老师短信，问我最近忙什么。忽然醒悟，因为春节不在北京过，有两年没有登门了，便和妻买了石榴去看他。没想到，印象中气宇轩昂的程老师不见了，取而代之的是一位连眉毛都已经花白的耄耋老人。他腰弯背驼，一脸病容，目光不再清澈，说话也有些中气不足。岁月真是无情，风流偶傥与菊老荷枯，只在转身之间；流年似水，留不住曾经的意兴盎然。告辞时，程老师执意送我和妻到电梯，怎么拦也拦不住。电梯关门的一瞬间，程老师佝偻着身子，扶着墙，挥手向我们告别，目光中满是留恋，笑容也有些凄凉；昔日一丝不苟的银发，在楼道昏黄的灯光映照下，像一蓬荒野中的枯草。顿时，一股酸楚涌上心头。走出电梯，我的心情像是灰暗的天空，有点抑郁，对妻感叹道，两年不见，程老师真的是老了。后来疫情暴发，大家困居斗室，没了见面的机会。我一直在默默为程老师祈福，万万没有想到，那一次告别，竟成了他留给我的最后身影。

程鬓眉是程老师的女儿，中国青年出版社资深编辑，一位很优秀的散文家。她从作家杨晓升那里要了我的联系方式，微信我："卫东兄，知道你对爸爸最好，因为当时忙乱，没有你的电话，爸爸的手机我又不敢打开。对不起，没有在第一时间联系到你。"

鬓眉还说："回家看望父母，时常谈起你。你对父亲的好，他知道母亲知道我知道上帝知道，我无法言谢。父亲在天之灵会佑护你，鬓眉泣谢！"

真是惭愧。程老师是我生命中的贵人。何为贵人？就是眼光和格局远超于你，可以给你全新信息，并改写你的人生轨迹。从这个角度说，遇到程老师，真是人生之幸。佛说，前世五百次回眸，换来今生的擦肩一过；那么今生的相识相知，该是在菩提树下乞求多少年的结果？我珍惜和程老师的相遇，因为那一次相遇，收藏了生活中太多的感动。相对于他对我的帮助和提携，我对老人的一点点关心何足挂齿？

我回复鬔眉："程老师对我有知遇之恩，他的仙逝，让我有失去家人之痛。"

这确是我的肺腑之言。人生中，有些相遇如风过长空，有些相遇却刻骨铭心。故人已去，如果他曾走入你的内心，相遇也会成为一种"劫难"。因为不知什么时候，他会像逝去的亲人一样，走进你的梦境，和你攀谈、倾诉，你一旦上前与之相拥，他已化作一朵彩云飘然而去，伤感和失落就会像潮水一般涌来，让你的心立马变成一座孤岛。

鬔眉还告诉了我一个"秘密"："卫东兄，每年收到你寄的咖啡，爸爸都很高兴。本来，医生不让他喝咖啡，可是我回去看他时，就会和他偷偷喝一点。爸爸一边喝，一边会很欣慰地说，这是卫东从海南寄给我的咖啡。"

我能想象出程老师的样子。他的目光肯定是柔和的，柔和得像早春的朝阳；嘴角呢，挂着浅浅的微笑 —— 那笑容我太熟悉了，每次相聚，他都会绽放这样的笑容，温暖而又略显矜持。我不知道他不能喝咖啡，他也没有和我说过不能喝咖啡。所以没说，是因为他知道，咖啡里装的是我对他的牵挂与祝福。

泪水，一下盈满眼眶。

二

忘不了，1996年那个枫叶渐红的秋日。

亚运村的一家小饭馆里，我和柳萌先生坐在靠里的一张方桌前，向门口眺望。门帘一挑，一位男子侧身进来。他五六十岁，身材高大，目光平视，一头乌发打理得有板有形。见到柳萌招手，脸上露出微笑；一抹夕阳正好透过窗棂照在他的身上，仿佛为他的笑镀了一层金。那是令我一生难忘的微笑，非心地清澈的人难以绽放。之前，我没有见过程老师，这次还是柳萌先生做东，请我和他见面，推荐我到《人民文学》杂志社任二编室主任。我本来有些犹豫和志忐，是那一抹微笑让我产生了一种预感：我今后的人生，或许会与这位壮年男子发生某种交集。生活中有太多的不确定，茫茫人海，浮华世界，多少人与命运擦肩而过？而你的人生能在某一个紧要处停留甚至转向，背后肯定有着某种机缘。

果然，小聚后第二天，我接到柳萌先生电话，语气中充满欢乐，像是窗外飘飞的蒲公英："卫东，老程对你很满意。他和社里其他领导沟通了，可以马上办理调动手续。"

这次调动，柳萌先生比我还要上心。他不愿意我总是飘在体制外，希望我回归文学，有一个比较稳定的人生归宿。我对级别、编制、待遇历来看得不是很重。在中国青年出版社，我曾是最年轻的副处级干部，可是当工作和内心的意愿发生冲撞时，还是毅然选择了离开。后来工作的杂志社虽然没有正式编制，无法解决级别和职称，不过，我的办刊理念可以得到充分体现，刊物又正处在爬坡阶段，犹豫再三，还是不想动了。

次日，柳萌先生来到我的办公室。听了我的决定，他咂咂嘴，摇摇头，一脸惋惜地走了。

程老师的反应要比柳萌先生激烈，他打电话给我，说调我是经过慎重考虑的，问我的决定是否草率了；《人民文学》有国刊之誉，不是谁想来就能来的——言外之意，有点责我不识抬举的意思。言辞有点生硬，但诚意满满，我明白，他这是器重我。他本来无需打来这个电话，我不去，多大点儿个事，悠然一笑而已。可是，他不但立马打来电话，还苦口婆心地说了近半个小时。真的，天空因为有了云朵才美丽，生活也因为有了这一份真诚才值得珍惜。

原以为事情过去了。不过是人生路口的一个短暂逗留，如同一条小河，打了个旋儿，依然按既定的河道流走。不承想，就在我把此事完全淡忘的时候，意外接到程老师电话，告诉我，中国作家协会要向全社会公开招聘副局级管理人员，其中有一个《人民文学》副社长的职位，希望我能应聘。他的语气透着兴奋，像是一瓢水浇在生石灰上，嗞嗞冒起热气："卫东啊，这次机会难得，应聘成功就会破格提拔。我们都期待你能顺利通过！"

几天后，程老师又打来电话，劈头就问："我看了应聘名单，怎么没有你？"

我有些歉然。因为，我没有报名。我内心对这种招聘方式有点抗拒；另外，我所在的杂志邮局订数上涨了好几倍，其中有我的付出，一下离开，也心有不舍。

后来的结局峰回路转：程老师找到柳萌先生，请示党组，对我采取了另一种考核方式，即作协领导和招聘小组成员约我单独谈话。跟我谈话的有陈昌本、郑伯农、张胜友等，在作家协会的一个小会议室里，问了问我的人生经历，让我谈了谈办刊理念，气氛轻松而随意。

今天，站在古稀之年的门槛上回望当年，真是感慨良多。那时，虽步入中年，却仍然青涩未褪，张狂而不自省。生活不易，何必要让你敬重的人为难？心若淡定，风过便是万里晴空。那次招聘，我是唯一一个由副处直接提拔为副局的应聘者。接过《人民文学》副社长聘书的那一天，成了我人生的高光时刻。这背后，是作协党组的信任；当然，离不开程老师和柳萌先生的鼎力举荐。生命的意义，在于一生中会经历许多不同的风景；每一次难得的相遇，都是一份生活的珍贵馈赠。红颜暗老，生命之树会逐渐凋零，留在枝头的是不舍、难忘和遗憾，而其中最饱满的果实，应该是感恩。

感恩是一束炬火，能点燃我们的来路，照亮人生的归途。

三

程老师是任职时间最长的《人民文学》主编。

这之前，他是黑龙江省作家协会主席，在文学创作上硕果累累，报告文学《励精图治》曾获全国优秀报告文学奖，长篇小说《钢铁巨人》是工业题材的扛鼎之作，还拍成了电影。诗人华静得知我和程老师的关系，很是激动，说她就是读了草明的《乘风破浪》和程树榛的《钢铁巨人》才走上文学道路的。她迫不及待地让我领她去见心中的偶像，我自然乐意。听了华静表达的仰慕，程老师并没有表现出我预想中的兴奋，点头微微一笑，云淡风轻，心如止水。随着接触的加深，我感到程老师确是一个宁静淡泊的人。鬓眉说，幼时留给她最深的印象，是父亲伏案写作的背影，还有就是家里门庭若市的场景，电影厂、出版社、报刊社约稿的编辑络绎不绝。我相信此言不虚，否则，他也不会被调进京出任国刊主编，而且，一干就是十五年。可是相交二十多年，我很少听到程老师谈及以往的辉煌时刻，即便我偶尔问及他的作品被人剽窃改编成电视剧，而他并未诉诸公堂讨回公道的事，程老师也淡然一笑，说，我哪有那么多时间在这种无聊的事情上纠缠？"也笑长安名利处，红尘半是马蹄翻"，所幸，名利场上也有程老师这样的人，去留无意，荣辱不惊，痴心文学，甘守清贫，正所谓："谁知将相王侯外，别有优游快活人。"

印象中，程老师一上班，如果不开会布置工作，就会静静地坐在主编室审稿，饮一盏清茶，拥半室阳光。偶尔出来到各部门走走，也是挺直腰板，目光平视，一副不苟言笑状。有胆儿大的下属——比如李玲修和杨芸大姐，会和他开个玩笑，说他抠，从来不请大家吃饭。他也不急不恼，一般会报之以微笑，然后一个转身，潇洒离去。

最初走近程老师，他给我的感觉就是这样：刻板，严肃，有点不怒自威。

其实，程老师的文学观念一点也不刻板，待人更是非常热情，只是像蛰伏的火山，不轻易喷发而已。1996年夏的一天，我接到柳萌先生电话，问我是不是给《人民文学》写东西了。那之前，我刚刚送审了一篇反映艾滋病现状的报告文学《世纪之泣》，有近七万字，正担心题材敏感，不知能否顺利通过终审。其时，我尚未调入作协，听人说起《人民文学》主编，感觉那是一个比较刻板的人，心中不免忐忑。忽然听柳萌先生提及，有些惊诧，忙问，您怎么知道？柳萌先生哈哈一笑，话语中充溢着喜悦："今天上午在作协开会，遇到老程，他主动说起的。他对作品很认可，已经发稿。"我听了，如释重负。后来，这部作品被《中华文学选刊》选发，《南方周末》每期用半版篇幅连载了半年，还获得了《人民文学》报告文学奖。

程老师的热情与真诚，我在1997年调入《人民文学》后感受尤深。

2004年，我完成了第一部长篇小说《右边一步是地狱》（又名《吐火女神》）。犹豫再三，决定请程老师作序，多少有一点挟名人以自重的心思。程老师欣然允诺，很快写来一篇热情洋溢的序言——《一篇厚重的现实主义力作》，对初次涉足长篇小说创作的我给予了热情的肯定与鼓励。之后的一天，我们同乘一辆车参加一个会议。路上，他主动和我说起，写长篇有两个审美的表现手法不能忽略：一是闲笔——所谓闲笔，是指表面与正事无关，实则与主题、人物、情节有着内在逻辑联系的生活片段，闲笔不闲，它可以拓展作品的思想疆域，深化作品主题，帮助作家完成作品的人物造型；二是景物描写，他说，现在一些作家忽略景物描写，事实上，古今中外的文学名著都会在景物描写上着力，它既可以对作品的时代背景和社会环境进行烘托，也有助于推动叙事，挖掘人物的内心世界……

那一路，我们谈得很尽兴。我面对的仿佛不是长我二十岁的师长，而是可以敞开心扉、无所不谈的挚友。日月交替，过往成空，我和程老师的每一次交往，都会留在我梦中最温馨的角落，如花盛开。

2014年的一天，退休多年的程老师突然打来电话。尽管隔着电话，仍可以想象出他的兴奋，每一句话都像一串欢快的音符，在真情的五线谱上跳跃："卫东呀，我读了你发表在《中国作家》上的长篇小说《江河水》，写得好，写得真是好！"我有些发蒙："七十万字啊，您居然看完了？"当时他已年近八十，身患重病，每个礼拜要做三次透析，怎么能读完一部这么长的纸版小说？接下来，程老师对小说的人物和情节如数家珍，我才确信他并非虚言客套。尽管受之有愧，很是汗颜，但这一份对后进的提携之情，怎一个"谢"字了得！他听说小说的单行本已经三校，忙问，谁写的序言？我回答，时间仓促，没有请人作序。程老师又说，卫东，我来写这篇序言吧！感慨良多，不吐不快。我本有此意，只是不忍心拿一部这么长的作品去叨扰一位重病中的老人。

既然程老师主动提出，我忙通知责任编辑简以宁女士，设法在目录前留出六个空页。小简有些为难，说马上开机，问我要等几天。我想了想说，一周吧。以程老师的身体状况，我估计不会一挥而就。谁知第二天下午，程老师就打来电话，说序言已经写好。一开篇，他的喜悦之情就溢于言表："就在近日，我极为高兴地读到卫东发表在《中国作家》上的新作《江河水》（杜卫东、周新京著），与上一部作品《右边一步是地狱》（又名《吐火女神》）整整相隔十年。十年磨一剑，卫东此次确实出手不凡。我几乎是一口气读完了这部洋洋七十余万言的长篇小说，喜悦之情难以抑制，马上向他打电话表达了我的阅读感受，很高兴他这一次剑出偏锋，为当下良莠纷杂的文坛，贡献了一部与众不同的厚重之作。"他还敏锐地指出，这部小说极具影视剧的美学元素。果然，有影视制作公司很快买断小说版权，并由我执笔把它改编成了四十集同名电视剧，作为广电部纪念改革开放四十周年重点剧目，在江苏卫视播出。有人说，人生就像考古，只要不断地探索和寻觅，就会有意外和惊喜出现。人和人之间亦是如此，只要以心相待，也会有意外和惊喜在路边守候。

2021年，我出版了第三部长篇小说《山河无恙》，同样在《中国作家》首发。程老师重病中打来电话，又是一番勉励，让我既惭愧又感到温暖。听说作品的改编权已被影视公司买断，他由衷地高兴并表示祝贺。文学是一场艰辛的跋涉，你的努力，始终被一双睿智而温暖的目光关注，作为一个文学写作者，何其有幸！我本想请他为小说单行本作序，但想到疫情前和妻看望他时，老人一副病骨支离的样子，终未开口。还是程老师主动问起小说出版的事，我不忍再劳烦他，就推说单行本已经付印。老人听了略显遗憾："我的精力已经大不如前，你的小说刚刚才看完。"说完，一声叹息。那是一个人面对人生暮年的感慨，有无奈，有牵挂，更有深深的眷恋。岁月就是这样残酷，春花秋月，几经轮回，十指紧扣，谁也留不住似水人生。

想起一件往事。程老师退休后参加过一次《人民文学》组织的采风。游览贵州凤凰山的时候，我们相伴而行。置身于如画的风景中，他兴致盎然，一路不停地和我谈古论今，说起文人间的友谊，还吟诵了一首绝句："杨花落尽子规啼，闻道龙标过五溪。我寄愁心与明月，随君直到夜郎西。"我知道，这是李白得知王昌龄被贬龙标尉而作的一首送别诗。前两句渲染了环境、气氛的暗淡与凄楚，表达了对诗友远谪的关切和同情；后两句则直抒胸臆：我把忧愁的思念寄托给皎洁的月亮，希望它能随风一起陪你到夜郎的西边。这个"夜郎"在今天的贵州东部还是湖南西部，尚有争议。估计程老师是来到贵州，触景生情，想起了这首名作。当年，王昌龄被贬边地，有挚友为他赋诗送行；今天，您魂归仙山，我望着当空一轮皓月，借用诗仙的诗句表达心中的不舍，希望它能把我的思念，随风一起捎给天堂中的您。

行文至此，窗外传来一阵噼噼啪啪的爆竹声。不知不觉，兔年的春节来了。

程老师辞世于寅虎之尾，算起来已有两个多月。特别令人心痛的是，老伴一个月后也随他而去。携手走过一个多甲子的老夫妻，同声若鼓瑟，合韵似鸣琴，终是不忍别离，化作了天堂中的一对比翼鸟。"流光容易把人抛，红了樱桃，绿了芭蕉。"其实，最让人伤感的事情莫过于——风景依旧，却不见了一同寻春的人。

今年的咖啡已经买好，只是不知道，天堂可有地址签收？

刊于《文学自由谈》2023年第2期

暮 事

谢宗玉

五十刚过，我在故乡向阳的山岗，栽了一棵松树。百年后那捧骨灰，就埋在树下吧。

裸埋。要不了几年，里面的钙、磷、碳，就会被吸收。然后树就是我，我就是树。凭借此树，我可以立在矮岗，岁岁年年，东望丘陵，西望溪泉，南望原野，北望群山。

最初，我打算栽一棵稍好的树，可被人劝住了。这些年，故乡佳木，多被剪枝挖蔸，移栽到了城里。有那么一些家伙，专干这营生，翻山越野，走乡串村，寻找名木佳树，看中就挖。全然不管这树与他有没关系。反正很多村子，只有几个老人守着。就算有人要把一座山移走，他们也不会出来打探。对方越是明目张胆，昏聩的他们越会觉得名正言顺。等打工的儿孙返回故乡，问及村事，往往一问三摇头，仿佛一年到头，他们也不曾住在村庄。

若栽名树，可能没等我去世，树就被人挖走了。这还算好的。不好的，是我葬下了，树的根干枝，跟我已有了很深关联，这时再被人移走，或站在城市的马路边吸尘，或站在陌生的院落里思乡，那才难受呢。虽然那时我可能没什么感觉。可现在的我有感觉呀，我不愿浸透我因子的树，活成那样子。我就想它与故乡别的草木无所事事地站在矮岗，承接天风野雨。

树栽好后，很多天我都神清气爽。也可以说是气定神闲。尘世间，那些令人生厌的累赘与琐碎，似乎在看不见的地方，灰飞烟灭了。很多困于生的不好情绪和意念，也消失不见了。

之后，我又做了两件事，心身就更为安宁了。

一是交代后事。也不是正儿八经的那种，怕吓着儿子。只是餐前漫不经心的闲聊。我死之后，不要折腾什么追悼会。受作家之名所累，这几年，我没少写悼词，因与死者生前不熟，悼词不免写得大同小异。往往拿上一人的悼词，稍微修改，就变成了下一人的。一份程式化的功绩，一腔虚头巴脑的抒情。正是这种悼词，反而证明了人生的可笑与虚无，一点意思都没有。

这个年纪，正是父辈们离世高峰。刚开始，还会认真对待。话说有位作家，英年早逝，生前只与他通过一回电话，我却跑去参加人家葬礼。知道的人，说我礼信好，可其实我不是一个很在乎虚礼的人。我去送他，大概只是出于对死亡的敬畏。

葬礼参加多了，心中的异样感也就没有了，死亡变得平常起来。跟吃饭睡觉一样，能不平常吗？一出生，我们就在一天天消亡。少年时尚还懵懂，过了中年，身体里藏着的时光，就如飕飕而过的穿堂风。难怪圣人感叹：逝者如斯夫。

若是瓜熟蒂落的那种离世，就连最亲的人，心情都不会有多少起伏。他们从容接待来宾，说一些嘘寒问暖的闲话。偶尔唇角展笑，外客也不会觉得失礼。若没有哀乐环绕，催生浅浅悲戚，一场葬礼同一场聚会没多少区别。

葬礼结束，人们摘下胸前白花，彼此大声而热情地招呼起来，尘世勃勃生机，顿时扑进追思厅，把弥漫的悲情一下子冲散了。从殡仪馆到停车场，一路都是高谈阔论的人们。大家表情生动，精神饱满，充满了生趣和活力。约饭、约牌、谈生意、聊八卦、扯工作，不在话下。就像刚参加一场婚宴或寿宴出来。

农村的葬礼，还喜欢搬个音箱，唱上几天几夜，有的比婚礼还喜庆，《好日子》《好运来》《美丽的心情》《红红的日子》轮番播放，女歌手声音甜得像蜜，挠得人心又暖又痒。音量又大，七里八里的村庄都听得到，把葬礼搞得像过大年一样热闹。

生前我都不喜欢聚会，死后又哪会喜欢这些？徐志摩说，悄悄是别离的笙箫。深合我意。再说了，无论化妆师怎么涂脂抹粉，都遮不住遗容的死气和衰败，我才不想让人看到呢。

白布一遮，送入焚炉，尘归尘，土归土，多简洁。炉火熊熊时，血脉相连的家人站在一旁，注目凝神，漫思过往，对死者和生者来说，才是最妥帖的慰藉。葬礼的主调，是清冷，是肃穆，喧哗不是。

再是处理藏书。年轻时买好多书，炫耀式地买，仿佛书多就表示学问深。每次来客望着四壁图书，一脸惊叹的样子，就觉得特虚荣。后来发觉，记住了的，才是学问。记不住的，书放在家里跟放在图书馆，没有区别。到了这个年纪，有时甚至连读过的与没读过的，都分不清了。记忆就像流沙，无论握得多紧，最后都会一一从指缝中漏掉。凡夫俗子，脑容量本来就不大，还漏得这么快。有什么办法呢，我已经配不上拥有这么多书了。

趁家里二次装修，我把它们全捐给了文学院图书馆。我相信放在那里，比放在家里好。要不然这一堆书，以后会让儿子犯难呢。我见过好几个老作家生前当成宝贝的藏书，死后全让儿孙论斤贱卖了。

我从小就培养儿子的人文素养，可有什么用呢。最后他还是成了一名纯粹的理科生，对着满壁图书，正眼都不看一下。一台电脑似乎就可以让他沉醉一生。这个社会变化太快了。

那么隔代馈赠，将图书留给未来孙子好不好？

还是算了吧，等孙子长大，社会又会发展到哪一步，谁知道呢。他真要喜欢读书，自己选购就是，反正现在图书并不贵。何况那时候，纸质图书，还有人看吗？真值得怀疑。

还记得文章第一次被刊登时的情景，拿着样书，反复看，反复读，仿佛能读出花来。待发表文章成为常态，也就没多少兴奋感了。现在样刊寄来，连拆封的兴趣都没有。也不知这是怎么了？少年时立志要做作家，真成作家了，却没有多少荣誉感。

这些年，文章一篇一篇地发，书一本一本地出，样书、样刊和样报，存了满满两柜子。敝帚自珍，没有与藏书一起捐赠，现在倒不知要如何处理了。

据说卡夫卡、爱因斯坦、华生等人，去世前烧了不少作品，疑是不自信，怕影响身后名，所以要把未出版的作品焚毁掉。我就不东施效颦了。这点东西，就交由儿孙处理。如果能留几册，传下去，以示祖辈中曾有一个写文章的，当然好。如果不想，就全送垃圾站吧。

想想真是可笑，年少自负，以为再过一百年，我的书仍有读者。人家还能从书中，复原我翩翩佳公子的模样。现在才知自己想多了。我人还没死，书就失去了再版机会，而书一旦没有了新读者，就意味着死亡。

都说艺术家越老越香。有一天我蓦然回首，发觉那个曾藏身的文坛，不知什么时候，离自己已如此遥远。更让我吃惊的是，对这种状态，我竟安之若素。大概是看清了这急流飞瀑的时代吧？江山代有才人出，各领风骚三五年，有什么好失落的。只有个别文坛遗老，才会恋栈昔日荣光，死死抓住话语权不放，在门可罗雀的心灵广场，一个人张灯结彩，自说自话。

后事安排好了，心意就畅达了，再不缩手缩脚、忧谗畏讥，也知道"从心所欲不逾矩"是一个什么状态。以前没有说过的话，想着没大错，现在说几句也无所谓。以前没有做过的事，想着无大碍，现在做几件也不在意。一辈子波平浪静，晚年真要起点波澜，也不是不可接受，无非多一种体验罢了，真要受不了，大不了把离世时间提前。总不能比年少时活得更小心翼翼吧？

消极吗？一点都不。内心通透了，日子反而过敞亮了。既然余生不多，每个日子都很珍贵，就再不会为不值当的事物伤神，再不会为不相干的人懊恼。身外物，该弃的已弃，该放的已放。钱财名利，皆为虚妄。人生就像一场秋收，将所有日子颗粒归仓，就算完整了。人生也像一场交响乐，序幕清朗，高潮激越，结尾平和。等最后一个音符弹出，尘事种种，全部清零。

从这点来说，我不太赞同"老骥伏枥，志在千里"的说法。临到老了，还去攻城略地，势如卷席，自以为还能向天再借五百年，谁知大限说到就到，就如电影里蝎子王的亡灵大军，看着气势汹汹，转眼就化作了风烟雾尘。

生不掌握在自己手中，已属无奈。死就得稳妥谋划，完美收官。绝不能如高潮时崩断的琴弦，如迁徙时忽坠的飞雁，如交战时断裂的利剑。来世一遭，不留尾巴和挂碍，才是对此生最好的致敬。

刊于《散文》2023 年第 10 期

爱的尽头是星辰大海

—— 怀念我的父亲程树榛和母亲郭晓岚

程蕙眉

今天，2023年10月30日，是爸爸去世周年的祭日。

2022年10月30日，我和先生以及妹妹妹夫守在爸爸的病床前，我握着爸爸的手，突然听见医生妹夫的耳语："姐，爸走了。"看到屏幕上心电图似是而非的一条线，我竟茫然不知所顾。然后抬来一个棺椁，爸爸被放进去，依然是做梦的感觉。回家告诉妈妈，妈妈竟然也是一副无知无觉的样子，我们好像都掉进了懵懂的漩涡，不哭不喊也不说话，房间里阒寂得可怕。就这样一天又一天，直到第二个死亡之日到来 —— 12月15日，新冠阳性的我和妈妈下午通了一个视频电话，说好第二天有床位了送她去住院，但是妈妈没能熬过那个晚上。我抱着她微温的身体，不相信她已经死了，我甚至粗暴地扒开她的眼皮，一次次呼唤，但是死亡是不会有回应的。

前后相隔47天，爸爸妈妈突然都没了，这是玩笑吗？我的眼泪好像被这个玩笑埋葬了，堵得流不出来。那段被死亡逼到墙角的日子，刻进了肉里。前后两次走进相同的火葬场，重复一模一样的流程，一次又一次摸到爸爸妈妈热乎乎的骨灰，我不知道这是真还是假。那两刻我只想抱着他们逃离火葬场，快快回家。

第一次是我抱着爸爸的骨灰盒回家，一路上我把脸贴着他，轻轻说："爸，现在已经到了二环上，今天天气很好呵，我们很快就到家了，妈妈等着你呢。"

第二次是妹妹抱着妈妈，我不敢回头看妹妹满是泪水的脸，而家里已经没有人在等待了。一进家门我和妹妹心照不宣地同时把两个骨灰盒并排放在爸爸妈妈卧室，在熟悉而空寞的床前，跪了下去。

不知过了多久，我们拉好窗帘，像以往离开前那样大声说："爸、妈，走了啊，下礼拜来看你们！"父母听力都不好，需要大声跟他们说话。最后一次送爸爸去住院那天下午，他坐在沙发上一贯的位置，安静地看着我，说："我走后，骨灰撒大海，如果妈妈愿意，我等她。"他的眼神纯净得像一个少年，父亲的眼睫毛很长，充满深情和眷恋。

坐在旁边的妈妈，一向听力不好的妈妈，似乎完全听见了，她会意地点点头，用手抚了抚爸爸的手背。我知道他们之间并没有商量，但是他们之间有几十年的默契，在生死之际，他们必然有跨越日常的沟通天赋。

爸爸还说："不开追悼会，不搞遗体告别，一切从简。"

那一刻我绝望地看着爸爸妈妈向死的神情，突然悲从中来，感到自己的虚弱和无能。我说："爸，别瞎说，咱们很快就出院，妈等你回家呢！"但事实是，爸爸再也没有回来，他翻开的书，还扣在枕边。而我的妈妈，她终是等不及了，经过47天与命运的纠缠，果断地抛下我们去追爸爸了。

什么叫生死相随？这是我在人世间唯一的见证，我的妈妈是一个勇敢的女人，年轻时她像"十二月党人"的妻子那样，义无反顾追随爸爸到北大荒，如今耄耋之年，她又决绝洒脱地追他到死了。

爸爸离世当天，《人民文学》主编施战军就赶到家里看望妈妈，第二天中国作家协会和《人民文学》的领导都来到家中。他们都安慰妈妈，悼念爸爸。妈妈微笑着感谢大家，没有流泪，我以为她是坚强，实际上她好像一直沉浸在爸爸的生命里，已经不大理会她的悲伤了。

还记得敬泽关切地问我以后妈妈怎么办，我说我会接她到我家，事实上妈妈在我家没住多久，就请求我送她回自己的家。这是我最不能原谅自己的地方，我居然就送她回去了?！因为她说她想回去看看，看看她和爸爸的家，过几天就回来。我就信了她的话，很多衣服都没有给她带回去。我以为可以等她回来，但是这个曾经齐齐整整的家，一瞬间就人去楼空了。环顾每一个房间，都有他们走来走去的影子，如今这些影子，是连一角衣服都抓不住的虚妄。所有貌似虚妄的点点滴滴，唯有在回忆中寻找踪迹了——

爸爸程树榛1934年出生于江苏邳州，爸爸不幸，三岁丧父，祖母独自一人将他抚养长大，孤儿寡母，历尽世间艰辛。爸爸从小天资聪颖，兵荒马乱之中断断续续累计读书三四年，竟然以优异成绩考入当时的江苏省立徐州中学，成为家族的骄傲。他热爱文学，17岁就开始发表文学作品，他的目标是北大中文系，但是高考时正值新中国成立不久，百废待兴，国家亟需发展重工业，于是爸爸满怀激情报考了天津大学机械制造专业。

我的妈妈郭晓岚，原名郭凤梧，取义"梧桐树上落凤凰"。我的外祖父早年是杨虎城部队的一员，1937年1月，外祖父配合中共地下党组织，亲手将一台印刷机秘密运往延安，这是延安历史上第一台印刷机，而恰恰在这个时候，我妈妈出生，外祖父给这个小女儿取名"凤梧"，寄予了他对未来所有美好的期待。

当这个热爱古典诗词的花季少女遇到早慧的青年作家，该是怎样的喜悦——金风玉露一相逢，便胜却人间无数。爸爸妈妈就是这样互相爱慕，鱼传尺素，直到先后奔赴北大荒。

虽然学工，但是爸爸对文学的热情丝毫不减，大学实习时，他克制不住激情写下了长篇小说《大学时代》。这部手稿命运多舛，在动乱时期被抄走，幸运的是后来辗转重回到爸爸手中，就这样，他23岁时创作的长篇小说，23年之后才得以出版。爸爸大学毕业到了北大荒，那里正在建设我国重工业基地的"国宝"——第一重型机器厂，爸爸和那些建设者一起住窝棚，啃窝窝头，热火朝天地战斗在工地。作为技术人员，他有幸参与到我国第一台万吨水压机的制造中，并在25岁写出了大型话剧剧本《草原上的钢铁巨人》，此剧后在省里公演。后来他又将其改成长篇小说《钢铁巨人》，并被长春电影制片厂拍成电影公映。

改革开放时期，爸爸创作了描写改革者的报告文学《励精图治》，获得全国优秀报告文学奖，引起巨大反响。基于爸爸的创作成就，他被调入黑龙江省作家协会任主席，同时任黑龙江省文联副主席，还主编了大型文学期刊《东北作家》，这期间他被选为党的十三大代表。再后来，爸爸奉命调到北京，任《人民文学》杂志主编，在任15年。认真工作的同时，爸爸坚持创作，出版了《程树榛文集》十卷本，长篇小说《遥远的北方》《生活变奏曲》，中篇小说《假如生活欺骗了你》等，散文集《人间沧桑》以及自传《坎坷人生路》等。

作为我国当代工业文学的重要作家，爸爸从事文学事业70余年，发表小说、散文、诗歌、话剧、电影文学剧本等800多万字，荣获国家级及各类文学奖项数十次。中国作家协会在爸爸的讣告中说："程树榛同志是中国共产党优秀党员，我国当代著名作家、编辑家……程树榛同志襟怀坦白，宽人律己，工作勤勉，廉洁奉公，家风严谨，为人正直善良。他为中国文学事业鞠躬尽瘁，做出了杰出的贡献，他的品德赢得了大家的爱戴和尊敬。"

爸爸一向是谦虚的，听到这样的赞誉，我能想象出爸爸会摇着脑袋说："我做得远远不够。"

爸爸谦逊儒雅，待人和煦，丰富内敛，"君子如玉"是我从爸爸身上感受到的。为人一生，我几乎没听过他讲别人的坏话，他喜欢有才华的年轻人，但是非常严格地要求我们。他在任期间不允许我在《人民文学》上发表作品，以至于我对这个杂志又爱又恨。姐姐考入北大时，他写了一首诗《送长女赴北大兼示二女小女》："送女上北大，负笈入京城。临行拳拳意，嘱咐又叮咛。"他要我们第一品行端："立身要正直，立心应为公"；"二要学有成，苦练基本功"，"对师多尊重，对友应谦恭"。这首诗我一直心心念念，我相信姐姐妹妹也以此为家训了。

名叫凤梧的妈妈到了北大荒，爸爸将她的名字改为"郭晓岚"，让我联想到晨间的山岚，满是清新和美好。我想那个年代刚刚走入新生活的父母，一定是憧憬未来的。我的妈妈本是一个有才华的女人，她发表过诗歌、小说和报告文学，但是她被爸爸的光环遮挡了才华，只剩下美丽和贤惠了。大家看见我妈妈第一印象是：你妈妈真美啊！但是妈妈给予我们全家的，是她独特的善良与力量。当年的妈妈不知道北大荒有多冷，物质生活多么匮乏，贸然北上，她就像一只快乐的小鸟，跟着爸爸筑巢，孵卵。在天寒地冻的东北，那个看似娇弱的大小姐，变成一个女汉子。那时粮食都是凭票供应，为了让我们吃上大米，她骑车到附近的乡下用粗粮换大米，我们记忆中，大大的男式28型自行车，她瘦弱的身体骑上去，还要在后面驮一个沉重的粮食袋子。在特殊岁月里，由于爸爸受到不公正待遇，奶奶天天提心吊胆，爸爸也经常忧心忡忡，但是妈妈却相信光明一定会到来。无数个深夜，她陪伴爸爸畅想未来，我们看到妈妈那张清新明媚的脸，就不再悲伤。她和爸爸一起，带领这个家庭，渡过了一个又一个难关。

她有优雅超俗的美。小时候有一次我看见一个卖鱼的，就喊妈妈下楼买鱼，只见那个卖鱼的男人呆呆地看着一个方向，我一看，正是我妈来的方向。她穿了一件黑色高领毛衣，扎了一条白围裙，拿着一个盆来买鱼，她的美丽好像瞬间照亮了整个楼房，让周围的人注目，我想这是我最早的美的启蒙。

妈妈先在东北重型机械学院（现在的燕山大学前身）做学报编辑，后来在中国作家协会创联部工作。曾经有一个朋友告诉我，他在创联部看见一个美丽的女性在缝补沙发，后来知道这个人是我妈妈。我知道妈妈经常把办公室的沙发套不声不响拿回家里洗。妈妈的善良有目共睹，我们给她请的保姆，是来自西北贫困地区的姑娘，因为家里重男轻女没有上学的机会，妈妈就每天一笔一画教她写字、念书。渐渐地，姑娘已经能给家里写信了，妈妈倍感欣慰，但是识了字的姑娘像凤凰一样飞走了，妈妈也没有后悔，相反还替姑娘高兴。好心的姑娘又把自己不识字的妹妹送来帮忙，妈妈"重蹈覆辙"，又一次手把手教会了妹妹读书、写字，当这个妹妹也离开时，妈妈高高兴兴地送走了小姑娘，转身颤颤巍巍走进厨房。

爸爸走后，妈妈越发沉默。爸爸火化那天，我让妈妈给爸爸写一封信，并让妹妹拍照发我。当我看到妈妈的笔迹，再一次悲从中来，上面这样写道："程树榛，你在奈何桥上等我——郭晓岚。"

当时我根本没有意识到这其实是一句谶语啊，我单纯地以为妈妈太难过了。因为妈妈没有任何基础病，我以为我会陪她到100岁，但是此刻她好像冥冥之中已经知道自己的归期了。

奈何桥，是传说中人死后必须经过的界桥，走在奈何桥上，是一个人拥有今世记忆的最后时刻，一旦走过去，就无可奈何地进入了新的轮回，而这个轮回关卡在"七七"的最后一天，意味着人死后过了49天，就走过了奈何桥。当我看到妈妈在爸爸离世后的第47天死去，万分惊诧，按照这个逻辑，此时的爸爸还在奈何桥上，仅差两天他的灵魂就彻底告别此生了，而妈妈火化这天恰恰是爸爸"七七"的最后一天，一天也不差——我的妈妈终于在我的爸爸即将走过奈何桥的时候追上了，于是他们就在这奈何桥上相会了，他们配合得那么默契，简直是天衣无缝。

我还能说什么呢？我的脑海蓦然间冒出那首古诗："上邪，我欲与君相知，长命无绝衰。山无陵，江水为竭，冬雷震震，夏雨雪，天地合，乃敢与君绝。"我曾经嘲笑这首诗的简单直白，但是现在我怎么就觉得它唱得大气磅礴惊天动地呢？它分明就是在唱我的妈妈呀。

我们一家人，分别在国内、美国、德国和英国，自从我们给爸爸妈妈庆祝金婚之后，全家就再也没有团聚过。我们一直筹划着他们的钻石婚庆祝活动，所有在国外的孩子都将漂洋过海回来团圆，我们甚至都想好了举办哪些仪式，邀请哪些人来参加。然而三年疫情的阻隔，全家人再想欢聚一堂已是枉然。如今，当远嫁德国的姐姐跨洋归来，风尘仆仆奔赴到家，她看见的不再是爸爸妈妈笑意盈盈的脸，而是床上父母的两抔骨灰，可谓万里"孤坟"，无处话凄凉。

我们终于约好送爸爸妈妈去大海的时间了。当我们抱着父母的骨灰上路的那天，北京突然下起了大雨，好大的雨啊！爸爸妈妈，这是老天也难舍你们吗？我们的家在北京，但是你们却要汇入大海了，那种心痛和不舍是语言无法表达的。曾有亲友建议我们留一部分骨灰埋入土地，但是我们三姐妹商量好久，最后达成一致：完全依照父母的心愿。这是父母最好的归宿吧，在国外的孩子们都在大海边，无论是波罗的海，还是太平洋抑或大西洋，海海相连。爸爸妈妈，从此以后，凡是有海的地方，就有你们的存在，当孩子们想念时，就去海边走一走，其中哪一朵浪花是你们？大家一定都心有灵犀。

我的奶奶曾经告诉我，地上每死一个人，天上就多了一颗星星，所以，尽管我不生活在海边，但是我每天晚上都可以仰望星空，我也一样知道，哪两颗星星是你们。因为我们心意相连，所以我们彼此看见。爸爸妈妈，星空浩渺，大海无涯，我们之间这一世的爱，你们对于这个家族无私的奉献，那些精神财富，都将成为子子孙孙最好的遗产，镌刻在这星辰大海之中，早晚有一天，我们会再相聚。

2023年7月23日，永生难忘的一天，我们送爸爸妈妈到了大海上，除了我们三姐妹和我们的丈夫，还有我儿子和妹妹的女儿，陪伴我们的仅有几个至爱亲友。那一天，天空高远，海水碧蓝，我们把妈妈爸爸的骨灰缓缓放进海水深处，这时，突然有两只海鸥并排从海面上飞来，瞬间飞过我们头顶。儿子在我耳边轻轻说："妈妈，你看！"

是的，我看见了——爸爸妈妈，那是你们吗？

我在当天的微信朋友圈中写道：我最爱的父亲和母亲，在蓝天碧海中永眠了。亲爱的爸爸妈妈，陆地上虽然没有你们的墓志铭，但是你们在我们心中，是两座实实在在的丰碑，永远不会消失。

刊于《文艺报》2023年11月10日

我认识的贺友直先生

刘 芳

最喜欢和我的同事、漫画家郑辛遥老师相约在巨鹿路了。2016年1月19日，春节前这次，约的又是阴雨天，辛遥老师撑着他的经典雨伞STICK不疾不徐走来，看见我两人会心一笑："买酒去！"我们就一起走进边上的烟酒专卖店，买几瓶石库门黑标黄酒。酒有点重，两个人分两袋拎，店员关照，当心纸袋脱底！我们回答：晓得，走走就两步路！

哦，你们去看对面弄堂贺先生！连店员都知道。是的，94岁的贺友直先生，每天还爱喝点小老酒，我们能拎着酒去见他的心情，真是无比愉悦。

那栋老房子的楼梯直而陡，抱着酒瓶和包，爬楼梯真有点腾不出手。楼梯嘎吱直响，贺先生早等在房门口，微笑着瞪圆眼睛佯怨道：你们两个人的手还可以再多拎点东西过来！

没啥东西，就是点老酒，刘芳买额，侬天天要切额！辛遥学宁波话调侃，贺先生被他的"小老弟"点中"穴位"，立即笑眯眯接受了。

坐定，贺先生的茶早就泡好，一人一杯，贺先生总坚持自己给我们端来。台子上，放着一沓稿纸，第一页写满，我心里大喜，有戏！

"我打电话叫你们来，是因为我想到一个题目给《夜光杯》，画说家乡年俗。我们宁波人过年，有一些与上海不同的风俗，而且现在有的习俗也不保留了，我想写几篇，你们看看可以（口伐）？"

贺先生一直对《夜光杯》的编辑非常尊重，他先后在《夜光杯》上开设过多个图文专栏，用一图一文的形式吸引了无数读者，他和我们《新民晚报·夜光杯副刊》有着非常深厚的感情。2015年5月，他新开设《城市边角》图文专栏时，也是请我和辛遥到他家商定认可后，再开始动笔的。《城市边角》结束后，我们一直想约贺先生再开一个新的专栏，这次看来动真格了。

我读到贺先生已经写好的"开栏的话"忍不住笑起来："交到报社，先骗骗编辑，再骗骗读者，希望二位别骂我。"文白如话，大味至简。把稿子递给辛遥读，他笑问贺先生，已经写好的两篇文字有了，画呢？

老先生幽默地指指脑袋，还没画呢，在脑子里！你们觉得好了，我就开始画。

我飞速计算，贺先生说《祭灶》那篇必须在农历小年见报，《做年糕》必须在祭灶前刊登，那么就是说，十天左右的时间老先生必须画好两幅画！然后根据老先生自己的排片表，到正月十四之前，起码还有三篇图文待写待画。贺先生毕竟九十有四，我不知该怎么启口催促……

我估计这时候，辛遥的"报人神经"也已启动，他劝贺先生："贺老，那你简单画画算了，场景不要太大！"贺先生一下子严肃起来："不行，比如祭灶，介许多菜介许多热闹，不能画简单了！"我突然发现贺先生眼眸里的那一抹深远和清亮，除了对艺术的追求，更多的是一个游子对家乡的念想……

我和辛遥对视一眼：不能催促，只能等待，这个农历新年，我们《夜光杯》要做好抢稿换版的准备了，不过为了贺先生，为了读者，一切都值得！

贺先生虽然不是报人，可非常有时间概念，总在临截稿前给焦灼的我们打来电话，告诉我们已经完成文配图的喜讯。连翻了三个版子之后我喘了口气，根据贺老的排片表，下面的文章没那么赶了，哪天发都行，我想贺老也可以稍微歇歇了。

小小年夜傍晚近六点，我开车在下班路上，贺老电话来了："刘芳啊，我刚刚画好《穿马灶》，还要拓一拓，侬明朝下午来拿好不好？"我惊得差点扔了方向盘："贺先生，你这篇是要啥时候发啊？""年初一见报！"贺老中气足得很。

不是原来说的从初一到十四都可以刊登吗？我脑子里飞快盘算，如果明天早上我去贺先生家取了画，初一的版面还是来得及请编辑重拼好送领导审签的。"贺先生，下午拿画晚了点，因为还要制图加制版送审，我上午来拿可以吗？""好的，你说几点？"我一咬牙，说九点半。贺先生一口答应，但我知道，这么冷的天，他今晚要开夜工替我拓画了，明天还要早早守候。

　　小年夜，我比约定的时间早到，不敢上楼惊扰，又去买了几瓶老酒，等到了时间才敢敲门，却发现楼下的大门居然早早为我开了。上得楼去隔着房间门就听到贺先生喉咙很响地在接电话："我嘛，就是这样子哦，年纪大了画勿好了！对啊最近就是在为《新民晚报·夜光杯》写啊，《夜光杯》约我稿，我画得动就一定再画下去！"我抿嘴偷笑，为了贺老这么骄傲的表白，我愿意再翻十个版！

　　贺老的《画说家乡年俗》专栏，在猴年新春的《夜光杯》上连续刊登了五组，亦图亦文，生动有趣，读者一片叫好。可是没想到，3月16日晚八时许，突然接到了贺老去世的消息，我有点发蒙。下意识打开手机，1月19日去贺老家取稿时无心拍摄的一段视频缓缓播放：贺先生正愉快地为我们题赠有他作品的2016年日记本，一笔一画有力地写"记事记好事，贺友直祝愿，二〇一六年一月，时年九十有五"。辛遥在一旁竖起大拇指："记事记好事，道地！"贺老听见，写到一半就带着孩童般的得意抬起头问："对（口伐）？"

　　我记得老手机里还有段音频，果然找到。那是2013年6月20日，我受贺老邀请，参加他的《走街穿巷忆旧事》新型地铁纪念书卡在地铁人民广场站广场举行的首发仪式时录的。贺先生一字一顿朗朗说："有人称我什么大家、大师，狗屁！我是个画家，靠一支笔吃饭的，现在跑到晚报去混稿费了……"真是至情至性、音容宛在，我瞬间泪崩。

　　贺先生在《夜光杯》上开辟过《图话大舞台·贺友直画自己》《老上海风情》《生活记趣》《走街穿巷忆旧事》《城市边角》《画说家乡年俗》等多个图文专栏，深受普通读者欢迎。那天在地铁人民广场站广场，91岁的贺先生在台上说，他的作品《走街穿巷》"大概是last，最后一个，明年还有没有我不知道，我的脑子里枯竭、没有了"。听了这话，坐在台下的我还真有点提心吊胆，后来才发现，贺先生是"逗你玩"呢，绝不是如他所说"就此stop（停止）"，他的脑海里一直盘旋着创作符合报纸传播规律的图文佳作。

2014年7月底，贺老欣喜地打来电话，他的海派风俗画《小小一碗面，浓浓邻里情》已全部完成，他将特意为读者配上石库门房屋的介绍文字，交由我们刊登。那个高温溽暑，92岁的贺先生一个人从巨鹿路安静的老房子里走下来，亲自把写好的稿件送到威海路报社。不巧我和辛遥都不在，老先生把文图托付给了绍波老师，在装文稿的大信封后面端端正正给我们留言，谦虚地说请我们审定，由我们删改。事后我们心疼地"责备"他为什么不让我们去取稿，他淡淡笑道：我也要出来锻炼锻炼身体啊！

每次去谈稿取稿，我发现贺先生都非常关心时事，他的创作紧密联系当下社会，嬉笑怒骂针砭时弊，但是又点到即止，不让我这个编辑有半点为难。2015年，贺先生还得意地给我和辛遥看过一组他画的回忆当年下乡体验生活的作品，人物栩栩如生，画面酣畅灵动，让人叫绝。"93岁还能画人物，证明我的气息还可以吧！"听到我们的赞叹，贺先生的大眼睛里，闪烁着少年般纯净的骄傲与天真。原本贺先生想配上文字在我们这里开专栏，但后来因为考虑画面太大等原因作罢。虽然没能刊登，但老先生源源不断的创作才情，让当初傻乎乎担心"会枯竭"的我，深深感受到他的幽默和睿智。

贺老如此高龄还能不断创作，我觉得很重要的原因是他有着超强的"照相式记忆"。专家们说照相式记忆多存在于婴幼儿时期，随着人的年龄增长逐渐被逻辑式记忆取代。但贺先生就是这样神奇地将照相式记忆保持到了耄耋。谈到《走街穿巷》一书，他曾谦虚地对我们说："当初不知道现在自己要吃这口饭，因此对见到的许多东西，没有仔细研究，所以我书里很多东西按上海人的说法是'捣糨糊'，你们不能推敲的，一推敲就毛病百出。"可后来我听说，摄影家曾经对照过十六铺地图老照片，发现贺老画的码头、房屋、布景的位置几乎分毫不差，可见记忆力之惊人。"搭得拢，记得牢"，是贺老几十年连环画创作总结出来的"六字真经"。2014年，贺老的《小小一碗面》见报后，我因为开稿费需要身份证号码打电话给他，正在斟酌如何开口请师母或他女儿帮忙，92岁的贺老一口气报出了自己18位数的身份证号，也让我小小见识了一把他的超强记忆。

我和辛遥常常约着早上去拜访贺老，每次贺老都妙语如珠、相谈甚欢。看得出来，贺老对我们是很欢迎的。可最后的两次，我和辛遥都看到了贺老垂泪。第一次聊到年幼时母亲早逝，贺老突然就变了声调，带着哭腔用手抹起眼泪，我一时无措不知该如何安慰，还是辛遥镇定，慢慢把话题岔开了。第二次是说起旧事，不知怎么他就说到当年给老友刘旦宅写大字报之事，贺先生突然激动得严厉批评自己，眼泪也跟着掉落。看过贺先生专栏的我们都知道，那一段是他绕不过的"心结"，谁也没法劝，只能等他自己平复。贺先生慢慢说，"文革"结束后他心里很痛苦，一直不敢见老朋友。直到有一次在一个画展门口，碰到刘旦宅先生的儿子，他过来很有礼貌地叫了一声"贺伯伯"，贺先生顿时泪流满面，知道刘先生早已原谅了自己。

我和辛遥屏住呼吸，默默听一个老人发自内心的真诚忏悔，因为隔着迢迢的岁月路途和人世变换，这份忏悔显得弥足珍贵，更让我们心生敬意。后来听朋友说，贺先生曾登门向刘旦宅道歉。

冥冥之中，频频回首自己的人生，便成了最后时刻贺先生和我们经常聊起的话题。有次他问我："刘芳侬是党员（口伐）？"辛遥在一旁笑了，人家可是学生党员哦！贺先生露出艳羡的神色说，他打过入党报告，可是没能成为一名共产党员。贺先生一生经历坎坷，遭遇了很多不平事，记得他曾经笑对我们说过：我贺友直碰到的这点事情，要是放在别人身上，估计跳楼都要跳好几次了！但贺先生生性豁达，他说退休了单位聚会，他总是穿西装戴领带，腰杆笔挺地带着老太婆去晃一圈——饭呢我们就不吃了，来给大家看看，我老汉过得蛮好！我和辛遥对视而笑，好有画面感的贺式风范！

可是，贺先生，你答应我的，还要再为《夜光杯》多写两篇：你说要写年幼时堂兄弟中了蒋介石发行的彩票大奖却抠门得一毛不拔的故事，要写家里的"好望角"（因为血糖关系师母规定你少吃点零食，所以家里零食有个"好望见的角落"，只看不吃）……这些故事都曾引得我哈哈大笑，可是六年后的今天想起你，我像六年前突然接到噩耗时一样，依旧只想哭只想哭啊。

长歌当哭，远望当归。如今再想听贺先生说他长长短短的人生故事已没有可能，唯有从他的作品之中感受他带给我们的人生暖意和前行力量。想起银发的贺师母半开玩笑说过的话：老头讲，读者在《夜光杯》上看到他的画，就说明他的人好着呢！唯一值得欣慰的是，贺先生最器重的《新民晚报·夜光杯》上，他创作的图文都会流传下去，不仅我们记得，贺先生的读者们都会记得……

贺先生，衷心祝愿您在天堂里还能神采飞扬地继续作画！

注：此文发表在2022年11月文汇出版社出版的《百年友直：贺友直先生纪念文集》中。

再也拉不到您的手

赵景文

妻子熬好粥，嘱我去请患了感冒的妈妈用餐。我来到妈房门外，先轻缓地喊她，没有动静；随后提高了一点声音，依然无应答。一种不祥之感袭上心头，我快步进入房里，看她一动不动，连续高声呼喊，同样没有回应。猝不及防的我连忙回身，叫来妻子和弟弟，那时我紧缩的心在想，亲人一起呼唤，兴许她会有感应，进而出现奇迹。可是，任凭儿女声声叫喊，她再无回声了。

妈妈是平躺着像睡熟了一样走的。连被子都盖得好好的，双手也平平放着，没有丝毫因身体不适而挣扎的迹象。那天是2021年12月29日，距离新年元旦钟声响起只差两天。我相信，妈妈自己也没有意识到从此再不醒来。就在早上起床时，我还调了一碗营养米糊，和妻子一起陪她坐着吃完，她才躺下继续休息。二十分钟后，她自己还主动与村医通了五分钟电话，告知病情已有好转。甚至，11点55分她还打电话给我妻子，提醒喂鸡喂猫事宜——此时距她停止呼吸，不到半个小时。她的枕边，好好放着手机，钥匙依然带在身，口袋里还备好要在当晚付给医生的中药钱。更主要的是，她没有给我们交代任何后事。

她闭着眼，是经年劬劳、过于疲惫而实在无力睁开的那种样子。等众人渐渐退去，我缓缓坐下，在床前一边拉着妈妈的手，一边帮她理理稀疏花白的头发。在泪水长流中我一回回起身亲吻她的额头，一遍遍看她的脸——虽艰辛备历，风雨沧桑，依然清秀、慈爱的面庞。只是，皮肤稍稍松弛了，渐渐暗淡了，而她在遇见好事时也常锁着的眉头，现在倒是舒展些了。从此，她那总在追随着我病体、充满慈爱的目光，也永远地消逝了。正常情况下，多数母亲临终时都会念及子女，可是，我的妈妈连"念"的权利都没来得及享有，便猝然而去，没有留下一句话。

这是我读书走出家乡后近四十年来，第一次仔细地、长时间地看自己的妈妈。只是，我拉着的手的温度在渐渐变凉，此时的她，已经感知不到儿子的椎心泣血了。现在，妈妈走了一年多，她去世时的面容仍时刻在我脑海里闪现。有时，我会痴痴地感到妈妈似乎没有死，甚至会隐隐地同样觉得，妈妈好像也不以为她就死了。特别是我一个人夜晚独处时，这样的感觉格外强烈。

三年前，我病情加重时回了一趟老家。妈妈心急如焚，却努力不在脸上表露。有那么一刻，久病的我浑身无力靠在沙发上，本能地、缓缓地伸出手，轻轻拉了妈妈的手。她明显感到了意外，随即抓紧我的手放声大哭。那时，我感到她心都在颤抖。记忆中，这是我成年后第一次拉妈妈的手。后来，邻居告诉我，在我拉手的第二天，天不亮妈妈就去找附近民间的医生。邻居看见她抄近路翻越山头往回赶时，有一段陡坡是她手拉着树枝让身体滑下来的，问她为何不走宽一点的大路，她只匆急地应道："要快点救我儿子！"我回城后，她在一个个黑夜里，是怎样坐卧不宁啊！当时，我只顾着自己的病，并未细想，儿子的病痛会在妈妈心上加多少倍呀。妈去世后，我长时间追问自己：作为儿子，我为什么自己病重时才想起去拉妈妈的手？我病有好转再回老家时，在妈妈生前，为何不拉着她的手去房后的山路上走走？还让我难以释怀的是，火化后我才想起，妈妈生前身后我两次拉她的手时，竟然都没有好好看看她的手如何粗糙，骨节怎样变形，布满多少厚茧。

妈妈去世时，嘴没有闭合。在这一刻，我也才留意到，她的下牙仅有七零八落的几颗 —— 之前，我老觉得妈妈吃饭慢，时不时催她吃快一点，菜凉了对胃不好，她也只是淡淡颔首，从没解释过什么。外观看，妈妈的上牙相对好一些，那是几年前，我妻子带着她去医院重置上的。之后，直到她去世前，我不曾再过问一次。我在想，假如我早早留意，拉着她去找医生把下牙也及时治疗处理好，那她的健康状况会不会因此更好一点点？我内心深处，是特别期望妈妈能多享几年福，想让她晚年活得更体面，更有尊荣，可惜，真是"子欲养而亲不待"，没有"以后"了。

小时候，我家境况不好，过年常买不起新衣服。给我印象深的是，每到年关，妈妈白天干农活劳累一天，晚上还要在油灯下赶着给儿女们缝制衣服。在暗暗灯光里，她以一针针、一线线，托举着我们成长。因生活困难，她除了日复一日种田耕地，还去山里摘松果卖籽。妈妈个子不高，身体瘦弱，我总见她在烈日下，背着沉重的松果，手里还拖着长于她身体三倍、用于摘果的竹竿钩镰。半年前的一个早晨，我在老家山路上缓缓步行，偶遇一位母亲背着刚掰下来的玉米从地里回来，走在她前面的不满4岁的孩子，见我是生人，转头跑回妈妈身边，一下拉紧她妈妈两个手指，怯怯地随着眼里含笑的妈妈从我身旁走过。我木木站在那里，不禁回想起小时候，妈妈带着我到山上拾野果卖的情景。那时，我走不稳或遇到沟坎，妈妈总是预先伸出拉我的手，我能想象，她那会儿的手该是多温暖。

七八岁时，我患淋巴结核。那年月治疗条件差，父母终日劳累也顾不了太多，就按医院处方买了注射液，让我自己每天到村卫生室打针。时间长了，打怕了，我皱皱眉头，半路上把注射液丢埋在水沟旁，自己还装作每天去过卫生室的样子。妈妈发现后，一手拉上我，不，是生气地拽着，另一只手拎着一根准备"教育"我的细木棍子，去那水沟边翻淘埋在那里的注射液，结果大部分没找到。气坏了的妈妈朝我高高举起了棍子，却在空中停了好一会儿，最终棍子没落下她哀伤的眼泪先流出，那情景我至今难以忘怀。她当时心中的苦楚与焦急，我不懂啊！好多年前，杨绛先生曾说过一段话："当有一天，生你养你的两个人都走了，这世间就再也没有任何人真心实意地疼你爱你了，没有人在意你过得好不好，工作累不累，胖了还是瘦了，再没有人忍你的坏脾气，包容你的缺点。"每读这段话，往事和惆怅便一起涌上心头，那个真心实意"在意"了我半辈子，"忍"我坏脾气、"容"我缺点的人何处寻呀。

算起来，妈妈19岁就从20公里外邻县的一个小山村嫁到了我出生的村子。那时，她还不谙世事，更不知未来命运。这天，我在老家收拾她的遗物，看到她当年的嫁妆——总的就是极简旧的一只小柜子和一只小箱子，我半天憋得喘不过气来，长时间移动不了脚步。她从娘家深一脚浅一脚地来到陌生的环境，新的亲族并未友善待她。在艰难、无助的命运面前，妈妈以坚忍的意志承受一切，在无休无止的艰辛劳作中，苦心养育了四个儿女，陪嫁的小柜子和小箱子一直默默见证着，陪她走过一个又一个春夏秋冬。妈妈文化粗浅，她毕生所走最远的距离没超出县城。但凭着做母亲的本能，她始终认为读书对孩子是有益的事。自从在本村上小学起，我们四兄妹平均读了十四年书，后来都走出大山参加了工作，这在当时当地是了不起的事。妈妈靠勤劳双手供我们上学，经历过多少曲折痛苦她从来没说过，但我明白，她那双手，是我们永远的生命支架！就我的成长而言，从小学到中学到大学，数不过来的老师给了我许许多多的课堂教育，但给我最基础、最珍贵生命教育的，是我的妈妈。

妈妈对子女始终是"给"而不"要"。我们每次回老家，她要么把刚从田地新收获的食粮给我们，要么把亲手养的鸡下的蛋一个一个积攒起来给我们，要么把亲手种的菜给我们——有时担心我们不要，她会提前背上菜到出村的路口先等着。甚至，每个孙子孙女考上大学，她都要把自己节省下来的一点钱拿出来分别鼓励他们。而她自己，从没主动向子女要过一分钱、一件衣服、一双鞋子，甚至生病都不轻易开口向我们要药。我记得，我儿子考上武汉大学后，她怜爱地拉住孙子的手，放一沓钱到他手心上后，又慢慢握拢孙子的手。孙子参加工作第一年回来看奶奶，孝敬她一个红包，可是，她去世后我们才发现，那个红包她还放在枕头下，一分没动！不啻如此，平时子女们陆续给她的生活费，她也基本没动；就连给她买的一件件衣服，她也没舍得及时拿出来穿。

妈妈离世后，有三个具体身影常浮现我眼前：一是菜园里弯腰锄草；二是厨房里几十年如一日做饭，坐在灶前侧身翻找柴火；三是进大门时总背着沉重背篓。这三个身影，在我心里一直挥之不去。至今，在老家小院里看不到她我仍不习惯，一进家门已不能先叫一声"妈"的悲凉，唯我心知。记得老舍先生曾在一篇文章中感慨："人，即使活到八九十岁，有母亲便可以多少还有点孩子气。"初见这句话时，我体悟有限；此刻再品味，理解深切了。走过风雨、历经千帆后，我慢慢感知到，世间无论什么名利、富贵、地位，其实都不如有妈在身边。曾经，我工作上有点成绩或病情有些好转，我会习惯在第一时间告诉妈，让她一起高兴，现在，我该跟谁去说呀？多年来，我有了点好食品，会想着给在老家生活的妈妈送些去，现在，我该送给谁呢？妈妈，您真的就那么安心走了吗？

送别妈妈后的一个周末，我在一个菜市场外碰见朋友的妈妈，特意上前去打招呼，问需不需要帮她拎东西。老人身体硬朗，高兴地回答"自己能拎"。看着她渐渐走远的背影，我突然想起，这位老人家年龄比我妈还大四岁多呀。回到家，我心久久没平静下来，对窗自语：人家妈妈活得好好的，而我的妈妈怎么就不在了。

这天盘点资料发现，二十年间，我发表过上百篇文章，却始终没给我妈写过一个字。两年前，我从家风传承的角度，在《中国纪检监察报》发表了散文《那一弯山路》，侧重是说爸爸的，也没提到妈妈一句。世上做儿女的，通常会言说自己妈妈善良、勤劳、慈祥等，这是可以理解的。只是，我这儿没有简单停留在这些语词的重复上。我妈同其他乡村妇女一样普通，但于我却有特殊的重要意义，是一种具有神性光辉的存在，当然，也是我永生永世的"独一份"！我写这点文字，仅相当于深深追怀中，独自弯腰一点一点捡拾妈妈生前的一些片段。实际上，即便我写出再多文字，也写不尽对她的歉疚和牵念。

刊于《壹读》2023年第1期

辑　四

摇 篮

贾梦玮

　　我母亲小时候是有名的被送养的孩子。贫穷年代，孩子多了养不活，只能送出去一个，甚至两个，给没孩子的家庭领养。那叫"减轻负担"啊。也没有人细究过：那"负担"是什么？那是怎样一种"减轻"？我母亲有一个姐姐、一个弟弟、一个妹妹，据说我的外公年轻时不怎么顾家，所以日子过得更加艰难。要减轻家庭负担，送一个孩子出去是现成的办法。姐姐是长女，妹妹是老小，弟弟是唯一的男孩，都有留下的理由，母亲成为送人抱养的最佳人选。

　　母亲那时四五岁，已经知道了"家"的意义。此时被抛弃，是得而复失，是生生扯出的血淋淋的伤口。哄、骗、逼，母亲在号啕中被抱走。外婆含辛茹苦，但要把自己的孩子送人，撕裂的痛苦，巨大的不舍，被送走的孩子也能感受到。外婆安慰自己的唯一可能的理由是：二女儿到了新的人家后能过上比较好的日子。据说外公表现出来的是减了负担的轻松，这对于母亲来说，无疑是最大的悲凉。这种伤害一定是寒彻肌骨的。对此，一直到外公去世，母亲也未能原谅。

　　母亲作为被抱养的孩子之所以有名，是因为她曾被不同的家庭抱养。第一次去的人家，因为后来生了自己的小孩，把母亲送了回来。又送去第二户人家，可能是因为养母有了另外的相好，嫌母亲碍事，虐待她，逼她走，没办法，只好回来。母亲于是到了第三个养父母家。也是没孩子的人家，就在本村。"爸爸对我很好！"说起最后这位养父，母亲总是如此深情而肯定，没有丝毫的勉强。

如今，快八十年过去了，母亲仍很自然地称呼这位养父为"我爸爸"。这也是母亲唯一称之为"爸爸"的人；对外公，母亲一直称为"老头子"，带着怨恨和不满。正因为是自己血缘上的父亲，天经地义的父亲，这种怨恨和不满更是深入心坎，难以消除。与此相对照，"爸爸"的形象更有了别样的光彩。

母亲接受了这个"爸爸"。因为是我母亲的"爸爸"，我对这位从未谋面、只在传说中的男人也有了神秘的亲切感。后来，我从老家的地方志中查到此人，是中共烈士。

就这样，母亲在这个家里生活下来，而且"爸爸对我很好"，她有了"爸爸"。除了终于可以吃饱穿暖，有了"爸爸"的宠爱，母亲找到了"家"的感觉。至于"爸爸"如何对她好，我曾经问过母亲，她自然没能说出个子丑寅卯来。"好"和"爱"一样，是无法进行分析、概括的。天下的好，都是说不清道不明的。眼见为盲，口说如哑。

只是，"好"，最容易失去，所谓"好景不长"。而且，灾难和打击来临之前，一定不会征求意见，也不管你是成人还是儿童，有没有能力承受。母亲那时被她的原生家庭抛弃，"爸爸"是她唯一的依靠。

但是，"爸爸"突然被国民党反动派活埋了，而且是她亲眼所见。那是1947年，母亲六岁。国共斗争的残酷，特别是1927年前后和1947年前后，那种你死我活，我过去是从历史著作和文学作品中看来的，但都不如我母亲的讲述让我感受强烈。母亲也是后来才知道，"爸爸"是中共地下党的大队副，当年是和他的大队长一起被国民党活埋的，就在他们那个村的农田里。母亲说："爸爸"被活埋后好多年，到了阴天，那片农田经常有两团"鬼火"上下翻滚、崩裂，照亮天空。母亲说，其中一团肯定是"爸爸"，只是不知道究竟是哪一团。"爸爸"是不屈不甘，母亲则是难忘不舍。

"爸爸"被活埋时，他老婆也就是母亲的养母躲在家里没敢出来，母亲是跟着养母的妹妹也就是她的小姨到了现场。"爸爸"被五花大绑摁在土坑边，周围有零星的人围观。母亲感觉到了什么，哭喊着要往"爸爸"那儿跑。小姨慌乱中赶紧用手捂住母亲的嘴，努力将她抱离现场，不顾母亲向着"爸爸"方向的奋力挣扎……类似场景，我也只是在电影电视中多次见过。

"爸爸"分明是不可能回来了。成了寡妇的养母暗示她已无力独自抚养她的养女、我的母亲。母亲于是再次回到她的原生家庭，成了送不出去的孩子。母亲也知道，随着年龄的增长和家庭经济情况的相对好转，特别是外婆的极力反对（外婆说，即使是带着母亲一起出门讨饭，也不可能再把女儿送人），她不可能再被送人。三次被"抛弃"，心理情感上的伤口，何止三道？母亲自然成了家中"不一样"的孩子，心理上的阴影是无论如何擦洗不掉的。而且，还多了悲伤和荒寒，因为，"爸爸"是永远没有了。母亲说，时间长了，一年又一年地过去，那两团"鬼火"也渐渐消失不见了。母亲说，"爸爸"肯定已经重新投胎为人，显然是再也没法寻找。母亲与"爸爸"父女一场，只不到一年的时间。

听母亲说起她的这些往事，也是在我为人父之后。快八十年过去了，无可挽回的悲伤、身心撕裂的痛苦，似乎已经被时间漂白。母亲语气平静，只有当说到"爸爸对我很好"时，母亲的声音才是有温度的，这时候，母亲分明还是被"爸爸"宠爱的女儿。

这世界上的每个人，心上都有一道或多道伤口吧，而因为伤口的主人是我们身边的亲人，恰恰被我们忽略了。那伤口曾经流血，正像火山，后来多年不喷发，休眠了。

母亲说到的这些，应该只是她心理情感经历的很小很小的一部分。有些她能理解，但她表达不出来；有些可能是她永远不肯说出的心底的秘密；而另外一些，她自己可能也弄不清楚。

大概只有小说家，或者用小说的笔法，才能捕捉孩子隐秘、精微的情感。我曾经读过一篇小说来稿，虽然因为其他原因未能发表，但小说对被弃养孩子在见到血缘意义上的父母时的心理描写，给我留下了极其深刻的印象。这与我母亲的故事正好相反，是血缘的神奇关注与吸引。一个生下来就因为种种原因不得不送养的女孩，长到稍稍懂事时到自己的生身父母家治病。父母知道这是自己的亲生孩子，但孩子并不知情。神秘的血缘让孩子看到了父母看她时的"异样"目光，这是她从来没见过、没有"享受"过的。病中的她受到亲生父母的迟来的加倍呵护，她甚至感觉到自己被一种奇异的花香包围，心脏的某个部位弱弱地塌陷下去，是那种甜美的塌陷，虽然她并不知道原因。生母眼中噙着泪水，叫女孩的名字时，嘴里像是含着一块痛苦的糖，克制着不咽下去。生父抚摸她的头发的感觉也是她从来没有感受过的。他们看着她，惊异、满足而又悲伤。被这样的气氛包围，小女孩从来没有感觉这么愉悦和放松过，这个一出生就被人抱养的性格孤僻的孩子，竟然可以不停说话，对着陌生而又"熟悉"的亲生父母诉说她的遭遇，特别是原来生活的村子里的人看她的另外一种异样的眼神。这些是新闻报道所无法表达的。孩子心理上粗粝而又细微的纹理，那是生命贯通肺腑的真实状况与遭遇，是无法阻断、割舍的血脉神奇。

　　摇篮和摇篮曲，大概是幸福童年必不可少的吧。有视觉、听觉、触觉，关键还是内心的感受。但睡在摇篮里的那位，当时是没有能力描述对摇篮和摇篮曲的感受的。许多大作曲家如莫扎特、舒伯特、勃拉姆斯都创作有摇篮曲，艺术家们对"摇篮"的表达，既是回忆，也应是结合了自己为人父母后的体会，是父母和孩子的联合创作。摇篮曲旋律轻柔甜美，节奏配合了摇篮的荡动感，目的是哄宝宝入睡。清代诗人赵翼坐船时也找到了这种摇荡感："一枝柔橹泛波空，牵曳诗魂入梦中。笑比摇篮引儿睡，老夫奇诀得还童。"（赵翼《舟行·其一》）小船轻摇，诗人无比享受，好似回到了小时候的摇篮里。

　　这当然是在水波不兴的时候。但风浪却是人生的常态，摇篮和摇篮曲注定成为回忆。人生造化不同，命运轨迹各异。人活一世，个人的心理图景更是各式各样，色彩明暗斑驳。心理情感世界，就连它的主人都不能完全明白。而世上每个人的命运都肇始于家庭，起源自童年。孩子的遭遇又总是有着最多的不确定性，有些甚至是被拐卖、被送养或者走失，完全脱离原来的生活轨道，漂泊到世界的某个角落，无法与他或她的亲生父母相见 —— 有的是永远不得相见。父母与孩子，天造地设，血脉贯通，本来不仅无法分开，而且分别依靠对方存活。但因为种种主客观原因，有些父母与孩子被硬生生撕扯开，造成世界上最让人撕心裂肺的分离。这是人类最大的悲剧和极罪之一。那些丢失了孩子的父母，或是哭天抢地，或是"闭门屋里坐，抱首哭苍天"。然后就是希望与失望交替的寻找。

我看到一则新闻报道：一位母亲几岁的儿子，被人贩子抱走，母子从此走上互相寻找的绝望之路。儿子终于从人贩子手中逃脱，辗转流浪，已经与父母隔了千山万水。因为当时才几岁，没法找回与父母失散的地点，被好心的渔民夫妇收养。在自己养父母的帮助下，这位人子几十年一直在寻找自己的亲生母亲，那个给他生命和摇篮，抱他在怀中，喂他以乳汁的妈妈。丢失了儿子的母亲离了婚，她衣服的胸口永远印着她儿子的照片，寻找儿子成了她的职业。因为同属于"寻找的群体"，这对母子已在同一个朋友圈里，并相互鼓励，但偏偏错过了母子相认。等到 DNA 比对上，母亲已经成为墓碑上的照片；悔得肝肠寸断的儿子，只能抚摸着千寻万找的母亲的照片，哭倒在母亲的墓前。

天可怜见。没有人能完全知道这对母子究竟经历了什么。

谢天，谢地，如今有了 DNA 技术，有些走失的、被送养的或者被拐卖的孩子，通过 DNA 比对终于找到了自己的亲生父母，父母终于找回了失落的孩子。几乎绝望的寻找，终于等来了亲生父母与孩子相见的抱头痛哭——"抱头痛哭"不准确，怎一个"痛哭"了得？我还没有找到一个合适的词来描述。这样的场景被各类媒体争相报道，引得受众感同身受，唏嘘流泪。回家的路有多长，只有当事人心里知道。但回去的家有些可能只是血缘意义上的，孩子今后如何与生身父母和养父母相处；孩子与自己的生身父母分离之后，身心究竟遭遇了什么，这些显然不再是媒体所关注的了。

孩子的感受与父母一定是不同的。父母是失而复得，痛苦也好，欣喜、愧疚也好，是明白的。而孩子当年还小，懵懵懂懂地过了很多年，突然出现了记忆中可能没有的生父生母，其实是有点尴尬的，何况还要面对抚育自己长大的养父母。孩子的心理情感历程曲折隐晦，有着说不清道不明的隐痛，这是孩子无法承受，而又不得不承受的。而这些，可能成为伴随孩子一生的伤口和暗疾。

幸运的人，生命中都有一个有形无形的"摇篮"。父母在世，他们永远是爸爸妈妈的宝宝。有家，本质上是感受。有爱他的父母，孩子感觉有家；有自己的孩子，父母也感觉有家。丁克家庭，夫妻相守，有关于"摇篮"的回忆，是有家；现在有独居家庭，曾经有过父爱母爱，也是有家。而有些不幸的人，表面上似乎有家，其实是无家 —— 因为从未有家的感觉，从未回过家。人生最荒凉的，莫过如此。

父爱、母爱，也许还要加上男女之情，那是人类前行的情感支撑，虽然它们大多数时候看不见，摸不着。我母亲缺少父爱，但绝不是荒凉，因为曾经有过，而且那么刻骨铭心。母亲一次又一次被抛弃，但她的心田也绝不是一片荒漠，因为她有过"爸爸"。小说来稿中的女孩，也感受到了血缘神奇的"异样"，虽然她可能永远没有机会解开这个"谜"。她们一次又一次失去，但不是两手空空。

佛教讲断舍离，一切都要放下，包括父母。但发肤乃父母所赠。出家人临终前，也许会念想自己的亲生父母吧。此时父母之义早已化为无形的东西。父母给的摇篮，父亲、母亲哄宝宝睡觉的哼唱与吟哦，孩子睡在摇篮里面时，是有形、有声的；摇篮里的那位长大后，摇篮无形，吟哦无声。可它们并未消失。而且，正因为是无形无声的，才是永不磨灭的，因为这些已经沉淀至心底，融入生命。体验者只有到了生命的终点，那些关于摇篮的种种才变得不可考。

《五灯会元》所载三位出家人的临终偈，涉及父母，其意味忠于佛教，似也超越佛教。重云智晖禅师临终偈语云："我有一间舍，父母为修盖。住来八十年，近来觉损坏。早拟移住处，事涉有憎爱。待他摧毁时，彼此无相碍。"这是出家人的理性口吻，但再"佛系"，他也知道父母所赐的身体发肤是不能选择的，而且"有憎爱"，词义重心落在"爱"上。西竺寺的尼姑法海禅师殂日说偈曰："霜天云雾结，山月冷涵辉。夜接故乡信，晓行人不知。"天明时坐化。她是接到故乡的来信走的。而父母所在之地，父母之邦，才是故乡；父母唤她回去，乃是往生。焦山师体禅师活了七十二岁，临终他没说父母所给的"一间舍"损坏，也没说接到"故乡"来信。他的临终辞众偈说："七十二年，摇篮绳断。"父母给的摇篮一旦坠落了，那也许才是最后的空。

摇篮在，一切仍在。

刊于《长江文艺》2023年第6期

春节从何时开启

韩小蕙

年年雪色，岁岁春节。

一直干旱无雪的北京，终于在除夕晚上飘了一阵小雪花，象征性地宣告雪姑娘来了。

初一大早起，从高层窗户向外望去，太阳还在喷薄欲出的薄云里孕动，寂静无风。下面的几处房顶上，东一鳞西一爪，静静留着一小片一小片雪姑娘的脚迹，给节日平添了肃穆的妆容。

记得是在前年，一文友写了篇散文，叙述他的家乡晋东南，年年从冬至这天开始，乡亲们便为春节忙活起来。各种习俗、民俗，各种年规、讲究，也便都像雪地上的小兽一样活跃起来，五花八门，鲜艳得像丰收的菜园般，红彤彤的是辣椒，绿莹莹的是青菜。文章是佳作，但原来的题目是"说春节"，平白且直且大众化，我嫌太普通，遂给改成"春节从冬至开始"。我一直为此沾沾自喜，觉得自己收获了画龙点睛的神效。

可是今年春节前，我对这题目忽然有点二乎了，天下之大，难道对天下人的春节，都能这么概括吗？

我想起了自己年轻当青工时，在工厂期间过的春节。

那时我十六七岁，已经在北京某著名电子大厂上班，也即是成年人阵仗里面的大人了，不像今天十六七岁的中学生，还都是父母眼中的孩子。我的师傅们当时也就三十三四岁，都有了丈夫和孩子，在我眼里，她们更是像六月里黄澄澄的麦子一样，名副其实是成熟的社会人了。

我们是个小班组，除了我和另一位小青工，还有12位师傅，都是女的，基本都是初中毕业生，还有一位毕业于高中，在当年就算是高学历工人了。她们都是1956年和1958年进厂的，年龄刚好是我们1970年进厂的小青工们的两倍，一个个正处于风华正茂的人生阶段，带我们这些小青工亦师亦大姐，我们跟她们说话都尊称"您"。那时我们家的情况是，父亲在江西五七干校锻炼，母亲在北京郊区农村下放，哥哥姐姐在山西、陕西任职知青，北京城里就我一人留守。吃饭不成问题，我从小学起就已学会做饭了，包子、饺子、面条、烙饼等都会做，但我懒，好在也不馋，平时吃工厂食堂，周日凑合。好几位师傅就叫我去她们家吃饭，那我哪儿好意思啊，那时师傅们才挣40多块钱，上养老下哺小，家家的日子都像老人的手一样皱巴。

君子远庖厨。当时我最缺乏的不是吃，而是家教和社会经验，师傅们恰好弥补了这个缺。比如"八月十五云遮月，正月十五雪打灯"，就是徐师傅讲给我的，意思就是说，假若头年八月十五中秋节晚上是阴天，月亮上的嫦娥和玉兔都没出来露面，那么下一年正月十五元宵节，就一定会下雪。把我听愣了，心驰神往，恨不得立即飞到元宵节去验证一番。

就此，我的春节之旅就开启了。

而我师傅们的春节，大抵是从10月份开始的。由于从10月到春节之间再没有节日假了，所以师傅们往往从彼时起，就开始言谈起春节的话题，盘算着春节的年货怎么筹备，老人孩子的新衣怎么添置，家里的棉被怎么增补，窗户纸买哪种的比较耐用和美观（那时大多数人还住平房，窗户不都是玻璃的，还有用棉纸糊的），门联请谁去写……嘴快的已经在请教别人，手快的更是已把本月的点心票、油票、鱼票、肉票等换成春节那个月的了。

我也在师傅们的指点下行动起来。因为春节里，父母哥姐都会回北京过年。

我们家不是老北京，父母都是随他们的父辈来北京定居的，来了基本上就没离开过学校，所以他们对真正的老北京风俗，对老北京的四合院文化，对老北京百姓的生活、语言、喜怒哀乐等并不了解。新中国成立以后，我们家一直住在位于银街东单北的协和医院宿舍大院里，那里的语言体系与胡同里四合院居民的完全不同，说的基本都是报纸上、广播上和学校里教的"正统话"。比如，若大人问小孩子"将来长大以后，想当医生还是工程师"，孩子们的回答一般都会是"党让干啥就干啥""做共产主义接班人"，等等。在我进工厂之前，我以为全中国、满北京的人，都是如此生活着呢。

进了工厂以后，我师傅们说的话，却是另一套话语体系。比如关于春节，各位师傅讲得天女散花，把我惊得一愣一愣的。像"二十三，糖瓜粘。二十四，扫房子。二十五，做豆腐。二十六，去割肉。二十七，杀公鸡。二十八，把面发。二十九，蒸馒首。三十团圆闹一宿"。那时的我，头上还梳着两条过肩膀的辫子，真是一张纯洁无瑕的白纸，竟然还傻乎乎地问："为什么杀公鸡呀？不能杀母鸡吗？……"

印象深刻的是有一次，当屋里只有我和关师傅的时候，这位号称"万事通"的师傅，竟然一推眼镜，给我讲起一些闻所未闻的老北京风俗。比如说大年三十除夕晚上，要把家里的坏鞋扔出去，谐音"驱邪"；大年初一不要扫地，不倒垃圾，不洗衣服，以免破了财气；立春这天要吃春饼，而且要卷成一个直筒，从上到下吃完，这一年就会有始有终，风调雨顺……

这些"冷知识"，对我来说，就像阳关大道走着走着，突然出现了旁门左道，令我不知所措。在我们那个革命家庭，从小到大，父母的口里从未有过如此奇谈怪论，连邻居家也没有，所以我当时的表情一定很美丽。关师傅见此，赶紧涩笑了一声，加上一句"革命大批判"的后缀："嗨，这些北京老话，现在都属于封建迷信，今天不但没人信啦，还要破'四旧'，过革命化春节……"

然而革命化春节什么样，怎么过，谁也说不清楚。有人提出取消节日的三天假，加班加点在工作岗位上过春节，幸好国家没有采纳，终归还是依照老例放假三天。肉还是在卖，鱼还是在卖，尽管要用票证买，排大队。但春节就是好，还给全北京市民加供了半斤花生、三两瓜子。二十三过小年时，糖瓜儿也还有卖，一个个乒乓球大小，小灯笼般的艺术造型，真惹得人心里痒痒的。而更大众化、价钱更亲民的，是被俗称为"关东糖"的麦芽糖，它们呈棍状，有大人的中指粗细，两三寸长，在小年这天，家家孩子都会举着一根两根的，女孩儿一般都会吮着吃，尽量让那根小棍子能多甜上一会儿；性急的男孩子"咔咔"几下嚼个嘎嘣脆，然后就疯跑去了。

过了小年，我师傅们的话就多了起来。互相通报着哪家肉铺的肉新鲜，哪家纸店的红纸又结实又便宜，于是大家伙儿就相约着到星期日时一起去看看。于是，到了下周一，师傅们有的兴高采烈，有的唉声叹气，报告着自家昨天采购的种种情况，像反刍的牛儿们一样，细细咀嚼着每个细节，继续享受着精神上的愉悦。

奇异的是，给我印象最深的一件事，竟是到了腊月二十八九的时候，车间里最漂亮的一个女青工，来我们班组送信儿。她瞪着好看的杏核眼，传递的消息是："你们不知道现在什么最难买吧？告诉你们吧，是豆腐干、素什锦，得早晨五六点钟就去排队……"不知道为什么，几十年都过去了，经过了千山万水，踏过了大江南北乃至世界上十多个国家，岁月迢迢，世事渺渺，但这句普通得不能再普通、朴素得不能再朴素的话，却一直躺在我的记忆里，梦着。

关于工厂春节的点点滴滴，我最美好、最温馨、最神圣的记忆，还要数大年初一的正日子。这一天，师傅们三五成群，到各位亲密工友家拜年，这是一年之中最不可或缺的礼仪，连我这小青工家也不落下。一般进门后，先向家里的长辈问好，拜个吉祥年，然后象征性地吃一把花生瓜子儿，那是家家主人早已摆好在桌子上的。唠几句家常话，我父母真诚地向师傅们表达感谢，并请他们在新的一年里，对我严格要求，该批评就批评，有错误就纠正……哈，又是我们革命家庭的话语体系。我在一旁直冒汗，师傅们礼貌地听完，鸡啄米似的点点头，就起身告辞，赶去下一家，我也赶紧穿衣戴帽，加入拜年的行列……

可惜，后来我离开了工厂，失去了享受这份暖心的待遇。更可惜的是，之后有了电话、网络、手机，上门拜年的北京"老礼儿"，便由这些代劳者取代了。那些摆在桌上的花生、瓜子儿和红红绿绿的糖块儿，也被冷落得像李清照笔下的寂寞愁绪，蒙上了一层凄凄惨惨戚戚的惆怅。这是时代的大势所趋吗？我说未必，山不转水转，三十年河东三十年河西，说不定很可能在某一年的春节，随着纷纷飘扬的雪花，拜年的人流又会红红火火，在京城涌动起一条条热腾腾的巨龙！

因为，我们的春节，从虞舜时期就开启了。

刊于《光明日报》2023 年 2 月 10 日

相逢可曾是故人

裘山山

　　茫茫人海，我们总是与大多数人擦肩而过。偶尔比肩同行的，也会很快分开，所谓"走着走着就散了"。所以，重逢总让我们惊喜。还有很多时候，在绕过一道又一道的弯后，在山不转水转之后，与我们重逢的，已不再是故人，而是故事。

　　就来讲个故事吧。

　　前几年去深圳讲课，认识了一位吕先生。吕先生与我年纪相仿，虽然是工程师，却很热爱文学。课后一起聊天，他说他读过一篇我写父亲的文章，知道我父亲是铁道兵工程师，又说他有个非常要好的从小一起长大的同学，父亲也是铁道兵工程师。

　　我当时只是点点头，没太在意。人多，信息杂乱，过耳就忘了。

　　毕竟铁道兵有那么多工程师，从北洋大学毕业的也不止我父亲。其中一位徐伯伯，就住我们家对面楼上。

　　后来某一天，吕先生又在微信上和我提起这事，他说他当年读了我写父亲的散文《擦肩而过的二等功》，很喜欢，还以为作者是男士呢。其中我提到我父亲毕业于北洋大学，让他想到了他同学的父亲。同学的父亲也毕业于北洋大学，关键是，毕业后也成了铁道兵，也去了朝鲜，也在铁道兵学院当过老师。

　　"我感觉您父亲和我同学的父亲应该认识，应该是战友！"

　　他这么直截了当的判断，让我产生了兴趣，便听他一一道来。

原来，他同学姓梁，父亲叫梁焕保，梁焕保1948年从北洋大学土木工程系毕业后，便与许多同学一起，被派往台湾实习。后来他母亲看到时局紧张，就拍电报给他称自己病重，让他速回。他立即放弃实习回到了北京，并于1949年4月加入铁道兵，任工程师。1951年随志愿军赴朝，因负伤提前回国。60年代初，调到石家庄铁道兵学院任教，70年代初，调到重庆铁六师任工程师。最后调到长沙铁道兵学院任教，于1979年离休回到北京。

一听之下，我真是大为惊讶，因为他的人生经历，与我父亲的高度重合。

我父亲也是1948年从北洋大学毕业，1949年加入铁道兵，1951年随志愿军赴朝，1962年调到石家庄铁道兵学院任教，1970年调到重庆铁六师工作，1978年调到长沙铁道兵学院任教，之后离休。

他和我父亲不同的，仅仅是籍贯和年龄。他是北京人，我父亲是浙江人，他生于1923年，我父亲生于1926年。

最重要的是，他姓梁。这个"梁"唤醒了我的记忆。在我的少年时代，大约是1973年前后，家里的确有一位姓梁的伯伯常来做客。父亲说他单身一人在重庆，星期天孤单，就让他来我们家改善一下伙食。每次他来，母亲总会想尽办法烧几个菜，让父亲陪他喝点儿小酒。那是70年代，物资匮乏，搞几个菜是很难的。每每母亲为难时，父亲会搓着手用浙江话说，个么，就蒸个鸡子羹吧。

他比父亲年长，父亲便让我们姐妹叫他梁伯伯。当时常来家里的还有位姓雷的工程师，我们叫他雷叔叔。这位梁伯伯，应该就是吕先生所说的同学的父亲了，哪里会有第二个？

忽然记起几年前我写的一篇散文，其中一段写到梁伯伯，连忙找出来。文字如下："我父亲有位同事，也是工程师，姓梁。我叫他梁伯伯。他妻子孩儿都在北京，他就经常来我们家改善伙食。次数多了有些不好意思，有一个周末来吃饭时，就拿了把二胡。进门说，山山我给你买了把二胡，有空学学。我很兴奋，当即开始拉，吱呀吱呀的十分刺耳。我妈妈眉头紧锁，当着梁伯伯的面又不好说，就让我赶紧去帮她洗菜。梁伯伯走后我妈跟我爸吐槽说，这个老梁，买什么不好买把二胡？还不如给我们买几斤鸡蛋呢（那二胡5元钱，可以买7斤鸡蛋）。以后我一拉二胡，我妈就各种打岔，我自己也觉得很难听，吱呀吱呀的，像挑扁担的来了。新鲜了两天后，就钉了个钉子挂到了墙上。直到我们搬家走还在墙上。"（《才艺这回事》，发表于2017年《文汇报》笔会）。

我把这篇文章发给吕先生，吕先生看了说，肯定是他！你说的梁伯伯肯定是我同学的父亲！真是太巧了！不会写小说的人也可以写了！我要把我同学介绍给你。他退休前是新华社的摄影记者。非常好的人，我们是一辈子的哥们儿！我小时候成天在他家玩儿，梁伯伯的确总是笑呵呵的，我总共见过他两次，就知道他是笑呵呵的。

接着，吕先生给我发来了梁伯伯的照片，是他和家人的合影，他穿着老式军装。我一看，的确是梁伯伯，只是比我见到的要年轻一些。

真没想到，五十年后，我会以这样的方式与梁伯伯邂逅。的确让我惊喜交集。遗憾的是，梁伯伯和我父亲，都已经离世了，无法去追寻和分享了。

在我这里得确认后，吕先生更激动了，滔滔不绝。

"我一直想把梁叔叔的事说给您听，今天还特地打电话给梁立，说裘老师家世与他很像。他同意我把他家的事说给您听，还非常高兴。他们家是北京人，爷爷梁引年，大名鼎鼎，曾在北大任教。与梁漱溟也是近亲，他们两家时有来往。

"记得1979年梁叔叔从北京往长沙带东西给我（当时我在长沙读书），我不知怎的问起他读书的学校。他回答说：我是北洋大学的。那时我孤陋寡闻，竟然不知道北洋大学，但因为北洋二字再也没忘掉。我母亲是北京辅仁大学的，她告诉我，北洋大学就是后来的天津大学。所以读到你那篇文章，一下子被这几个字抓住了。

"今天这一晚上，我就像是在梦里！都快12点了，我和梁立还在通电话。梁立的母亲是小学老师，他们家有一子二女。三个孩子都是母亲和姥姥带大的。梁叔叔在部队几十年，每年只有十几天探亲假回北京与家人团聚，孩子们对他知之甚少。您写的那段买二胡、拉二胡的故事，梁立和我都觉得特别好玩。他更是万分感慨：父亲在外面的生活，他们了解得太少了，太遗憾了。"

吕先生说的这个情况，我确信。我曾经写过一个老军长，他很爱看《杨门女将》。后来某一天，我见到了他儿子，是位大校，我便说起此事。大校很惊讶，他从来不知道父亲有这个喜好，因为，父亲总是不在家。他们从没和他一起看过电影。这或许是很多军人家庭的常态。

"梁叔叔喜欢下围棋，他家有一副围棋子，装在两个圆形的盒子里，盒子很漂亮，深蓝色的布面。当时梁立先把那副棋子借给了一个同学，后来发现我才是学围棋瘾最大的，经他同意，围棋便转到了我手里。下乡插队时，我用那副棋子教会了众多知青同伴下棋，我抽调回城时，又把围棋留给了尚未抽调上来的知青棋迷。那年在长沙见面时，梁叔叔还说，我们下围棋吧。我这才记起围棋留在了乡下，很遗憾它再也没有回到梁家。

"梁立家是我们同学聚会的场所，我小时候成天去他家，门槛都踏破了。记得1974年春节我们去他家守夜。梁叔叔不在，他总是不在。我们十几个同学在他家热热闹闹过除夕。梁立的姥姥那时已经八十多岁了，河北滦县人，与我父母的口音很像。她对我们很好，像亲姥姥一样。尤其喜欢男生（有些重男轻女），有几个男生平时经常去他家蹭吃蹭喝，姥姥总给他们做好吃的。梁立的母亲也很热情。

"记得那天在他家守夜，他母亲指着墙上的一张照片说那是梁立的爷爷，是美国留学生。那个年代，对这些东西很敏感，我看到照片上的人穿着西装。梁立后来告诉我，他爷爷叫梁引年。我一查，他爷爷毕业于北大，被胡适选中去美国留学，是电机专家。

"梁焕保兄弟五人，他排行第四。因为父亲留过洋，自50年代始，梁家几兄妹都受到了来自社会的巨大压力，谁也不敢多说梁引年的事，怕惹来麻烦。梁焕保在部队，比别人更谨慎，从来不说他小时候的事。加上长年在外，也没有机会同子女们谈往事。故孩子们对爷爷留学的事，也只是从母亲那里知道一些。母亲也不敢多说，怕惹祸。"文革"当中，梁焕保险些被揪斗，就是因为家庭出身以及大学毕业后去过台湾实习的事。后来毛泽东亲自批示，停止在部队内搞揪人那一套，梁焕保才逃过一劫。

"80年代末，梁焕保的很多同学回大陆探亲，一个个都显得挺富裕。他们说如果梁先生当年留在台湾，肯定是他们当中干得最好的，因为他学习拔尖。但梁先生对此却并不在乎。他是1979年离休回京的，当时组织上给他在干休所分了五间房，他坚决不要，说回家住老房子就可以了。子女们都不理解他，他就天天给子女做思想工作。

"梁焕保在朝鲜时，有一天去检查隧道，发现隧道口处有一颗敌人飞机丢下的定时炸弹，很危险。情况紧急，他抱起炸弹就跑，到山涧边将炸弹扔下去。可炸弹脱手后在空中炸了，梁焕保身上有17处负伤，昏倒在地。后被一朝鲜阿妈妮发现，救起送往志愿军医疗机构。之后被送回国内养伤。直到去世，他的前额处仍留着一块弹片，是三等残废军人。"

吕先生最后讲到的这件事，让我大为惊讶。真没想到，那个说话慢条斯理，总是笑眯眯的梁伯伯，竟然是位英雄。这也就理解了父亲为什么总是把他叫到家里来。父亲对他不仅是同学情谊，更有一份敬重。

和吕先生聊过后，我产生了多了解梁伯伯的想法，尤其是了解他在朝鲜负伤的事迹。遗憾的是，梁伯伯2002年就去世了，而我的父亲，也去世十年了。我认识的几位铁道兵的叔叔伯伯，也都去世了。那一代人，大多数都告别了我们这个世界。

于是我托朋友，上网查，用各种方式搜索，但收效甚微。问姐姐，姐姐对梁伯伯的记忆也和我一样，一口京腔，笑眯眯的，很慈祥。托我铁道兵的同学去问他们的父母，父母要么已经离世，要么记忆模糊。再问一位曾供职铁道兵的朋友，但他比父亲晚一辈，也不了解。我还翻出家里的一本书，《感天动地铁道兵》，其中也没有记载梁焕保在朝鲜的事迹。梁立说，父亲曾写过一篇回忆在朝负伤的文章，但家里找不到了。据说曾刊发在北大一内部纪念文集里，可惜我也没有查到。太遗憾了。

倒是梁焕保的父亲梁引年，网上可以搜到些许资料，他是民国著名学者，北大毕业后，被胡适推荐到美国留学，获康奈尔大学电机工程硕士学位，然后回国任教。他编写的电机工程教材，在国内使用了多年。我在孔夫子旧书网上，搜到一本他翻译的《初等电工学》，1940年出版。我还搜到一个1912年至1937年的北大物理系教师名册，在上面看到他的名字。虽然就"梁引年"三个字，但总算有痕迹。

然而梁焕保的名字，网上几乎查不到。

最后我找到天津大学档案馆的老师。几年前我把父亲的一些资料捐赠给天津大学档案馆，便和他们有了联系。非常庆幸的是，他们很快就帮我查到了梁伯伯在北洋大学的学籍表。与此同时，把我父亲的学籍表也给找出来了。

当我把这两张泛黄的学籍表发给吕先生时，他直呼我本事大。我说我哪有什么本事，全靠做档案管理的工作人员，一代代地细心保护，才得以让七十多年前的学籍表，完整地出现在我们面前。

从学籍表看，梁伯伯1948年毕业于北洋大学土木工程系，和我父亲一样。但他俩都不是直接进入天津北洋大学的，梁伯伯先就读于北平临时大学土木工程系，我父亲先就读于浙江英士大学工学院。

父亲的这个情况，我也是第一次知道。更有意思的是，我还在学籍表上，第一次知道了我爷爷的名字，十分雅致，叫裘雪渔。我还发现梁伯伯虽然是北京人，祖籍却是广西。

我先查询了梁伯伯就读的北平临时大学。1945年10月，教育部在北平、天津、上海、南京设立临时大学补习班，为了收容因为战争而尚未毕业的在校学生。1946年北京大学复校后，便接收了这所临时大学的第一、二、三、四、六补习班。而第五分班，则改为国立北洋大学北平部。估计梁伯伯就是从那个第五班，进到天津北洋大学的。档案上写着他进入大学的年龄为22岁，而我父亲则是20岁。

父亲就读的英士大学，大致情况是这样的：1938年，抗战第八年，不少沿海城市沦陷，为了顾及战地青年求学，当时的政府和学者，筹备成立了"浙江省立战时大学"，是一所综合性大学，设有工、农、医三个学院。后为纪念辛亥革命先驱陈英士，改名为英士大学。抗战期间，校址一再迁徙，东一处西一处的，没有完整的校园校舍。1942年工学院划出，独立为国立北洋工学院，迁到浙江泰顺。这便是父亲就读的学院了。父亲在泰顺读了两年，二年级学期结束后，于1946年进入天津北洋大学。英士大学于1950年撤销，一部分并入暨南大学，一部分并入复旦大学，一部分转入浙江大学。英士大学在艰难的抗战时期，依然培养出了很多人才，非常不易。

我真后悔没有在父亲在世时，和他聊聊这段往事。英士大学一定有很多珍贵的经历和人物。难怪父亲的老照片里，只有在天津北洋大学拍的，没有英士大学的。显然是连年战乱之故。也难怪父亲晚年总是叹息说，我读的大学没有了，我干了一辈子的铁道兵也没有了。他说的大学，是包含了两所。

再往下，我就查不到任何资料了。

想想已经非常不易了。吕先生在深圳，梁立先生在北京，我在成都，我们一起追寻在重庆的梁伯伯和我父亲，又从重庆追寻到天津、朝鲜、石家庄、长沙，追寻到那个遥远的属于他们的年轻时代。

要感谢吕先生和梁立先生，因他们之故，让我更多地了解了我的父辈，也丰富了我的人生。

值得骄傲和敬佩的是，梁伯伯和我父亲，学习成绩都很好（学籍表上有各科成绩），是所谓的高才生。他们作为青年学子，毅然加入铁道兵，为祖国和人民奉献出了自己的青春和学识。他们为人正直，生活简朴，一辈子修路架桥，造福后人。

他们曾一路同行，时间还很长，长达三十多年。虽然最后也走散了，但现在，他们又在另一个世界相聚了。

不知他们再次相逢时，会聊些什么。也许他们会相视而笑，说一句，咱们这辈子，问心无愧。

刊于《随笔》2023年第5期

巴山蜀水

宁　肯

　　大概只有我一个人在飞机上读《费马大定理》，一段时间也不会超过三个，一年大概不会超过十个。想象这十个都是什么人，有一个像我这样学中文的高考数学只考十几分的人吗？如果有，出于什么古怪的原因？会比我更古怪？想象这个假定的人是很有趣的。费马大定理在折磨了人类三百五十多年后终被一个叫怀尔斯的人证明——我想，如果他刚刚在脑子里证明了却突然成为植物人，比如不慎在浴室滑倒，深度昏迷，成为植物人，人类等他醒来要等多少年？这是我在飞机上读这本书的原因吗？事实上在飞机上阅读《费马大定理》是不可能的，因为在家也不可能，但我还是在出门时带上了它。在飞机爬升到三千米之上，它作为"天书"恰如其分，随着飞机升高越来越如是。它仅仅作为阅读的仪式，一种类似寺院的仪式，合掌与祈祷我认为都是有意义的。

　　还有一件事也有趣，登机前几乎无限空旷的停机坪上，突然来了以天文数字计的蜂群，蜂群以我们准备登机的飞机为中心团团围住飞舞。不知为了什么，也不知哪儿来的蜂群，只可来自天上，根本不可能来自某个或某十几个养蜂人，而且我从未发现周围有养蜂人。摆渡车已到机前却不能下车，等了足足一小时，来了红色救火车、许多机场小车、许多人。救火车向漫天蜂群滋水，试图将蜂群赶走。摆渡车上看不见蜂群，因此开始不知怎么回事，以为飞机有故障。总算可以下车了，问现场维护人员怎么回事，曰：蜂群。那就太奇怪了：若蜂群可阻止飞机起飞，那还不是经常的事？曰：以前从未有过，这是破天荒第一次。

那就更怪了，难不成因为《费马大定理》？不知它们共同定义着什么。多辆红色救火车的高压水枪还在滋，起了作用，驱散不速之客，但仍有少量蜜蜂不肯离去。蓝衣空姐在机舱口使劲扑打，但我进舱时亲眼看见有蜜蜂飞进机舱。非常奇怪的是，一到机舱里蜜蜂便神奇地消失了。我担心它们像苍蝇一样飞来飞去，然而一路上都没发现一只，直到飞机在达州机场降落也没有一只蜜蜂下飞机。达州到目的地通江，一个同样陌生的地方，要两个多小时的高速车程，我不知道蜜蜂是否将同我一起到通江，我想既然它事实上已变成了神秘之物、超现实之物，就没有什么不可能的。不过如果我说时时都感到它的存在也是不实之词，某些存在并非要你时时都感到，正因为如此才叫存在。

　　刚下飞机我就见到了李浩，我一见到李浩并没马上想到李浩可能是一只蜜蜂，或者我也是。我当时只是非常清楚地知道，并一再强调地提醒自己我到了巴山蜀水。这个词由来已久，如果拆开来，蜀水我倒是到过不少，比如岷江，比如嘉陵江、汉江、大渡河，但巴山中的大巴山却还没认真见过，飞机上有过一瞥，火车或穿过其间，但不落地是不作数的。巴山蜀水密不可分，没在巴山中见过蜀水，就不能说见过蜀水。这次不同了，两小时高速竟一大半都是穿越巴山，都是隧道，忽明忽暗，一节一节，节奏很快，简直像漫长的长笛，一路弹指吹奏。谁说大自然没有音乐，有了隧道就有了音乐。巴山都不算高，但也不矮，植物全覆盖，有山必有水，一节节笛孔所见是像山一样绿的水，城市也都在山中、江边，开门见山，窗外即水。而且不是远山远水，是近在咫尺，就在酒店下面，就是传说中的通江。在车上时通江一直在晃，明明灭灭，这时完全静下来，在酒店十三层窗前俯瞰，恰好透过大玻璃正对江面上的一道白烟似的拦水，一道永不升起的白烟。影影绰绰的白鹤在白烟上起起落落，它们倒仿佛升起的白烟，但很快落下，和烟还是不同。远处平静的江面上看不到鹤，只在这道自然拦水的烟上飞来飞去，仿佛升不起来的烟波是鹤的乐队，是它们的梦幻。那么白鹤本身已是梦，仍在追逐梦？纪念梦？春祭？斯特拉文斯基俯瞰过烟上的鹤？飞机，高速公路，酒店十三层，是同类事物——我真的是否在地上？打开上面的玻璃窗，江风袭来，山风袭来，一回事哪里说得清？但我还是多少感到了真实……那道白烟，拦水——布拉格老城的伏尔塔瓦河也有一道拦水，只是那是人工的，由斯美塔那的音乐驱动，纯粹波动，没有鹤，即没另一种维度，这里是自然，所以来了鹤，鹤即中国？我走神了。然而如此静地隔着马塞尔·杜尚的大玻璃没法不走神，就是说通江拦水如果我不亲手触一下，比如像卵石一样拦一下江水，我就觉得会辜负了鹤。

　　不过我倒是不用急，无论如何我已到了江边，就在江边，迟早一指入江。此前在大堂，李浩就从行囊中取出来之前给我写的字，交给了我。我也给李浩写了字，我们完全可以说在通江畔换墨，只是彼时我还不知鹤的存在。现在想在大堂一如在江边，我们也是鹤？而且我们的换墨行为并不比鹤复杂，一样单纯，飞来飞去。行前李浩嘱我给徐晓亮写幅字：魁星。但凡有人跟我要字我都感到神奇，几乎有种孩子式的兴奋和紧张，好几天都跃跃欲试，怕不知自己会写成什么样。于是就也向李浩求字，好像一要李浩也会像我这般快乐。结果李浩又跟我要字，让我受宠若惊，我们这是怎样的单纯？鹤与鹤之间也不过如此。我向李浩要的是"天·藏"二字，因为前不久李浩刚在一篇非同寻常的文章中非同寻常地提到我的这部写西藏的小说，我觉得让他写这两字恰如其分，相当于纪念。同样问李浩给他写什么词儿，李浩说随意。直击李浩并不容易，想来想去，想到了老子的"非常道"三字。"非常"两字不好写，遂写了一个大大的"道"，落款提到"非常道"，两者呼应配来越发觉得像是李浩。我从来没把"道"字写得这么有感，写得粗壮飞扬，像一只大鸟，非常像质量很大，起飞很重的李浩。此时十三层窗前，面对下面的鹤，展开李浩在大堂给我的真迹，发现我和李浩并非同时代的人，另一个李浩向我走来。另一个时空：李浩手书大大的"天·藏"二字跨越时空，像唐代的飞行物，两边是呼应并对称的小字唐楷。小字更见功夫，一笔一画，仿佛"天·藏"两个大字是一座寺院，两边小字是匾额，构成了一个立体空间。就在十三层窗下面对白烟飞鹤，我不禁在手机上写道："李浩是真功夫，楷书之古朴罕见，有穿越之感，而我这'道'所谓汉隶反倒不古，很现代。"按理说楷体本为现代印刷汉字所取，竟让李浩写出古意，实在不像先锋派小说家李浩。那么李浩身上有多少个李浩？我实在不知道。有个电影叫《百变神偷》，李浩也可称"百变李浩"，拿神偷做譬喻不太恰当，但李浩才不在乎这个。

晚间胡竹峰至，包倬至，黄土路至，李宁至，并非一起，而是参差，单蜂，嘤嘤嗡嗡举杯，第二日酒醒便一眼又看到鹤。原来没挂窗帘，无须挂，床上即可见阳光随风掠过树梢，江水清浅，稍有一起伏便成一道烟。早晨比黄昏看那道烟更清晰，鹤有七八只，翅好像比黄昏倒更缓，更悠，即使落烟上也可分出。没有比早晨更透亮的时光，一切都透亮，树都是光。

缘江而行，深入重峦叠翠，只有到了真正的乡间，才算到了真正的大地上。山中水边，绿得见不到一点石头、泥土，几无庄稼，不论山多高都被绿所履，以至山什么颜色完全不知。和北方不同，和南方也不同，同时兼北方之势、南方之翠，便是大巴山。山是这样，水自然也不同，山不高，水也不大，但比南方清，比北方透，雾都独立，时时升起一烟，一切翠得那叫一个绿，绿得那叫一个翠，几至山就是水，水就是山，这才叫真正的巴山蜀水，那种灵透是任何一地都没有的。据说晚年黄宾虹入川风格为之一变，水墨大长一境。1933年，据说其在一次写生途中，突然遇雨，瞬间被淋成落汤鸡，但老黄却不躲不闪，甚至情不自禁，反倒坐于石上，凝神山雨空蒙，聆听自然。黄宾虹生于江浙，哪儿没见过山雨空蒙？独非坐于巴山之雨？什么让其醍醐灌顶？显然不仅是山也不仅是水，是整体的山水综合，有诗为证："泼墨山前远近峰，米家难点万千重。青城坐雨乾坤大，入蜀方知画意浓。"——此时我与胡竹峰正坐在"入蜀方知画意浓"的"梧桐听雨"之半山庭院观看巴山蜀水，品茗论道，一如古人。自入巴山蜀水以来，每人都不仅仅是现代人，都"我见青山多妩媚，料青山见我应如是"，都被大空间大时间笼罩，此时若有雨我们大约也会不躲不闪？而今人张枣也是来到巴蜀才写下"只要想起一生中后悔的事，梅花便落满了南山"的名句。我与竹峰因故脱离众人先行乘车到了"梧桐听雨"半山，虽与竹峰初次谋面却相谈甚欢，待下得山来，手机上有札记："大巴山中，庭院，与一九八四年的胡竹峰。聊'新散文'，京味，反京味，七十年代之史前，我与石头的关系就是我与时代的关系，从散文《城与年》到小说《城与年》。'也只有你可以写反京味小说'，虽角度不同，十分心仪这话。没人这么写过书，也没人能写，竹峰很肯定地说。这是上午从王坪半路上退下来的事，现代社会就是这样，昨天你还在甲地，今天就在完全不同的乙地，见到不同时代的人，时间太快，空间也快，没法不发生一种量子纠缠。"

竹峰江南才子，徽人，目深灵动，一如其文，正映了眼前山水。

午后继续山行，真巧，说着说着就下起雨来。据说天气预报最不准的就是巴山蜀水，雨说来就来，说走就走，当年黄宾虹是这样，现在依然如是。说来也难怪黄老爷子枯坐雨中不走，雨中山水，又颇不同，一切都动起来，幻起来，可观，可想，可以雨为帘。有雨必有雾，有雾必有露，有露会有什么？硒。"硒"是个出现很多次却依然披着未知外衣的词，不知别人如何，反正我一直不确知其意，尽管我没少买过富硒大米。就算我是一个读费解的《费马大定理》的人，不知道硒也不奇怪，百度了一下，这个知识点的硬度还是让我非常吃惊："硒：非金属元素，符号Se，晶体硒能导电，可制作半导体晶体管、光电管、计算机磁鼓、玻璃着色材料。"太硬核，完全不符合我买富硒大米的印象。接着读稍懂："硒分为植物活性硒和无机硒两种，植物活性硒通过生物转化与氨基酸结合而成，一般以硒蛋氨酸的形式存在。"简单说，硒就是蛋氨酸、氨基酸的一种。硒露哺育了一切，如银耳、山茶，就是说巴山夜雨不仅开艺术新境也开生命新境，见证科学与艺术两翼。然取天地之精华也并非易事，首先一个前提条件是得富含精华，就是说硒除用于芯片，自然是天地精华。当我在陈家河凝视着大脑沟回般的银耳，在海拔1300多米的罗村"提"一芽一叶、一芽两叶、一芽三叶时，有些词语自然浮现：天生雾，雾生露，露生耳 —— 活生生生于天地间。事实上当陈家河的银耳刚刚于青冈木上生出时，就像"露"一样。在云雾中的银耳菌棚，我看到一截截立体叠加的青冈木上一个个凝固的"露"冰清玉洁，晶莹剔透，展开的亦如珊瑚，如人早年形成的大脑。

江水如带，拦水如烟，离开的这天，早餐时同止一堂的王章文聊了一会儿徐晓亮。王章文是成都十大律师之一，却在和他做"在世界文学之都与文学大家面对面"，已做了十五期，我竟然丝毫不知。之后我一个人去了拦水。我一至鹤便飞走了，或许它们一直在等我，它们完成任务便走了。那么现在我就是鹤，我站在卵石上一指入江。我曾碰过纳木湖的水、冰岛的水、比勒陀利亚的水、尼斯的水、尼罗河的水、查尔斯河的水，它们都流到过我的掌心，放大了我的掌纹。现在凝视着手中三天的通江之光，时光纷至沓来。事实上每一次新的水，都会唤醒所有过去的水，所有过去的水向我涌来。我虽不会像佛教徒一样醍醐灌顶，但会掬起一捧水凝视掌纹，同时倾听水，将手机的录音功能打开，录制江水，就像声音生态学家戈登·汉普顿。在著名的《一平方英寸的寂静》中，戈登·汉普顿教会了我分辨水的声音，在此之前我只有笼统的水的声音，譬如这道拦水过去我只能笼统地听到哗哗的一个声音。笼统是我们的习惯，天人合一是我们的习惯，大与空是我们的习惯。我们很少分辨比如河左岸与右岸的声音有何不同，一边岸陡峭，一边岸舒缓，水声其实非常不同；我们不关注流水流过大的卵石、中的卵石、小的卵石有何不同，流过巨石、不规则的石，流过大树、小树、树枝、落叶、朽木，事实上水声都有细微的差别，甚至树的斜度、靠边还是搁浅、密度、稀疏的差别，都会使声音各有不同，非常丰富。戈登·汉普顿甚至说，你挪动一块卵石或一块木头，水声马上就会不同，那时候简直像弹奏江水。我们有过一个人做过戈登·汉普顿做过的事吗？我们大象无形大音希声，这方面太发达了，但事实上小事物里的世界甚至更大，只是我们从不习惯也没想过打开小事物。

戈登·汉普顿是美国的大自然录音师，建有声音博物馆，光这两个名称我记得都特震撼我，我从没听过，但是一听就觉得多有道理：我怎么就想不到呢？哪怕不从科学实证，仅就文学而言，那种差异是怎样的宝藏？戈登·汉普顿在美国奥林匹克国家公园霍河雨林一个一平方英寸的地方建立固定倾听点，倾听录制四季、周边一切自然的声音。他写道："你最近听过雨声吗？美国西北部的大雨林，无疑是聆听雨声的好地方。我在'一平方英寸的寂静'聆听过雨林的声音。其实雨季的第一种声音并不是湿淋淋的雨声，而是无数种子自耸立的树上掉落的声音，很快跟随而下的是轻柔飞舞的枫叶，它们就这么静静地飘下，宛如冬日驱寒的毯子般，覆在种子身上。但是这场宁静的交响乐只是前奏而已，等强烈的暴风雨的前锋抵达后，就可听到震撼人心的演奏，这时每一种树都会在风雨交加的乐声中，加入自己的声音。在这里，即使是最大的雨滴也可能没有机会撞击地面，因为高悬在头顶三百英尺处的厚密枝叶与树干，会吸收掉许多水分，一直要到这些高空海绵变得饱和之后，水滴才会再度形成与掉落，撞击较低的枝丫，再如瀑布般坠落在会吸收声音的厚密树苔上，接着轻轻掉至附生性的蕨类上……然后扑通一声无力地滑进越橘类的灌木丛里……再重重打在坚硬结实的白珠叶上……最后无声地压弯山酢浆草如苜蓿般的细致叶片，滴落地面。无论日夜，在雨停后，这场雨滴芭蕾总会再持续一小时以上。"

　　我们有过这样的文字吗？《古文观止》没有，现在也没有。如果没有戈登·汉普顿这样的凝视与倾听，怎么可能有？这不是写作的问题。但说到底又怎么不是？因为必须承认这就是散文，前所未有的散文，美文，美到这些文字就是许多眼睛、许多耳朵。戈登·汉普顿被称为"世界上最好的倾听者"，而此刻我是这道拦水的最好的倾听者吗？可能除了鹤，我真的就是。我挪动了一个卵石，改变了方向，形成了一个新的漩涡，新的低频类似黑管的声音；我发现卵石下面的水声比漫过卵石的声音要丰富许多，细微得多，流到密密麻麻的小石头下简直像鸟叫，喊喊喳喳，喊喊喳喳，在大小不同的露出一点点头的卵石浅滩上。我忘我地倾听，用戈登·汉普顿的耳朵，甚至用戈登·汉普顿的眼睛。就在某一刻我看到一只鹤落在我附近，就一只。要是一群我不稀罕，一只就不同，难道我就是它？作为鹤我想起《费马大定理》里有一段我似乎可以读得懂的文字："一个特殊的数似乎操纵着弯弯曲曲的河流的长度 …… 爱因斯坦第一个提出，河流有一种走出更多的环形路径的倾向，这是因为最细微的弯曲就会使外侧的水流变快，这反过来造成对河岸更大的侵蚀和更急剧的转弯。转弯越急剧，外侧的水流就越快，侵蚀也就越大，于是河流更为曲折 …… 然而，有一个自然的进程会中止这种紊乱：渐增的绕圈状态的结果将是河流绕回原处而最终短路。河流将变得比较平直，而环路被放弃，形成一个 U 字形湖。这两种相反的因素之间的平衡导致河流从源头到出口之间的实际长度与直接距离之比的平均值为 π 。"3.14，这是一种怎样的眼睛？散文？

并不是丰水期，而且已是暮春，巴山蜀水的浅滩小径上有许多野花。我过去不认识花，现在借助扫一扫认识了许多花，这使我的回程慢了许多。我看到了白千层、问荆、钻叶紫菀、细叶芒，北方不易见到的花。有的光是名字就特别有意味，比如问荆这种花。问荆根茎呈黑棕色，主枝为绿色，侧枝柔软纤细 …… 那么问问问荆什么呢？知道了花的名字，就可以同它们一路对话了。

我离开后，到了彩虹桥上，看到鹤回来了。它们俯冲，点水，落于石上，或不落下，只是点着水忽扇翅膀。我找那只曾与我在一起的鹤，回到十三层站在窗前继续在找，我认准有一只就是，但随即消弭于别的鹤中。

刊于《青年文学》2023 年第 9 期

哀牢山在东，无量山在西

杨海蒂

在淅淅沥沥飘洒不停的细雨中，汽车从昆明出发，穿过以山歌著称于世的弥渡，绕过以苍山洱海闻名中外的大理，数小时后，终于抵达滇西南历史文化名城 —— 普洱市景东彝族自治县。"景东"系傣语转音，意为"坝子城"。

其实，景东境内还居住着哈尼族、傣族、瑶族、回族等二十多种少数民族，少数民族人口超过总人口一半，汉族倒实实在在成了景东的"少数民族"。异彩纷呈交相辉映的各种文化、古文明在这里汇集、撞击、融合、发展，共同造就景东璀璨夺目的历史文化。

早在数千年前，就有人类在景东（唐朝始，也称"银生"）这块土地上繁衍生息，并创造出新石器文化。唐宋时期，银生在南诏国中疆域最为广阔；元代，银生列入了中国史册和版图。闻名世界的茶马古道，起源于银生时期的银生古城。

当身着艳丽民族服装的彝族姑娘笑吟吟上前，为我捧上一杯芬芳的普洱茶，当一片片茶叶在清水中荡开，瞬间迸发出光泽、散发出柔情，我仿佛看到了舒展在茶杯中的岁月、流动在茶水中的光阴，仿佛听到了茶马古道上隐隐传来的马蹄声声。

暮色中，有婉转动听的歌声，乘着初夏的凉风，滑过古老的城墙，从街巷深处悠扬地传来。夜里，伴着河水的流淌和小鸟的啁啾，我进入了安宁的梦乡。

清晨，景东展现出迷人姿容：朝霞从城区顶空洒下轻柔的光线，给古朴洁净的锦屏（县城所在地）披上一件鲜艳的彩袍；穿城而过的川河，在朝阳照耀下泛着温柔的亮光和氤氲的灵气。

拥有这般良辰美景的景东人，除了饱享眼福，有没有口福呢？我是个信奉"民以食为天"的俗人，是故，每到访一个地方，总要找机会去街市逛逛，以期了解当地的饮食文化。等不及吃早餐，我便兴致勃勃地赶往县城的集市。

上百个大大小小的集市摊档，除了卖蔬菜、水果、肉类，也卖各种日常用品。令我惊奇的是，在京城店铺里高价出售的灵芝、何首乌、草乌、香橼、吴萸、荜拨等珍贵药材，在这儿随处可见，而且货真价廉；黑木耳、香菌、松茸、鸡𡽪等山珍，在这儿多得就像白菜萝卜，价格便宜得让我咋舌。各种奇花异草，五元钱就能买到一大把，让我羡煞了景东人。我买下一把金黄艳丽的"野花"，边走边嗅它扑鼻的香气，追赶而至"保驾护航"的景东女诗人王云告知：这是当地一种名贵药材，对风湿病有特效。不由感叹大自然对景东的慷慨馈赠。

早餐时不经意一抬头，看到影影绰绰的山峦。锦屏是一座被山岳、河流包围的小城，城西耸立着无量山，城东矗立着哀牢山，它们都是国家级自然保护区，都被世界自然基金会确认"具有全球保护意义"。这真是一个奇迹。怒涛汹涌的澜沧江，缠绕着无量山、哀牢山奔腾不息。众多的江、河、溪、涧，构成景东永不枯竭的生命源泉。

因为水源极其充沛，二十世纪末，景东一下建成两座国家级大型水电站。

五十年前，英国经济学家舒马赫通过经济学的实证，给了世界一个全新的发现："小的是美好的。"这一观点在诸多发达国家和地区成为潮流，成为简单生活方式和社会模式的实践，成为城市规划和市政建设的"圣经"。因为，"小"，能给人带来悠闲生活的慢板，带来美好生活的真谛。景东践行着这一经济理论和社会哲学：在城区建设和经济发展中，不贪大求全，不以生态破坏为代价，避开了"经济发展，环境污染"的宿命怪圈。

无量山以"高耸入云不可跻，面积宽大不可量"得名。

道教言"无量"有三义：一为天尊慈悲，度人无量；二为大道法力，广大无量；三为诸天神仙，数众无量。佛教曰"无量"即无量无边无穷无尽，往往用来形容慈悲、善行、寿命、光芒、功德无所不能达。

林海浩渺的无量山，生长着大批历经数百年、上千年风霜的珍稀濒危保护植物。植物种类的丰富，自然生态的完好，为鸟、兽栖息、繁衍提供了乐园和庇护所。无量山有巨蜥、云豹、黑熊等上百种珍稀动物，鸟类资源占到全国鸟类近三成，并有"画眉之乡"的美称。

有多少人因为看了《天龙八部》而去的大理？其实，要探寻金庸笔下的奇妙王国，最好的途径就是上无量山。金庸先生对无量山饱含深情，在其著作中，无量山毒蛇猛兽、奇虫仙鸟、琪花瑶草无奇不有。

一条玉龙从悬崖峭壁飞奔而下，跌入深潭形成湖泊，湖边常有挥剑飞舞的神秘身影。飞瀑后面是光滑如镜的紫黑色石壁，石壁又将神秘身影反射到湖面——它们就是金大侠笔下的"无量剑湖""无量玉璧""无量剑""玉璧仙影"。这"一条玉龙"就是无量山的剑湖瀑布，这"无量剑湖"就是无量山的剑湖。《天龙八部》中的"无量石洞玉像"等自然和人文景观，也都在无量山上觅到了踪影。

无量山是现实版的神话之地，是一个真实与神话交融的世界。上到无量山，金庸笔下神话般的世界，将毫无保留地展现在你眼前。

文人骚客将中国山水之美概括为"雄、奇、险、秀、幽、奥、旷"，而我眼中的无量山，囊括了所有的山水之美。

山路曲折起伏不断，两旁的树林浓密翠绿，山崖下是欢欣跳荡的溪涧，溪畔是层层叠叠的梯田……越野车左转右转，转过无数密集的弯道后，把我们带入景东海拔最高的村寨——黄草岭。

黄草岭深藏于无量山中，岭上生长着多种奇形怪状的植物，各种树或高大挺拔，或虬枝盘旋，或横向延伸，张扬着顽强的生命力；热带兰花、山茶花、无量含笑等野生花卉，或妖艳妩媚，或花团锦簇，或婀娜多姿，散发着诱人的吸引力。火红的花椒、硕大的蜜桃、肥壮的刺包菜，还有苹果、黄梨、樱桃、木瓜、山石榴……瓜果带着山野的清新芬芳，向远方的客人点头致意。林中偶尔传来几声蝉鸣、鸟啾，更显出黄草岭的幽静空灵。

掩映在繁茂果林里的黄草岭村民居，密密匝匝地呈现在我们眼前，在阳光下反射出奇异的光芒。因当地没有可烧制瓦片的胶泥，加之普通瓦片难以抵御山风的侵袭，聪明的黄草岭人就地取材，将山中巨石劈为石板砖、瓦，建造出外观独特冬暖夏凉的房屋。青色石头铺就的村道和台阶，弯弯曲曲高高低低将各家各户连在一起。

穿过花草树木，走在房前屋后，闻着自然的气息，看着袅袅的炊烟，我突然有点想流泪。这是惬意的农家生活，是真实的人生滋味，也是我内心渴望而久违了的场景啊。

突然，隐隐约约传来了此起彼伏的"噢噢""噢噢"声，当地向导告知：这就是被誉为"世界仅有，中国之冠"的山林精灵黑冠长臂猿的啼声！

顿时，我们敛气息声，然后，跟着当地向导循声追寻。自然垂头丧气而归。景东是"世界黑冠长臂猿之乡"，有多少动物爱好者、摄影爱好者、探险旅游爱好者，在无量山茫茫林海中追踪黑冠长臂猿，然而，黑冠长臂猿极其机警，一有风吹草动便迅速遁入密林。它们超长的双臂攀行时如同鸟儿飞翔，即使两树相隔十多米也能准确腾空、掠过、落下，因此，只有极少数幸运者目睹过它们的姿容。据说曾有大汉因未能遂愿，竟然当众失声痛哭。

景东黑冠长臂猿是世界尚存的四大类人猿之一，是国家一级保护野生动物，因高度濒危、极其稀少，被美国《时代》周刊公布为"世界上25种濒危灵长目动物中数量最少者"。它们神秘高贵，终年生活在古木参天人迹罕至的原始森林里，只食没被虫害污染的植物嫩芽、花朵、浆果，只饮树叶上的露水，极少下地行走，在树上蜷曲而眠。它们至死保持尊严，从不让人看到尸首。

每天太阳初升时，黑冠长臂猿就开始引吭高歌，宣告对领地的权利，警告外来者不得入侵。它们过着家族式群体生活，性情霸道却极重感情，看到同伴受伤、生病或死亡，会悲伤，会很长时间不唱歌不嬉闹。它们对爱情从一而终，倘若伴侣去世，配偶便哀鸣而终。相比天性见异思迁的人类，它们才是"问世间情为何物，生也相从，死也相从"的典范。

一路为我充当讲解员的景东文联主席王敬告诉我，有一个年轻的博士研究生，离别尚在昆明求学的女友，独自在无量山寻觅、追踪、观测黑冠长臂猿整整四年，因为长年累月与世隔绝，他的性格变得很孤僻，对人世和人事产生了一定程度的排斥心理，却与黑冠长臂猿结下了深厚的情谊。

我默默地想，只有内心对黑冠长臂猿有大爱大悲悯，他才能生出这种大义大奉献的殉道精神。

哀牢山，一个让我莫名心动又心酸的名字。

"哀牢"系用汉字对古代傣语"哀隆"的记音。公元前五世纪，一个神秘王国 —— 哀牢古国在此出现，开国之王为"召隆"（意为"大王"），各国首领称其为"哀隆"（意为"大哥"，汉译"哀牢"）。它历时四百多年，是云南历史上的文明古国之一，其石器文化、青铜文化、耕织文化、服饰文化、饮食文化、民俗文化以及音乐、舞蹈等民族民间文化，都十分丰富且独具特色。由于历史久远，哀牢国的地上文物几乎无存，只有一些与之相关的地名、山水、传说，依稀传递出远古岁月的信息。

哀牢山山高谷深，终年云缠雾绕，海拔在六百至三千米之间变化，形成寒温带、亚热带等气候混合交错的立体气候。山上古老、名贵植物种类很多，繁茂连片、林相完整、结构复杂的常绿阔叶林，性质之原始、面积之广大、保存之完好、人为干扰之少世间罕见，是"天然绿色宝库""镶嵌在植物王国皇冠上的一块绿宝石"。具有国际声誉的著名植物学家、中科院资深院士吴征镒先生说:"哀牢山拥有的常绿阔叶林,对全世界生态系统的研究来讲是至为重要的……"

野生动物当然钟爱这样的地方。哀牢山是南、北动物的天然"走廊",是候鸟迁徙的必经之地,是中国最大的生物王国:有着占全国总量三分之一的物种,有数十种国家重点保护动物,还有大量的珍贵经济动物、药用动物和观赏鸟类。它也是地球同纬度上生物资源最为丰富的自然综合体,被中外学者誉为"天然物种基因库"。

哀牢山以奇特的地质、大气、水文、生态景观,成为联合国"人与生物圈"定位观察点,吸引着国内外专家经常前来实地考察,也吸引着无数海内外旅游探险家慕名而来。

长年不间断的朝雾暮雨,使得哀牢山气候非常潮湿,有人说,"哀牢山是神仙久居之地,但非人类久留之地"。然而,中科院哀牢山生态研究站的工作人员,多年来一直坚守山上,为哀牢山的生态研究无私奉献,刘站长在自己的研究论文集后记中写道:"虽然在哀牢山上工作是辛苦的,气候条件差,碰到的困难也多,但是我们的工作是愉快的,我非常珍惜和热爱这个岗位,并全身心投入到工作中……"言如其人,十分淳朴,令人感动。

在哀牢山的崇山峻岭中,还有哈尼人用顽强毅力开凿出的哈尼梯田,在大自然的神奇造化之外,馈赠给世人一方无比壮美的艺术圣地。

踩着厚厚的枯枝残叶,进入五颜六色的"彩林翠海"。在这片密林中,乔木、灌木、附生植物、寄生植物、藤本植物、草本植物高低参差,形态各异,错落的景观真是曼妙多姿:高大的乔木仰望缈缈长空,"欲与天公试比高";藤本植物攀爬到树冠顶部披垂挂,附生植物、寄生植物死死纠缠着乔木、灌木;地面上,各类矮小的蕨类、苔藓等草本植物密密匝匝,互不相让拥挤成堆,展示着另类生命姿态。仔细察看之下,我发现眼前虽然全是绿色植物,但其实色彩缤纷,各不相同。

静谧的森林散发着神秘气息，一阵风吹过来，林涛阵阵，如歌如泣。翡翠似的山林，弥漫着植物的芳香，我不禁深深地长吸一口气，尽情呼吸这一尘不染的空气。

镶嵌在山巅的杜鹃湖，因湖边绽放各色大王杜鹃花得名。白云映照湖水，湖面银光闪闪。

杜鹃湖绚烂多姿的杜鹃花，不仅装点着湖泊，也让这片"世界上保存得最完好的原生态亚热带山地湿性森林"显得分外妖娆。杜鹃湖是哀牢山之巅的"瓦尔登湖"，美得简直让我心碎，在这儿，世间尘嚣诸般烦恼全都被抛诸脑后。

离开景东已经好几个月了，然而，景东的所有景象，在景东的美好感受，让我一次又一次地回味，一次又一次地沉醉。景东的风土人情，让我至今魂牵梦萦。

痴迷景东的粉丝大有人在，外国人更是"骨灰级"发烧友。一九八五年，美国加州大学海莫夫博士到景东考察黑冠长臂猿，刚回到美国，就迫不及待地给景东人民写信道："我访问景东之前，曾经考察过世界上很多地方，但从来没有见过像景东这样美丽的地方。景东四季如春，终年鸟语花香，山清水秀……我在景东看到的东西太多了，景东多美啊！"更有甚者，一九九六年，荷兰野生动植物保护专家瑞耐斯先生到无量山考察，因贪恋神奇美丽的风光，竟累到走不动路而被担架抬下山。

但凡到过景东的游子学人，无不被她的美好景色和优良生态深深吸引。无数人像我一样，在临别之际许下心愿：景东，我一定还会来的。

刊于《生态文化》2022年第6期

美是易损的

朱 鸿

经过长期的观察，我形成一个印象：美是易损的。

不过我仍在纠结，窃以为，美的衰耗非常复杂。美不仅是易损的，也是易逝的，然而这还不足以概括美的削弱和消磨。这是一个难以厘清的问题，我觉得对美的思考，是自己把自己陷进了麻烦之中。

实际上我追究的是女人如何就变老了。然而，老并非问题的全部，老也不能充分表达美是易损的，尤其老不意味着单纯的岁月累加或白发的纷呈。

女人变老应该包含着清少浊多，喜少怨多，魅少计多，善少恶多，情少贪多。当然也包含着年龄之大、齿历之长。不过岁月不会掏空美，白发也不能覆盖美。

纯属偶然，一个陌生女人引发了我的思考。

她应该是送报的，骑着自行车，满面春风地闯进了小区。脸俏，肤白，发秀，色棕，更有冉冉而动的眼睛与和悦的目光。雀斑微显，尤其增加了她的妩媚。她笑得自然、恬淡、平静，没有一丝一毫的谲波。

我在楼下碰到她，悄然叽咕，做这个工作，委屈她了。我还问，是谁的艳福，娶了她做妻子。如此而已，一晃而过。匆匆忙忙，半年未遇，也就忘了。

再碰到她，已经骑了电动车，除了送报，还驮了一筐瓶装牛奶。显然，她的业务范围扩大了。她的脸还是她的脸，眼睛也还是她的眼睛，不过神情凝滞，闪烁着一些冷漠和虚空。她并没有老，然而我觉得她变老了。

美是易损的，我想。

仿佛一棵树，虽然它并非我的树，不过此树我也可以欣赏。顷见树叶飘零，虫啮树皮，我当然也会感到遗憾的，因为这个世界上的嘉木毕竟是少了。

实际上送报的女人没有从我的脑海断根净尽，她隐现着，又带出了一位少妇。二十年前吧，我住出版社家属院，门外有一个夜市。一个初秋的晚上，突然在夜市的一角出现了一位少妇。红毛衣，大眼睛，素面，低眉，唯纤手在炉火上灵巧地翻动着。她的丈夫在旁边切肉、扦肉，默默协助她。从初秋至暮秋，她的生意如炉火一样旺。食客总是里三层、外三层，吃烤肉、喝啤酒，偶尔抬头看一看少妇，再埋头吃喝，颇有节奏。我从来不吃烤肉，也不喝啤酒，不过出了家属院，我还是会在门外投目少妇。风姿绰约，风采超尘，我暗叹她是陋巷之星。

两个月以后，我旅行返回西安，竟察觉她的润泽流失了，温情蒸发了，像一件万历十五年的瓷器受到掺沙的抹布的揉搓，怅惋她蓦地变老了。谁这么蠢、这么狠，竟用含沙的抹布擦拭瓷器呢？美是易损的！

少妇又带出了一位姑娘，粲若玉兰，在云一方。

三十年前吧，读大学二年级，我耳下出了几颗粉刺，便往医学院去治疗。医学院门口是菜园，这里的白杨树下有一个书摊，由一位姑娘经营着。她短发齐耳，眼睛含情，略显羞涩，对我竟产生了十足的魅力。我以看书为借口，蹲在书摊旁边一瞄一瞄的。一家杂志刊有一篇黄河浪的散文，情景兼容，合我趣味，便掏出本子，一字一句抄起来。醉翁之意不在酒，这我知道，姑娘何等聪慧，她也应该知道。不过她一直微笑着，任我装蒜。治疗粉刺，只用了半个小时，为姑娘所吸引，沉溺于她散发的一种气性、气息或气味之中，竟是整整一个下午。直到夕阳拂地，姑娘暗示要回家了，我才收拾本子，依依而去。

课业颇重，交往也繁，这个姑娘遂藏之于心，忙我当忙的了。毕业以后，我至医学院探视一位老师，才在白杨树下又见到了这个姑娘。不料她声音生硬，眸子直旋直转，颐颊的娇晕也丢了。她也才20岁左右吧，但她却跑到时间前面去了。她的书摊已经升成书店，生意发展了，问题是她变老了。匆匆地，她就变老了。

是的，美是易损的。

我要追寻的是，究竟是什么销蚀和侵害着女人的美？何故使美转瞬即逝呢？

一天用晚餐，妻子做了蒜苗炒牛肉、芹菜炒豆干和炒菜花，还做了一个西红柿鸡蛋汤。她一个一个端上桌子，并慢慢地调整盘子的位置，说："吃吧！"我静静地注视着她，忽然感伤地觉得妻子有一点陌生。我硬是忍着，没有流出泪水。

认识她那年，她不足20岁。她的目光清纯，两腮光洁，额头和鼻子如希腊雕像一样精致，其齿若编贝，手若凝脂，是一位柔顺和善的良家子。然而滴露的玫瑰现在何处去了？蕴香的蕙兰现在何处去了？凌波的芙蓉现在何处去了？不知不觉之中，妻子竟褪落了青春，敛收了喜悦。虽然形影不离，也有恍如隔世的触动，并难过得让我心疼。日子之残酷，在于它能蚕食生命，并一点一点地减其美。

天下女人，没有不追求美的。茅庐里的女人和宫室里的女人对美的敏感是相近的，尽管她们所在的环境存在着冰炭之乖、云泥之别。也许正是对美的强烈乃至冒死的追求，女人的进化才呈长足和惊奇的状态。也许女人的进化，遵循的原则就是美。总之，女人越来越美，美的女人越来越多。女人的天性和本质，应该是美。

唐长安的女人颇为幸运，她们在历史特别豁达的一个间隙，尽情地展示了自己的美。摘去帷帽，一再低胸，并任性地画眉涂唇。她们还在春天往曲江池去，一边踏青，一边弄姿。弄姿，当然是展示美。

杜甫看到了这些女人 —— 韩国夫人、虢国夫人和秦国夫人的华贵。她们都是杨贵妃的姐姐，也是唐玄宗的姨子，皇家的亲戚。唐玄宗也很欣赏她们，大赐脂粉钱，以使她们翩然似蝶，灼灼其华。她们属于社会的上流，所以引领了唐长安的风尚。杜甫吟咏道：

> 三月三日天气新，长安水边多丽人。
>
> 态浓意远淑且真，肌理细腻骨肉匀。
>
> 绣罗衣裳照暮春，蹙金孔雀银麒麟。
>
> 头上何所有？翠微匐叶垂鬓唇。
>
> 背后何所见？珠压腰衱稳称身。

虽然杜甫深具儒家思想，不过他或许仍会喜欢杨贵妃及其姐姐的。他也批判，然而他批判的显然不是女人，更不是女人的美。恰恰相反，男人对女人的喜欢，尤其表现出对美的倾慕和向往，生成了一种鼓励性或促进性的力量，从而能使女人虔诚并大胆地追求美。杜甫为骚客，他以其诗汇入了鼓励性和积极性的力量。

女人进化着美，蕴蓄着美，提炼着美，终于融姿色、性感、声音、灵气和神韵于一体，而这也是为了繁衍、生存和发展。没有导师，她们也知道这一点。唯有美，才会招徕对她们的竞逐和争夺，并择得优秀的男人。

女人的进化，也是男人进化的杠杆。正如歌德所论："永恒之女性，引导我们上升。"

海伦显然有绝世之美，否则不会反复遭抢。她是宙斯与斯巴达王后勒达所生，这也决定了她非凡的品质。

还是姑娘的时候，便有两个青年（忒修斯和庇里托俄斯）结伴把她抢走了。不知道海伦如何激动了他们的爱，竟敢下此硬手。当然，海伦到底归谁，也还要通过抽签决定。忒修斯赢了，只是他得先藏起海伦，因为按照约定，他们需继续结伴再为庇里托俄斯抢一个妻子。当此空隙，海伦的兄长带兵抢回了妹妹。

厉害了，向海伦求婚的王子真是成群结队。经过艰难的挑选，她当了斯巴达国王墨涅拉俄斯的王后。海伦育有一个女儿，已经是母亲了，不过她依然熠熠生辉。特洛伊王子帕里斯羁旅斯巴达，对海伦一见钟情。海伦爱他也爱得神魂颠倒，竟随帕里斯而去。这属于私奔，而且是跨国私奔，闯了大祸。希腊组成联军，进攻特洛伊。一旦交战，便是十年。希腊英雄用毒箭射击，帕里斯死了，特洛伊也沦陷了。墨涅拉俄斯找到海伦，要杀她以雪耻。然而当他举起宝剑之际，忽然注意到海伦看他的目光满是娇媚和诱惑，便收起宝剑，拥抱了她，接着携其而还。她的美征服了希腊士兵，他们也并没有缘起海伦而远征，并做出巨大的牺牲就迁怒海伦。她的美平息了包括墨涅拉俄斯在内的整个希腊社会对海伦的怨愤。

为海伦打仗，便是为美打仗，值得！也许女人进化其美，就是要让男人勇于战斗。

可惜美是短暂的，像流水一样无法久居和长驻。为了保留自己的美、延长自己的美，女人往往不惜金钱，甚至不惜忍痛和忍辱。不过美毕竟是有限的，它会无可奈何地泄漏而渐丧。

女人到一定的年龄以后，便开始了美的流失。尽管这个过程很是缓慢，不过只要启动，就难以逆转了。变老之扰，萦绕于心，对女人也可能是难免的吧！

葛丽泰·嘉宝是著名的电影表演艺术家，其颇具策略，36 岁便僻隐了。为了纪念她，曾经特设并授予其奥斯卡终身成就荣誉奖，她也婉拒露面。也许她想通过这种销声匿迹的方法，把自己的美固定在一个时代吧！除了葛丽泰·嘉宝，谁还能这样做呢！

李夫人也具绝世之美，但她却不会遭抢。她是汉武帝的爱妃，谁敢闪念抢走她呢？何况后宫的保卫何等森严。即使李夫人另有所爱，并起私奔之意，也是插翅难飞的。

问题是她病了，而且十分严重。汉武帝牵挂李夫人，便去探望她。但她却以衾蒙脸，坚决不让看，这出乎汉武帝意料了。

当年她是怎样的美啊！李延年唱道："北方有佳人，绝世而独立。一顾倾人城，再顾倾人国。宁不知倾城与倾国？佳人难再得！"然而由于疾患，她容貌憔悴，自己认为是不能以燕惰见汉武帝的。虽然坚决不让汉武帝看她，但她却求汉武帝照顾自己的兄长李延年和李广利，并谆谆托付了她和汉武帝所生的儿子。

牵挂而见之不得，汉武帝就怏怏告辞了。

李夫人的姊妹怕这样会惹恼汉武帝，批评她怎么可以违逆至此。李夫人说："所以不欲见帝者，乃欲以深托兄弟也。我以容貌之好，得从微贱爱幸于上。夫以色事人者，色衰而爱弛，爱弛则恩绝。上所以挛挛顾念我者，乃以平生容貌也。今见我毁坏，颜色非故，必畏恶吐弃我，意尚肯复追思闵录其兄弟哉！"

再没有比李夫人聪明的女人了！她洞察了男人包括汉武帝的心理，也透彻领悟了美的价值及这种价值降低的可能。她尤其懂得要抓住良机，让美的价值及时达成。李夫人做了非常正确的决定，宁愿招引汉武帝不悦，也不让他看颜色非故之脸。她更要趁汉武帝其爱未弛之际，用足她的美。

汉武帝对李夫人应该是有情的了，甚至颇为重情。李延年得封协律都尉，以李广利为贰师将军，得封海西侯。李夫人逝世以后，汉武帝常常想她，还曾经命方士在甘泉宫以灯影致其神。汉武帝也作赋抒怀，追思李夫人。如果当时汉武帝看到了李夫人容貌枯槁且不整不洁的样子，从而引起吐弃，还能有如此结果吗？

美渐渐退出女人的容貌，属于美是易损的一种表现形式。这是一个让女人叹息，并偶尔会忧扰或折磨女人的过程。

不过变老的过程也是一个更新的过程。只要不断给生命灌注智慧、正义和善，变老的状态便会转化为更新的状态。生命更新，美遂永在。

我见过高迈而美的女人。她们过去有，现在有，未来也有。她们就在我的朋友之中，当然也有远在天边的。

有时候美也会顿然覆灭。戴安娜王妃以车祸而死，36岁。杨贵妃以兵乱而死，也是36岁左右吧！

难道美就这样顿然覆灭了吗？美何其羸薄而易逝！不是的。

生命没有了，美会永在。

刊于《北京文学》（精彩阅读）2023年第4期

齐歌空复情（节选）

盛 夏

作为一个齐鲁人，我从来没有想到，诗仙李白——这个绣口一吐，就是半个盛唐的男人，居然会在离我不远的徂徕山隐居了六年！徂徕山离我居住的泰山不远，准确地说，相差不过二十来公里。开元二十四年（736年），李白打马来到这里，看到山清水秀，叠嶂层峦，动了隐居的念头。开元二十八年（740年），他把妻儿安顿在兖州，自己来到徂徕山，正式隐居下来。那年，他四十岁，徂徕山正值秋日。红叶漫舞，黄叶飘零，一些白练在红红黄黄中飞流直下，让见过无数大山大川的李白十分惊叹。他结识了孔巢父、韩准、陶沔、张叔明等一群志同道合的朋友，在山前的竹溪，吟诗唱和，品茗论道，世称"竹溪六逸"。

徂徕山离泰山这么近，山水品鉴大师自然不会错过。742年，也就是李白隐居徂徕山的第三年，他来到了泰山。当时正是春季，百花怒放，绿意葱茏，兴奋的李白看到泰山龙蟠于齐鲁，吞云吐雾，玉皇顶直插霄汉，他一下为泰山写了六首诗，比给美人杨贵妃的还多。

李白在山东过着潇洒自如的生活，天天诗酒风光，似乎忘记了自己宏大的志愿。"兰陵美酒郁金香，玉碗盛来琥珀光。但使主人能醉客，不知何处是他乡。"就在李白在温柔乡和酒乡缠绵得一塌糊涂时，唐玄宗的妹妹玉真公主和贺知章联袂向唐玄宗举荐他，一纸诏令，李白被召去长安。李白像被北风一浇，一下清醒过来，接着，陷入欣喜欲狂的心境。李白仰天大笑出门而去，把之前所有的不甘、委屈乃至怨愤统统甩到了身后。

如果没有山东，是否会有李白的长安之行？我表示怀疑。山东的山水滋养着李白，这片亘古如斯的土地给了他太多的灵感和情感。一山一水，一人一物，无形地进入李白的血液，使他举手投足，都脱不开一丝豪情和壮气。杜甫就有诗："近来海内为长句，汝与山东李白好。"

李白西去长安了，做了翰林待诏。有吩咐的时候就写写诗，没吩咐的时候便醉眠酒家，酣歌长啸。整个长安城都知道他的大名，天子呼来不上船，让高力士脱靴，贵妃研墨。别人不敢做的事儿他全做了，别人没有享受的他也都享受了。长安三年，真可谓快意无限，风光无限。然而，他的理想毕竟是要"安社稷，济黎庶"，而不是只写写宫廷诗，陪皇帝娱乐娱乐，他的胸中，有太多的经纶没有使用，太多的思想未被实践。时间一久，李白对这种众人捧官宦嫉的生活产生了很大厌倦，不禁回想起从前无忧无虑的日子。他上了一道书，恳请皇帝让自己归去。而唐玄宗，在高力士等人日夜的鼓噪下，也对李白渐渐产生了不满，于是，李白被顺理成章地"赐金放还"了。

早已名遍天下的李白来到了洛阳，杜甫听说后，万分激动，也许还有几分紧张。见面后，他发现李白穿着一身道士服装，朴实无华，却显得卓尔不群。两人谈论起时事，又讨论起诗歌，很快都觉得对方是自己前世的知己。

此后，两人每天一起游山玩水，打马游猎，不亦快活。

我总认为，诗仙与诗圣的相逢，是命中注定的。唐朝一共两千多位诗人，流传下来的诗歌近五万首，可是，如果少了天上人间两位仙圣的相会，该是多么地无聊、无趣啊！那么多诗人，生活在那个万邦来朝、八方来仪的时代，拥拥挤挤，你唱我和。闻一多形容李杜二人的相逢是青天里太阳和月亮走碰了头，一点儿不假。

李白与杜甫在洛阳游玩还不尽兴，又携着手，来到梁宋，继续"方期拾瑶草"的美好时光。在这里，他们遇见了另一位诗人高适，三个人意气相投，上演了一出诗人的盛宴。

然而，不知不觉，已是秋天，三个人在黄叶飘飞中分手了。

　　第二年，杜甫和李白又在山东碰面。杜甫先去临邑看了任主簿的弟弟，路过济南时，忘年交李邕宴集名人雅士，杜甫为济南写下了那张千古流传的名片："海右此亭古，济南名士多。"两人见面之后，十分高兴，一起游玩了济南"华不注"、曲阜和邹县，而后又去一个鬼都难找的地方拜访范居士。范居士摆出最时鲜的蔬菜和梨子，扫去他们旅途的狼狈与困顿。几个人谈笑风生，吟诗作赋，好不快活。从范居士那里回来，又去齐州拜访了李邕。李邕曾经救过一个"勇妇"，这个妇女因为丈夫被杀，十分悲愤，竟然手刃仇敌，为夫报了仇。李邕被她的精神所感动，向朝廷求情，救下了她。李白很崇尚这种任侠精神，写了一首《东海有勇妇》，狠狠地夸赞了李邕，说他"舍罪警风俗，流芳播沧瀛"。

　　李白与杜甫就这样整日黏在一起。杜甫后来写了首诗，回忆他们当时的情景："余亦东蒙客，怜君如弟兄。醉眠秋共被，携手日同行。"两个大老爷们喝得一塌糊涂后，在一个被窝里躺下，酒醒后就拉着手一起行走。杜甫和李白的相识相知相惜，成为文坛上的佳话，让人至今咏唱不断。

　　可是，再深的情意也挡不住离别，这年秋天，杜甫要西去长安了，再求功名，李白在鲁郡东石门为他饯行。石门敦厚，水波翻涌，诗人的心里也是难过和不舍。李白写了一首《鲁郡东石门送杜二甫》："醉别复几日，登临遍池台。何时石门路，重有金樽开。秋波落泗水，海色明徂徕。飞蓬各自远，且尽手中杯。"从此，两人将踏上各自的旅途，将像飘蓬那样，不知飘到何处，先把手中的这杯酒干了吧！

　　在李白心里，两人必定还是会相逢的，因为那年他不过四十五岁，杜甫也仅仅三十四岁，未来还有大把大把的好时光等着他们。杜甫也是眼泪汪汪，忧伤在目。他对李白这个兄长，充满了仰慕和敬爱，他多么想永远在他身边啊！可是，还有前途等着他，还有妻小在眼巴巴望着他。他也写了一首诗赠李白："秋来相顾尚飘蓬，未就丹砂愧葛洪。痛饮狂歌空度日，飞扬跋扈为谁雄。"在这首诗中，他透彻地理解着李白，知道他是赤子情怀，仙丹美酒就是他之所爱，他的性情，也是那么率真、洒脱。两人就在依依不舍中分别了，他们都以为，这不过是一次短暂的别离。然而，造化弄人，未来的多少年里，因为时局等各种原因，这两位相亲相爱的弟兄，竟再没有见过一次面。

杜甫去长安求取功名，李白则继续留在鲁郡，享受一番家庭生活，顺便游逛游逛。在鲁郡，李白生了一场病。他卧在病榻，想起上次与杜甫密游的光景，愈加觉得自己形单影只。他的心一下子空了起来，虽说妻儿知暖知热的，但那个知音杜甫却如飞鸿，一下子飞远了。李白对杜甫充满了思念，提笔写下一首《沙丘城下寄杜甫》："我来竟何事？高卧沙丘城。城边有古树，日夕连秋声。鲁酒不可醉，齐歌空复情。思君若汶水，浩荡寄南征。"杜甫杜甫，我对你的思念，你听到了吗？我饮着鲁地的酒，你不在，酒也没那样美味了；我听着齐地的歌，那么动听，可我只听出了深深的感伤。兄弟呀，你在哪里呢？我李白，可是万分地想念你啊！

在李白诗作中，像这样直白表达深切思念的，真不算多。杜甫呢，此时正在长安城里汲汲求取功名，试图通过应试改变命运，实现"致君尧舜上，再使风俗淳"的理想。然而，现实却给了他无情的一击。先是一贯支援他的父亲去世后，他没了经济支援。之前，他一直靠父辈援助，过着壮游天下、衣食无忧的公子生活。这下，他只好靠留下的几亩薄田，吃老本过活了。在长安显宦圈中往来，是需要很大花销的，很快，杜甫就把老本耗光了，而他那年参加唐玄宗亲自发起的制举考试，也因宰相李林甫弄权落榜了，他一下子落魄下来，从此开始了他山体滑坡似的贫瘠生活。他写道："饥卧动即向一旬，敝衣何啻联百结。"自己经常一饿就是十几天，身上穿的短衣都是碎布缀成的。天宝十二年（753年），他又写了一首诗呼惨——"有儒愁饿死，早晚报平津"。

在这样困蹇的生活中，李白也占据着杜甫的心田。他忘不了李白，忘不了和他同游的美好时光。他日夜想着李白的形象，想起他嗜酒如命，经常烂醉如泥，提笔写下《饮中八仙歌》："李白斗酒诗百篇，长安市上酒家眠。天子呼来不上船，自称臣是酒中仙。"将李白描绘得惟妙惟肖，呼之欲出。后来，李白隐居时的好友孔巢父离开长安，打算回山，杜甫忙不迭地为他饯行，让他将情意传达给李白。《送孔巢父谢病归游江东兼呈李白》末二句写道："南寻禹穴见李白，道甫问讯今何如！"

迟迟得不到李白的回信，李白在杜甫的心里翻过来翻过去，总是放不下。他仿佛又见到了那个潇洒自若，纯真可爱的李白，提笔写道："白也诗无敌，飘然思不群。清新庾开府，俊逸鲍参军。"李白是至高无上的，谁（包括自己）也永远及不上他，在李白面前，杜甫愿意低到尘埃里。李白就像一座南迦巴瓦峰，越在困拮之中，越成为杜甫久久的仰望。他和他那段神仙日子，是他一生的慰藉。在寒冷的冬天，杜甫呵着手，又写下《冬日有怀李白》："寂寞书斋里，终朝独尔思。更寻嘉树传，不忘角弓诗。短褐风霜入，还丹日月迟。未因乘兴去，空有鹿门期。"

算起来，他和李白有多久没有见面了？自己多希望和他一起隐居鹿门，从此逍遥于世间，优哉游哉。不过，这只是他的一个愿望罢了。杜甫就这样声声呼唤着李白，像长空中一只天鹅对另一只天鹅的切切之唤。

而李白，这时已离开在山东的家，去往嵩山寻找元丹丘，两人一起修仙问道。仕途的不如意，让李白更加沉溺道教。然而仙丹并不能真正抚慰李白的心怀，喝得烂醉如泥的他有时还会想起长安得意的人上人生活，他再次端起酒杯。谁知，抽刀断水水更流，举杯消愁愁更愁。还有那个杜甫，这些年来，过得如何呢？好久没他的消息。离开嵩山，李白又到了幽州、宣城、扬州、金陵等地，开始了他再一次的漫游。

齐鲁的家里安安稳稳的，李白怎么舍得离开呢？说到底，李白是浪子性格，又心怀远大，家庭的羁绊很少成为他的阻碍。并不是说他不爱家庭，不爱妻小，只是在他的思维观念里，好男儿志在四方，生就一双腿，手上一支笔，胸中万千经纶，总得有个发泄之地。在漫游中，李白可以不断接触新的风景、新的人，也可以寻找更多的人生机会。这种观念就曾深深感染过梁宋同游的高适。那次分别后，高适就决心换一种活法，便到楚地去了。

杜甫的景况愈下，不知不觉，已在长安待了十个年头。刚去长安的时候，他志在宰辅，但现实却十分骨感，第十年，他才得到了河西县尉的任命。那个地方远在云南，而且县尉是个九品芝麻官。杜甫没有去赴任。他又被改任右卫率府胄曹参军，这是一个负责管理门禁锁钥和看守兵甲器仗的从八品小官。杜甫十分无奈。后来，他终于决定离开长安这个伤心之地。长安，居大不安哪！那时候，杜甫已经四十四岁了。十年人生，最美好的年华已不再，他空无所有。

李白和杜甫二人也许不会想到，强大的唐王朝居然会有安史之乱。安禄山口蜜腹剑，对皇帝一遍遍说着忠心无二的话，背后却藏了坏水，打算撼动国本。那时，李白正在当涂，杜甫正在去往奉先的路上。李白赶紧将子女接到当涂，又前往宋城接他最后一个也是最理解他的妻子宗氏。而杜甫，到了奉先，却经历了人生之大恸：小儿子被活活饿死了。四十四岁的杜甫，看到小儿子那一幕场景，该是多么痛心疾首。这不仅是他个人的悲剧，也是大唐的悲剧。盛世时代，是很少饿死人的，而自己的至亲骨肉，却生生因没有食物而死去，看来，唐朝也要彻底完蛋了。杜甫悲痛欲绝。之后，他不小心误入叛军，又想法逃了出来，投奔了唐肃宗。唐肃宗给了他一个左拾遗的位置，也是从八品。杜甫感激涕零。可以说，这是他这辈子当过的最大的官了。此后，杜甫一路滑坡，跑到成都，盖了茅屋，又到了岳阳、衡州。最后三年，他一直在船上生活，贫病交加。他五天没有吃饭，耒阳聂县令命人给他送来了酒和肉，杜甫美美地吃了一顿后，就死去了，结束了五十九年的生命。

就是在最为多舛的时候，与李白的友谊，也温暖着杜甫的心。与李白同游齐鲁的那段日子，是诗人一生最难忘记的时光，杜甫毕生所求，也不过就是这样知己相交、不缺吃穿不负时光的生活。离开齐鲁后，他的生命就一步步跌入低谷。李白呢，安史之乱爆发后，他加入了永王幕府，成了谋士。他一心以为自己的远大志向就要实现了，谁知道，永王是叛军，很快被打败，李白也被流放夜郎。不得不说，李白天生是一个诗人，而不是什么政治家。他天生没有这个头脑。你看，与他们同游的高适，人家就一心在唐玄宗那边，位至刑部侍郎。

迷弟杜甫呢，投靠了唐肃宗，怎么说也是个左拾遗。而自己，却落得个流放千里的结局。

杜甫听说李白被流放，万分担心，写了一首诗《天末怀李白》："凉风起天末，君子意如何。鸿雁几时到，江湖秋水多。文章憎命达，魑魅喜人过。应共冤魂语，投诗赠汨罗。"他坚信李白是冤枉的，觉得别人就是嫉妒李白，嫉妒他的风神和文章。不得不说，杜甫真的是十分热爱李白，即使他有污点，自己也不相信。像李白这么率真的人，怎么可能是"叛贼"呢？他忘记了，李白也是一个男人，有着自己一贯的远大理想，像他一样。得不到李白的消息，杜甫日夜难安，李白时时出现在他的梦中，杜甫又写了两首情真意切的诗，如《梦李白二首·其一》："死别已吞声，生别常恻恻。江南瘴疠地，逐客无消息。故人入我梦，明我长相忆。君今在罗网，何以有羽翼？恐非平生魂，路远不可测。魂来枫叶青，魂返关塞黑。落月满屋梁，犹疑照颜色。水深波浪阔，无使蛟龙得。"句句透露着关心和惦念。李白在那孤寂的途中，要是读到他的挚友杜甫的这几首诗，该会多么欣慰啊！

不久，杜甫又写了一首："浮云终日行，游子久不至。三夜频梦君，情亲见君意。告归常局促，苦道来不易。江湖多风波，舟楫恐失坠。出门搔白首，若负平生志。冠盖满京华，斯人独憔悴。孰云网恢恢，将老身反累。千秋万岁名，寂寞身后事。"情深意切，恨不得自己代李白受罪。这是多么伟大的情意啊！超越了世间常人的情意。在这首诗中，杜甫对李白做出了一个十分准确的定论："千秋万岁名，寂寞身后事。"他知道，李白的诗将流传千古。他愿他的生活与诗名一样，高贵、风华，不受到世间的种种折磨与苦难。

李白遇赦之后，流落到江南的金陵一带，穷困潦倒，靠人赈济为生。那些散尽千金，仗剑行侠，诗酒谈笑的日子哪里去了呢？杜甫哪里去了呢？天高路远，鸿雁难传。后来，李白寄居于当涂，精神失常，病卧而死，享年六十二岁。

唐代最伟大的浪漫主义诗人和现实主义诗人，就这样陨落了。两个人短暂的相逢相携，就像彗星的碰撞一样，在星空绽放出无限的光华。

据不完全统计，李白留下的近千首诗文中，涉及齐鲁的接近180首，占其诗文总数的18%。公元736年，李白迁居山东，开始在山东定居。公元756年，即安史之乱的第二年春天，李白为了避难，又迁居江南，托武谔到山东将子女接往南方，从而结束了在山东的寄居生活。算起来，李白在山东约二十年时间。他遍游名山大川，到过今天的济南、德州、泰安、平原、博平、兖州、曲阜、邹城、济宁、金乡、汶上、单县、巨野、兰陵等十几个县市。杜甫呢，也为山东留下了八首诗，其中《望岳》的"岱宗夫如何？齐鲁青未了。……会当凌绝顶，一览众山小"，与《陪李北海宴历下亭》的"海右此亭古，济南名士多"一句，成为描写齐鲁胜地的千古名片，为齐鲁的文化事业做出了极大贡献。而两人又都有亲戚在山东，可以说，他们都是与山东有缘之人，山东给予他们的，也是一生中最美好惬意的时光了。

愿李杜二人灵魂有知，在天上仍是相亲相近的好友，可以诗酒花月，毫无牵绊。没事的时候，两位仙圣可以常到齐鲁看看，听人们倾诉对他们的怀念之情。

刊于《黄河》2023年第1期

告别秦椒

毕星星

辣椒，我们那里都叫秦椒。秦椒，我也是捕捉着话音写的，到底是不是这两个字，说不准。

我村里爱种白菜萝卜，还有秦椒。村子靠着一条小河，是远近闻名的出菜的地方。当地有民谚说：高头南岳，胡萝卜葱多，想吃好枣，跑到乔阳。"阳"发音像是"岳"，也就押韵。枣树耐旱，那就是另一块地段了。

高头村的秦椒呢，有那么点小名气。你到集镇上去，有卖秦椒的，问哪里的，高头的，于是放了心。

高头村的秦椒为啥有名？当然啦，因为好吃、好看。

辣椒都是一股子辣味，还有好吃的不好吃的？当然有。辣椒有微辣、中辣、强辣。那种强辣，比如湖南的朝天椒，一入口就辣得直跳，咬一口几天舌头打战。北方人接受不了这个。高头村的秦椒，大致在微辣到中辣之间。入口不烧嘴，下肚子不烧心。更有人不好意思地说，排出时还不辣出口。太辣了，一口遮住了菜蔬的所有味道，什么也感觉不到，只有辣，不好。辣味也是一味，不可以太霸气，炸辣，就过了。高头村的秦椒不靠辣赢人，靠一种醇厚的辣椒香提味。其实在辣椒角儿里，辣椒肉辣椒籽的油香，也是一味。由辣入口，仔细品味那一种醇厚，高头村的辣椒，没有那么性子暴，更像一场苦口婆心、句句刺痛又回味绵长的对话。

什么叫好看？说的是它红得鲜，红得醒目。调菜上色，撒一把，鲜红立刻覆盖了菜尖，点缀了场面。辣椒不都是红的吗？那是你没有比较过。那些品红的、灰红的、黄红的，逊色多了。还有令人叫绝的，高头村的秦椒漂锅，不会下沉。这一带喜欢做羊汤，一口大锅煮着老汤，撒一把高头村的秦椒面，唰啦啦似军团散开单兵布阵，立刻铺满了汤面，整个锅面洇成一片鲜红。喝汤了，一把大铜勺，勺背轻轻推一下，那红色知趣地后撤，露出一块白汤。黄铜勺子舀了，四围的红色立刻铺过来闭合。要吃辣椒吗？小心地撒上一个勺底，加上。看那些红色的精灵散开又围拢，你会觉得它们在望着你，和你叽叽喳喳对话呢。

什么样的土地，才能滋养出这样特异的至味？

秦椒喜高温，喜水，三伏天，正是开花结果长身子的时候。集体化时代，农业社的菜地就靠着涑水河，两行洋柿子（西红柿），三行秦椒，隔着种。河水漫灌过来，干裂的土地吃水，圪嚓嚓乱响，水头子像蛇行吱溜溜铺过地面。河边蔓草丛生，架起的洋柿子挡住了芦苇入侵，河湾里一片墨绿，靠河的菜地，是生产队的一个聚宝盆。

集体化时也有自留地。高头村，种秦椒的家户还是多。一家只有几分地，种一片秦椒。伏天火热，父亲和我去扳辘轳，靠柳罐提水。浇一阵，等着井水上来，歇一阵。于是我们坐在地边谝闲话，望着天上的青石银钉，听玉米噌噌拔节，听豆角噼里啪啦炸角，身边的秦椒默不作声，就在腿边依偎。伸手摸一摸叶蔓，那是我最惬意的时候。

秦椒能当青菜卖，不过作为调味，一般的还是卖干货多，或者干角，或者粉碎了卖秦椒面。

制作秦椒面，可是一件苦活。那时的家户哪里有粉碎机呀。做秦椒面，都是自家动手。

父亲借来一个碾槽，生铁的，两头尖，朝上翘起，中间肚子大，有厚厚的底座。还有个铁辘轳，中间插着木头把。干辣椒碾碎，味道呛人。父亲要坐在高凳子上，用毛巾捂住口鼻，用脚蹬，铁辘轳在铁碾槽里，来回进退，辣椒角渐渐成了片，又成了面。不知道父亲忍受了多少呛，有一年，我们家的辣椒面，竟然积满了一个小水缸。

父亲把这些辣椒面一把一把、一勺子一勺子装进小瓮，转一会儿，他会薄薄垫一层盐。

我问，为啥要撒一层盐呢？

父亲说，秦椒面爱生虫，有盐腌着，就不生虫。

我还是后来才知道，这里家户卖秦椒面都掺盐面。秦椒面一块四一斤，盐面一毛四一斤，谁不知道，掺进去，一斤盐就是一斤秦椒面啊？

再老实的庄稼人，这点小机心还是会耍的。

据说有一家卖秦椒面，买主尝了一口，咸的，立刻呸呸，眼瞪着卖主，那是盐掺得太多了。卖家心虚，连忙说软话：失手啦！失手啦！

高头村的秦椒名声在外，每年秋冬，也就有菜贩子在村里收购。一听到信儿，四里五乡的亲戚朋友就把自家的秦椒送到高头来。因为能卖个好价钱，这时的"高头秦椒"就掺了水，好在毕竟还是高头的秦椒是主家，掺一点别的，大家也都当笑谈说说算了。都要活哩，不要太和人过不去。也有当地的菜贩子自己支起摊子，走街串巷收购秦椒。这些菜贩子多走西北一路，西安啦，兰州啦，说来还是民国时代的商路。

二十世纪八十年代初分地以后，高头村的农户又开始种菜，务秦椒。有了点规模，大一点的菜贩子也会在高头村设一个点。大队原来的旧址都废了，他们就在老大队的地方，收拾几间旧房子当仓库，安起一台粉碎机。他们还是要制作秦椒面，批到他们的商路去。

几个秦椒贩子住下以后，三碟子四碗，每天倒也自在。

一天父亲到那个收购点去看了看。回家依然憋不住笑，对我说那几个人，进了几大车柿子皮。

父亲一边说一边摇头：还没有收秦椒呢，先拉了几车柿子皮。

柿子皮，是我们这里做柿饼的下脚料。一个整柿子要晒成柿饼，先得脱皮。

然后几经翻倒，晒，装缸捂，等到发出一层白霜，柿饼就做成了。这个时候，先期旋掉的柿子皮也晾干了，可以和柿饼一起卖。不过，柿子肉和柿子皮，行市就差多了。柿子皮耐嚼，更多的是逗小孩玩。

贩子看中了柿子皮。柿子皮，颜色、咬嚼和秦椒面很像，混搭在一起，好蒙人。

秦椒面一块四一斤，柿子皮七分钱一斤。

也不知有多少柿子皮打成面面，掺进了整装打包的秦椒。这一年，高头村的秦椒收购轰轰烈烈，粗枝大叶。八十年代初，我的乡亲们就知道有人掺假，但谁也不说破。在他们看来，这个世界，也许本该如此。

那时人们有着耗不尽的热情，说不尽的向往。对于前景，中国农民有一千种设想、一千种奔头。他们笑嘻嘻地看待商品运行过程中的种种瑕疵。秦椒掺柿子皮这种疥癣小疾算得了什么，人家也要挣钱嘛。他们大度地谅解了这种小手段。也确实是没什么，再往后，秦椒面就不是掺柿子皮，开始掺细石子、掺红土了，那才叫黑了心呢。

八十年代的红火没能持续多久。十多年后，高头村的乡亲就面临一场严峻抉择。南方那些爆辣的辣椒一路北伐，攻城略地，很快挤占了每一个犄角旮旯。是啊，它那么辣，以一当十，谁还需要这些微辣中辣的同类呢？一角放下去，一锅子全辣得吸溜吸溜，谁还有心思慢慢品味高头村秦椒留在唇齿间的香呢？

这一场产业调整的大洗牌波及每一个村庄，高头村最后选择了栽种苹果梨，这个产菜历史悠久的村子，从此成了果业村。

我最后一次看到高头村的秦椒，是在永孩叔的承包地。

前年我回村里，想打听哪家还种秦椒，带一点回城里自家吃。问村里人，都说没人种了，要不到永孩的地里去看看。

永孩叔老两口正在地里。土地承包，分下的地块都很小，一绺一绺的，永孩叔的秦椒地也就四五尺宽，种三行秦椒。

老两口正在秦椒行里，像是在除虫。他说，要不这秦椒没人种了呢，光是这打药杀虫，就下不完的功夫。

还是那老牌的垆土地，还是那一二尺高的蔓苗，青绿的枝叶，枝干上的脉条渐渐老粗了。秦椒角垂下来，大多已经红透，还有绛红，颜色没有转全，有晚绿的，不多了。黄下来的，已经蔫了，那是虫伤角。他们一律老老实实下垂，一苗秦椒，一束一束的果实，眼看到了收获的季节。

永孩叔说，自家地里，只管摘。我张开一个塑料袋，撮一把收了，撮一把收了。很快看到永孩家婶子拿眼睛朝这边瞟。我一把，她一瞟。我咋能这么放手呢，毕竟他们也只有这三行地。村里，拢共也就这三行。

第二年我再回去，永孩叔也不种秦椒了。村里人说，你到前巷去看看，下坪那边还有一家。

到了地头看见一片秦椒地，仿佛看到了久别重逢的亲人，好想一把扑到他的怀里。定睛再看，那是一片朝天椒。

火红的尖角，是辣椒群里的矮个子。短短的，一把一把丛生，向着晴天，向着阳光撒泼。朝天椒不需要枝叶遮掩，它冲开枝叶，露出赤裸的肉身。和我们的秦椒相比，它大概不喜欢遮蔽，很开放。

朝天椒向天矗立，对我耀武扬威：来吧，你别无选择，走到哪里，都是我。

从南到北，它一路掩杀过来，无微不至，攻无不克。

家里二姐提起高头村的辣椒，更是感到无比亲切和怀念。啊呀，你不知道咱村的秦椒好。好到哪样呢？前些年外甥上了大学又读研，二姐单位烂了，职工下岗，日子就有些紧。他们两口子商量，找个摊位去卖肉夹馍。照二姐说，倒也简单，做了米粉肉，回高头村买了一袋子秦椒面，热油烹了，联系一家馍铺子送馍，掰开加上肉馅辣椒油调味，来人裹了边走边吃。在关中，在晋南，这是当地一种大众化的快餐。

开张一阵子，二姐的摊子明显地盖过了相邻的，人们来这里排队。二姐说忙的时候啊，一整天也顾不上抬头，只顾掰馍夹肉，递馍收钱。

二姐以为自己选对了行道，直到有一天，有一位买主提出要求——

我不要你那个肉蓉，你光给我夹油秦椒就行。

二姐顿时笑了：肉夹多少都行，秦椒我可舍不得。

这个世间的吃食调味，有大路货，比方说北方面食、南方米饭；有南北畅通无阻的，到哪里都受用；也有某一种吃法，只在一县一乡，或者某一个狭小的地理区域流行，我们权且叫它小口味吧。老家常说，不信猫儿不吃生姜。芥末蘸糖，就好这一口。在老家，这种饭食很多。比如荣河蒸菜，白菜芹菜叶子拌面蒸了，菜面上摆上红烧的肥肉片子。说他光景不好，菜里摆着肥肉；说他光景好，肉片下面就是野菜。这大约也就是穷家偶尔吃肉留下的习惯做法吧。还有凉粉饸饹。一碗面，碗底一份饸饹面，上面盖上漏条凉粉、米醋芥末。大概也就是所谓的混搭，日久积习。高头村的秦椒，大约也是这一带的一种小口味。他们喜欢微辣中辣，醇厚酽香，带一股子泥土滋养的本地的辣。这滋味，和他们的舌尖一拍即合。即使走出去，它也是靠着这一点独特。

可惜这些年，口味也开始大一统。商家笃信赢家通吃，口味也出现了某种强势口味，要占领市场，一统天下。一些小口味，越来越遭到碾压埋没。你就说西瓜吧，我小的时候，有淡绿皮的枣花瓜，有突出道道的黑崩筋，有白皮白瓤白籽的三白瓜，有小个红籽的小籽瓜。现在呢？都是那种篮球一样圆，黑一道绿一道的花绿皮子，走遍全国，哪里都是它。统一，就是单调。应该保持口味的多样性，哪怕它有些刁，有些怪，有些挑拣。高头秦椒不该绝，应该给那一块地域的乡亲留下一点小口味。

我于是在心底暗暗地责骂了一句：去你的吧，辣椒也有殖民主义！

晋西南近秦，人们多以为这里的秦椒，就是陕西的辣椒。

在我小的时候不是这样。这里的乡亲，固执地要把本地的秦椒和陕西的秦椒区别开来。

父亲念过几年私塾，他在砖墙面上记录种秦椒收秦椒，先是写下"秦椒"，后来问了村里民国时代的教书先生，郑重地改写成"葇椒"。

我很喜欢这个"葇椒"，庄稼人都念作qín，它带了草字头，更像一种草木。在北方，秦椒也就是一种一年生的草本茄科线椒。

葇葇，草木繁茂的样子。说秦椒，真好。

我那时还不知道这个"葇"，并不读作qín。

《本草纲目》有涉秦椒的条目——

> 番椒……良由胸膈积水变为冷痰，得辛以散之，故如汤沃雪耳。又名秦椒。
> 李成裕辽载：秦椒，一名番椒，形如马乳，色似珊瑚，非本草秦地之花椒，即中土辣茄也。

这么说，秦椒出现在我们的口味里，已经很有些历史了。

无论它是陕西秦椒的一个异数，还是一种古老的辣味，躲过千年灾荒，繁衍到现在，都不容易。但现在它消失了，一个品种从此不见，我心里蓦地疼了一下。

它只能算个小品种，如此小，告别，也就如此无声无息。

刊于《散文》2023年第8期

戏台流水

简　默

铁打的戏台流水的班子。

许多年之后，当血红的夕阳眼睁睁地看着他像一片轻飘飘的落叶，一点一点地归于泥土时，魔芋爷爷想起了这句话。

这其实不奇怪。台上戏中演惯了出将入相的故事，台下戏外的他也看惯了。那句到处流传的俗话，此刻伴随着潺潺水声，流啊流流到他面前，他脱脑迸出的就是这句话。

村庄叫岩底村，有四五十家住户，以李姓和王姓为主，还有两三个外姓，据说祖上耕读传家，曾经出过进士。村头的空地上屹立着一座戏台，坐南朝北，全木结构，形如一只巨鸟，檐角高挑似双翼扩张，翩然若飞，左右柱间悬有金色镌刻对联——歌管楼台仙阙下，夕阳箫鼓画图中。

这是一座老戏台，岩底村的人说不清它究竟有多老，村里的好事者故意逗年纪最长的魔芋爷爷，你老和这老戏台谁更老？魔芋爷爷听出了他的促狭，也不正面回答他，而是捻了捻银白的山羊胡，越长越小的眼睛狡黠地转了转，慢吞吞地说，有这戏台时，你爷爷的爷爷还在撒尿和泥巴玩儿呢。好事者吃了魔芋爷爷的抢白，窘红了脸，闭上了嘴。从此，岩底村再也没有人跟魔芋爷爷开类似的玩笑。

岩底村一辈一辈人在口头相传，开始这儿矗立着一座庙宇，坐北朝南，庙的正殿和供奉的神像也都坐北朝南，恰与戏台相对。台上锣鼓叮叮当当，丝弦咿咿呀呀，面朝神像，生旦们引吭高唱，在敬神的同时娱众。神殿象征着礼，戏台代表着乐，礼乐合二为一原本是老一辈的传统和礼仪。到魔芋爷爷这一辈，庙宇不知所终了，仅留下此处曾经有庙的传说，但无论是扮相俊俏的花旦，还是满面沧桑的老生，上得戏台，依然面朝神像方向，仿佛庙宇仍旧矗立在这儿，也似乎只有这样，他们才有底气站在这戏台上。脚步移动和身形转换之间，唱腔甫一出口，便引得台下齐声叫好……

那时魔芋爷爷尚是少年魔芋，人刚及戏台高，已经许多次坐在台下看戏。台上站着一个少女，和魔芋年龄相仿，生得苗条挺直，面施胭脂，吹弹可破，明眸皓齿，楚楚动人。开口唱的是《苏三起解》段：苏三离了洪洞县，将身来在大街前。未曾开言我心好惨，过往的君子听我言……只此几句，魔芋便听呆了，痴痴地盯着台上的"苏三"，耳边飘过清脆凄婉的唱词。他的内心升起了从未有过的异样，整日劳作的父母无暇顾及他的变化，也许小伙伴们懂得，他却不想跟他们说。春天来了，戏台周围的桃花盛大开放，热闹地簇拥着戏台，像一片粉红的海，托出一只冉冉展翅欲飞的鸟。桃树不会抬腿走路，戏台也无法挣身飞翔，所有这一切，都不及台上的"苏三"。自开场锣鼓咚锵咚锵咚咚锵地响起来，她就是那只自由自在的百灵鸟，那朵明艳照人的桃花，唱念做打，丝丝入心。风儿吹过，朵朵桃花撑着小伞，满岩底村地飞，有的飞上戏台，仿佛一只只彩蝶，唱和着锣鼓点子，环绕着"苏三"起舞。桃花扑来清新香甜的气息，趁着魔芋闭上眼睛陶醉的空儿，钻入他的内心，此刻魔芋的心是一汪湖，无数桃花纷纷扬扬地飘落，骚动了起来……

"苏三"叫晓春，是戏班子班主的独生女儿。

当晚，魔芋头一遭难得地失眠了，他的眼前老是走马灯似的游动着晓春灵巧的身影，耳边总是响彻着她优美的唱段，任谁也驱赶不走。此前他躺在床上，头沾着枕头就进入了梦乡，有人将床和他一起搬走也惊不醒他。

戏班子在岩底村一连住了七天，晓春粉墨登台唱了七天，从苏三到贵妃再到黛玉……多年之后，岩底村的人仍然清楚地记得晓春第一次上台演出的情景，他们记住了这七天中她扮演的每一个角色。即使晓春跟着戏班子走了多日，她的戏音也仍然盘旋在岩底村上空，仍然萦绕在村里的人的俗世生活中。也许在他们眼里，看晓春的戏是类似于在云端生活的美妙体验，他们中总有人摇头晃脑地作陶醉状，啧啧赞叹道：呀，她演的苏三绝了，唉，绝了……当然，这儿的"苏三"可以替换为贵妃和黛玉，甚至嫦娥和虞姬。反正，在戏台上，她就是她们，有着她们的笑与哭、悲与欢、离与合……

在岩底村，看戏也长幼有序。辈分高的老人永远正襟危坐在中间，这是台下最好的位置，体现的是尊敬；后面坐着或站着的是年轻人。孩子们则坐在了前面。魔芋虽刚长到和戏台一样高，却已经比许多同龄人高，有人逗他到后面的年轻人中去，他梗着脖子偏不，也不说话，抢先坐在了边儿。他就是觉得坐在前面视线好，没人挡着，看得清楚，听得明白，但他又为自己的身高有一丝惭愧，生怕挡了后面的人，有意选了边儿坐下。他也坐在那儿一连看了七天，没错过一场有晓春的戏。他彻底着迷了。他觉得她浑身上下散发着一种奇异的光芒，就像夏夜里嗞嗞地响着的汽灯，吸引着数不清的蛾子蚊虫前赴后继地扑来，他和其他人也都被台上的她吸引着，目不转睛地盯着她、追着她，争先恐后地振翅飞扑向她的光线、她的火焰。

桃花盛开，春天走向尽头，而他内心的春天才刚刚开始……

晓春走了，戏班子也走了，带不走的是戏台。魔芋站在戏台前，台上空空荡荡，阳光闪闪烁烁，晃花了他的眼，恍惚中他看见台上晓春轻移细碎莲步，朱唇悄启，唱词跳跃奔涌，仿佛她一直在台上，戏台就是她，她就是戏台，她与它亲密地连为一体，因此台上的演出从没有停止过。这一刻，魔芋不甘心在台下当观众了，他要上台当演员。

到了晚上，一轮又大又圆的月亮悬在空中，照亮戏台如白昼。魔芋踩着倾斜的木梯，登上戏台。他没受过任何训练，从小至今，台上在演，他坐在台下看，一直是观众。但此刻，他模仿着晓春的动作，竟也有板有眼，惟妙惟肖。他鼓足勇气，脱口唱出：苏三离了洪洞县，将身来在大街前……竟然和晓春唱得一模一样，连他自己都吓了一跳。他不愿承认自己因为晓春的演出而升起的异样，让他一遍又一遍地揣摩她的动作，在心里默默地学着她的唱腔，今晚终于一泻千里地表演了出来。他归之于晓春曾经上台演出过，台上留下了她的身影，她的气息，全部附在了他身上，如同晓春本人在演出。下台后，他既兴奋又满足，脚步轻盈地踏着月色，回到了家。

每一个月亮朗照的夜晚，他都会登上戏台，学着晓春的动作，唱着她唱过的戏，一折一折地唱完，又从头开始唱。台下没有一个人，台上就他一个人，这是他一个人的戏台，没有伴奏，没有搭档；也是他一个人的秘密，月亮知，虫儿知，鸟儿知，却无第二个人知道。但这秘密很快像一个包袱被抖开了。那天晚上，那轮月亮从未这么大这么圆过，大地被它照耀得藏不住任何秘密。因为今晚的月亮，魔芋格外高兴，他在台上一口气表演了所有晓春在岩底村演出过的唱段，他太投入了，完全沉浸在了他和晓春共同营造的世界中，忽略了戏台之外的一切。直到台下异口同声地喝出字正腔圆的一个字：好！就像在他头顶炸响了一声春雷，他才被猛然惊醒，一下子唤回了戏外人间。他呆呆地立在台上，定睛朝台下望去，只见像看晓春的戏一样，辈分高的老人正襟危坐在中间，年轻人在他们后面坐着或站着，孩子们则在前面老实地席地而坐。他尚迷离的目光穿过一排排坐着的人、站直的人，像穿过一排排篱笆，怎么也望不到头。这让他很困惑，今晚的月色多么明亮呀，不该是这样啊，他不相信地使劲揉了揉眼睛，得出了一个令他难以置信的结论：整个岩底村的人都来了！那一瞬间，他的泪水决堤涌出，面对着台下的他们，深深地鞠躬，掌声如暴风骤雨掠过岩底村的上空……

岩底村有了自己的戏班子。魔芋男扮女装，主演旦行，成为戏班子的女主角。他本生得面皮白净，眉清目秀，化妆后看上去倒真的像个女人。岩底村和其他村互相送戏，魔芋来到其他村，站在戏台上边走边唱，经常有陌生的小伙子在台下看戏，心想这台上的女子不光戏唱得好，人也长得俊。待到戏散了，小伙子悄悄地去后台一看，恰逢魔芋卸了妆，原来竟是一个男儿身，小伙子哑然失笑，越发觉得魔芋扮演得形神俱佳。

岩底村的邻村水榭村临水，村里有一个女子叫茨菇，出落得如水边依依杨柳，春风拂过，风情万种。她第一次坐在水榭村戏台下看魔芋唱戏，便迷恋上了他，趁着各村互相送戏的当口，追着岩底村的戏班子一个村一个村地跑，仅为了看魔芋的戏。魔芋在台上，望着台下黑压压的人，瞥见坐在前面最左边位置的茨菇，他记得每一次看戏都有她，都坐在相同的位置上。她看得是那么认真，那么投入，不错眼珠地盯着魔芋，捕捉着他的一颦一笑，以及自他唇齿间清晰地吐出的每一句唱词，身不由己地跌入了他莲步和唱腔拍岸的波涛中。一次一次地唱毕，魔芋开始下意识地寻找那双美丽流波的大眼睛，四目碰撞的一刹那，擦出了爱情的火花，熊熊燃烧为一世良缘。

魔芋又一次与晓春相遇，准确地说，是他作为听众遇见晓春的声音，在岩底村大队院门口老榕树上的大喇叭中。那时，晓春已经红遍全国，也起了自己脍炙人口的艺名。仅仅听了一句，魔芋已经判断得出，喇叭中唱戏的女子就是当初的少女晓春。尽管她有了新的艺名，时间也过去了二十多年，但一个人的声音是烙在她身体上的胎记，不会随着时间流逝而发生根本变化，更何况少女晓春的声音曾经像一枚石子，丢入他年少的心中，荡起一圈一圈的涟漪，带给他朦胧而异样的感受，让他刻骨铭心，一生难忘。他肩头耸动，双泪横流，不能自已……

魔芋又种了二十年田，尝了二十年新米，他也在岩底村和其他村的戏台上唱了二十年戏，将自己由青衣和花旦唱成了老旦。他一直觉得自己是一棵树，老了也是，从最初的青涩单薄到郁郁葱葱，再到气根披拂、繁华凋零。他从未离开岩底村，是岩底村温暖朴实的泥土如胞衣包裹着他，庇护着他，让他与外面的纷扰、荒诞和热闹隔绝，安卧在岩底村的手掌心，像一个安静的婴儿。

魔芋唱不动戏了，也登不了台了。他活着的最大乐趣是，与一群年龄相仿的老头儿老太太，圪蹴在门前的阳窝，望着冷冷清清的戏台，双手相互袖在一起，一言不发，晒着暖儿，常常是晒着晒着，就打起了瞌睡。老人们顽童心理重，恶作剧地逗他，凑近他耳边大声喊道："魔芋，该你上场了。"睡梦中，他猛一激灵，没有醒来，却张口唱了起来：苏三离了洪洞县，将身来在大街前⋯⋯他唱得纯粹地道，清丽脱俗，大家都不舍得打扰他，直至他唱完，掌声雷动，喝彩纷纷。这时有人挑起大拇指夸赞道："好一个张派花旦！"听了这话，魔芋恰恰醒了，不乐意了，从鼻子里哼了一声，谁也不搭理，起身回家。大家都莫名其妙，只有茨菇懂他，晓春师承张派，他第一次遇见她，她唱的就是这一段，彻彻底底地惊艳了他。他从模仿她开始，半辈子在戏台上，都活在她的影子下，有时想想，一生也就这样过来了，临老想找回自己，本也是正常事。

村里的老人越来越多，他们三五个一群，七八个一片，每天太阳升起后，各找各的阳窝晒暖儿。他们一人提一张马扎，靠在东墙根，面朝太阳，阳光照射着他们的前胸，透过后背，烤得墙暖乎乎的，似乎袅袅地冒着热气儿。他们敞开心扉，搬出那些快要发霉的往事和记忆，它们像一件件衣服，附着旧时光的碎屑和气息，经过坦荡透明的阳光一晒，变得崭新如初，芬芳扑鼻。岩底村仿佛是他们的王国，他们和村里那些孩子、病人、残疾人一起，都是常居在此的人。

村里的年轻人外出打工，无比放心地将孩子留给家中的老人，他们挣钱后的第一件事是寄钱回家盖新房。一棵棵桃树被连根拔除，一片片桃林被换成了一幢幢新房，环绕在老戏台周围。老戏台像是一座孤岛，又像是一只掉光羽毛的孔雀，寒碜而落寞。新房盖好了，他们却不回来住，他们的根漂泊在异乡，岩底村无法像一个深深地扎入土地的拴马桩，拴住他们流浪的脚步；也不让家中的老人去住，他们在老人的房子中出生和长大，却不愿让老人日复一日地走向衰老和死亡的肉体，在自己飘散着各种装修气息的新房中安睡一夜。他们同样无比放心地将新房钥匙留给老人，交代老人们按时开窗通风，打扫卫生，最后，"咔嗒——"一声，铜锁锁住的不仅是一院寂寞，还有老人孤独的背影。

无数像岩底村这样的村庄被形象地叫作空心村，它们是农耕社会投向现实大地的最后一抹夕照。许多像魔芋这样的老人，至死都是空心村中的一棵树，他们就像自己日夜寄身居住的村庄一样，前后两片皮囊夹住逐渐流失水分和生机的肉体，根系一天一天地化为泥土。在广东打工的儿子给魔芋买了一台戏匣子，这是岩底村第一台戏匣子，它在魔芋的老屋里咿呀响起。魔芋爱不释手，放在床头桌上听不够，常常手捧着它，贴近耳边听，有时听着听着，就睡着了。他将这台戏匣子想象成村头那座老戏台，想着想着，耳边开始锣鼓叮当，丝弦咿呀，接着各行各角陆续粉墨登台，小小岩底村所有的爱恨情仇，善恶忠奸，都在这戏台上一一生动呈现，台下观众仿佛看见了自己的影子，表情各异，内心波澜涌动。

直至戏终人散，台上台下，空空如也。

魔芋委顿地倒在躺椅上，惯性让躺椅载着他，摇晃了几下才停止。他突然有了自己的一生已经在戏台上提前上演过的感觉，分不清是在戏内还是戏外。

老戏台轰然倒塌了，废墟之上，魔芋粉面朱唇，轻移莲步，水袖飘扬，无限伤感地唱道：原来姹紫嫣红开遍，似这般都付与断井颓垣……

刊于《湘江文艺》2023年第3期

辑　五

荆江十六玦

刘醒龙

季节真好，溯长江而上，两岸黄灿灿的油菜花，将一江春水染成一条宽广的金色坦途。然而，在石首这里，长江中游被称为荆江这一段更像从石器时代起，珍稀而高贵地延续数千年的玉玦。

几年前，第一次在石首看荆江，天地间也是这般暖阳，景象却是秋天。去时仓促，走时匆忙，心中留下一个似有似无的疙瘩，不知是解开了好，还是顺其自然地解与不解两由之。回来武汉后，曾将自己在石首博物馆见到的某件展品，说与省博物馆的朋友。朋友眼皮也不抬一下就反问，县级博物馆能有国家一级文物？为了间接求证，与朋友再次见面时，自己有意旧话重提。朋友依然像先前那样，用那种虽不是断然但也差不了多少的语气，将介于不相信与不可能之间的那句话重复了一遍。朋友在青铜重器研究方面有着专业领域和社会层面一致认可的权威性。偏偏我也对自己的眼力与听力有着充分的信任，朋友的话当然没有在我心里形成新的定式，否则自己就不会将一种纠结始终放在心中。

好几年了，一直想再去一趟石首，看不一样的荆江和博物馆。

一直想再去，一直没有再去成。越是没有去成，心里揣着的那种纠结越是使人欲罢不能。等到终于达成目的时，先前一直不肯退场的情怀，居然被眼前所见偷换了概念。

石首博物馆不大，一座小楼还有一半用作图书馆。展厅内，司空见惯的陈列柜里安放着那只令人闻之瞠目的原始青瓷瓿。在荆楚各地收藏的同类器物中，石首的原始青瓷瓿有点大，这种达到较大级别的体量，并非这只原始青瓷瓿能够进入文物顶流的关键。石首的青瓷瓿很精美，这种能让史学眼光惊艳的美，亦非青瓷瓿足以达到文物顶层的优势。作为战国时期的青瓷，既没有元青花那样稀者为贵，也不是明青花那般爱为尤物。如此见证陶器衰、瓷器兴的过渡之物，原始青瓷缺少前者的深幽厚重，显得青涩稚嫩，又因为累积了前者的衰败土气，免不了染上未老先衰的埋汰意味。石首青瓷瓿之所以成为举世无双孤绝人寰的国宝，就在于其底部有几道破损的缝隙。两千多年前的这些裂缝，是两千多年前的主人不小心打破所致。仅仅是打破了也一点不稀奇，不要说三千年前、四千年前、五千年前，甚至是六千年前，古人打破某种器物后留下的裂缝数不胜数、举不胜举。能够像两千多年前石首青瓷瓿的主人那样，用那个时代的独门绝技，将破损的瓷片粘合到一起，还青瓷瓿以本来面目，才是两千多年后世人所仅见。

如斯国宝，两千多年后的人们将滚滚东逝的长江水注入其中，那些破损于两千多年前，修补于两千多年前的裂缝，宛若金汤铸就般滴水不漏，这对两千多年后的我们有着何种特殊意义？

在没有一条河水不是汇入长江的湖北，自然天成地拥有了长江穿省而过留下来的一千多公里慷慨激昂的最长的岸线。用不着夸张，只需实实在在地说，万里长江用每一滴水创造的自然奇迹和人文奇观，无不浓缩在被叫作荆江的这一段。

长江之水，由荆州流出，在离石首还有几十公里的江陵铁牛矶，拐了一个惊天动地的九十度直角大弯，没有人记得让一江逝水不得不急转弯是哪一场洪荒形成的。人在矶头，心里只有从正前方迎面流过来，往左侧流过去的半江春水。莽莽江堤，叠压着一次次溃败带来的灭顶之灾、一回回坍塌造成的水深火热。江堤身后，那极尽奢华以满足楚王狩兴渔乐的行宫，只能从侧面印证一次次不堪之后的泽畔重生，行宫之外的一顷顷良田才是对与荆江相伴相生的儿女们丰功伟绩的讴歌。铁牛矶上"嶙嶙峋峋，其德贞纯，吐秀孕宝，守捍江滨，骇浪不作，怪族胥驯"的大铁牛还在，被江畔风浪磨炼出来的黑亮包浆，照映着江风江水载来的万物众生，独独照不见也映不出江对岸同样用铁铸的一群放牛娃，那些挥起小小鞭儿就能驱赶世上最顽劣公牛的孩子早已不见踪影。铁牛矶下，总有一些女人承袭从蛟龙水怪作祟之际就兴起的习俗，将家中少年穿过的一件件鲜艳衣服抛向激流，她们相信这种假装自投罗网的小小伎俩，骗得过想用倒海翻江之术收走少年的巨兽，确保自家孩儿一生一世都能免于水患。

冲过铁牛矶的洪水猛兽，在江汉平原上肆虐了亿万年。从洪荒到高古，从近代到当代，也是受够了上游三峡的束缚，临近江汉平原，长江有了别名荆江时，先变身为泛泛汤汤树枝般分汊型河床，弄得那一带的地名都叫枝江。看不清，也想不通，在铁牛矶还不叫铁牛矶时，那些网状的分汊河道汇到一起，按道理当会以泰山压顶之力一泻千里向东而去。然而，冲破四川盆地的长江，被叫作荆江后，情性大为改变，能劈开云贵高原的巨大水流，遇上小得不能再小的铁牛矶，居然立即侧转身来，逃也似的向南直愣愣地狂奔，直到石首城外的藕池口才再次侧转身回归东向。与铁牛矶的转身急去不同，再次转身的荆江，到洞庭湖的出江口城陵矶直线距离只有八十公里，却弄得像有谁在软硬兼施威胁利诱，使其绕了十六个大弯，硬是将俗称下荆江的这一段延长三倍，变成二百四十公里，并导致石首一带的河床频繁发育和蠕移。有资料记载，从清咸丰十年（公元一八六〇年）至二十世纪末的一百四十年间，石首江段就曾发生了街河子、月亮湖、古长堤、大公湖、西湖（今人民大垸农场境内）、碾子湾、中洲子、沙滩子、向家洲等多处自然裁弯取直事件。裁弯取直后的新河道，由于坡降变大，流速增大，侵蚀搬运力增强，河道迅速扩大，又有可能发展成新的弯曲。老河道则相反，随着大量堆积物的产生，逐渐由与主流隔绝到完全断流，最终形成地理学上的"牛轭湖"，也就是常言说的"长江故道"。曾经位于江南、自然裁弯取直后腾挪到江北的天鹅洲，学名叫沙滩子故道和六合垸故道。裁弯取直的河道流向，强化过流能力，减轻洪涝威胁，缩短运输航程，然而，自然裁弯后往往会引起堤垸大量崩塌、河道淤塞、洪水泛滥的连锁反应，酿成新的灾害，给人民生命财产造成损失。一弯变，弯弯变，自然的事自然会发生，所谓顺其自然，也包含着对不尽如人意的无可奈何，这才有万里长江最险在荆江之说。

不到石首，就不知道为何说，万里长江，险在荆江。

到了石首，才知道长江中游叫荆江的这一段，给中国第一大河流、世界第三大河流，打造了结结实实的十六个河环。

石首这里的荆江，不想将十六处大弯称为十六个河环的，完全可以称其为十六只巨型玉玦。十六只玉玦圈出十六片色彩斑斓的沙洲。在这些天造地设的美丽沙洲里，天鹅洲的美丽最为夺目。一九七二年七月，六合垸江道自然裁弯取直后，被新的长江故道圈成的天鹅洲，生长有高等植物二百六十七种，脊椎动物二百二十三种，鱼类七十七种，鸟类一百一十五种。虽然有天鹅等百鸟来朝，但先后在此设立的白鱀豚国家级自然保护区和麋鹿国家级自然保护区，才是让天鹅洲举世闻名的直接原因。

离春分节气还有几天，走在天鹅洲上，春天气息比别处更浓。在二〇〇八年的雨雪冰冻灾害中，被破冰船引入保护区网箱进行救治的雄性江豚天天，领着儿子在离我们不远不近的水面上往复跳跃，毫不理会经我们的手抛入水中的一条条小鱼。那位因饲养江豚而成为网红的朴素男子，一边说还不到喂食的时间，一边也抛下几条不被搭理的小鱼，证明江豚没有欺生。一同获得救护的那只名叫娥娥的雌性江豚，伤愈之后，与雄性江豚天天做了夫妻，接连生产了两只幼崽。二〇二〇年六月十日，刚生下二宝的娥娥，受到雷鸣电闪的惊吓，像是得了产后抑郁症，丢下幼子与夫君，做了天鹅洲上动人的传说。离开水线，离开嬉戏不止的江豚父子，穿过几处树林，眼前出现了大群的麋鹿。数了一阵，实在数不过来，问一旁的保护区工作人员，对方扫了一眼，说是有三百头左右，接着又补充说，刚才前面还有一群，比这一群更多。天鹅洲保护区这里的麋鹿有一千八百多头，眼前的三百多头，正在安逸地牧草，表面上并不在乎有人，但只要有人走近一步，麋鹿群绝对会后退两步。人走上十步，麋鹿群绝对要后退二十步。当我们想进一步走近时，麋鹿们开始拉开距离，带着轻微的尘雾，消失在一条干涸的小河那边。

那天晚上，与石首博物馆不同时期的三位馆长聊他们的镇馆之宝。听我说石首有七件国宝，馆长们马上齐声纠正说只有五件，若是算上一九二八年二月贺龙和周逸群在战斗中遗失，被当地一位少年发现后藏于自家水塘中的印章等，确实是七件，可惜那两件现藏于军博。其实，我是说在石首博物馆馆藏兽面纹青铜镈、北宋白瓷盏托、明代杨溥墓志铭志盖、明代张璧松鹿纹玉带板、战国时代原始青瓷瓿等五件国家一级文物之外，还有达到超一级的江豚与麋鹿。互相笑过了，又回到最想说的话题上。那一年是一九九〇年，与青瓷瓿一同出土的还有青铜鼎、青铜敦、青铜壶、青铜盘、青铜匜和青铜勺，整个就是一套居家过日子的豪华食器。依照先秦时期的规制，虽然够不上皇亲国戚达官显贵，但也绝对不是一般的殷实富有。不一样的荆江独爱石首，大道通南北，富水连东西，草长莺飞、鹰击鱼翔的模样都有几分奇瑰。与三位馆长说话的落脚点还是用黑色树胶修补过的原始青瓷瓿。二十多年来，那几条貌似平常的裂纹，不知让多少考古专家疑为天外之物。或许在比两千多年前更早的时候就有先辈掌握了修补原始青瓷的技艺，可惜没有留下来，或者留下来了却无缘被后人发现。石首铁剑岗上出土的由当年主人亲手修补的原始青瓷瓿，毫无疑问地成了人类文明中第一件变废为宝的实物。

前次来石首时的记忆还在，五年间隔，我心已被长长的新冠疫情弄成三生三世的沧桑。相较于两千多年的漫长，再来石首，验证过自己的记忆，细看那所言不谬的原始青瓷瓿，浑身的旧痕又多了些八荒八野的象征。

由十六道河环组成的荆江，令人想明白一些事，准确地说，是这些事贯穿着同一个道理。三百六十公里荆江，由上游自由散漫的河汊状，到被铁牛矶砥进狭窄河道径直地冲向几十公里外的藕池口，然后再次变换身段，摇摇摆摆，忽南忽北，像一条银蛇在蜿蜒，留下的道道河环，宛如石器时代的巨大玉玦。等到了下游的城陵矶，回眸来看，江流的每一次变化，就像两千多年前先祖用黑色树胶粘补原始青瓷瓿，都是对自身目标的创造性修补。天鹅洲上上下下受着特殊保护、宛若死而复生的江豚与麋鹿群落，毫无疑问是对野生物种的亡羊补牢，说到底也就是对自然世界满怀悔意的一种修补。铁牛矶对面曾经有过一大群铁铸的放牛娃，在江那边的人看来，铁牛果真有神力，将万夫莫挡的惊涛骇浪砥过江来，又怎么不可以用擅长对付牛们的放牛娃，撵走神牛，废掉神功？还有那些沿江抛落少年衣物以欺瞒水怪的女人，意图使水怪相信其想收去的孩子业已主动交出来了，女人的所作所为也可以看作是人妖之间的一种修补。只是这种文化意义上的修补，肉眼凡胎，既看不见，也摸不着。最能一目了然的修补是，自江陵往下沿江数百个转运散装沙石、水泥和煤炭的小码头，全部改为密封廊道，腾出来的江堤，种的种，植的植，成就了江南大地上以百公里计的长长的鲜花飘带，以及被鲜花飘带簇拥着的十六只历史之玦。

天地造物，每一件都有其深意。非要说某某东西毫无用处，往往是感知不到位。地理学上的荆江是由十六个河环组成的，人文学上的荆江分明是十六只巨大的玉玦。当年的鸿门宴，范增接连三次举起玉玦，见着的人都明白，那是催促项羽赶快决断，杀掉刘邦。《聊斋》中狐女小翠消失之时，留下一块系有玉玦的丝巾，曾经是傻子的公子元丰都能明白，小翠这是与自己诀别，再也不会回来了。绝人以玦，反绝以环。作为信物，玉玦有与人断绝关系之意；在玉器盛行的年代，君王如果将玉环赐给被逐之臣，则是对方可以回来了。有着十六只巨大玉玦的荆江，象征着有史以来一次次的决断。修正的河道正如修补后的原始青瓷瓿，用新的完美，美誉新的人间。这也应了河环之"环"的寓意，只要人们有正确的决断，美的幸福，美的富强，都会回来！

刊于《光明日报》2023年4月24日

江从汨渚分

熊育群

一

阳光在古汨罗江河道上跳跃，天地一片澄明。右岸低低的山脉，杂木丛生，一栋栋民舍错落。左岸轮盘似的田野，薄雾轻笼，一个个村落由从前排列整齐的平房散开来，农垦时的泥砖茅屋早已换上小楼，红色坡屋顶一片片闪耀。

沿江而行，路面欹斜，岸边一亭一碑，碑为麻石，上刻"河泊潭"，下面小字写"又名屈潭、沉沙港"。碑文写屈原"公元前二七八年，农历五月初五日，在此投江殉国"。四十多年前汨罗县人民政府在此立碑。

我在碑前伫立良久，抚摸着碑石，望着宽阔的江面，思绪纷纭，仿佛那个日子离自己猛然间挨近了，出现了投江的幻影。

小时候曾听说屈原在沉沙港怀沙自沉，沉沙港并非河泊潭，它是汨罗江一条流入湘江的支流。屈原在沉沙港还是河泊潭自沉，民间传说更偏于前者。翌年就是屈原殉国2300周年，屈原管理区要举行隆重的祭祀活动，我想，祭祀英魂应该找到他的殉国之地。

但是岁月漫漶，投江地能找到吗？

文友彭仁满搜集了大量史料，提出了投江地在下游两公里的地方，他以"揭秘"为名写了系列文章。我在史料中篦梳，仍然心存疑虑，便抛开俗务，一头扎进投江地的寻找中。

河泊潭古称汨罗渊。"汨罗"在贾谊的《吊屈原赋》中出现——"侧闻屈原兮，自沉汨罗。造托湘流兮，敬吊先生"。不难考证，赋中汨罗是个渊名，是指汨水与罗水汇合处的一个深渊。《水经注·湘水》记载："汨水又西为屈潭，即汨罗渊也。屈原怀沙，自沈于此，故渊潭以屈为名。"贾谊谪长沙王太傅，经湘江写下此赋，离屈原投江时间只有一百年，可信度高。这条自东向西流的河，那时叫溾水，千年之后才有汨罗江的名字。

贾谊来后几十年，司马迁也到了汨罗渊，他在《屈原列传》中写道："适长沙，过屈原所自沉渊，未尝不垂涕，想见其为人。"司马迁与贾谊来汨罗渊凭吊，郦道元在《水经注·湘水》中也做了记载："昔贾谊、史迁皆尝迳此，弭楫江波，投吊于渊。"他还写道："渊北有屈原庙，庙前有碑。"

河泊潭是屈原投江地史无疑虑。但是，河泊潭村前面的江就是河泊潭吗？

河泊潭村宋时为南阳市，舟楫往来，十分热闹。平江商船在这里大船换小船，小船溯汨罗江而上，直到上游的平江。清同治时，平江商会拥有两艘万担大船、五十艘千担中船以及几百条木船，湖北开艕、宝庆毛板、宁乡乌杆也纷纷到此抛锚。万担大船从洞庭入港，说明河泊潭村至洞庭湖江段河床之深。清同治十二年（1873年），平江商人在李元度的主持下，在一处高地建起了屈子庙，郭嵩焘为庙撰联。二十世纪六十年代庙被拆毁。现在，屈原管理区在村口平整土地，准备建一座祭祀台，祭祀活动将在此举行。

但是，翻读清代地理书《一统志》，书中写有："一南流曰汨水，一经古罗城曰罗水，至屈潭复合，故曰汨罗，西流入湘。"汨水、罗水复合后才到汨罗渊，河泊潭村上下游都有两江汇合，此地属洞庭湖东汊，从前河道纵横，哪个才是屈潭？

南朝《荆州记》中又有"汨水西流注湘，去县三十里，名屈原潭，即原自沉处"的记载。罗县到河泊潭村不到三十里，下游两江汇合处恰好三十里，且上游汇合处没有山。罗县即古罗子国国都所在地，今为古罗城村，去年经考古挖掘，出土了大量春秋时期文物。显然，下游复合处才符合。

第二次到河泊潭村考察，天气阴冷，时隔半月，树叶落了大半。王咏年家开了电炉烤火，他86岁，曾在村里当了近四十年支书。跟几位老人聊村史，他们并非世代居住于此，祖先明朝洪武年间才迁来此地。王咏年的家族来得最晚，他们世世代代在汨罗江上打鱼，上世纪五十年代末才从上游王花堠迁来。那时围湖造田建立国营屈原农场，截断了汨罗江河道，挖断玉笥山周家垅口，江水由凤凰山西南改道东北，流入洞庭。

王咏年年轻时就在河泊潭打鱼，江上遇险，他会喊"屈原爹爹保佑"。迁来垸内，这片坡地还很荒凉。老人说，河泊潭的范围并不局限于河泊潭村，只是这个村叫河泊潭名。现在有几个自然村都叫河泊潭村，分作一组、二组、三组。

二

"渊北有屈原庙"，能否找到庙址呢？屈原庙庙址无疑是直接的证据，找到庙址就找到了汨罗渊，同样，找到汨罗渊也能找到庙址。屈原投江后，楚人在磊石山和其南阳里故宅汨罗山建祠祭祀。唐代重建改名汨罗庙。明代重修时于庙前建濯缨桥、独醒亭。清乾隆二十一年（1756年）因江水浸啮，垣瓦仅存，橼桷将圮，汨罗庙被知县陈钟理改建在玉笥山上，更名屈子祠。

宋淳祐八年（1248年），胡哲在《重修汨罗庙记》中写道："两山对峙，一水萦回，是为汨罗。其右为庙，其左为冢。"依此地理描述，两山对峙当指水上孤山磊石山与古汨罗山。汨罗山在山脉尽头才呈对峙之状。

默诵着"山鬼迷春竹，湘娥倚暮花。湖南清绝地，万古一长嗟"，朝着远处孤峰耸峙的磊石山走，脚下是黄家山起伏的丘陵。山已荒芜，红泥土上瘦弱的板栗树，光秃的枝丫蛛网似的撒向清冷之天，地上全是枯萎的艾草。杜甫《祠南夕望》的"山鬼""湘娥"来自屈原赋。诗的内容与情感分明跟眼前景色契合，前人注解此诗写于湘阴黄陵庙，我犹觉那一年春天，杜甫来到了这里，诗是凭吊屈原写的。

一山沿江滩陡然隆起，像一道城垣，势压江涛，台地上枯草比肩。另一座山酷似鸭舌状。想象夏天这里便是"陶陶孟夏兮，草木莽莽"。眺望磊石山钢蓝色的山影，眼前是荒凉又荒芜的景象，不时可见动物白骨，穿越荒野，庙址无从寻觅。

《湘阴县图志》载："盘石马迹，在川江嘴，即古汨罗渊也"，"河泊潭在鸭舌港西北"。川江嘴、鸭舌港地名又成了新的线索。

跟王咏年打电话求证，确有川江嘴、鸭舌港，都是老地名，位置就在荞麦湖村。鸭舌港在河道内，川江嘴在两水交汇处。岸边有块八尺高的石碑，不知什么朝代立的，以前用来拴渡船，农场搞建设时被人拖走了。它是不是盘石马迹呢？"相传屈原投川之日，乘白骥而来。"（《湘阴县图志》）盘石马迹是他的拴马石。

在河泊潭村认识了李达保，老人88岁，就住在川江嘴，那里是汨水与罗水汇合的地方。汨水、罗水相夹处，一块尖嘴地伸向宽阔的江面，尖嘴地后居住的是河泊潭村三组村民。李达保住汨水对岸的荞麦湖村，两水汇合后在他屋后转向北面，汨水往东北斜切出一个钝角。北面风寒水冷，江水深切。老人房屋前面有一座土地庙，庙内石碑写"川江嘴土地正神位"。红色的字体让我双眼瞬间放光——川江嘴正是此地！

尖嘴地已变为一个河沙场，从江上抽上来的沙灌出了一个地坪。地上水洼结了冰。幸亏有冰，围堤才不至于泥泞。

江面如此辽阔，远处山脉一线幽蓝，河床就在两水汇合后由浅滩陡然下沉，形成深渊，江水北上，再次靠近山脉。

在渡口，李达保指着岸边的一块地说，当年这里有一间摆渡者栖身的茅屋，退水时搭，涨水时拆。在渡口他没有看到过石碑，他看到的碑石在下游一个叫古住垅的山下。

冬至后，天气奇冷。天鹅不分昼夜飞越洞庭湖平原，叫声响彻云霄，数千只在管理区东古湖停留。这天大雾，管理区党委书记向科军带队前来考察，我们在左岸眺望山势。由右岸城垣似的山往南就是古住垅，两山虽然低矮，却有对峙之状。"两山对峙"难道是指这里？

太阳从山后升上来，鸟翅掠过，山影浮动，雾气缭绕，宛若水墨。古汨罗江河道被一道堤坝拦截，变成了水库。江面如镜，静若处子，水上轻纱缕缕拂动。往北，鸭舌形的山长长的舌尖低下去，低入一片湖沼，江流直奔磊石山而去。屈原庙、屈原冢当在这一片梦幻似的山影里。这里便是古汨罗山了。

李达保在古住垅的南岳宫里守庙。这是他的出生地和成长地，18岁那年他来庙里养猪，年老后每天都要来南岳宫。问他屈原庙和屈原墓，老人肯定地说就在古住垅，说："墓在东边，墓地叫金鳅上水，又叫金猫捕鼠。""其右为庙，其左为冢"，他说的方向与胡哲写的《重修汨罗庙记》对上了。

南岳宫建在古住垅的最高处。狭窄的水泥路仅容一车通过，山上除了庙，其他地方已无人居住。李达保一个人守着一座山和一栋庙。南岳宫被火烧后，老人四处化缘，建起了这座小庙。我们绕到庙的右前方，老人指着一片杂树和竹林说，这里就是庙址。老庙坐北朝南，共有四进，在庙址上还可以挖到地砖。我问是不是南岳宫旧址，老人说"是"，再问屈原庙，他一脸茫然。

往南走一百多米到了山坡地，山坡下就是金鳅上水。隔着一片宽阔的稻田，远处的月形山，在阳光下泛着幽幽蓝光。这条长长的峡谷分开的就是玉笥山与汨罗山吧。唐代诗僧清江在《湘川怀古》中写道："潇湘连汨罗，复对九嶷河。浪势屈原冢，竹声渔父歌。""浪势屈原冢"，也许屈原冢在西面靠江的山坡，数百年前的南岳宫就在那里。这片稻田涨水时是一片水域，它与深渊恰是"一水萦回"。

贾谊和司马迁都在江上或江边凭吊，没有写到墓冢。也许，屈原的尸体没有打捞起来。相传宋玉曾立衣冠冢。也许如北宋湘阴知县王定民所写，冢由"招魂而葬"，是座空坟。

三

古住垅下江面宽广，潭水极深，一位伟大的爱国诗人，写下千古绝唱，就在这里投江殉国。对岸荞麦湖，当年岸渚之上苇草密集，蒹葭苍苍，浩荡的湖水就在苇草之后，横无际涯。

透过板桥画中一样的瘦竹与疯长的杂草，望着叫过汨罗渊、罗渊、屈潭的深渊，我身子微微一抖。就是这里，宋玉、景差凭吊后，后人在此立塔。从贾谊、司马迁，到李白、杜甫、韩愈……历朝历代的文人络绎不绝。

李白《江上吟》写屈原"屈平辞赋悬日月，楚王台榭空山丘"。诗句作为对联悬挂在玉笥山屈子祠。郭嵩焘撰的楹联从屈子庙移到了屈子祠——"哀郢矢孤忠，三百篇中，独宗变雅开新格；怀沙沉此地，两千年后，唯有滩声似旧时"。

杜甫在《天末怀李白》中写李白的汨罗之行："应共冤魂语，投诗赠汨罗。"后来，他穷困潦倒，流落湘江一带，两次来到汨罗江。最后带着病躯溯江而上，投友求医，竟然病死舟中。平江小田村有他的墓祠。北宋学者王得臣写他"水与汨罗接……来伴大夫魂。流落同千古，风骚共一源"。

韩愈被黜为潮州刺史，两度过汨罗，写下"猿愁鱼踊水翻波，自古流传是汨罗。蘋藻满盘无处奠，空闻渔父扣舷歌"。他还到了三十里外的黄陵庙，回长安捐私钱十万修葺，并写下碑文。

柳宗元被贬为永州司马，在《汨罗遇风》中表明自己"南来不作楚臣悲"。孟浩然在《晓入南山》中表达了自己悲痛的心情："地接长沙近，江从汨渚分。贾生曾吊屈，予亦痛斯文。"

小小汨罗山，成了中国文学的圣地！迁客骚人踏足之多，名作之丰，彪炳史册，与日月争辉！盘石马迹、屈原塔、招屈亭、贾谊吊屈原台、司马迁泪滴坪……唐代就有了如此多的纪念场地！

公祭屈原始于元嘉元年（424年），南朝宋湘州刺史张邵恭承帝命，请诗人颜延之作《祭屈原文》，弥节汨罗渊，祭祀三闾大夫。

唐天宝七年（748年），玄宗敕所在忠臣自傅说而下十六人，置柯宇致祭。朝廷将祭祀屈原正式纳入祀典之列。此后，历朝数次给屈原追赠封号，官府数次修建庙宇，每次加封和修建都由州、县官员亲临汨罗渊祭奠。

乾隆迁庙后，来汨罗渊正庙之地祭祀屈原的活动就中断了。屈原管理区决心恢复传统祭典，接续祭祀历史，鸿延地方文脉，弘扬屈原求索精神，以踔厉来人，当地民众无不响应。

一场小雪悄悄而降。冰清玉洁之物宛若世间精灵，转瞬即逝。雪夜，捧读颜延之的《祭屈原文》，读到"兰薰而摧，玉缜则折"，听窗外呼号的寒风，一时感怀不已。

刊于《人民日报》（海外版）2023年4月8日

恩师袁鹰

赵丽宏

今天上午8点，桌上的手机响起来，来电显示的名字：袁鹰赵成贵。这是照顾袁鹰的小赵的来电。我的心里一紧，打开手机，传来小赵悲伤的声音："今天早晨7点，袁鹰老师走了。"

我拿着手机，呆呆地愣了好久，心里的悲痛，无法用言语表达。亲爱的袁鹰师，你真的走了吗？我和他交往五十年了，多少难忘的往事，在心里浮现。

五十多年前，我还是崇明岛上的一个下乡知青，因为热爱文学，多次给《人民日报》副刊投稿，引起了副刊主编袁鹰的关注。他发表我的习作，经常写信鼓励我。袁鹰师是散文大家，我少年时代就喜欢读他的文章。那时，做梦也不敢想，我这样一个生活在最底层的下乡知青，会有机会认识袁鹰，我那些在油灯的微光下、在粗糙的稿纸上写成的稚嫩文字，会引起他的关注，能发表在《人民日报》上。第一次收到袁鹰师的信时，我几乎不相信自己的眼睛。他在信中告诫我："要多读书，多体验生活，不要急着写。要多看多想，然后慢慢写。"这样的鼓励和指点，犹如温暖的灯光，在灰暗中照亮了我眼前的路。

记得是1975年春天，袁鹰师来上海组稿，他专程来崇明岛看望徐刚和我。那年，我才23岁，还是个未出茅庐的文学青年。面对我敬仰的文学前辈，既紧张，又忐忑。袁鹰师拉着我的手，笑着说："哦，你就是丽宏，这么年轻啊！"他的真诚随和，消除了我的紧张不安。袁鹰师离开崇明岛时，我陪他一起乘渡轮去上海。在船上，我们站在甲板的船舷边，面对着浩瀚的长江入海口，说了很多心里话。对时局的担忧和憧憬，我们有相同的看法。他询问我在乡下"插队落户"的生活，问我读过一些什么书，也谈到了他年轻时追求文学、参加革命的往事。他说话时亲切的态度，就像是面对一个老朋友，没有一点架子。那时，我觉得自己前途暗淡，情绪有点低落。袁鹰师大概发现了，微笑着安慰我说："你的人生还刚刚开始呢，要看得远一点。"我们说话时，江面上有海鸥盘旋，可以听见它们欢悦的呼叫，还有翅膀拍击波涛的声音。袁鹰师看着在水天间翔舞的海鸥，意味深长地对我说："你看，天高水阔，可以自由地飞。"

1976年10月，粉碎"四人帮"后的第一时间，袁鹰师约我和刘征泰写报告文学，采访上海各界人士当时激奋欣喜的心情。后写成报告文学《旌旗十万斩阎罗》，在《人民日报》副刊以整版篇幅发表。1977年恢复高考，我考入华东师大中文系，袁鹰师来信祝贺我，并希望我上了大学不要放弃文学创作。在校期间，《人民日报》副刊《大地》发表了我的很多作品，有散文，也有诗。一次，《人民日报》编辑解波来学校向我约稿，她带来了袁鹰师的问候，她告诉我，《大地》副刊要新设一个短散文栏目，反映社会新风尚。我在大学的教室里写了散文《雨中》，写生活中的一件小事，表现人性的善美。解波把这篇散文带回北京后，作为《大地》副刊新设栏目《晨光短笛》的开篇，发表之后，被广为转载，还获得当年《人民日报》优秀作品奖。《雨中》后来被收入语文教材，三十多年来，曾被收入国内十多种中小学语文课本中，这也体现了《大地》副刊巨大的影响力。

大学二年级时，去北京旅游。袁鹰师知道我来北京，在东来顺饭店请我吃饭，那天被邀请的，还有徐刚和周明。周明来得晚一点，他进门就笑着说："哈哈，《人民日报》文艺部大主任，请一个大学生吃饭，我们来作陪！"大学四年级时，我的第一本诗集《珊瑚》出版，我写信请袁鹰师作序，他一口答应，很快寄来了一篇饱含深情的序文。这篇以第二人称写的书信体序文，没有一点长辈的架子，亲切如挚友谈心，不仅分析评论了我的诗，给我很多鼓励，也指点了我未来的方向。

袁鹰师每有一本新出版的书，都会签名后寄给我。我的书架上，有他送给我的二十多本书：《风帆》《横眉》《玉碎》《袁鹰散文六十篇》《袁鹰儿童诗选》《秋风背影》《海滨故人》《一方净土》《灯下白头人》《江山风雨》《袁鹰自述》《生正逢辰》……袁鹰师有很多名作广为传诵，还被收进中小学的语文课本，我小时候读过他的《时光老人的礼物》，还有那篇著名的《井冈翠竹》。有一次我去看他，他拿出一本新出版的高中语文课本，笑着对我说："我们在语文课本里做了'邻居'！"这一册高三语文课本中，我的散文《三峡船夫曲》和袁鹰师的《筏子》被收在同一个单元中，他在前，我在后，他写黄河，我写长江。能和袁鹰师做这样的"邻居"，我深感荣幸。

　　袁鹰师退休后，我们的交往比以前更多。每年春节前，他都会寄贺年卡给我，贺卡上有他的照片，还有他的题词。寄贺卡的风俗被抑制后，我每年收到的为数不多的贺卡中，一定有袁鹰师的与众不同的贺卡。每年三月我去北京开会，总要邀请北京的文坛好友聚一次，袁鹰师每次都来，而且总是第一个到。见面时他拉着我的手笑声朗朗："丽宏，你看，你请客，我总是打先锋！"来聚会的朋友中，还有从维熙、陈丹晨、鲁光、刘心武、肖复兴、张抗抗、梁晓声、朱永新、李辉、罗雪村等，袁鹰是长者，坐在我们中间，亲切地笑着。座中人人都得到过他的帮助，大家从心底里感激他、尊敬他。

　　袁鹰师一直关心着我的创作，知道我出新书，他会在电话里祝贺我。一次，我发表了一篇回忆中国作协第四届代表大会的文章，文中所述和事实有出入，他来电话说："你记错了！"我惊异于他的细心，也感到惭愧。在对待写作的态度上，袁鹰师是我的榜样。退休后，他没有放下手中的笔，一直在思考，在写作。他那篇评述陈独秀的长文，给了这位革命先驱公正的评价，也把很多不为人知的历史真相呈示在世人面前。他对《红楼梦》研究批判和电影《武训传》批判的回顾和反思，他写的《讲真话：巴金老人留下的箴言》，都是振聋发聩的肺腑真言。他在反思历史、揭示真相的同时，无情地解剖自己的灵魂，那种真诚正直的态度，震撼人心。

2017年，静安区图书馆为我建一个书房，我请袁鹰师为我写一幅字挂在书房里。袁鹰师很快寄来了他的题词，他在题词中这样写："先贤曾将'门对千竿竹，家藏万卷书'作为人生追求的美好境界，常为之神往。多读书，读千万册好书，有助于冶炼灵魂，使灵魂更纯洁，得到升华，才可能为社会做出贡献。"和他的题词同时寄来的，还有一个镜框，里面装的是李大钊的一副对联："铁肩担道义，妙手著文章。"这是袁鹰师喜欢的一幅字，原本夹在他的书桌玻璃台板下面，他专门请人用宣纸复印装裱后送给我。在镜框背后的木衬板上，袁鹰师用毛笔写了这样一段话："大钊先烈早年所作赠人小联，记不清最早从何而来，一直将此联拍成小照放在玻璃板下作为警策。现在制成此件，敬赠丽宏老友书斋补壁，长留纪念。"这两幅字，挂在我的书房里，我每次去，都要静心看一下，这是恩师语重心长的嘱咐，也是我们师生之谊的珍贵纪念。

最近三年，无法去北京，和袁鹰师很久没见了。2021年袁鹰师生日临近时，我想让他高兴一下，撰了一副对联："袁师德高堪比万山寿，鹰腾志远可摘九天星。"把"袁鹰"和"寿星"嵌在对联的首尾。我用毛笔书写，把对联裱成立轴，快递到北京，并在网上为他预订了鲜花和生日蛋糕。袁鹰师生日那天，小赵把这副对联挂在他的床头，为他点燃生日蜡烛，袁鹰师很高兴。小赵拍了照片寄给我，袁鹰师躺在床上微笑的样子，让人欣慰。近两年，他体弱病重，住进了医院，电话交流也中断了。我只能通过照顾袁鹰师的赵成贵，了解袁鹰师的近况。我想念他！今年6月，我终于有机会去北京，到协和医院去探望了袁鹰师。他已经不会说话，我站在病床前俯身大声喊他，问候他，对他说话，他只是以沉静的目光凝视着我。我忍不住哽咽流泪。他的眼角也涌出了泪水。看护他的护士告诉我，他听懂我的话了。

这半个世纪来，袁鹰师一直关心着我，成为我终身的师友。他主编的《大地》副刊，曾发过我的多少散文和诗歌，已经难以计数，每篇作品的发表，都有让我难忘的故事。在我心里，袁鹰的名字，就是"大地"的化身，他是我的恩师。而和他的名字连在一起的《大地》副刊，是我写作生涯的起步之地，也是我的福地，她接纳了我，哺养了我，使我在风云变幻的时世中成长。和袁鹰师的交往，让我真正懂得了文人之间的真诚、平等和互相关心应该是什么样子。

此刻，已是午夜，袁鹰师正被满天繁星和清朗的月光簇拥。亲爱的袁鹰师，天堂在迎接你，请走好！

刊于公众号"夜光杯"2023年9月3日

作家与故乡

刘玉栋

一

故乡，对于每一个人来说都是非常重要的。

故乡对于个人来说关乎的是什么呢？是童年和成长。

对于一个作家，童年和成长尤其重要。

如果把一个作家或者他的作品比作树的话，凡是能够成长为大树的作家和作品，它的根系肯定特别发达，也可以说它有着强大的根基。作家的根基和根系，就是他的故乡，他童年生活和成长的地方。所有优秀的作家，都有属于自己的一片天地、一个空间，都有自己多年所坚持的东西。当然这是一个螺旋式上升的过程，中间是有一条核心的轴线支撑着的。从许多作家和作品看，呈现最清晰的一脉，就是故乡、风土和人物。不要一说故乡就是乡土，就想到农村。鲁迅、沈从文、莫言小说中的故事大都发生在故乡的农村，但老舍和王安忆小说中的故事背景则是北京和上海，还有乔伊斯的都柏林、索尔·贝娄的芝加哥、奥尔罕·帕慕克的伊斯坦布尔，还有君特·格拉斯的小城但泽、奈保尔的米格尔街，还有契诃夫、艾特玛托夫的草原，还有张炜的海边、芦清河两岸的园艺场和葡萄园，等等。作家的故乡不分城市和乡村，看的是根系的庞杂和强大。

故乡对于一个作家来说意义非凡，故乡的风土会融入作家的血肉。但一个作家却无法选择故乡。比如我的故乡，渤海滩涂一个偏僻的地方，记忆中最多的就是白花花的盐碱地，随便找块地，就能扫出一堆盐土，可以腌制一缸子咸菜。我在那里长到十五六岁，整个的童年和少年都是在那个地方度过的，故乡对我的影响深入骨髓。对于它的记忆，多是贫瘠和粗俗，但孩儿不嫌娘丑，作为一个游子，每当回想起故乡，心率就会加快，血流就会加速。它永远吸引我。

故乡对人的教育和性格的塑造，对风俗民情、人情世故、善恶感知等的理解和认识，从书本上是学不来的。或者说，从书本上学到的只是一少部分，更多的是来源于那片土地。它赋予你最初的力量和气质。它潜移默化，润物无声，有一些东西，经过多年，才能够从你的内心呈现出来。

这种最初的力量和气质蛰伏在内心深处，会转化为一种生命的情感。

小时候听过的那些故事，见到的那些人，还有节日和庆典，以及各种各样的仪式，对于个人来说，都是一种教育，总有一天，这些东西就从你的心里清晰地呈现出来，这种情感的力量离你的生命最近。

二

有朋友认为，当下的城市和乡村，二元对立几乎不复存在，差距也在逐渐缩小。但城乡错位的事情还是时有发生，并且容易发生在孩子们身上。比如在学校考试的试卷中，农村的知识太多了，城市的孩子就没法接受，因为他根本就没见过豆角和茄子的生长。

城市的孩子分不清麦苗和韭菜，他们很有意见。但是你弄的全是城市的东西，乡村的孩子就隔膜了，确实是两难的事。现在，我的感觉是，这些年城市化太强大了，它像一头巨熊在吞噬着乡村。我们小时候，对外边的世界也有一颗好奇之心，内心也有对城市的向往。但那时候，我们觉得城市离我们是多么地遥远。现在生活在乡村的这些孩子，跟我们那时候不一样了，现在的城市并不遥远，尤其是如今的通信和交通这么发达。我不知道现在乡村的孩子有没有智能手机，但不管怎样，对于他们来说，城市就在不远的地方。

手机也只是一个方面，电视、电影、网络，他们对城市的了解，对城市在感情上的接近，相对于城市的孩子对乡村的了解，要更清晰一些，或者懂得更多一些。

生长在城市的孩子，偶尔会出去旅游，跟自然跟大地去接触，但是在情感上很难融合。他对面前的乡村和土地很难认同，他觉得自己只是来转转玩玩，他缺少我们在乡村成长式的那种感情，所以城市的孩子和乡村的孩子，他们在心理上是有差异的。

三

确实，这些年，城市化进程太快了。我的感觉是，紧跟步伐且气喘吁吁。

对于青年一代，城市文化的影响是根深蒂固的，他们对城市文化的这种接受能力，我们这代人没法比，他们是在这样的环境中成长的。

但是像我们这一代人，大多数都有农村经历，并且在农村成长很多年，然后才来到城市。实际上，对于我们来说，乡土文学意味着什么呢？意味着一种来自生命深处的情感。

实际上，从现代文学开始，乡土文学就承担着非常重要的作用，包括启蒙，像鲁迅、沈从文、萧红，太多的作家。当代文学也是如此，汪曾祺、莫言、贾平凹、迟子建、阿来、毕飞宇、刘震云，还有张炜在海边那块天地那片大自然，他们的作品当中都有属于自己的文学的故乡。

都有原乡情结。都有乡村情感。对故乡那种风土、风物、风貌用情巨深，塑造出来的人物形象鲜活生动，人物性格和心理把握精准，创造出好多具有经典意义的作品。他们的写作，是跟家乡故土难以割舍的，也不能割舍。

我想说什么呢？我想说的是，尽管城市化进程飞速发展，尽管现代人物质和精神生活多元化了，但是乡土文学的影响力是不会削弱的，如果把目光拉长，乡土文学的生命力可能更强。

这同样是基于文学的传统，像对唐诗宋词和古典小说，我们依然无边地喜爱。难道现在的我们跟古代有什么关系吗？白话文运动已过去百年，语言也在不断地现代化，但是为什么，我们对古典文学，照样还是发自心底地热爱呢？难道不是因为内心深处埋藏着那种无法割断的文化传统和生命情感吗？

所以从这个意义上，不管是现代的当代的还是未来的乡土文学，只要足够优秀，写出了令人难忘的人物形象和复杂广阔的人性，它的情感、精神和思想力量，总会感染到后来的年轻读者心中，不管这些年轻的读者有没有乡土经验，因为乡土文学并不是要让孩子们去认识那片盐碱地的。

四

人对大自然有一种天生的亲和力，现在的城市公园建得都非常漂亮，但都太精致了，走在里面，跟走在童话里似的，是经过修饰的，美得雅得让你没了气力，缺少质朴本真的原生态的自然之美。文学本身应该就是一种非常真诚的朴素的追求，不管是题材、细节还是情感，都是如此。但有一些题材，很难再出现经典作品，像梭罗的《瓦尔登湖》，这是书写自然的经典；像麦尔维尔的《白鲸》，体现了人类那种征服的精神；还有杰克·伦敦的《荒野的呼唤》那种荒野深处人性的展示。大自然的美也好严酷也好，人性的取舍也好脆弱也好，生命在极端环境中那种惊心动魄的体验的故事，确实是越来越少了。

城市文化让作家变得腼腆、内在。

现在的小说大都写得像修饰过的城市公园一样，太精致了。大家读起来舒舒服服，里边布局讲究，小桥流水，紫藤长廊，曲径通幽，该开花的地方开花，该结果的地方结果，该有山的地方有山，该有水的地方有水。

这与作家的生活环境有直接关系，你不能说是好是坏。你不能说现在的小说没有经典留下来，它可能走向人的内心。外边没什么惊心动魄的，但是内心不见得没有。

像杰克·伦敦所处的那样的时代，人在荒野当中极端的气候下，那种在生命面前展示残忍和人性的东西，这个时代很难再有。不一样的时代和环境，就会出现不一样的人性，并没有高低的意思。

但是真正能让人产生力量的，还是那种自然的真诚的质朴的故事和人性。

五

想到更年轻的一代，比如在北京遇到一个年轻人，他说他老家是山东的，但他会接着说，他对老家没有什么记忆，没有什么记忆就没有什么情感，也可以说他对他父辈成长的那个地方，是不认同的，因为他可能就是在北京长大的。

所以，不管他在北京过的是一种什么样的生活，也不管他处于哪个阶层，他认同的是北京，他觉得北京是他的出生地，是他成长的地方，他无法认同山东的老家是他的故乡，最多就是让他感到亲近而已。那个老家是他父辈的故乡，他并不认为那也是他的故乡。所以，故乡大都是相对于个人的成长来说的。

所以，老舍写北京，王安忆写上海，乔伊斯写都柏林，索尔·贝娄写芝加哥，奥尔罕·帕慕克写伊斯坦布尔，这些城市就是他们的故乡，是他们长大的地方。同样，鲁迅写绍兴水乡，沈从文写湘西，萧红写呼兰河，莫言写高密东北乡，毕飞宇写王家庄，这些乡村是他们的故乡，是他们长大的地方。不论是城市还是乡村，都是作家自己内心认同的地方。

作家的故乡可能在乡村，也可能在城市，他们的生命力在于作品。乡土文学和城市文学没有新旧之分，一切都在于作品的品质。鲁迅的小说，现在读起来依然觉得很洋气，莫言、张炜、余华、苏童的好多小说也是如此，这些作品与是否乡土关系不大。是因为那种精神的传统，文学的传统。

六

风土，是一个地方自然环境和风俗习惯的总称。优秀的文学作品中，故乡、风土、人物交融在一起，会把地域特色极大地呈现在读者面前，像鲁迅笔下的江南水乡和沈从文笔下的湘西，当然也包括张爱玲和王安忆笔下的上海。只是除了个别大城市，中国城市的风土不如乡村那么丰厚，关于城市记忆的时间比较短。城市的记忆在于博物馆、美术馆和古建筑这一类文化地标。欧洲保护得好，他们一些建筑群，包括博物馆和教堂等，历史特别悠久，六七百年的也比比皆是。我们的城市发展得比较晚，关于城市的记忆也比较浅。

中国城市化这么多年，城市文化正在塑造和建构过程中，风土慢慢变得丰厚是必然的，年轻一代人，他们中更多的人，认同的故乡是一座座城市，他们会在城市中找到归宿感。他们内心对城市和乡土的认知差别会逐渐缩小，或者以后就可以扯平了。

去年秋天去胶东半岛，在青岛、烟台、威海转了一个多星期，所到之处让我深深震动，农村基本上不是我记忆中的农村了，乡村的感觉弱化，基本上都城市化了，土地流转让农村周围的土地变成大片的葡萄园、苹果园、樱桃园，湖泊河流间，成片地耕作种植，变得非常美丽漂亮。在这样的环境下成长起来的农村孩子，他们的乡村情感跟我们完全是两码事，他们的乡土太美了。当然，从我内心上讲，我也特别喜欢到处那么美，那么漂亮，比城市还要漂亮，但是想一想，我走过的这片土地能够代表多大一个面？这样的地方会产生什么样的文学呢？

但我们还是要从乐观的角度去想，我们到欧洲去看看，欧洲的乡村和城市。

那些乡村的污水处理系统，包括垃圾箱和垃圾分类，包括那些比城市里的还要干净漂亮的房子。所以还是要展望一下将来，不要在这种二元对立的形态下思考文学，而是从个人的角度、社会的角度、时代的角度来考虑这些问题，我觉得这样可能会更好。

<h2 style="text-align:center">七</h2>

家对中国人来说非常重要，每个人都应该有故土有家乡。

对家乡的不认同感，家庭亲人之间疏离，都不是什么好事。从社会发展的角度来讲，要加强对城市的街道和社区的文化建设。

要让孩子们对自己生活的社区、街道，从精神上有一种依托，有一种寄托，有一种认同。你看，我的街道有什么文化标志，我的社区出了个什么人物，我成长的地方是怎样怎样的，要感到荣耀和自豪。这是城市化发展的必然。孩子们的心里对父亲、祖上的家乡不认同，肯定怀揣一颗回不去的心灵，他们要重新在内心树立一个故乡的概念，这个故乡关乎他们心灵的成长，对他们今后对世界的认知，以及对他们情感和人性的塑造，都起着非常好的作用，我觉得这是很迫切的一件事。

当然，有根系的优秀作家也肯定会从这些孩子中冒出来的。

刊于《青年作家》2023年第7期

会说话的石头

鹿　锋

一

　　泰山的石头与文字有缘。泰山现有2516处刻石与碑碣，其中泰山山下的岱庙里有藏碑300余通，泰山上的摩崖题刻800余处。这些刻石与碑碣在不同的时点上诉说着书法的历史、泰山的历史、民族的历史。

　　2007年10月，泰山被命名为首座"中国书法名山"。在地球上的名山大川中，再没有哪一座山能如此紧密地与书法联系在一起；在中国书法史上，再没有哪一座山上的刻石与碑碣能如此见证古今、震撼人心！

　　泰山的石头会说话。

二

　　泰山往南约三十公里是大汶口。人们目前所见的年代最早的表意图形文字，就画在距今约五千年的被命名为大汶口文化的陶器上。伴随从蒙昧走向文明的步履，先人们渐次把文字刻在甲骨上，铸在青铜器上，书在竹简上，刻在石头上，写在纸帛上。

　　刻石的真正兴起始于秦代。秦始皇在位12年，留下7块纪功刻石，而到今天只能见到《泰山秦刻石》和《琅琊台刻石》实物了。《泰山秦刻石》立于公元前219年。公元前209年，秦二世又在始皇刻石旁再刻二世诏书。两次刻石均由丞相李斯书写并立于岱顶。一千三百多年后，宋进士刘跂两登泰山考察秦篆，第一次记述了《泰山秦刻石》的形制，制作了拓本。刘跂是发现并传拓《泰山秦刻石》的第一人。

《泰山秦刻石》是碣不是碑。《后汉书·窦宪传》李贤注曰："方者谓之碑，圆者谓之碣。"《说文解字》："碣，特立之石也。"碑与碣有不同的形制与工艺。碣比较粗糙简率且多类柱状，而碑光滑工整且多为方形。《泰山秦刻石》是有倒角的柱形四面体，石高2.63米，上宽69.3厘米，下宽83.2厘米，棱宽6.93厘米。铭文分别刻在四个主面的上半部，一面棱面上也有字。现嵌置在岱庙东御座后寝宫碑瓮的《泰山秦刻石》是石碣的残存局部。

我们今天能够看到《泰山秦刻石》，应该感谢两个人：蒋因培和柴兰皋。1740年，碧霞祠大火，移置于祠内的秦刻石不知所终。此后人们一直在寻找《泰山秦刻石》。蒋因培，一个被罢的泰安县令，因喜爱金石，无官后他没回江苏老家，执意寻找佚失多年的秦刻石。柴兰皋，清朝贡生，一位曾在泰山山麓发现唐《开元寺记碑》和元《徐世隆诗碑》的金石专家，多年来，"携斫荷锄，遍历岱麓"，搜寻秦刻石。1814年的一天，蒋因培听说有人在岱顶玉女池中看见过带字的石头。次年春天，蒋因培和柴兰皋上山寻石。几经挖掘翻检，终于觅得残石2块，清理后见石上尚存10字。二人大喜过望，赋诗唱和，感叹"春山踏破旧芒鞋""意外翻成一段奇"！在遗失75年之后，《泰山秦刻石》终于重见天日。

现存最早、字数最多的《泰山秦刻石》拓本，是明代锡安国藏的165字宋拓影印本。抚读拓本，从秦篆的整饬温雅、方正威严、圆活清劲中，我们可以感受到大秦帝国威加四海的辉煌气象！那是一个怎样的帝国啊，疆合域、国定制、"皇"加"帝"，车同轨、书同文、行同伦。秦篆是威武雄健的秦帝国的鲜活符号！

历史或容细读。在秦篆宏大叙事的背后，我们似乎还能从个人叙事的角度，触摸到一个史书里看不到的李斯。在李斯的书写里，我们能隐约体悟到那些严谨背后的循规蹈矩、端庄背后的束缚拘泥、精致背后的谨小慎微、内敛背后的俯仰承乘，这是一种规范里的压抑、庄严里的依傍、婉通里的智慧！

或许这是一种过度阅读。或许这种诗意阐释有太多的望字生意和敷衍附会。但面对两千多年前的文字意象，后人很难不情逸思飞。在那个战后初定的年代，在那种充满尔虞我诈的政治环境中，书家把性情置于规矩背后，可能仅仅是文字实用性的需要。其实即使是这样，李斯也没逃脱被腰斩的命运，成为政治的牺牲品。这一切当然不是因为书法！

一个清冷秋日的上午，我再一次来到岱庙。东御座院里建一砖亭，覆玻璃罩，里面镶嵌着残存的《泰山秦刻石》。行人三五，听导游介绍。石碣默默地，在倾听。

三

如果说《泰山秦刻石》是碣以人传的话，那么张迁、衡方两人则是人以碑彰了。

张迁，字公方，今河南宁陵县人，曾在山东、河南两地任县令。衡方，字兴祖，今山东汶上县人，曾任东汉时九卿之一的卫尉，大约相当于今天的警卫部队司令。

如果不是《张迁碑》《衡方碑》，如果不是两通碑发现得恰逢其时，如果不是两碑的铭额书刻风神独具，则恐怕不会有多少人知道一千八百多年前有两个人叫张迁、衡方。

碑碣源自葬俗。有推断说"碑穿"由下棺牵引而来。周代方有碑碣之名。秦时立碑竖碣者少，到了重名节、兴厚葬的东汉，刻碑志事、述美追功，渐成风气。

立碑人多为门生故吏。门生是弟子、学生，故吏为往日下属。因为有共同的老师和曾经的领导，这些人便成为以老师、领导为核心的利益共同体。这个利益共同体被文化认定，被社会认同，被朝廷认可，甚至老师、领导犯法有时还会追究门生故吏的连带责任。《张迁碑》的碑阴刻有张迁41名门生故吏的姓名及捐资数目，《衡方碑》的碑文内容也表明碑由门生故吏所立。

《张迁碑》大名鼎鼎，但《张迁碑》并不是汉隶的主流风格。最能代表汉隶风格的是《曹全碑》。东汉末年，党锢禁严，政治黑暗。艰难的生存环境影响到社会的价值取向和知识分子的审美倾向。内刚外柔、秀雅温婉的《曹全碑》，从艺术的角度契合了当时的社会氛围。《张迁碑》立于公元186年，仅比《曹全碑》晚一年。但它似乎完全没有受到社会风潮的影响，依旧古朴淳厚，依旧挺峻沉着，依旧雄健酣畅。《张迁碑》实是当时的边缘风格。

迄今，我们并不知道《张迁碑》为何人所书。惊世之碑却书家无名，在今天看来不可思议，但在汉代十分正常。在汉代，虽然"善史书"是教育的一项基本要求，但比起学儒治国之大道来，写一手好字并不是什么惊人的事情。张芝、崔瑗、蔡邕在中国书法史上有着举足轻重的地位，但《后汉书》中只记载他们如何立德、立言、立功，很少言及他们的书艺。汉代的书写者大多是书佐之类的低级胥吏，时代没有要求和期望他们以字立人，他们也没把在碑上写字当作要流芳千古的大事。他们的心态，只是力求把字写得清晰，写得让自己满意，写得能让立碑人痛快地给钱。或许也正是这种寻常心态，才使得《张迁碑》有了迥异时尚的笔墨，才使这个不经意间的草根制作成为不可复得的旷世经典！

制碑，一般要经过撰文、书丹、镌刻三道工序。在汉代，撰写碑文是要找名人的，如蔡文姬之父蔡邕"文今存九十篇，而铭墓居其半"。《张迁碑》的撰文者也应是当地有些名望的人。镌刻是专业刻工的事儿。汉代的刻工靠手艺吃饭，技艺多为家传。这些人读不起书，一般不会有很高的学识。虽然文化水平不高，但那些刀法熟练的高手，还是能将自己的审美情趣融注到作品中去，使铭刻成为书丹基础上的再创作。已有专家分析，《张迁碑》的方笔不是书丹者写出来的，而是刻工凿出来的。

《张迁碑》出土以来，不断有人指碑为伪刻。这主要是因为碑额张迁任职表述异于常规，行文出现常识性用典错误，碑铭误字甚多，等等。虽然上述质疑不无道理，但倘若把《张迁碑》放在汉末的大背景下，综合考虑其撰文者、书丹者、镌刻者的地域性和民间性，再反复斟酌其总体风格特征，当可判断《张迁碑》必是汉人之作。

碑印时代，假的真不了，真的假不了。

四

《泰山经石峪金刚经》是个半成品。因未及完工，现在我们还无法准确得知它的刻制时间。目前比较一致的看法是，《泰山经石峪金刚经》刻于公元550—577年的北齐时期，其中刻于570—577年的可能性最大。此时，正处于南北朝末期。

地有南北，书分橘枳。《泰山经石峪金刚经》再现的是不同于南方纸帛书法的另一种书法风貌。晋室南迁后，在以王羲之为代表的书法家群的努力下，南方楷行书法进入了一个新的发展时期。王羲之以前无古人的智慧和气魄，通而后变，创典立范，成就了中国书法的新超越。在这个文人寄情山水、诗酒流美表意的时代，开始有了"书法"之称。

在《兰亭序》书写200年后，《泰山经石峪金刚经》开始镌刻。相映成趣的是，时间在前的是流妍的行书，时间在后的是古朴的隶楷。这种书风的时空错位，既是地域性的必然，也是时代性的偶然。在风格上，《泰山经石峪金刚经》不仅比南方书法复古，即使与同时期北方庞大的石刻体系相比，它也显得古朴另类。

在北魏书法也逐步步入楷书高潮以后，北齐、北周却又出现了一个隶书的"倒春寒"。《泰山经石峪金刚经》就是这股复古风潮的代表。《泰山经石峪金刚经》的复古性，显著体现在它融汇了篆书用笔、隶书体势、楷书结构。即使以当时的标准品评，《泰山经石峪金刚经》也亦古亦今，不古不今。

将佛经刻在石头上是中国人的发明。这个发明比印度的石刻法敕早400多年。"缣竹易销，金石难灭，托以高山，永留不绝。"无论当政者怎样灭佛，刻在石头上的经文总是不易损毁。找个山，找块石，刻石发布，石头的作用类似今天互联网时代的自媒体。

刻经是项复杂的系统工程。经石峪石坪平整阔大，约有三亩之多。实施这样一个工程，要有人出钱，要有人写刻，还要有人张罗。出钱的人叫经主。这个人是谁，现在不知道。有研究者说经主是当时泰安最有钱有势的新泰羊氏家族，他们崇佛又有钱，但这种推测尚无实证。字是谁写的，也不知道。清朝的一个叫李佐贤的人提出《泰山经石峪金刚经》与邹县四山摩崖同出于一人之手。据诸多专家论证，这个人是一位名叫僧安又名道一的和尚。这个观点被广为接受。虽然现在并没发现更多关于僧安道一的资料，但从泰峄山区的刻石群看，他应当有很高的书法造诣，并在佛门有着较高地位和较大影响，极有可能是这些刻石的书写者和组织者。

沿现在的泰山中路登山，在路上看不到经石峪。经石峪位于偏离登山道路的一个僻静的山谷。由山下登山，经斗母宫，沿朝东北方向的小路前行，过一道沟，翻一道梁，豁然开阔之时，便见经石峪。一千四百多年过去，经洪水冲击和风雨剥蚀，《泰山经石峪金刚经》原刻的2500多个字仅存1062个。目前，人们在石坪周围修建了护栏，并定期进行维护。

三亩摩崖，隐于偏峪。经以石存，石以字贵，峪以经名。在这里，石、经、书合一，天、地、人合一！

五

榜书，即大字，又称擘窠书。北宋黄庭坚曾说："大字无过《瘗鹤铭》。"《瘗鹤铭》字径不过10厘米左右，而其时《泰山经石峪金刚经》已存在。可见泰山有大字在很长时间里并不为世人所知。

泰山榜书可分为两类：碑刻榜书和摩崖榜书。泰山碑刻榜书字径最大者为明山东巡抚李戴所题"万代瞻仰"四字，最大字径124厘米；摩崖榜书最大者为明人万恭在经石峪石坪西侧所题的"暴经石"三字，最大字径185厘米。最具代表性的泰山榜书当属摩崖榜书。现在泰山上有摩崖题刻八百余处，其刊制之古、历史之久、数量之多、内容之丰、水平之高，在名山大川中绝无仅有！

泰山摩崖榜书内容大致可分为四类：感怀、状物、志名、谐趣。感怀之作数量最多，如"仰止""涤虑""天地同攸""五岳独尊""登高必自""拔地通天""从此看山"等；状物类题刻，如"天柱""松门""柏洞""飞来石""独立大夫"；志名类题刻，如"唐槐""瞻鲁台""翔风岭""丈人峰"等；还有一些游戏性的谐趣之题，如"二虫""龙门""如"等。

榜书不易写。能写好小字并不等于就能写好大字。由于书写距离太近，书者往往目无全字，心手难一。所以，康有为说写大字"自古为难"。大字并不是小字的简单放大，不能套用小字之法写大字。书写大字需要书法家进行思路的转换、视角的调整，需要书法家以更强的空间感、整体感建构起以近类远、大中见小的打通能力。写大字不仅要在结构上使字密而不滞、疏而不散，而且对用笔的疾徐提按也要做一些权变处理，否则很难彰显出大字气势。在那个时候，大多碑刻都需要书法家亲自去写。山间野外不是书房雅斋，攀岩附壁不是伏案挥毫。写好榜书不仅是个技术活儿、艺术活儿，而且还是个不轻松的体力活儿！

八百余处摩崖题刻，分布在泰山的峰崖涧壑。它们生动地注解、衬托、装点了泰山，或者说是泰山为这些榜书提供了注解、衬托和装点。泰山与榜书相遇，使山水成为精神辉映的山水；榜书与泰山相逢，使精神成为山水滋润的精神！人文创造、自然赐予、风雨打磨的合力，使泰山成为得天独厚的书法博物馆。泰山榜书，是汉字之幸、历史之幸、山水之幸、泰山之幸！

六

《泰山秦刻石》可敬,《张迁碑》可爱,《泰山经石峪金刚经》可亲，泰山摩崖题刻可观。

《泰山秦刻石》像一位威武英俊的法官。面对秦刻石，你会觉得秀美与强劲并不矛盾，婉转与力量可以结合。秦篆的那种自信豪气、那种规矩在我、那种细腻笃定，都让人觉得秦刻石肃然可敬!

《张迁碑》如一位质朴率真的农夫。头重脚轻的结体，棱角分明的方笔，洋溢着一种夸张的幽默、朴素的憨厚。虽然《张迁碑》与《衡方碑》均属汉隶中壮美的一路，但与《衡方碑》相比,《张迁碑》更显得不那么正襟危坐，透着一种傻乎乎的可爱。

《泰山经石峪金刚经》似一位浑穆安详的高僧。他朴茂雍容，不激不厉，神闲气舒，静观世变。浸濡在《泰山经石峪金刚经》的大包容、大气度、大超然中，你感觉不到纷忙，感觉不到戒防，甚至感觉不到智慧。每个人都会在这份纯粹的感召中慕仰他，信赖他，亲近他。

泰山摩崖题刻是一群异彩纷呈的明星。这些明星各有来头，各怀绝技，各有神通。以书家论，他们中既有唐玄宗、宋徽宗以及清康熙、乾隆等皇帝，又有欧颜赵苏米蔡诸大家，更有出家人僧安道一和书写"如"字的店小二;以书体论，这些题刻篆隶楷行草五体皆备，一应俱全;以字形论，其中既有径近两米的庞硕大字，又有数寸见方的纪事铭文;以风格论，有大气磅礴、力透山石之题，又有清新灵动、中和妩媚之作。泰山摩崖题刻以其代表性、丰富性和独特性，印证了其在中国书法史上的备受尊崇与洋洋可观。

七

一座山，一部书，一支笔，一把刀。

一支笔，一把刀，一部书，一座山。

看得尽的泰山刻石，说不完的泰山书法。

泰山，书法中国的骄傲。让我们用心读她！

刊于《中华泰山网》2023年6月26日

难忘粮店

张映勤

一

俗话说："民以食为天。"食从哪来？当然得用粮食做。城市里种不了庄稼，城市里的人吃的都是商品粮。什么是商品粮？商品粮是三四十年前统购统销时期从商店里买的粮食。

早在三十多年前的计划经济时代，城里专门卖粮食的商店就叫粮店。家家户户在指定粮店里购买定量供应的口粮，每个月至少要光顾粮店几次。

不才生于60年代初，没有经历过节粮度荒的饥馑年代，从小生活在大城市，家境勉强说得过去。虽然我小时候供应紧张，商品奇缺，人们生活条件普遍不好，但我还不曾挨过饿，吃好吃歹，总能吃饱。年长以后，接触的人多了，读的书多了，看到的听到的那个时代国人的困境让我心颤。

上世纪70年代，城乡差别之大让人瞠目，但最主要的标志还是吃饭问题，经济再萧条，城市居民总还有商品粮可吃。粮食由国家统购统销，根据非农业户口的城镇居民从事的不同职业、不同工种定量供应，人无论穷富，钱无论多少，每个人都有固定的粮食定额。轻工、重工、学生、干部，老人、孩子，略有差别。粮食的种类，粗粮、细粮，大米面粉杂粮等也都按一定的比例配给。每人三十斤左右的定量，在副食紧张、缺油少水的情况下，紧紧巴巴地将就着能填饱肚子。多数人能吃饱，少数人口多饭量大的家庭只好连汤带水混一个水饱。

在我的记忆里，每个月25日粮店提前出售下个月的粮食，谓之"借粮"。到了那一天，粮店门前早早地就排好了长队，孩子大人眼巴巴地等着开门的时刻。许多人家快到月底已经是米缸面袋空空如也，就等着米面下锅了。这几天的缺口，不借粮恐怕是挨不过去了。

那时候，同一座城市，粮食供应的品种基本上是一样的，有时候也没有准谱。在我居住的天津，白面供应过等级质量略差的"黑面"，大米供应过粗糙难咽的"高粱米"。现在我们经常吃到的大米、白面，三四十年前只有逢年过节才能买到，每人供应一两斤。又白又细的精粉白面，我们称之为"富强面"，最好的大米则是稻米。当年，这些看似奢侈高档的米面平时根本就买不到。这还是在条件相对优越的直辖市，其他城市的供应情况更是等而下之。后来得知，每个省市的供应情况都不一样，但好过三大直辖市的几乎没有。

那时候，吃饱肚子是天大的事，熟人见面，相互打招呼，用得最多的词是"吃了吗"，可见，能吃饱饭是多么重要。

城里人有定量供应，但大致只够当月的，家家户户无余粮，粮店是人们经常光顾的地方。平时吃的都是陈米、糙米，偶尔粮店门口贴出布告：今天供应粳米。消息传出，街坊四邻奔走相告，人们三五成群跑去抢购，来晚一步很可能粳米就卖完了。

每个月到粮店买粮的情景我相信许多中年以上的人都会记忆犹新。

在我的印象里，粮店似乎总是人山人海，门里门外经常排着长队。人们拿着粮本，拿着米面口袋无奈地等候。

当年的粮店一般面积都不大，百十平方米。门口设一柜台窗口，里面坐着收钱收票写粮本的服务员，交了钱，写好本，到旁边等着称粮装粮。靠墙码着一袋袋摞到屋顶的各种粮食，中间是一排装粮食的木制卧柜，两米左右长，半米宽一米高，分别装着不同种类的米面及各种杂粮。服务员照粮本上写好的种类、重量，用铁簸箕从槽子里铲出粮食，上秤称好，然后通过一个白铁皮做的大漏斗倒到客人带来的袋子里。那时候粮店卖的都是散粮，容器由顾客自备，买一回粮有时候得一家老少齐上阵，每个品种装一个袋子，人口多的，全家的口粮一两百斤，即使是成年人一次也运不回去，买一次粮，得兴师动众折腾小半天时间。

粮本是居家必备的"三大本儿"之一，另两个是煤本、副食本，顾名思义，是买煤买副食的凭证，同样根据家庭人口的多少定量供应。那时候，"本儿"的作用大矣，这么说吧，居家过日子，可以没有钱，但不能没有"本儿"。没钱可以暂时去借，没有"本儿"，意味着你享受不到城市居民的待遇，吃不上饭，穿不上衣，过不好日子，连生存都成问题。你想，这"本儿"的作用有多大。

粮本是一本64开、骑马订，印制十分粗糙的小册子，别看只有薄薄的几十页，却关系着每家每户每个人的吃饭问题。每个月供应多少斤粮食，供应什么品种，都由粮本严格控制着。有钱想多买几斤大米吃，对不起，下个月再说。凭本供应，限量销售，大米、白面，粗粮、细粮，都按比例分配。

这是在平时，到了年节，粮本更是大显身手，一些平时不供应的品种，富强面、稻米、挂面等，每人限购一两斤。节日供应，不仅限量，而且限时。这些平时难得一见的细粮是按人口配备投放的，到了规定的时间你还没买，对不起，过期作废，概不补售，人家粮店不能总候着你。

粮本虽然是经济贫困、计划经济的产物，却在某种意义上保障着居民在特殊时期分配资源的相对公平。上至基层干部，下到黎民百姓，不分贵贱高低，供应的粮食品种人人有份，谁也别想多吃多占。凭本配给基本上体现了当年人们消费上的平等。过春节每人供应一斤富强粉包饺子，全市定价两毛钱一斤，你想多买几斤蒸馒头，门也没有，爷们儿，有钱也不卖。

小时候，最让我难忘的是冬天买红薯的情景。红薯我们也叫山芋。傍晚时分，见粮店来了卡车，往下卸一麻袋一麻袋的山芋，人们得到信息，兴冲冲地拥到粮店。也许是露天难以存放，山芋那时候是从来不过夜的，都是当天来当天卖，粮店职工挑灯夜战，直到卖完为止。届时只见粮店门前人山人海，大人孩子吵吵嚷嚷排着长队，像土改时分浮财一样，推着自行车、地排子车，人拉肩扛，喜气洋洋地将一袋袋的山芋运回家。时候不长，院子里、楼道内处处飘满了蒸煮山芋的香味。

现如今，人们的饭量普遍都不大，主食吃得越来越少，为什么？营养丰富，油水多了，肉蛋蔬菜等各种副食从来不缺。当年却百物奇缺，商品匮乏，主要靠粮食充饥。为了填饱肚子，中国人挖空了心思，想尽了办法，早在困难时期，有人就发明了许多粮食的增量法和代食品，像"瓜菜代""人造肉""双蒸饭"等，花样繁多，不一而足。山芋之所以受人们欢迎，原因无他，一是便宜，二分钱一斤；二是五斤山芋顶一斤粮食定量。精打细算的人们能省则省，冬天抢购山芋成了每年城市的一景。

二

自己买粮食做饭，当然离不开粮店，但是要想买点粮食做成的成品、半成品，诸如糕点、馒头、大饼、切面什么的，或是出门在外下馆子吃食堂，怎么办？除了花钱，还要交一定的粮票。

什么是粮票？就是购买粮食制品的票证。三四十年前，在供应紧张的计划经济年代，我们经历过一个相对漫长的"票证时代"。

类似的票证还有布票、油票、肉票、糖票、烟票、麻酱票等。有的票证称券、称条，如工业券、纺织券，自行车条、立柜条、电视机条，甚至还有火柴条、肥皂条、烟囱条等。总而言之，凡是定量供应或是相对紧俏的商品都由相关的票证控制。

对当年的城市居民来说，其他的票证有与没有，多了少了，似无大碍，唯独不能少了粮票。没有粮票，买不了食品，那可是关系到饿肚子的头等大事。百姓的粮由票来控制，粮票可谓当年必不可少的"第一票证"。

粮票在社会上最早出现于新中国成立后的1955年。这一年的9月,国家开始在全国范围内实行粮食的统购统销,粮食部印制了第一套粮票,其后,各省区市陆续印制了各地的地方粮票。

粮票要到粮店凭本领取,品种上分为粗粮票和细粮票,使用范围上又分为地方粮票和全国粮票。全国粮票由于能在全国通用,只有因公出差或探亲的人员,凭一定级别的单位证明才能到粮店兑取,普通市民一般取不出全国粮票。

粮票的面额不等,一般分为一两、二两、半斤、一斤、二斤、五斤、十斤。比如早点买一个烧饼,除了交四分钱,还要交一两粮票,收取的粮票面额与食品中原粮的重量大致相等。全国似乎只有上海、浙江等极少的省市发行过半两粮票,一两油条(馃子)有两根,精打细算、饭量小的上海人有时吃早点只买一根油条或一小碗馄饨。不交粮票,国家吃亏;交一两粮票,顾客不干,这种矛盾,有了半两粮票也就迎刃而解了。

那年头买东西,就像后来人们常说的:金钱不是万能的。光有钱没有相应的票证,有些商品还是买不到。

粮票本来只是购粮的凭证,本身不具有价值,不属于有价证券,国家严禁买卖流通。因为粮食受定量限制,粮票便显得相对抢手,具有了一定的交换价值。虽然国家明令禁止倒卖,但是在私下里,粮票还是进入了民间的流通领域,并约定俗成,有了一定的价格。

那时候,农村的生活比城市的更加困难,城镇居民有商品粮供应,吃饭还不成问题,而广大的农民只能是吃饭靠天、穿衣赖地了。心眼活泛,有点经济头脑的农民开始用农产品到城里偷偷捣腾粮票、粮食。大街小巷那时偶能见到推着自行车的农民在那吆喝:“换大米嘞,换鸡蛋嘞。”你拿钱买,人家还不卖,得用粮票换。为什么?农村中有相当数量的人口吃不饱,有了粮票,买点商品粮,一家老小的口粮就有了指望。记得最早的时候粮票相对金贵,我的一位邻居当年用五斤粮票换了一只大公鸡,许多城里人当年都用粮票换过一些农产品。

上世纪70年代中期,我小的时候,家家户户过紧日子,父母平时极少给我们零花钱。想买点东西怎么办？只能从嘴里省。我那时早上随便吃一点剩饭再去上学。家里实在没有早点，姥姥或母亲偶尔会给一点钱让我在路上买着吃，一般也就是一毛钱。这一毛钱我攥在手里能捂出汗，琢磨来琢磨去舍不得花。不吃早点饿一顿，就能用省下的钱买点糖呀豆呀等零食解解馋，买点弹球儿毛片儿什么的过过瘾。可试过两回，不吃早点还真顶不住，到了上午课间操的时间，饿得头昏眼花，手脚无力。没办法，"人是铁饭是钢，一顿不吃饿得慌"，只好专款专用，早点还得吃，但可以想办法省。到了早点铺，花六分钱买一个烤饼，二分钱买一碗豆浆，吃得肚子溜圆，头顶冒汗，截留下来的二分钱，纳入私囊，日积月累，也能攒出一点点零花钱。省下的粮票怎么办？当然让它物尽其用。当年，街上常有一些进城的农民背着口袋，里面装着炒熟的葵花瓜子，用粮票来换。二两粮票可以换一大酒盅瓜子。我那时省下的粮票大多换了瓜子吃。这东西当年也是稀罕之物，平时根本见不到，只有过春节的时候才凭副食本换几斤。我们几个同学将换来的瓜子装在衣兜里，一路走一路嗑，小小的瓜子带给我们难得的快乐与满足。

当年，我还曾经"捣腾"过一段时间的粮票。

上世纪80年代中期，刚刚参加工作，我的一位很要好的同学被单位派到外地大学进修一年外语，每个月买饭票要用全国粮票。那年头，全国粮票十分紧缺，人们到外地出差，凭单位证明信只能取出十斤八斤。同学来信找我帮忙。受人之托，义不容辞。几百斤全国粮票不是个小数目，我想尽了办法，找门路托关系，最后七拐八拐找到一个朋友的朋友，此人在一家大饭店的餐厅当服务员。饭店住的都是外地的客人，吃饭得用全国粮票。朋友的朋友假公济私，能偷着换一点。每个月我都骑着自行车带上点小礼品到饭店去换粮票，然后寄给同学。

那时候的粮票是增进人们情感的最好物证。孩子多、定量少的家庭能有人接济一些粮票，肯定会让人长久感念、铭记在心。对有些家庭来说，粮票甚至比金钱更重要，更被需要，那一张张印制朴质、画面简单的粮票是每一个城镇居民一家老小的生活希望。

当年,姥姥主持家政,全家人的柴米油盐吃喝穿用全在老太太的筹划运作之中。记得有一年冬天,家里天天晚上喝面汤,手擀的面条、面片,加上白菜、土豆、胡萝卜等煮一大锅,天天如此,从不换样,吃得缺油寡水,嘴里能淡出鸟来。我们几个孩子叫苦连天,忍不住问:"姥姥,怎么天天喝面汤?咱能不能吃点别的?"姥姥不说话,大人们也不说话,这种少滋寡味的面汤至少喝了一个月,实在是吃怕了。直到几年之后我才知道,那一年冬天,老家农村闹灾,一位近亲来信告急,一家老小缺吃少喝,上顿不接下顿,眼看要饿肚子了。姥姥把一家人的口粮省下来一部分寄给了亲戚。那一年冬天天天喝面汤的情景让我记忆犹新,姥姥扶危救困的品性让我们由衷赞佩。

城市中的供应稍微好转,副食品逐渐增多以后,粮票不再那么紧张,也相对贬值了。过去两三斤粮票能换到的一斤鸡蛋,后来得用二十多斤粮票,身价快跌到了原来的十分之一。到了80年代中期,买食品没带粮票的可以用钱贴补,少交一两粮票加二分钱,一度成了不成文的规定。

记不清是哪一年,国家取消了粮食定量供应,居民购粮再也不用粮本了,红火一时的国营粮店也在街上消失得无影无踪,有些人手里存的成百上千斤的粮票一夜之间也成了废纸,粮店、粮本与粮票成了一个特定时代的特定名词,留在了人们的记忆深处。它们的消失无疑是时代进步的明证!

刊于《湘江文艺》2022年第5期

乡音的礼花

乔忠延

寿高九秩的老妈一句话引爆了家乡的土话，瞬间那拙朴的乡音绽放出绚烂的礼花！礼花？就是每逢盛大活动和节日庆典燃放的烟火？对，正是。家乡的土话中包含着道德，包含着礼仪，犹如千年盛开、永续不断的礼花！

不信，听我道来。严冬天寒，接完电话我紧步跑下楼去拿邮递快件。跑回来上楼，老妈站在门口，瞅着她年逾古稀的儿子嗔怪："这么冷的天，出去不戴帽子，不怕德脑着凉呀！"

德脑，就是听到"德脑"这个久违的词，我如醍醐灌顶，醉回故里，去乡间胡同、田头阡陌叩拜方言。方言是学者对乡亲们口语的礼貌尊称，在城里街巷听到的绝不是这样雅致的礼遇，多是不屑听闻的说法：土话。土话，土里土气的话，土得掉渣的话。这么低俗的话，比普通话低矮三分，自然难登大雅之堂。我无意诋毁普通话，却无时不觉得乡音的日渐暗哑，让弥漫在阔野上的乡愁举杯消愁愁更愁。

德脑是啥？是头，是城里人说的脑袋、脑壳、脑瓜子。孟子说："心之官则思。"今人跳出了古人的局限，清楚心脏不思考，思考的是大脑，大脑装载在头上，称之脑袋、脑壳、脑瓜子都准确无误。只是大脑运转思考依凭什么，从脑袋、脑壳、脑瓜子这些名称上一个也看不出来。那该依凭什么？我在古今中外先贤的哲言中一筛选，最后锁定的还是中国先祖的格言：发乎情，止乎礼。当然，我这样武断是没受这句格言本意的束缚，不是将这格言仅仅用在男女情感的尺度上，而是大而化之，用在大千世界、芸芸众生的和谐相处上。情是内心的冲动，礼是外部的适度。将内心情绪释放到与外部适度一致的状态，就是和谐，就会皆大欢喜。描绘这种状态可以借助古人对于美人的评价，"增之一分则太长，减之一分则太短"。如此精妙的尺度靠什么把握？不难，一个字——德；两个字——道德。有了道德依凭，思考问题，决定行为，就不会冲动过头，让对方难以接受，更不会给对方带来不应有的负担，甚至是压抑和痛苦。看来仅仅有大脑不行，把大脑装在脑袋、脑壳和脑瓜子也不行，最简便的办法就是把大脑变成德脑。

天哪！古今中外巡睃一圈，怎么和谐社会、美满人间的锦囊妙计不在脑袋中，而在德脑里。这可真是"礼失而求诸野"啊！

翻检我大脑变作德脑的过程，一幕一幕都是儿时在乡村陶冶的画面。跟着奶奶去生产队里分东西，想抢个先，奶奶喊："别跑，要有先来后到。"轮到我们了，奶奶却让给后面的白胡须老爷爷。我纳闷，待老爷爷背着口袋走后，奶奶俯首对着我悄悄说："要谦让，卖茄子的还让老小。"《朱子治家格言》写道："黎明即起，洒扫庭除。"何止洒扫庭除，门前的村胡同一样要洒扫。奶奶带我一早扫完院子，去扫门前。门前一干二净，邻院的那位大伯正拿着扫帚往回走。次日一早奶奶要我先扫院外，看我把大伯家的门前同样扫得一干二净。她笑着说："人敬我一尺，我敬人一丈。"生产队的食堂饭吃出了饥荒，人人饿得面黄肌瘦，我和奶奶依靠照料外祖母的妈妈买来的豆腐渣填肚子，奶奶却把一罐酸菜给了下院的孤儿寡母。我不解，奶奶说："你不见她家房顶上几天不冒烟了，快饿死了。唉，要在急处救一口，不在有时给一斗。"

一桩桩，一件件，说不尽，倒不完，我的大脑却在耳濡目染中渐渐变成德脑。年过七旬回味，出自奶奶嘴里和流行在乡村的那些说法，我不敢妄自推崇为格言，只敢认定为俗话。偏偏就是这些出自德脑的俗话，调和着左邻右舍，凝聚着前院后院，使家乡这艘小船遇到风雨波涛总能你掌舵、他划桨，挺过风险，平安度日。

这是乡村的阳面。

同任何建筑一样，有阳面，就有阴面，冒失的毛头后生难免办事出圈。村上的长者闻知会及时点拨他："走正道，别裂辙。"辙，是那时牛车碾过土路的深深印痕。顺辙行车轻松自如，若是裂出辙印必然磕磕碰碰。可是，情感冲动的后生时常管不住自个儿，头脑一热就会干出过头事来。事一过头，哪会不损伤别人？长者会狠咄他："你这是人样？简直是生驹野马。"狠咄不再是点拨，而是咄咄逼人，还加狠劲，这是严厉的批评指责。指责他是没有调教过的骡驹、驴驹，和恣意放纵的野马没啥差别。改过，那好，多少毛头小伙都是这样逐渐将脑袋变作了德脑。不可否认，也有个别顽劣不化的，只顾自个儿，不顾大家，沦为害群之马，少不了后背会受人指画。乡亲们常常会指画着告诫儿女："千万别学那样，损德、损典！"

损德，损伤道德。乡亲们往往还会指画得更具体，损德，王八样！这王八样，曾弄得我一头雾水。王八是鳖，是甲鱼。甲鱼寿命很长，为何要将不着调的害群之马比作长寿甲鱼？弄不清王八的原委，当然对损典同样雾水一头。后来终于搞清楚了，王八岂是王八，而是忘八。忘了"孝、悌、忠、信、礼、义、廉、耻"这八个字。这八个字可是先祖确立的八德呀！由此推及，那损典就是损伤先祖的典籍。泱泱中华，浩浩典籍，这里的典籍有没有确指？

顺着家乡作为帝尧故都的思路上溯，一下就探求到了《尚书·尧典》。《尧典》开篇即点明帝尧"克明俊德"。克明俊德，是评价帝尧能够明白和光大道德。乡邻们对帝尧的那些事如数家珍，说起来赞不绝口。夸帝尧把平民百姓当作亲人，有一个人没吃饱，他就自责没有领导好；有一个人犯了错，他就自责没有教化好。夸帝尧一心想着别人，从不贪图富贵。有头领祝他多寿、多富、多男子，这是多少人求之不得的好事，他却推辞不要。他不把天下江山看成自家的，不传给自家的儿子，让给了虞舜……如数家珍，真是如数家珍。而且口口相传，就这么一代代、一辈辈流传下来。

乡亲们口舌上的传说，不是无根的禾苗、无源的流水，都能从典籍里找到记载。《新书·修政语》记有"帝尧曰：'吾存心于先古，加志于穷民，痛万姓之罹罪，忧众生之不遂也。'故一民或饥，曰'此我饥之也'；一民或寒，曰'此我寒之也'；一民有罪，曰'此我陷之也'"。庄子笔下则有"华封三祝"的记载："尧观乎华。华封人曰：'嘻，圣人！请祝圣人，使圣人寿。'尧曰：'辞。''使圣人富。'尧曰：'辞。''使圣人多男子。'尧曰：'辞。'封人曰：'寿、富、多男子，人之所欲也，女（汝）独不欲，何邪？'尧曰：'多男子则多惧，富则多事，寿则多辱。是三者，非所以养德也，故辞。'"帝尧所以不受三祝，是因为不能"养德"，那要是贪图享受不就是损德吗？

　　原来典籍里深蕴着道德，违背道德，是损德，也是损典。仔细阅读《尧典》，开宗明义就放射映着"修身、齐家、治国、平天下"的道德光芒。帝尧"克明俊德，以亲九族；九族既睦，平章百姓；百姓昭明，协和万邦；黎民于变时雍"。"克明俊德"，是帝尧具有高尚的个人品德；"九族既睦"，是他感染身边的人，形成了家庭美德；"百姓昭明"，这里的百姓不是现在的平民，那时的平民没有姓氏，只有百官大臣才有姓氏，这是在推行职业道德；"黎民于变时雍"，不就是人人具有公共道德而形成的美好社会吗？

　　根脉相依，源流一体，祖祖辈辈生活在尧都这方水土的乡亲，早就把头脑熏陶成德脑了。原来出自左邻右舍的乡音，既是对中华美德的弘扬，也是对缺德裂辙行为的审判。我为乡音自豪，却也深深怀有愧疚。当初刚刚走出乡村，步入城市，脆亮盈耳的京腔迷乱了我。一时间我讷于张嘴，羞于启齿，害怕舌尖上跳出的土话惹人嘲笑。赶紧鹦鹉学舌，急着沾点"洋气"，以免被人鄙视。如今想来，这是何等清浅，何等孤陋！

　　岁月飞奔，社会变易，这是一个追光时代，光速驱逐每个人迅跑。跑进人群，跑进社会，融不进去就会落伍。融入必须交流，交流要靠语言，毫无疑问，普通话最便于交流。不过，轻视方言，歧视土话，随意抛弃，未必不是乡愁里最令人伤痛的部分。

无论他人如何看待，我都会对乡音顶礼膜拜，而且永远永远。因为，那五千年文明积淀出的光色，可以用无限美感慰藉心灵，愉悦人生，温馨社会。

　　乡音，绽放在精神世界里的绚烂礼花！

刊于《文艺报》2023 年 1 月 13 日

时间容器

彭文斌

一

我确切地听到了时间的呼唤。好像传自大山谷壑，又好像传自河流之上。不，这呼唤传自袁州谯楼，一座岿然屹立于江西省宜春市繁华地带的古建筑。

时间在热烈、深情、执着地呼唤，汇聚了五代南唐、宋、元、明、清各个朝代的光阴，汇聚了宜春这个赣西名郡的俊杰翘楚，汇聚了街巷市声、乡野俚语。且让时间毫无顾忌地发言，在袁州谯楼里，我是虔诚的聆听者。四壁将我严严实实守护起来，我犹如置身一口古老的铜钟里。四壁又似乎虚无缥缈，墙体上遍布着无数小孔，声音从这些小孔里源源不断地传递出来。原来，一座城市的往昔，悄悄藏身于此。感谢袁州谯楼，视我为知音。

大约从汉代起，筑城时必建谯楼，久而渐成遗风。谯楼之名，缘于"门上为楼，以望曰谯"，其内部一般悬有巨钟、大鼓，用以晨昏撞击。元代诗人陈孚在《彰德道中》有诗句说："偶逐征鸿过邺城，谯楼鼓角晚连营。"谯楼作为制高点，由此放眼瞭望，战时可察敌情，和平日子则可察民情，最主要的功能，自然是以钟鼓或号角报时。谯楼的动静，牵引着一城人的心。鼓响，城门关闭，实行宵禁；钟鸣，城门开启，万户活动。在我看来，谯楼更像一个时间的驿站，代表世人送别旧时光、迎接新曙色。

袁州是宜春的另一个旧名，因境内有袁山而得名。袁州谯楼自然没有宜春城的年岁长，它始建于南唐保大二年（944年），为袁州刺史刘仁赡开建，最初名曰"鼓角楼"，乃府衙的一部分，亦为西门城楼。刘仁赡是南唐名将，爱民如子，"所至称治"。之后，南宋嘉定十二年（1219年），知州滕强恕筑台，为楼五间，设置铜壶刻漏、阴阳生轮值、候筹报时，建成集测时、守时、授时三大功能于一体的天文台。值得注意的是，如刘仁赡一样，滕强恕此君"以节用爱人为本，修桥梁，立储仓，无一毫过取于民"。袁州谯楼每日向一座城报出标准时间，也向一座城报出百姓心目中的为政形象。

如今的袁州谯楼不复担负旧有的职责，悄然退出前台，化身为缄默的历史文物。主台、南观天台、北观天台、谯楼、券拱门，这些渐渐让世人感到陌生的古建，坚守在高楼大厦丛中，沧桑的面孔上没有丝毫妄自菲薄的表情。在岁月严丝合缝的递进中，南宋的墙基、明清的铭文砖、清代的木梁，组合成我此时此刻身处的袁州谯楼。时间储存在这里，谯楼默默收纳着时间，嬗变为一个特殊的容器。

不由得自问道：我是谁？我在哪里？

谯楼作答：时间才是真正的王，你正阅读着另一部皇皇《史记》。

是的，不要把时间单纯、片面地当成无情的利刃，时间和往事以某种形式隐匿起来，等待有缘人去认识、去顿悟、去解密。我们自以为站上了光彩夺目的舞台，殊不知，实则没有逃脱一个容器的手掌。

风雨里，袁州谯楼任凭风吹雨打；烽火中，袁州谯楼任凭兵燹吞噬；历史的罅隙间，袁州谯楼倔强而卑微、坚强而单薄、塌陷又新生。它为担当而来，它为使命而来，它为一座城而来。这巍巍谯楼，何尝不是刘仁赡、滕强恕们的化身？

光影晦暗。我慢慢辨识着那些故物：万分壶、平壶、日天池、夜天池……时间的形体扑朔迷离，却又如梅香可知。耳际隐约传来清代上高邑令沈可培吟诵的《敖阳竹枝词》："袁州更漏瑞州春，物候能知气象新。一样茆岗龙涧水，早潮晚汐更含神。"我下意识地用木头撞响了铜钟，一声，两声，三声。沉郁的回声里，我渴望读懂这座城市更多的湮没部分。

我也渴望知道，人间更大的容器在哪里。抑或在宜春大地，抑或在天地之间，抑或在苍茫宇宙。

二

唐元和三年（808年），京城长安，秋色旖旎。酒楼里，面沉如水的韩愈与科举同年进士王涯正默默地对饮，以酒代言。

因外甥皇甫湜被卷入科考案，翰林学士王涯因"坐不避嫌"而被贬虢州司马，后迁任袁州刺史。当时的袁州并非繁华之地，王涯自然提不起兴趣，满心戚戚然。

作为好友，韩愈心有余而力不足，只能摆一桌宴席饯行，写下《秋字》相赠："淮南悲木落，而我亦伤秋。况与故人别，那堪羁宦愁。荣华今异路，风雨昔同忧。莫以宜春远，江山多胜游。"对于宜春，韩愈此时所知不过皮毛，再好的文字也不过是一种权宜之计的心灵鸡汤。目送王涯踽踽行远的韩愈如何也不曾想到，十多年后，自己也会跟着好友的脚步，与宜春那片陌生的土地亲密接触。

寻觅韩愈在宜春的足迹之前，我不止一次登临南昌的滕王阁，凝视着"瑰伟绝特"四个大字出神。它出自韩愈笔下的《新修滕王阁记》："愈少时则闻江南多临观之美，而滕王阁独为第一，有瑰伟绝特之称。"斯时，为元和十五年（820年）十月，韩愈位于袁州刺史任上，他受江南西道观察使、洪州刺史王仲舒之托，写下这篇千古绝唱。

时间是一位悲喜剧的推手，瞬息间，可以使你从云端堕入尘泥，也可以使你从神圣殿堂掉入万丈深渊。从长安一路颠沛流离至潮州，再辗转到宜春，韩愈有过怎样的心灵挣扎，其心路是怎样的泥泞，后人只能从诗文中窥视一斑。

飞来的横祸，源自那篇《谏迎佛骨表》。元和十四年（819年）正月，唐朝廷上下迷信法门寺里的佛骨，并准备迎进皇宫供奉，而宦官宵小趁机从中鱼肉百姓，身为刑部侍郎的韩愈义愤填膺，奋笔写下《谏迎佛骨表》的檄文，大胆建议："乞以此骨付之有司，投诸水火，永绝根本，断天下之疑，绝后代之惑。"暴跳如雷的唐宪宗斥之为"乖刺狂妄"，欲将韩愈处死，幸而有宰相裴度等人从中说情，韩愈才得以躲过一劫，但是，一道诏令，将他赶往荒凉的边地潮州。

南下赴任时，时逢大雪，凄凄惶惶的韩愈艰难行进到蓝田关时，写下《左迁至蓝关示侄孙湘》："一封朝奏九重天，夕贬潮州路八千。欲为圣明除弊事，肯将衰朽惜残年！云横秦岭家何在？雪拥蓝关马不前。知汝远来应有意，好收吾骨瘴江边。"长达数月的贬谪之路，让韩愈彻悟了什么，也看穿了什么，哀莫大于心死，他忽然觉得应该为自己努力地活下去。千辛万苦抵达潮州后，韩愈写下《潮州刺史谢上表》，以快马投递长安宫阙，不惜承认自己狂妄愚笨、不识礼度、大为不敬，并喋喋不休地诉说在潮州的惨状，自称"戚戚嗟嗟，日与死迫"。其文中之乞怜的态度，与韩愈昔日"画风"截然迥异，颇受后世之诟病。不过，韩愈的"自画像"的确起到了作用，唐宪宗因此善心大发，决定起用这位文曲星，只是由于为韩愈的政敌所阻，最后改任他为袁州刺史。

晚唐时期的袁州，与今日园林一般的宜春市根本不在一个重量级上。那时，人丁稀少，瘴林密布，"环视皆嵯峨，举步即流碧，风萧萧即白鹭起，雨濛濛听猿猱啼"。然而，对于宜春，因为韩愈主政，风气从此大改，文化由是开蒙。毫不夸张地说，韩愈吹响了宜春文明的号角。

到任后，韩愈所做的第一件事，便是倡明道学、大兴教育、广育人才、教民开化。于是，书院在宜春大地生根，儒学在宜春城乡开花，诗文在宜春大地结果。韩愈播下的文化种子，终于长成参天大树，形成了"江西进士半袁州"的现象。第二件事，则是解放奴婢，废除当地人押卖儿女为奴的陋习，放免奴婢七百三十一人，并上奏表《应所在典贴良人男女等状》，历陈这种没良为奴的做法"既乖律文，实亏政理"，建议朝廷将天下诸州没为奴婢的男女"一皆放免"。

彼时，宜春城里还不曾有袁州谯楼，对于昌黎先生的善行，时间不会忽略，它以这方秀美的土地为容器，储存一个为百姓点亮心灯的人。人性原本是一道复杂的函数题，它呈多样性、多元化，甚至是发散性。宜春百姓对韩愈的感情至深，瑕，终究不能掩瑜。熙熙攘攘的今世，有几人愿意以韩愈为参照系？又有几人愿意以天地为坐标？

时间将检验一切。韩愈在宜春的过化之功，不久后，便荫及袁州学子卢肇、易重等一干青年才俊，他们的集体出列，给昏聩的晚唐带来一抹绚丽的亮色。

韩愈居宜春大约九个月，写有《祭柳子厚文》《柳子厚墓志铭》《南海神庙碑》《新修滕王阁记》《与孟简书》等散文二十篇左右，多半为经典之作。蹊跷的是，在宜春的日子里，未见其诗歌传世，个中原因不得而知。明代宜春进士张凤曾赋诗《韩文公祠》感慨："公在袁州几许时？赎民为隶政声驰。五台三峡多形胜，何事公无一句诗。"

这个谜，或许唯有去时间容器的深处方可寻觅。韩愈的名字，刻写在宜春的每一条街巷。

三

时光远在袁州谯楼之前，便与宜春缠绵不休。化成岩即是一个有力的证明。

西汉元光元年（公元前134年），长沙王刘发之子刘成被封为宜春侯，筑起"宜春五台"。这五台分别为宜春台、仙女台、凤凰台、化成台和湖冈台。自古以来，达官贵人喜欢忙于建造亭台楼阁，尽管明知兴废不过须臾间，但是人人依然乐此不疲。或许，登台，才有仪态和风度，才有与自然、与时光掰手腕的底气和豪气，才有鹤鸣九皋、人中龙凤的得意和满足。对于绝大多数人而言，刘成早已湮没无闻，但宜春五台的故事，却深深刻在时间的墙壁上。

一个烈日熔金的黄昏，我被位于宜春市西北郊的化成岩森林公园所吸纳，成为这"江南一胜"和"天然图画"里的一个分子。昔日的化成台已然改头换面为洞幽石怪、古寺藏秀的休闲佳地。

无疑，静坐化成岩是一种欢喜，更是一种修行。宋代诗人赵善坚替我做了解答："僧居罗上下，钟声答晨暮。"化成晚钟，释放着人们对生活的依恋和思考，也荡漾着时间的浪花。此地宜读书，此地宜收心，此地更宜与光阴友善对垒。

那个晚唐名相李德裕，先于我一千一百多年，便将化成岩当成一个硕大的时间容器。唐大和九年（835年）四月，在与牛僧孺斗争中落败后，李德裕被贬为袁州长史。其实，在这段长达近四十年的"牛李党争"历史公案中，李德裕多次被排挤出权力核心，在边陲荒鄙之地蹉跎多年，最后客死海南。

经历"甘露之变"的唐王朝，在宦官和藩镇的轮番践踏中江河日下。远离长安旋涡中心，蛰居宜春的李德裕反而释然了，他隐于化成台，像一位私塾先生，一心一意兴学重教，开课授徒，誓要改变宜春的蛮荒面貌。在山水之间，李德裕像一只风暴中归来的倦鸟，慢慢梳理羽毛，疗治伤口，提振精神。他一定想起了韩愈，那个古文运动的倡导者，那个被杜牧奉为"杜诗韩笔"的大腕，那个与自己同样饱受贬谪之苦、"文起八代之衰，而道济天下之溺"的先贤。既然朝堂上无立锥之地，那么，就让宜春大地回荡起琅琅读书之声，这是李德裕的心愿，也是一座城的宣言。

文标乡学子卢肇来了，这位十七岁的后生投以文卷，恳请李德裕指点迷津。卢肇家境贫寒，诚如他若干年后在《进海潮赋状》中所言："臣伏念为业之初，家空四壁。夜无脂烛，则爇薪苏；晓恨顽冥，亦尝悬刺。"李德裕非常喜欢这个不落流俗的青年，悉心教诲，倾囊传授。唐会昌三年（843年），卢肇一鸣惊人，成为江西历史上第一个状元郎。

温汤镇九联坊的易重翻越山岭，投奔化成岩来了。此时，易重二十九岁，算是学子中的"长者"。他曾经有幸获得韩愈的点拨，为人颇有侠义之风。会昌二年（842年），卢肇、黄颇、李潜等人赴长安参加会试，易重原本计划同行，但后来临时决定放弃，众人问其故，易重答道："方今天下大比，才聚袁州，尚若都往比试，必自相抗衡，不如分期应举为佳。"会昌五年（845年），大器晚成的易重成为江西第二个状元，创下科举考试史上的奇迹。

俱往矣，那些风雅片段、那些风流往昔，令我收不住一双脚板。我渴望发现李德裕师生留下的哪怕一丝一毫的信息。他们曾经是那般畅快地吟风月、抚丝竹、谈诗文、品茗对弈，再多的苦难也敌不过山之高、水之远、国之重。时间变得如此质地高洁，生命找回了真正的模样。被文化花雨浸淫的化成岩，成为一个幸福的容器。

皎洁的月色里，李德裕吟诵着那首《夏晚有怀平泉林居》："孟夏守畏途，舍舟在徂暑。愀然何所念，念我龙门坞。密竹无蹊径，高松有四五。飞泉鸣树间，飒飒如度雨。菌桂秀层岭，芳荪媚幽渚。稚子候我归，衡门独延伫。谁言圣与哲，曾是不怀土。公旦既思周，宣尼亦念鲁。矧余窜炎裔，日夕谁晤语。眷阙悲子牟，班荆感椒举。凄凄视环玦，恻恻步庭庑。岂待庄舄吟，方知倦羁旅。"

学生们在低声唱和。山凝墨，风为韵，天地不过是一个化成台。庙堂再不济，江湖再边远，也挡不住李德裕和宜春的学生们骑鲲鹏遨游天穹的激烈壮怀。化成岩铭刻着一千多年前的音容笑貌，记录着那些带体温的诗文憧憬。

时间迟早要复活一些真相。读书，立志，出山，力挽狂澜，扛起家国天下的太阳前行，这就是化成岩曾经最为密集的心声。

今天，化成寺不语，任凭夕阳回家。有历史沉淀的化成岩，不怕天黑风冷。我轻轻拍着栏杆，似乎在为一千多年前的某个雅集击打节拍。低处，秀江水给宜春一个最深情的吻，蜿蜒远行。我想起那些可爱的过客，曾经也站在这儿，指点江山，挥斥方遒。此刻，他们依旧站在这儿，含笑与我对视。即便生为一个过客，亦当如此，以亲情和故土为行囊，以十丈红尘为伴，以长歌为背景，留下足印和履痕。

我披着夕阳的羽衣，但我无法起飞。李德裕也一定曾经沐浴着如是的夕照。卢肇、易重亦是。他们以何其短促的生命与时间交手，抑或，与时间握手，并非蚍蜉撼树的鲁莽之举，而是他们懂得，有质量的生命，可以更加充盈、富足、饱和，可以使时间的容器发出更多的历史回响。

每个活出质地的人，都是一个行走的时间容器。青山做证，我愿是化成岩的一粒尘埃，成为这个时间容器中的常住居民。

四

我的故乡在分宜县，与卢肇同乡。当然，晚唐时期，并无这个小县，其地域归属袁州下辖的宜春县。宋雍熙元年（984年），朝廷析宜春县之神龙、招贤、丰乐、化全、儒林、彰善、挺秀、文标、旌儒和清教十乡之地另外置县，名曰"分宜"，隶属袁州。其中的文标乡，便是卢肇的出生地。自小，我听着卢肇的传说成长。

一场漫长的旱情，使秀江的水变浅了，变瘦了。眼前的状元洲公园高悬着两排红灯笼，充满喜庆。通道尽头，是高耸入云的状元阁。此地位于宜春市区的东侧，每天清晨，第一缕阳光总是情不自禁地抚摸着这座红柱黄瓦歇山顶的高大建筑，也抚摸着那座卢肇雕像。我隐约看到卢肇像的嘴在翕动，似乎在念着王维的那首《杂诗》："君自故乡来，应知故乡事。来日绮窗前，寒梅著花未？"

先生，我迟到了。人到中年，我终于走进了这个你曾经卧薪尝胆、苦读诗书的江洲。作为故乡人，我渴望在这方"山光群翠合，水邑四周平"的风水宝地获得一丝灵犀、一个顿悟。

状元洲地处秀江中心，面积约八十三亩，其形如同一只随江水浮沉的鸭子，宜春当地人称之为"鸭婆洲"。晚唐时，卢肇于此竖石为铭，日夜攻读经史子集诗文，最终实现跳龙门的宏愿。于是，人们把这个江洲唤为"卢洲"，又称"状元洲"。功成名就的卢肇曾经在洲上论文讲学，鼓励莘莘学子"长风破浪会有时，直挂云帆济沧海"。一时之间，满城尽是读书声。明代叶涵云在《卢状元肇》一诗中如是赞道："古人可不朽，岂藉科第留？三复海潮赋，诚足传千秋。"洋洋五千言的《海潮赋》是卢肇的代表作，也是奠定其文坛地位的扛鼎之作。

登阁，风吹，云朵作势随时要扑入我的胸襟。阳光洗濯着琉璃瓦，与风在铃铛上接头，一声声脆响仿佛水波朝四周漫延。我在状元阁这个硕大的容器里进出，时间正不疾不徐地发生量变。渐渐地，我也是风，在天地间尽情翱翔。

于是，我看到了千年前的场景。《唐摭言》卷三《慈恩寺题名游赏赋咏杂纪》对此记录道："卢肇，袁州宜春人，与同郡黄颇齐名。颇富于产，肇幼贫乏。与颇赴举，同日遵路，郡牧于离亭饯颇而已。时乐作酒酣，肇策蹇邮亭侧而过；出郭十余里，驻程俟颇为侣。"可见，嫌贫爱富的嘴脸自古皆然。赴京赶考时，袁州刺史的眼中只有富家子弟黄颇，而对卢肇相当冷漠，视为弃履。令人揶揄的是，"明年，肇状元及第而归，刺史以下接之，大惭恚"。

于是，我看到了一个跋涉的身影。在经历四段幕府生活之后，卢肇开启京官生涯之幕。唐咸通五年（864年）五月，卢肇担任歙州刺史。随后，历任宣州、池州、吉州刺史，所到之处颇有文名，官德如莲。尤为可敬的是，卢肇虽然出自李德裕门下，师生情谊甚笃，却从不仗势，更不介入朋党之争，即使在闲居故乡的日子里，也不肯求助李德裕提携，其凛然气节为人称道。卢肇曾以诗诫勉自己："谁人得似牧童心，牛上横眠秋听深。时复往来吹一曲，何愁南北不知音。"

生前有才华和清名附体，身后由时间盖棺定论，对于卢肇，这是何等的幸运，又是何等的骄傲。

白云千载空悠悠。即便自由如风，我也离不开这何其辽阔的穹隆。万物万事，都被天地构成的容器所庇护、所收留、所滋养。这是另一座天地经纬的袁州谯楼。

听当地人说，状元洲的月夜极美，每当此时，泛舟秀江，但见一轮皓月倒映水中，宛如仙境，而"卢洲泊月"也成为宜春人心目中不老的风景。清朝宜春举人刘长发曾经赞誉道："一簇寒烟锁碧流，野僧乘月渡扁舟。人间莫讶无仙岛，又见蓬莱第几洲！"

状元阁上，我摒弃滚滚红尘和车马之喧，静等一轮唐朝的月亮。

刊于《中国铁路文艺》2023年第5期

后 记

　　每年的散文创作都有可圈可点之处，遗憾的是一部年选本，囊括不了那么多的好作品。尤其是不能将较长的散文全文选入。碍于篇幅，有些不得不进行删压，有些则不得不忍痛割爱。

　　这实在是一个矛盾，若果将好的长散文选入，则容纳不了多少作家作品，也就不能有一个展示，形不成宏观效果。

　　按照出版社对篇幅的要求，只能是这样的一个选本。不过，四十余位作家，也算是一个代表了。

　　好在从全国的角度看，散文创作始终处于一个旺盛期，好作家好作品层出不穷。我们希望看到这样的景象。

王剑冰

2023 年选系列封面绘图画家介绍

黄少鹏 中国油画学会学术委员会委员、广西美术家协会油画艺委会主任、漓江
画派促进会副会长、国家一级美术师、硕士生导师。

《艺圃·乱石与亭》 黄少鹏　80 cm×100 cm　2018 年

黄少鹏画作短评

　　如果说印象派的条件色体系关注的是物象的光色变化，少鹏在意的则是色彩的文化属性。这种属性是古迹在岁月浸润过程中残留下来的永恒色泽。少鹏崇尚魏碑的雄强古拙，这铸就了其艺术强悍的风貌，具有表现主义的性质，又因为书法运笔入画而兼有写意的蕴含。油画讲究画面的结构性和层次感，中国画则以骨法用笔见长。他汲取两者所长，兼具表现主义的强烈情感表达和中国传统写意画的文人内蕴，呈现出一种既粗犷又含蓄温润的个人风格。

——汪鹏飞（油画家）

图书在版编目（ＣＩＰ）数据

山影奔腾：2023 中国年度散文 / 王剑冰选编 . --
桂林：漓江出版社，2024.2
ISBN 978-7-5407-9690-7

Ⅰ.①山… Ⅱ.①王… Ⅲ.①散文集—中国—当代
Ⅳ.① I267

中国国家版本馆 CIP 数据核字（2023）第 245690 号

SHAN YING BENTENG：2023 ZHONGGUO NIANDU SANWEN

山影奔腾：2023 中国年度散文
王剑冰　选编

出版人：刘迪才
责任编辑：黄彦
书籍设计：石绍康
责任监印：张璐

出版发行：漓江出版社有限公司
社址：广西桂林市南环路 22 号　邮编：541002
发行电话：010-85891290　0773-2582200
邮购热线：0773-2582200
网址：www.lijiangbooks.com
微信公众号：lijiangpress
印制：香河县闻泰印刷包装有限公司
〔河北省廊坊市香河县安平镇二街　邮编：065402〕
开本：690 mm×1000 mm　1/16
印张：20.25　字数：279 千字
版次：2024 年 2 月第 1 版
印次：2024 年 2 月第 1 次印刷
书号：ISBN 978-7-5407-9690-7
定价：45.00 元